二見文庫

囚われの愛ゆえに

アナ・キャンベル／森嶋マリ＝訳

Untouched
by
Anna Campbell

謝辞

まずは、デビュー作『罪深き愛のゆくえ』でヴェリティとカイルモアの物語を堪能《たんのう》したと感想を寄せてくださった多くのみなさまに心から感謝します。私の愛するふたりの登場人物がみなさまに温かく受けいれられたのは、新人作家にとって何よりも意義深いことです。

本書『囚われの愛ゆえに』では、〈エイヴォン・ブックス〉のみなさまにお礼を申しあげます。ことに、優秀な担当編集者ルシア・マクロと、すばらしいアシスタントのエシ・ソガに。美術部の有能な面々が、今回もみごとな装丁をしてくれました。デビュー作でも尽力くださり、二作目となる本書でも真摯《しんし》にことにあたってくださった営業部と宣伝部の方々にも感謝いたします。また、エージェント〈フォリオ・リタラリー・マネージメント〉のペイジ・ホイーラーにも謝意を表します。

執筆仲間にはつねに励まされ、支えられています。とくに、アン・グレイシー、クリスティーナ・ウェルズ、ヴァネッサ・バーネヴェルド、シャロン・アーケル、カンディ・シェファード、ありがとう。また、辛抱強く、無数のアドバイスをくれたアニー・ウエストは、知と根気と洞察力の枯れることのない泉のよう。ＡＷ、あなたは最高よ！

信義を重んじる人物を描いた本書を、信義を重んじる人物に捧げます――愛する父レスリーに。

囚われの愛ゆえに

登　場　人　物　紹　介

グレース・パジェット	未亡人
マシュー・ランズダウン	シーン侯爵
ジョン・チャールズ・メリット・ランズダウン	ジョン卿。マシューの叔父
ジョサイア・パジェット	グレースの亡夫
モンクス	ランズダウン家の従僕
ファイリー	ランズダウン家の従僕
マギー	ファイリーの女房
フィリップ	グレースの亡兄
ヴェレ	グレースのいとこ。司祭
サラ	ヴェレの妻
フランシス・ラザフォード	カーモンド公爵
ウィンドハースト伯爵	グレースの父
グレンジャー	医師
ウルフラム	マシューの猟犬

1

一八二二年、サマセット州

「こんな娼婦がいるとはな」

苦痛とともに意識を取り戻したグレースの耳に、強いヨークシャー訛《なま》りの男の声が響いた。

頭が割れるように痛くても、それが故郷のことばなのははっきりわかった。

わたしはリポンの牧場に戻ったの？　だとしたら、なぜ胃がぎゅっと縮んでしまったように痛むの？　なぜ手も足も動かないの？　恐怖に血が凍りつき、喉で声が詰まった。

思いだすのよ、グレース、どういうことなのか……。

いくら考えても、おぞましい漆黒《しっこく》の闇に阻《はば》まれるだけだった。

「こいつは娼婦に決まってるだろうが」反対側でさきほどとはちがう男の声がした。「そうでなけりゃ、波止場で何をしてたってんだ？　この女が〈雄鶏《おんどり》ととさか〉の場所を尋ねたのを、おまえだって聞いただろう。ポケットに金をたんまり溜めこんだ男を引っかけるためでなけりゃ、わざわざあんなところに行きたがる女がいるわけがない」

娼婦ですって？　まさかわたしのことではないでしょうね？　靄《もや》のかかる頭がさらに混乱した。貞淑《ていしゅく》なグレース・パジェットを、誰が道端で体を売る女とまちがえるというの？

でも、いまはじっとしていたほうがいい――直感がそう囁《ささや》いていた。忌《い》まわしい男たちに、気絶していると思いこませておくのだ。目を閉じたまま激しい頭痛と闘って、ぼやけた頭を必死に働かせた。

つかみどころのなかった切れ切れの記憶が、徐々によみがえってきた。とはいえ、何もかもがそれまで以上に謎めいていた。いまが昼間なのはまちがいない。瞼《まぶた》に強い日差しを感じた。わずかにクッションが効いた寝台のようなものに仰向けに寝かされて、体のわきに下ろした両腕は縛りつけられていた。丈夫な紐《ひも》で手首と足首を縛られ、さらに、太いベルト状のものが胸に巻かれているせいで息苦しかった。

息をしようとすると、ベルトが胸に食いこんだ。空気もろくに吸えず、また意識が遠のくと、汗が噴きでて、骨の髄まで凍えた。といっても、いまいる場所が寒いわけではなかった。

それでも、石のようにじっとしていた。

暴力をふるわれて捕らえられたのを思いだした。ぞっとして、吐き気とめまいに襲われた。頭のなかは混沌《こんとん》としている。わけもわからないまま、さまざまな思いが渦巻いて、恐ろしくてたまらなくなった。

圧倒的な恐怖に叫びそうになるのをどうにかこらえて、息をすることだけに気持ちを集中した。でも、ここはどこなの？　何も見えなくては、雑多な印象をかき集めるしかなかった。

通りの雑踏《ざっとう》は聞こえない。ということは、田舎の家の一室かもしれない。街にいるとしても、静かな一画であるのはまちがいない。不潔な男たちの悪臭の向こうに、それとは不釣合いな、花が咲き乱れる穏やかな春のにおいが漂っていた。

最初にことばを発した男が喉の奥から声を絞りだすようにして訝《いぶか》しげに言った。「お高くとまった尻軽女が古ぼけた喪服姿で男を捜してるなんざ、見たことも聞いたこともねえ。それにほら、こいつは結婚指輪もしてるぞ」

もうひとりの男が小馬鹿にするように笑った。「この女は新参者なんだろうよ、ファイリー。指輪もお高くとまった口調も、演出ってやつだ。そのほうが〈雄鶏ととさか〉の伊達男《だておとこ》どもが引っかかるんだろう。それに、商売を始めたばかりの女なら、それこそ好都合ってもんだ。ジョン卿からは、かわいい顔の清潔な売女《ばいた》を連れてこいと言われてるんだからな。使い古したあばずれじゃなくて」

グレースは驚きのあまり自分の耳を疑った。わたしは淑女よ。服は古ぼけて、靴には穴があいているけれど、それでもれっきとした淑女。人からは敬意を払われて、尊重されている。垣根《かきね》に隠れてちょっとした情事を楽しもうと、貞淑なパジェット夫人に声をかける男性などいない。

けれど、このふたりの悪漢はわざわざわたしをさらってきた。だとすれば、その目的は束の間の情事どころではないはずだ。

もしかして、気を失っているあいだに、わたしは強姦《ごうかん》されてしまったの？

まさか、嘘だと言って……。たとえ気絶していても、ならず者の男にさわられるなんて堪《た》えられない。そんなことなら死んだほうがまだましだった。

けれど、古ぼけた喪服に体はきちんと包まれている。身動きできなくてははっきりしたことは言えないが、陵辱《りょうじょく》された形跡はなかった。

でも、これからは？　粗野な男たちに何度も輪姦《りんかん》される場面が頭に浮かんで、口のなかに酸っぱいものがこみあげた。体じゅうの神経が悲鳴をあげて、もがいて闘えと叫んでいるときに、どうにかじっとしているには忍耐力だけが頼りだった。

ブリストルで男たちに捕まったときのように、もがいて闘え……。

ああそうだ、やっと思いだした。一部始終《しじゅう》が頭に浮かんできた。

ブリストルにやってきたのは、いとこのヴェレが貧窮したわたしに救いの手を差しのべて、住む場所を用意してくれることになっていたからだった。ところが、郵便馬車から降りたつと、迎えにきているはずのヴェレの姿がなかった。その場で何時間も待ったが、結局、ヴェレを捜そうと勝手のわからない夜の街を歩きだしたのだ。それでもヴェレとは会えず、人間の皮をかぶったふたりの悪魔に出くわしてしまった。

モンクスとファイリーに。

そのふたりは厚かましくもきちんと名を名乗った。

闇のなかでのおぞましい出会いを必死になって思いだした。そうだ、ふたり連れの大男に道を尋ねたのだ。ふたりのヨークシャー訛りについ気を許して、宿屋《やどや》まで案内するということばを真に受けてしまった。あのときは港町の入り組んだ道に迷いこんで途方に暮れていたせいで、助けてくれるなら誰でもかまわない、そんな気分だった。

なんて馬鹿なことを……。愚かとしか言いようがない。

そうして、逃げ場のない路地に連れこまれた。気づいたときにはファイリーに体を押さえつけられて、モンクスにアヘンチンキを嗅《か》がされた。ファイリーの放つ悪臭――一度嗅いだら二度と忘れられない不快なにおい――がいまでも鼻腔にまとわりついていた。いままた、ファイリーが足音を響かせて近づいてくると、その悪臭が強くなった。

「こりゃあ上玉だ。これだけいい女なら、侯爵も気に入るに決まってる。といっても、やっぱり娼婦にゃ見えねえけどな」

モンクスが邪険に言った。「どっちにしたって、こいつは淫売の役を務めるんだよ。ああ、侯爵が飽きるまではな。男を喜ばせる方法のひとつやふたつ、心得てるといいがな。でなけりゃ、ひと月ももたないだろう」

「チャンスがあるうちに、おれたちが試してみりゃあよかったな」ファイリーが悔しそうに言った。それを聞いたとたんに、グレースの胸のなかで渦巻いている乱れた思いが噴きだしそうになった。

「いいや、おれたちは見張られてるかもしれない。いずれ侯爵が満足して、飽きりゃ、おまえの番になるさ。アヘンチンキの効き目ももうすぐ切れる。女が目を覚まして、おまえの醜い顔を見れば、喜んで侯爵のものになりたがるだろうよ」

「ふん、そんなことはどうでもいいさ」とファイリーが言った。「それにしても、でっけえおっぱいだ。ああ、一ペニー賭けてもいい、このおっぱいよりこいつの股ぐらのほうがもっとかぶりつきがいがあるだろうよ」

グレースはジンくさい息を顔に感じた。ざらついた手がドレスの高い襟をぐいと開いた。ボタンホールがちぎれるのもかまわずにファイリーにドレスのまえを開かれると、恐怖のあまり体が麻痺した。胸を縛りつけているバンドの下に大きな手がもぐりこんできて、乳房を乱暴につかまれた。嫌悪感に身がすくんだが、ファイリーは自分がしていることに夢中で、気づきもしなかった。

手綱を緩められて暴れまわる馬のように心臓が激しい鼓動を刻んでいた。いまにも悲鳴をあげそうだった。

それでも、ひとことも発しなかった。

これが現実であるはずがない。こんなことが起きるはずがない。わたしに限ってまさかこんなことが……。

「さわるな、ファイリー」モンクスがぴしゃりと言った。「おまえがさきに味見したと知ったら、侯爵は癇癪《かんしゃく》を起こすぞ」

「黙ってりゃわからねえ」貪欲《どんよく》でぬるりとした手は乳房を離そうとしなかった。

モンクスがそっけなく鼻を鳴らした。「この女がしゃべったら知られちまうんだぞ。いままで生きてきたなかで、口を閉じとける女なんぞにゃ会ったことがない」

「ああ、もっともだ」ファイリーが悔しそうに言って、最後に一度だけ乳房を強く揉《も》んでから、手を引っこめた。

さわられたのはほんの数秒なのに、グレースはざらつく手で何時間も体をもてあそばれて、汚された気分だった。

やけに長く思える不快な間があり、やがて、ファイリーがのろのろと離れていくのがわかった。耳のなかで響く脈の音にかき消されそうになりながらも、扉が閉まる音がした。

やっとひとりになれた。しゃくりあげるように大きく息を吸ってから、目を開けた。

そこは白っぽい壁のこぎれいな部屋だった。扉がふたつあり、ひとつは閉じているが、陽光が燦々《さんさん》と降りそそぐ庭に通じるもうひとつの扉は開いていた。これが現実であるはずがない――その思いがいっそう強くなった。街の通りでさらわれて、見ず知らずの男に奉仕するためにここに連れてこられたですって？　そんな馬鹿なことがあるわけがない。

思考を鈍《にぶ》らせていたアヘンチンキの効き目が徐々に薄れていた。どこかの自堕落な貴族が、わたしをたっぷりもてあそんでから、おぞましい従僕に譲るだなんて、とんでもない！

すぐにここから逃げなければ。見張りが戻ってくるまえに。かわいい顔の清潔な売女――身の毛もよだつ表現だ――を所望した謎の人物ジョン卿が、自堕落な快楽のために従僕に捕らえさせた獲物を見にくるまえに。

アヘンチンキのせいで相変わらず感覚が鈍く、吐き気をもよおす味がまだ口のなかに残っていた。水が飲みたくてたまらなかった。

いいえ、わたしがしたいのは、〈雄鶏ととさか〉へ行って、いとこのヴェレの到着を待つことよ。

喘《あえ》ぐように息をして、いまにも泣きそうになりながら、革紐を引きちぎろうともがいた。「そんなことをしても無駄だよ」心のなかで思っていたとおりのことを、庭に面した扉のあたりで男の人が言った。「嘘じゃない。ぼくもこれまで何度も拘束を解《と》こうとしたからね」

グレースは声のしたほうをさっと見た。眩《まぶ》しくて目がくらんだ。わかったのは、肩幅の広い長身の男性がそこに立っていることだけだった。

それでも、その声ははっきり聞こえた。

低音で、ヨークシャーの牧場の搾《しぼ》りたての牛乳からすくった乳脂のように滑らかで深みのある声だった。洗練された美しいバリトンを耳にして、モンクスとファイリーの卑猥《ひわい》なことばを聞いたとき以上に驚いた。

それからようやく、その人の言ったことの意味を理解して、尋ねた。「あなたもあのふたりにここに縛りつけられたの？」

男性が部屋にはいってきた。「ああ、そうだ」そんなのはたいしたことではないとでも言いたげな、やけに落ち着いた口調だった。

陽光を受けて金色に輝いている男性は二十代半ばのようだった。いでたちはゆったりした白いシャツに淡い黄褐色のズボン。身長はゆうに六フィートを越えて、かなり細身なのに、秘めた力強さが感じられた。痩せてはいても、たくましかった。

おまけに、信じられないほど美しかった。怯えながらも、グレースはその容姿を隅々まで確かめずにいられなかった。

ひいでた額《ひたい》からうしろに撫でつけられた艶やかな黒い髪。鼻筋の通った高い鼻。痩せているせいで頬骨は鋭角的だ。形のいい黒い眉。その下の目は、さきほどから斜め下に向けられていた。その姿はまるで、神からの指示を真摯に待つ天使のようだった。

といっても、横たわった女の体をこれほど興味深げに見つめる天使がいるわけがなかった。熱い視線がゆっくりと全身を舐めるように移動していく。視線が胸のあたりで止まると、大きくはだけた胸もとが火がついたようにほてった。恐怖と拒絶に身を固くせずにいられなかった。

けれど、これまでの人生もつねに恐怖と向きあってきたのだ。こんなときには、相手を睨《にら》みつけて対抗するのがいちばんだとわかっていた。ゆえに、男性を鋭い目でねめつけた。

「あなたがジョン卿なのね」

男性の口もとがゆがんで、冷たい笑みが浮かんだ。「いいや。ジョン卿はぼくの叔父だ」

「あなたがジョン卿でないなら、わたしを助けてくださるでしょう？　あなたの叔父さまがわたしをここにさらってきて……」ことばがうまく出てこなかった。いずれにしても、どう説明したところで、美しく好色な天使を驚かせてしまうはずだった。

男性の口もとにまたもやうっすらと笑みが浮かんだ。ほかのあらゆる部分同様、その口も非の打ちどころがなかった。感情がほどよく表われる程度に大きく、上唇の輪郭はくっきりして、下唇はふっくらと肉感的だった。

「気晴らしをしようとしている？」男性が皮肉をこめてそう言うと、低い声が陰鬱《いんうつ》になった。無害とはほど遠いことを口にするのに、わざと無害なことばが使われたのはお互いにわかっていた。男性が歩みよってくると、その影がグレースの上に落ちた。新たに押しよせてきた恐怖の波を、グレースは必死に押し戻した。

縛られた手を握りしめた。「ええ。だから、助けてください。もちろん、あなたはわたしを逃がしてくれるでしょう？」

「もちろんとはね」男性のすらりとした手が伸びてきて、頬を撫でられた。冷たい手なのに、グレースは火傷《やけど》でもしたように身を縮めた。男性の手が顎《あご》の下に滑りこみ、顔を上げさせられた。値踏みするように顔を見られた。「なるほど。美人だな」

グレースはぞくっとした。それでも、どこの誰ともわからないジョン卿が現われるまえに、ここから逃げるには、目のまえにいる男性の情けにすがるしかなかった。そこで、できるだけ穏やかな口調で言った。「お願い。助けて」

目を閉じた。それでもなぜか、男性の顔にちらりと笑みが浮かび、すぐに消えていったのがわかった。

「なかなかいい。いや、かなりいいぞ」

やはりこの美しい怪物も悪人なのだ。この人も、最初からわたしをもてあそぶつもりだったのだ。ぎこちなく唾を呑んだ。「あなたには良心があるはず。あなたはそんなことができる人では……」だめ、語気を荒らげて説得してもうまくいくはずがない。「お願い、助けてほしいの」

「なるほど、きみは状況に応じて口調が変えられるらしいな。おそれいったよ、マダム。わずかに声が震えているところなんかは名人芸だ。感服したよ」

グレースはぱっと目を開けた。不可解なことに、激しい憤《いきどお》りと激しい恐怖が同時にこみあげてきた。「あなたは勘ちがいしていらっしゃるわ。それではまるでわたしが……何かの役を演じている女優みたいですもの」

「そうかな?」男性は苛立《いらだ》たしげに言うと、顎を押さえていた手をふいに離した。触れているのも不快だと言いたげに。「きみが与えられた役をきちんと演じているのに、調子を合わせないぼくは怠惰だとでも言いたいのかな?」

グレースは怯えながらも、立ち去ろうとする男性がやけにそわそわしているのに気づいた。無駄だと知りながらも最後に一度だけ、この奇妙な若い男性に助けを求めた。「あなたの叔父さまはわたしを強姦するつもりなんです。それなのに、何もせずにわたしを見捨てるなんて、あなたはそんなことができる人ではないはず」

男性が振りむいた。端整な顔に上品な侮蔑《ぶべつ》の表情が浮かんでいた。「わけのわからないことを言うところが、魅力的と言えなくもない、マダム。それに、つい信じたくなる。でも、ぼくたちはどちらも、きみがここにいるのはぼくの相手をするためだと知っている。叔父のためじゃなくてね。きみが叔父の手先だということを度外視すれば、まあ、そういうことになる」

グレースは乾いた唇を舐めた。「あなたは頭がおかしいんだわ」

男性はつまらなそうに短く笑うと、初めて目をまっすぐ見つめてきた。深い茶色のその目には、きらめく金色の筋がはいっていた。この世のものとは思えないほど美しい目でありながら、これほど冷たい目をグレースは見たことがなかった。

男性は不可思議な金色の筋がはいった目で、グレースの目を見つめながら、あくまでも淡々と言った。「ああ、そのとおりだ、マダム。ぼくの頭がおかしいのは疑問の余地もなく、完治の見こみもない」

2

疎《うと》ましい叔父など地獄に落ちてしまえ！　マシューは小さく悪態をついた。

野蛮人に捕まった哀れな生贄《いけにえ》のように寝台に縛りつけられた若い女を見つめながら、マシューは絶望だけを感じていた。どういうわけか、ジョン卿は甥《おい》の心の奥深くにまで押しいって、そこに秘めた熱い思いを読み取ったらしい。そうして、その熱い思いどおりの、月光と闇をあわせもつ女を連れてきたのだ。甥を苦しめつづけている孤独な夢のすべてを満たす女を。

どうして、叔父にわかったんだ？

そこまで見透かされているのに、叔父を打ち負かすチャンスがわずかでも残っているのか？

女の怯えた眼差《まなざ》し。濃く長い睫《まつげ》に縁取られた愁いを帯びた藍色の目は一度も揺らがなかった。女が何かを演じているにせよ、ほんとうに怯えていたのはまちがいない。ああ、もし金を持っていれば、いくら賭けてもかまわなかった。

女が怯えるように仕向けたのは、この自分だ。怯えさせて、取り乱させるつもりだった。

そうなれば、判断を誤るにちがいない。判断を誤れば、ジョン卿も女を放りだすしかなくなる。

頼みの綱は、叔父の不変の無情さだった。

女が唾を呑んだ。意に反して、白く細い首の動きに目が吸い寄せられ、続いて視線が体のほうへ向かうのを止められなかった。ドレスの胸もとがわざとらしくはだけていて、豊かな丸みと、白いシュミーズがのぞいていた。マシューは体のわきに下ろした手を握りしめた。

そうだ、やはりこの女のそばにいてはいけない。いますぐに離れるのだ。

「あなたは……」女のかすれた声が震えていた。この場に不釣合いな威厳はすっかり消えていた。「ふざけていらっしゃるのね、ええ、そうに決まっているわ」

マシューは唇をゆがめて、苦々しい笑みを浮かべた。「ぼくは大真面目だよ、マダム、ああ、そうに決まっている」

そんな笑みで、女が安心するわけがなかった。安心させようと微笑んだわけでもなかった。「叫んだところでどうにもならないんでしょうね」意外なことだらけの女だが、声もまた神秘的だった。上流階級のとりすました口調を美しい旋律に変えてしまうほど、低くやわらかい声だった。

「さあ、どうだろう、試してみるといい」感情をこめずに言った。「といっても、ぼくの場合はそれで功を奏したことは一度もなかったが。きみはすでにぼくの注意を引いている。モンクスとファイリーはぼくときみをふたりきりにするように命じられているはずだ。ゆえに、きみが騒いだところで、あのふたりに束の間のお楽しみを与えるだけだろう」

「ならば、叫ぶもんですか」女の頬にかすかに残っていた赤みが消えて、蒼白になった。

「なかなか賢いじゃないか」フェンシングで一点取られたのを認めるように、首をかしげた。

叔父から腹黒い策略を聞かされたときに頭に浮かんだ女と、目のまえにいる女は天と地ほどもちがっていた。甥が暇を潰せるように娼婦をあてがうとジョン卿は言ったのだ。そのときは、ひと目で娼婦とわかるとげとげしいすれっからしを思い描いた。いくら女に不自由しようと——全身から欲望が染みでるほど不自由していたとしても、無味乾燥な商売女の古くさい手練手管《てれんてくだ》になど惑わされない自信があった。

けれど、傲慢な自信はみごとに打ち砕かれた。考えてみれば、狡猾《こうかつ》なジョン卿が見え透いた手を使うはずがなかった。

そう、叔父は……夢の女を連れてきた。

だめだ、ここにいてはならない。懇願する藍色の目の虜《とりこ》になるわけにはいかない。考えるよりさきに、扉へ向かっていた。

「待って。お願い」そのことばにはまぎれもなく女の必死の思いが表われていた。「このまま置き去りにしないで。せめて紐を解いてください、お願いだから」

マシューは振りかえって女を見た。「きみをそのままにしておいたほうが、ぼくにとっては好都合なはずだ」

拘束を解くには、女に触れなければならない。滑らかな頬の感触が残る手が、まだ熱く燃えているようだった。女を嘲《あざけ》ろうと、束の間触れただけなのに。

「お願い……吐きそうなの」

女が震えながら息を吸うと、あせた黒いドレスのはだけた胸もとからのぞく丸みが、男を惑わすように大きくふくらんだ。マシューはそれに目を奪われている自分に苛立った。

「誘惑しようとお得意の手練手管を披露するのはやめるんだ」ぴしゃりと言った。

「ちがうわ。そんなつもりはありません」弱々しい声だった。

じつのところ、女の顔色は病的なほど青ざめて、石膏のようだった。女が目を閉じると、目の下の濃いくまがいやでも目についた。

ためらった。もしかしたら演技ではないのかもしれない。

躊躇《ちゅうちょ》しながらも呪われた寝台へ向かった。そこはマシュー自身がいやと言うほどおぞましい時間を過ごした場所でもあった。歩きながら、自分はどこまでお人よしで愚かなのかと呆れずにいられなかった。このふしだらな女は敵で、ほかの敵どもと手を組んでいるのはわかっているのに……。

心のなかで祈りのことばをつぶやきながら、女を拘束している紐を引っぱると、紐はするりと解けた。体が自由になると、女はすぐさまぎこちなく上体を起こした。

「気分が……」

血の気の失せた顔はまさに病人の顔だった。嘘八百を並べているのはまちがいないが、具合が悪いのはほんとうらしい。部屋を見まわすと、探していたものが目にはいった。都合よく、腕を伸ばせば届くところにあった。

「これを使うといい」青と白の大きな洗面器を、女の震える手に押しつけた。

女は礼らしきことばを不明瞭につぶやいて、洗面器におおいかぶさると、苦しげに吐いた。女の魂胆はわかっていても、ほんとうに具合が悪そうで、同情せずにはいられなかった。吐き気がおさまってからも倒れそうになる女を支えようと、となりに座ってその体に腕をまわした。

温かくやわらかな感触を無視しようとしたが、しょせん無駄な抵抗だった。女が身を寄せてくると、その体がそもそも自分の体にぴたりと沿うようにつくられているかに思えた。固く直線的な自分の体とは正反対の曲線的な体を、無意識のうちに撫でていた。ボタンがちぎれたドレスの胸もとから、ふたつの豊かなふくらみが見えた。さらにのぞきこみたくなるのを必死にこらえながら、やけに冷静に思った――男を誘惑するには最高の方法だ、と。

女が震えながら、疲れ果てたように肩に頭をもたせかけてきた。結った豊かな髪が乱れて、やわらかな巻き毛に顎をくすぐられた。

「少し休むといい」黒い絹のような髪に囁いた。

静かに手を伸ばして洗面器を受けとると、わきに置いた。女はさほど吐いていなかった。そもそも胃のなかは空だったのだろう。実際、不本意ながらも腕に抱いている体は、やつれていると言ってもいいほど痩せていた。少し力をこめただけで、ばらばらになりそうなほどか細かった。

「ゆうべ嗅がされたアヘンチンキのせいだわ」女が弱々しく言った。「吐くなんてめったにないことですもの」

アヘンチンキだって？　そのことばが、抑えがたい欲望の気配とともに、心の隅にひとつの疑問として残った。腕のなかで力なく身を預けている女に気持ちを戻した。わずかに体の向きを変えると、女の丸みを帯びた滑らかな額と、品のある高い鼻が見えた。美しい。とはいえ、それはひと目見た瞬間に気づいていた。

気づいて、それを呪ったのだ。

卵形の顔に異国の雰囲気が漂う高い頬骨は、かつて目にしたイタリアの聖母の絵を髣髴《ほうふつ》とさせた。けっしてかなわない夢の大旅行の代わりに、叔父が寛大にも何冊か本をくれたのだった。

かすかに色が戻りはじめたふっくらした唇に、目が吸い寄せられた。肉感的な唇が純潔な印象を乱していた。男なら誰もがお粗末な言い訳をしたくなる唇だ。マシューが罪深い夢のなかでしたような。

やはり、この女はこの種の駆け引きに長《た》けているのだ。一瞬にして、望む場所に男を引きよせたのだから。叔父にしっかり言い含められているのはまちがいない。といっても、なぜこれほど清純そうな女が、娼婦を演じて、頭のおかしい男を当惑させているのかはわからなかった。

叔父の策略を知らずにいたら、目のまえにいる女の無防備さと、恐怖を克服して勇気を奮いたたせているようすにすっかり騙《だま》されていたにちがいない。劇場の経営者なら誰もが、この女を競って舞台に立たせたがるはずだ。女好きの紳士なら誰もが、さらに親密な関係を結びたがるに決まっている。

ふいに、自分が哀れに思えて胸が痛んだ。

女がスカートに手をやった。どうやらハンカチを探しているらしい。口から出かかった悪態を呑みこみながら、マシューは自分のハンカチを差しだした。「ほら」

「ありがとう」女がハンカチを受けとって、震える手で口を拭《ぬぐ》った。

「もう支えなくても座っていられるだろう？」冷ややかに尋ねた。このときばかりは、本心が口調に表われても気にしなかった。あくまでも冷ややかに、女と距離を置こうと決めていても、この世の生身の人間にはできないことがある。長いあいだ怒りを抱いてきたが、これほど残酷な茶番劇に怒りは増すばかりだった。

「ええ、たぶん大丈夫」女がゆっくり体を離した。

とたんに、女のぬくもりと鼻をくすぐるにおいが恋しくなった。太陽と埃《ほこり》と、ラベンダーの石鹼のかすかな残り香《が》。それもまた、さりげないやり口だ。目のまえにいる娼婦は男を惑わす東洋の強い香水をつけていなかった。その代わりに、爽やかで自然な、ほんものの女のにおいを漂わせていた。

女が嘘で身を固めているのを考えれば、それ以上の皮肉はなかった。

女は倒れないように、寝台をしっかり握っていた。傍らにいると、苛《さいな》まれた細い体が小刻みに震えているのがわかった。思わず手を貸したくなるのを必死にこらえた。

また叔父を呪った。いつものように、そんなことをしてもどうにもならなかったけれど。

子供のころから、病気や怪我をした動物を見捨てられない性質だったのだ。ジョン卿はそれを巧みに利用して、甥が女に抗《あらが》えなくしようと考えたのだろう。勇敢な者、傷ついた者、やさしい者への絶対的な共感が、身の破滅を招きかねなかった。

拘束を解いてから初めて、若い女がまっすぐに見つめてきた。アヘンチンキのせいで、瞳《どう》孔《こう》が小さな黒い点になるほど縮まって、この世のものとは思えないほど真っ青な虹彩《こうさい》が際立っていた。

ジョン叔父、やるじゃないか——不本意ながらそう思った。女は薬のせいで、いかにも被害者に見える。けれど、か弱い女がどうにかして勇気を奮いたたせているかのような言動は、すべて演技なのだ——マシューはそれを何度も自分に言い聞かせなければならなかった。

「ごめんなさい。迷惑をおかけして。それに、あんなに取り乱してしまうなんて」

またもや奇妙なほど上品な言動だ。自制心を失って恥じるとは、淑女そのものだった。できることなら、法螺《ほら》を吹いても時間の無駄だと言ってやりたかった。きみが何者なのかはよくわかっている、と。叔父は娼婦をあてがうと明言したのだ。目のまえにいる女が娼婦でないはずがなかった。

具合が悪そうな女に動じてはならないと心のなかでつぶやきながら、肩をすくめた。「そんなことはどうでもいい」

上品ぶる権利などないのはよくわかっていた。発作が起きれば、自分の体すら思いどおりに動かせなくなるのだから。だからこそ、幾度となく縛りつけられた寝台の傍らに洗面器が備わっていたのだ。そうだろう？　とはいえ、ありがたいことに、もう長いことそういった処置を施される状況には陥《おちい》っていなかった。

男を惑わす濃い睫越しに、女がちらりと視線を送ってきた。「それでも、あなたは親切だったわ。ほんとうにありがとう」

女がさりげなく仕掛けてくる誘惑の罠に落ちてはならなかった。この女を腕に抱いたのはあまりにも心地よかった。とはいえ、もう長いこと、誰かを安らいだ気分にさせたことも、自分が安らぎを覚えたこともなかった。肉体的な欲望はまぎれもなく動物的な反応で、腕のなかにいたのがこの女だからということとはなんの関係もない。

少なくとも、必死にそう思いこもうとした。

「ぼくにはさまざまな面があるからね、マダム」立ちあがりながら、冷ややかに言った。「だが、そのなかに親切というのはない」

女の表情が変わるのがわかった。あまりにも気分が悪くて、束の間、恐怖を忘れていたのだ。けれど、自ら狂人と言った男とふたりきりでいるのを思いだしたとたんに、恐怖が戻ってきたらしい。女が震える手ではだけた胸もとをかきあわせた。

いかにも自然な演技だった。なぜ、これほど有能な女優が、サマセットの片田舎に埋もれているんだ？　ロンドンの満員の劇場でスポットライトを浴びていて当然なのに。

「どうしてもここから出なければならないわ」誰かに言っているというより、自分に言い聞かせるように女が言った。そうして、おぼつかない脚で立ちあがると、扉へ向かった。さきほど貸したハンカチがひらひらと床に落ちた。打ち捨てられた降伏の白旗さながらに。

「逃げられないよ」とマシューは穏やかに言った。ああ、たしかに美しい女だが、本性はとんでもない詐欺師なのだ。「この屋敷は塀に囲まれている。唯一の門はファイリーとモンクスが見張っている。それに、芝居は始まったばかりなのに、叔父がきみとの契約を打ち切るはずがない。きみを解放するはずがない」

　わけがわからないと言いたげに、女が眉根を寄せた。美しい目がガラス玉のようだった。そもそもふらついている体がぐらりと揺れた。いまにも倒れそうだった。

「くそっ！」くずおれそうになる女を見て、思わず悪態をついた。

　わずかな距離をひとっ飛びで駆け抜けて、倒れかけた女を支えた。とたんに、太陽と石鹸の忌々しいほど無垢《むく》な香りが押しよせてきた。

「お願い、そんなことばは使わないで」女が囁くと、首にかかるその息が欲望を刺激した。血が沸きたって、一瞬、女が言ったことの意味が理解できなかった。

　呆気《あっけ》に取られて、笑わずにいられなかった。何を言っているんだ？　ことば遣いより、はるかに大きな問題を抱えているはずなのに。それでも、女をそっと抱えて、居間に運んでいった。

「下ろして」哀れなほど弱々しい声だった。

「下ろしたところで、ぼくの足もとに倒れるだけだろう」

反論を待ったが、ことばはなかった。どうやら体力も限界に近づいているらしい。

この一年で、自分の力が以前より衰えているのはわかっていた。それでも、この女のことは易々《やすやす》と抱きあげられた。おまけに、またもや貧困のしるしに気づいた。時代遅れのドレス。瘦せた体。靴も擦りきれて、ひび割れていた。

女が楽になるようにと腕の位置を調節して、胸に触れる乳房は冷静に無視した。たとえこの女が幽霊で、現実には存在しないとしても、それでもやはり、女の幽霊であることだけはまちがいなかった。

火のはいっていない暖炉の傍らの長椅子には、開いたままの本が置いてあった。本を床に落として、女を長椅子に横たえた。「しばらく横になっていたほうがいい」やさしく声をかけながら、乱れた黒髪のうしろに赤いビロードのクッションを滑りこませた。

女は身を引こうとしたが、それさえままならなかった。上等な布地を背景にして、非の打ちどころのない横顔に浮かぶ真剣な表情が際立っていた。あまりの美しさに圧倒されて、マシューは息もできなくなった。

「さわらないで」目を閉じた女の滑らかな頰を涙が伝った。

女の抱いている恐怖と悲しみに胸を突かれて、尊大な口調で話すのが辛かった。「きみの身に危険がおよぶことはない」さらに固い口調で言った。どこまでも愛らしく、か弱そうに見えても、敵であることに変わりはないのだ。「どれほど望んだところで、いまはぼくを追い払えないよ」

女が驚いて、藍色の目を見開いて顔を見つめてきた。それを無視して、マシューは冷ややかな表情のままサイドボードへ向かうと、女のためにブランデーを注いだ。

長椅子に戻り、小さなクリスタルのグラスを差しだした。女は頭を上げる力もないようだった。体も小刻みに震えて、息遣いも途切れがちだった。

「くそっ」小声でつぶやくと、身を屈めて女の体を支えて、ブランデーを飲ませた。

女が眉をひそめて、非難の視線を送ってきたが、文句は言わなかった。そうして、ブランデーをひと口飲むと咳きこんだ。

マシューはまた悪態をつくと、少しでも呼吸しやすいようにと女を起きあがらせた。ここに叔父がいたら、さぞかし喜ぶにちがいない。叔父が連れてくる女には指一本触れない、と心に固く決めていたのだ。それなのに、叔父と共謀しているあばずれ女を、病《やまい》に臥《ふ》したお姫さまのようにやさしく気遣っているとは。ふしだらな女の術中にはまって、わずか数分で抱きかかえることになるとは。

いずれにしても、みごとな手際を認めないわけにはいかなかった。

それに、正直なところ、自分がどうしようもなく愚かに思えた。女が自分ではなく叔父の味方であるという事実を除けば、これまでのところ、あらゆる点で女に惚れ惚れしているのだから。

「さあ、早く飲むんだ」唸《うな》るように言いながら、女がいまにも落としそうになっているグラスを取りあげて、血の気のない唇に押しつけた。

「そんなふうに勧められたら、飲むしかないでしょうね」女は苦しそうに応じると、何口かブランデーを飲んだ。「申し訳ないけれど、お水をいただけるかしら?」

思わずにやりとしそうになりながら、マシューは目のまえの女の称賛すべき項目——ときを追うごとに増えていく項目——に、甚《はなは》だしい空威張りということばをくわえた。「お好きなものをお持ちしますよ、マダム。あなたに奉仕するためにぼくは生きているんだから」世界じゅうの男を惹きつけるその顔が華やぐことはなかった。マシューはふいに女の笑みを見たくてたまらなくなったが、その衝動をどうにか抑えた。

あばずれ女が笑おうが関係ない、そうだろう? 女が気を失いそうになっているだけでも、すでに手に余る問題を抱えているのだから。グラスを手にもう一度サイドボードへ行くと、新しいグラスに水を注いだ。

「ほんとうにありがとう」またもや不可思議なほど丁寧な口調だった。

マシューはその場に立って、水を飲む女を見つめた。女のパトロンのひとりが、上品な言動を要求したのだろうか? さもなければ、良家に生まれたつむじ曲がりの娘なのか? 女は富裕層のイントネーションで淀みなく話し、丁寧な物言いに粗《あら》はなかった。

女が長椅子の背にもたれると、とたんに、またその体を腕に抱きたくてたまらなくなった。体を支えて、安心させるためだ、と心のなかで何度もくり返した。といっても、さきほど抱いたときには、ウエストのしなやかな窪《くぼ》みや、ヒップの愛くるしい曲線、バストの張りのある丸みを意識せずにいられなかった。さらには、まとわりつくような忌々しいほど刺激的な香り——男を引きよせてやまない香りも。

女を見つめていると、意に反した驚嘆と、激しい拒絶が胸のなかで入り混じった。口汚いことばを吐いて、女を愚弄したかった。人から思われているとおりの狂人として、怒りくるい、わめき散らして、部屋のなかをめちゃくちゃにしたかった。

けれど、気づくと尋ねていた。「おなかはすいてないかい？」

女が目を閉じて、空気から栄養を摂《と》ろうとするかのように深々と息を吸った。胸もとが大きく上下すると、マシューは豊かで滑らかな乳房の丸みにますます気を取られた。とりわけ大きな胸ではないが、女がかなり痩せているのを思えば、信じられないほど肉感的だった。乳房の重みと形を確かめるように、体のわきに下ろした手が自然に丸みを帯びていた。

「マダム、最後に食事をしたのはいつかな？」さきほどより強い口調で尋ねた。

不安げなまどろみから女が目覚めて、ぼんやり答えた。「昨日の朝食にパンとチーズを食べました」

「何か持ってこよう」女から離れる格好の口実ができた——そんな気分でいるのを認めたくはなかったが、それでもほっとしたことに変わりなかった。恥ずべき安堵《あんど》は、その女がどれほど危険かという証拠だった。

マシューは不屈の意志を持っていた。意志の力だけで生きてきたと言っても過言ではなかった。それなのに、目のまえにいる女とほんの半時間過ごしただけで、いとも簡単に虜になりかけている。しかも、女はまだ本気で誘惑してきてもいないのに。体調が悪くてそれどころではないのに。

女の具合がよくなったらどうなることか……。五分もあれば、足もとにひざまずかされているにちがいない。

冗談じゃない、屈してなるものか。

何年も叔父と闘ってきて、音《ね》を上げたことなど一度もなかった。取るに足りない小娘に屈するなんて冗談じゃない。

とはいえ、台所に向かいはじめてようやく、きちんと息が吸えるようになった。自然に息が吸えたのは、女を目にしてから初めてだった。

「またパンとチーズだ。食料庫にこれしかなかった」マシューは食べ物を載せた盆を持って部屋に戻った。

返事がなかった。女は眠ったのかもしれない。気を失いそうなほど疲れ果てていたのだから。足音を忍ばせて、長椅子のまえにまわった。

足音を忍ばせる必要などなかった。長椅子に女はいなかった。

盆を乱暴に戸棚の上に置いた。なるほど、娼婦は逃げたというわけか……。といっても、この屋敷からは誰も逃げられない。何年ものあいだ自由になろうと数々の脱出方法を試みた張本人が言うのだからまちがいなかった。

金をいくら積まれても、頭のおかしい男とベッドをともにするなんてごめんだ、女はそう考えたのだろう。

だからといって、女を責める気にはなれなかった。叔父から話を持ちかけられたときには、悪くない仕事だと思えたのだろう。叔父は人を魅了しようとするとき、あるいは、操ろうとするときには、信じられないほど好人物になって、巧みに口説くのだから。人を魅了することと操ること——それを思うと、苦笑いせずにいられなかった。ジョン・ランズダウン卿にとって、そのふたつは同じことなのだ。

まあ、逃げられるかどうか、やってみるといい。すぐに音を上げて、戻ってくるに決まっている。たとえ、戻ってこなくてもどうでもいいことだ。そもそもが、うっとうしい女とかかわるつもりなどなかったのだから。これほどあっさり願いがかなったのを喜ぶべきなのだ。

喜ぶだけじゃまだ足りない。大声で〝ハレルヤ！〟と叫んでもいいほどだ。

女はモンクスとファイリーのもとに逃げこんで、ふたりの乱暴者は女をそもそもいた場所に戻す。それで不愉快なこの茶番劇は終わる。

ただし、モンクスとファイリーは女を見つけて連れてくるのに苦労したはずで、女の心変わりを喜ぶはずがない。喜ばなければ、自分たちの不満をどうやってぶちまけるか考えるだろう。あのふたりがいつもの拘束では飽き足らず、さらなる想像力を発揮するたびに、この体は傷ついたのだから。

あの若い女はモンクスとファイリーに思うぞんぶんなぶられる。

あの若い女は自分を見張るためにここに送りこまれてきた。

床に手を伸ばして、本を拾いあげた。あの女は叔父の策略に加担するつもりだったのだ。そんな女がどうなろうとすべては自業自得というものだ。

腰を下ろして、読みかけのページを開いても、ラテン語の論文はちっとも頭にはいってこなかった。頭に浮かぶのは、静かに助けを請う藍色の大きな目だけだった。

あんな女のために何かしてやる義理などない。といっても、叔父の乱暴な手下と相対したら、女は抗うことさえできないはず……。

「くそっ！」吐きだすように言うと、本をぱたんと閉じた。

粗野なことばを女に非難されたのを思いだして、胸が疼《うず》いた。

あの若い女は勇敢だが、勇気だけでは残忍なふたりの番人には勝てない。自分はどこまでお人よしなのかと呆れながらも、気持ちを止められなかった。マシューは立ちあがると、娼婦らしからぬ娼婦を捜しにいった。

3

グレースは苦しげに身を屈めて、上がった息を整えた。夕暮れ間近の強い日差しが頭をあぶり、苦い絶望感に決意が蝕《むしば》まれていくのを感じた。夫のジョサイアが病に臥してからというもの、絶望ばかりの人生だった。それでも、冷たい鉤爪と化した絶望に、怯える心を鷲《わし》づかみにされたのは初めてだった。

心惑わせる男性が部屋を出ていって、ひとり残されたときは、これほどの幸運があるものかと思った。恐れと興奮に、まがいものの力が湧いてきて、長椅子からすっくと立ちあがると、走りだした。希望に満ちたその瞬間からずっと、必死で逃げ道を探しつづけたのだ。

逃げ道などないのに……。

とびきり美しい顔をしながら敵意に満ちた侯爵は、わたしを逃がすつもりなどなかったのだ。屋敷を囲う塀にたどり着くと、塀伝いにひたすら歩きつづけたが、切れ目のない塀がどこまでも続いているだけだった。真っ白な塀は高くのっぺりしていて、手や足を引っかけられそうな窪みやでっぱりはひとつもなかった。それでも、自分の目を信じようとせず、何度かよじ登ろうとした。その結果、残酷な事実に打ちのめされた。若い男性をここに閉じこめておくために、誰かが果てしない労力を費やしているのはまちがいなかった。

そして、その若い男性と同じように、わたしも閉じこめられてしまった。

塀に囲まれた敷地はそれなりの広さがあり、大半が森だが、家のそばにはきちんと手入れされた庭と果樹園があった。こんな状況でなければ、庭に興味を引かれ、美しいとさえ思ったかもしれない。けれど、監禁と恐怖の悪夢のなかでは、春の息吹《いぶき》を感じられる木々も威圧的で恐ろしいものでしかなかった。

けれど、いちばん恐ろしいのは何者も寄せつけない塀だった。ここはまるで豪華な牢獄……。無限の財力と知恵と揺るぎない決意の集大成だ。何の罪もない女性を捕らえるほどおぞましい人物がこの世にいること、そして、その女性をけっして解放しようとしないほど非情な人物がこの世にいることを意味していた。

ここが難攻不落の砦なのはよくわかった。唯一の門もすでにこの目で確かめた。堅牢なカシ材の門には閂《かんぬき》がかかり、鎖まで巻かれていた。近くに雑然とした建物がいくつか並んでいた。納屋《なや》、馬小屋、小さな庭、そして、小屋が一軒。

小屋の壁際のベンチにあの乱暴者のふたりが座り、陶器のコップをまわし飲みしていた。百ヤードほど離れた茂みのなかに身を隠してようすを窺《うかが》うと、酒盛りを楽しんでいるのがわかった。ふたりの下卑《げび》た笑い声が響くと、背筋がぞっとした。話の内容までは聞こえなかったが、捕らえてきた女に侯爵がしていることをあれこれ想像して冗談を言いあっているのはまちがいなかった。

もしかしたら、こっそり門から抜けだしても気づかないくらいふたりは酩酊《めいてい》しているの？――そんなことを考えるほど馬鹿ではなかった。貧しい農村で暮らしていたのだから、あのふたりのような男と顔を合わせたことぐらいはある。けれど、あれほど悪意に満ちた男がこの世にいるとは思いもしなかった。平気で女を誘拐するような無法者は、酔って前後不覚になるのではなく、ますます暴力的になるはずだった。

こみあげてくる吐き気を鎮めようと、深く息を吸った。そうして、ほかに逃げだせそうなところはないかとその場を離れた。

そしていま、最初の場所に戻っていた。冷ややかな声と渇望する眼差しの美しい狂人のもとを逃げだしたときと、何ひとつ変わっていなかった。

塀に囲まれたこの屋敷でわたしが死んだとしても、その死は誰にも知られない――そんな悲惨な現実に気づいて打ちのめされた。またもや恐怖がこみあげてきて、痛む胃がぎゅっと固くなった。空腹で喉が乾き、めまいがして、吐き気もおさまらなかった。ドレスの胸もとの残ったボタンはすでに留めてあり、首筋を不快な汗が伝っていった。

どうにもならない……疲れ果てて心まで折れてしまった。埃っぽい地面にぐったり座りこんだ。たとえ、頼りない脚でさらに歩きつづけられたとしても、行くところはどこにもなかった。

「考えるのよ、グレース。さあ、考えて」気持ちを奮いたたせようと、つぶやいた。

けれど、それも無駄な努力で、ことばはむなしく消えていくだけだった。疲労と恐怖に震えながらも、うつむいて涙をこらえた。夫を亡くして牧場を失ったときに泣き暮らしたせいで、いまだに目がしばしばしていた。あのとき、涙など役に立たなかった。いまだって、なんの役にも立たない。

何か食べなければ。そう考えただけで、胃がむかむかしたけれど、日が暮れたら、家の近くに行って、庭に植わっているものをこっそり食べることにした。

いまは拘束されていないといっても、これではまるで狩場をうろついている鳥のようなもの、そうでしょう？ さらってきた男たちはわたしを森からおびきだすに決まっている。主人に撃たせるために勢子《せこ》がキジを駆りたてるように。

苦々しい笑いが漏れそうになるのをこらえた。これまでだって、ジョサイア・パジェットの赤貧《せきひん》の未亡人の身に災難が降りかかったと思っていた。けれど、そのときは真の災難がどんなものかわかっていなかったのだ。

「頼もしいな、どうやらユーモアのセンスは失っていないらしい」皮肉めいた低い声がした。

顔を上げると、悲しげでいて吸いこまれるような目をした男性がいた。吐き気をもよおしたときに、体を支えてくれた人が。リラックスした長身の男性が。一匹の猟犬が男性の足もとにやってくると、ほっそりした手が下に伸びて、いかにも慣れたようすで犬の頭を撫でた。

「いや！」グレースははっとして立ちあがった。冷静に考えれば、逃げる力など残っているはずがなかった。それでも、激しい動悸を刻む胸の奥で、〝逃げるのよ〟と心が叫んでいた。

「ウルフラム」男性が抑えた声で言った。大きな猟犬がまえに飛びでて、グレースは背後のカシの木に追いつめられた。「逃げたところでどうにもならない。それはもうわかっているだろう」

猟犬の骨ばった背越しに、人を苦しめて楽しんでいる美しい怪物を睨みつけた。「あなたに襲われるのが少しでもあとまわしになるなら、それだけで逃げる価値はあるわ」どれほど努力しても声の震えはおさまらなかった。

そのことばでわずかな反撃を試みたつもりだったが、金色の筋がはいった澄んだ目は揺るがなかった。「好みに合わない客だと言いたいなら、ぼくは謝るしかない。といっても、娼婦が脚を広げる相手についてこれほど文句を言うとは思ってもいなかった」辛辣《しんらつ》な嘲りがこもっていた。

グレースは背筋をぴんと伸ばした。次に発した声は力強く、怒りに満ちていた。「わたしは娼婦ではないわ。あなたが雇った卑劣なふたりの男に、無理やりここに連れてこられたの。少しでも名誉を重んじる紳士なら、全力を尽くしてわたしを家族のもとへ帰すはずよ」

「とはいえ、ぼくは名誉を重んじる紳士ではないんでね」感情豊かな口もとには、いまや見慣れた冷笑が浮かんでいた。「ぼくは救いようのない哀れな狂人だ」

惚れ惚れするほどしなやかな動きで、男性が一歩前進して、猟犬の首に片手を置いた。たったの一歩で驚くほどふたりの距離が縮まって、グレースはあとずさった。けれど、それも猟犬に低く唸られて、体が凍りつくまでだった。

束の間の反抗心があっというまに消えていった。「お願い、わたしにかまわないで」弱々しい声しか出なかった。

男性が苛立たしげに眉をしかめた。「頼むよ、マダム、見えすいた芝居はやめてくれ」吐き捨てるように言うと、猟犬の斑《まだら》の毛に触れている長い指に力をこめた。「叔父のジョン・ランズダウン卿に金で雇われて、きみはここにやってきて、仕事に励んでる。誘拐されたという奇想天外な設定はなかなか巧妙だが、か弱い未亡人のふりをして、怯えて、懇願して、吐き気までもよおしたところで、ぼくはそんな嘘を信じやしない。きみの作戦などお見通しだからね」

「あなたは頭がおかしいわ」グレースは息を吸った。濃い霧となった悪夢にすっぽり包まれた気分だった。

男性が肩をすくめた。「叔父はそのことをきみに教える気にはなれなかったらしい。だとしたら、ぼくをここに幽閉している理由を、叔父はどう説明したのかな？」

グレースは当惑して首を振った。目のまえの男性はわけのわからないことを口走っているのに、それでも、これまでに出会ったどんな人と比べても、いたって正常に見えた。とりあえず、もっとも簡単に否定できることがらに焦点をあてることにした。

「あなたの叔父さまにはお目にかかったこともないわ」

男性の顔に尊大で不満げな表情がよぎった。「まだ嘘をつくのか。ならば、勝手にするといい。いずれは芝居をするのも飽きるだろうから」そう言うと、くるりとうしろを向いた。

「行くぞ、ウルフラム」歩きだした男性に猟犬が素直にしたがった。

ゆったりした白いシャツに包まれた背筋のぴんと伸びたうしろ姿が遠ざかっていくのを、グレースは呆然と見つめた。

「わたしを置き去りにするの？」助けを求めるというより抗議する口調だった。

「ぼくといっしょに家へ戻るか、ここにいて、敷地内を巡回するモンクスとファイリーに見つかるかのどちらかだ」返事は返ってきたものの、男性は振りかえりもしなかった。そっけない態度で立ち去りながら、冷ややかに言っただけだった。

グレースは震える手で背後の木を握って、弱々しく言った。「でも、あなたは強姦するつもりなんでしょう？」

男性が立ち止まり、肩越しに不可解な視線を投げてきた。「即座にそうなることはないだろうね」

グレースは男性の神秘的な目を見つめながら不思議な気分になった。どういうわけか、少なくともしばらくはその男性に乱暴されることはないと確信できた。

何を馬鹿なことを考えているの？　なにしろ男性は自ら狂人だと言い、きちんとした約束はひとつもせず、おまけに、わたしがどんな女かということも完全に誤解しているのだから。そういった事実に相反するものといえば、体調が悪いときに男性が親切に介抱してくれたことだけ。だからといって、乱暴されないとは言い切れない。

「あなたは誰なの？」背筋を伸ばして、顎をつんと上げた。

男性の顔にまたもや傲慢な笑みが浮かんだ。「決まっているだろう、惨《みじ》めなこの王国の主《あるじ》だよ」

不安のせいでこみあげてきた吐き気を、ぐっと呑みこんだ。「その主にも名前はあるでしょう?」

男性がくるりと振りむいて、まっすぐに見つめてきた。高い頬が陽光を受けて輝いていた。

「叔父から教わらなかったのか?」

「教えてちょうだい」動揺しながらも言った。

「いいだろう、きみがそう言うなら」舞踏会で自己紹介するように、男性はお辞儀した。皮肉っぽいのに上品なその仕草に、グレースは息を呑んだ。「マシュー・ランズダウン。シーンの侯爵だ」

グレースは眉根を寄せた。ほんとうなの? シーンの侯爵といえば、イングランドでもとくに裕福な貴族。そんな人がここで何をしているの? 世間と隔絶されたこんな場所で。たしかに、ふたり組の乱暴者は主人のことを侯爵と呼んでいた。目のまえの男性は上等なものばかりに囲まれている。それは何不自由なく暮らせるだけの財力がある証拠だ。なるほど、この男性の言っていることはほんとうなのだろう。

植物の標本を観察するように、男性がじっと見つめてきた。そんなふうに見つめられると落ち着かなかった。といっても、すでにこれ以上ないほど落ち着かない気分だったけれど。

「きみにも同じことを要求してもいいかな?」

「どういう意味かしら?」

端整な顔が苛立ちに翳《かげ》った。「名前だよ、マダム。なんという名なのか教えてくれるかな?」

グレースは考えるよりさきに言っていた。「グレース・パジェット」

「グレース」視線をそらさずに、男性は考える口調でつぶやいた。

何を考えているかは一目瞭然だった。数々の悲しみに堪えて、無数の喪失を味わってきたみすぼらしい身なりのやつれた女――そう思われているのはまちがいなかった。

でも、どう思われようと気にすることはない。この男性に女として見られるのを望んでいるわけではないのだから。それでなくても、のっぴきならない状況に陥っているのだから。

名前について何か言われるのではないかと黙っていた。不釣合いな名前だとか。男性のまえで吐いてしまったことを思いだして、恥ずかしくなった。そのときにやさしく気遣われたことも頭に浮かんできた。あんな状況であれほど気遣ってくれる人が、相手の気持ちを無視して、何かを強要するはずがなかった。

でも、わたしは自分と同年代の男性の何を知っているの? 夫のジョサイアはずいぶん年上で、お世辞にも血気盛んとは言えなかった。それに比べて、目のまえにいる若い侯爵のすらりとした体には、精気がみなぎっている。さらに、男性のことばを信じるなら、彼は偉大なる領主で、指をパチンと鳴らすだけで、求めているものが手にはいるのだ。それを証明するかのように、男性が指を鳴らすと、落ち葉の山を嗅いでいた猟犬が主人のもとに駆けつけた。

この男性がモンクスとファイリーからわたしを守ってくれる。それができるのはこの人だけ。

その見返りに何を求められるのか見当もつかなかった。もし侯爵の目的が女の体をもてあそぶことだけなら、わたしが寝台に縛りつけられていたときにそうしていたはず。侯爵を信頼するわけにはいかないけれど、ほかにどんな道が残されているの……？わたしは悪魔に命を預けるの？　そんなことを思いながら、グレースは木から離れると、侯爵のあとを追った。

おぼつかない足取りでどうにか侯爵のうしろを歩いて、グレースは家のまわりの開けた場所にたどり着いた。塀から家までの長い道のりのあいだに、恐怖が疲労に取って代わっていた。

男性――いいえ、シーン侯爵よ――が森を抜けたあたりで立ち止まり、追いついてくるのを待っていた。いままさに西に沈もうとしている太陽の光を受けて、長身の体が黄金に縁取られていた。グレースは目をしばたたかせた。侯爵の姿がなぜか果てしなく悲しげに思えて、胸が詰まった。

大地に立っている侯爵は堂々としているのに、それでいて誰よりも孤独だった。けれど、そんな不都合な思いも、ウルフラムが戻ってきて、スカートの裾を嗅ぎまわったとたんに消え失せた。グレースはわれに返って小さく息を漏らした。

「噛みつきはしないよ」シーン侯爵の視線を痛いほど感じた。長いこと隔離されているせいで、女性をあからさまに見つめるのがいかに無礼かを、侯爵は忘れてしまったようだった。

グレースは自嘲するように唇をゆがめた。見つめるのが無礼ですって？　その気になれば、侯爵はわたしの体を意のままにもてあそべるのだ。侯爵の視線よりも心配しなければならないことは山ほどあった。

不穏な思いを頭から追い払って、猟犬の賢そうな黄色い目を見た。「犬は大好きよ」

牧場では犬を飼っていた。この世で無条件に愛せる生き物は犬しかいない、ときにそんな気持ちになることもあった。手を伸ばして、立派な猟犬ににおいを嗅がせてから、頭を撫でた。犬が満足げに目を閉じた。奇妙なこの監獄に連れてこられて以来、何かから、あるいは誰かからごく普通の反応が得られたのは初めてで、思わず猟犬に微笑みかけた。

侯爵といっしょにいると、互いを意識しすぎて空気までおかしくなるようだ。いまも穏やかな空気が激しく揺れて、鳥肌が立った。

困惑して、顔を上げた。シーン侯爵に睨まれていた。口もとに注がれているその視線は、毒が滴《したた》り落ちる唇を見ているかのようだった。もう笑みを浮かべてはいられなかった。笑みがゆがんで、消えた。ウルフラムから手を離した。わたしは侯爵を激怒させるようなことをしてしまったの？

「どうやらウルフラムをまんまと手なずけたらしいな」侯爵の口調は鋭かった。「にっこり笑えば、ここにいる誰もが従順になるとは思わないでくれよ」

グレースは口をぽかんと開けて見つめるしかなかった。侯爵は見るに堪えられないと言わんばかりに、大股で歩きだした。ウルフラムがすぐさま主人のあとを追った。

グレースは呆然とその場に立ち尽くした。恐怖と困惑で頭がくらくらした。侯爵のくるくると変わる気分に驚いて、わけがわからず、これからどうすればいいのか見当もつかなかった。そうよ、侯爵はほんとうに頭がおかしいのだ。いずれにしても、怒っているのはまちがいない。侯爵は味方なの？ それとも敵？ いまはまるでわからなかった。

心臓の鼓動が徐々に落ち着いてきた。家に向かう侯爵を見つめてから、周囲に目をやった。この国でとりわけ権威のある貴族にはなんとなくそぐわない家だった。大きな家だが、威圧的ではなかった。古びた赤煉瓦が穏やかな夕陽を浴びて、のどかな雰囲気が漂っていた。温かみのある愛らしい家。〝安らげるわが家〟とも言えそうだった。

けれど、危機はすぐ目のまえに迫っている。

この屋敷では永遠の闘いが繰り広げられているのだ。ゆえに、何かを見誤って破滅を招かないように、つねに頭を働かせていなければならない。

背筋に寒気が走った。シーン侯爵がそばにいないと、美しいはずの背後の森が不吉なものに思える。自分をここにさらってきたふたりの悪漢が、茂る木々の隙間からこちらを見つめているかのようだった。グレースはなけなしの体力をかき集めると、侯爵のあとを追って、青々とした芝生をとぼとぼと歩きだした。

侯爵に案内されたこぎれいな寝室で、グレースは鏡に映る自分の姿を見つめた。鏡のなかの自分の怯えた目に見つめかえされると、不安になって下唇を噛んだ。それは子供のころからの癖で、いつまで経っても抜けなかった。

「とりあえず、いまのところは無事よ」鏡のなかの自分に囁いた。「これからだって無事でいられるはず」

ほんとうにそう思えたらどれほどいいか……。

こみあげてくる不安に息が詰まるまえに、それを呑みこんで、鏡台から男性用の大ぶりの銀のヘアブラシを取りあげると、すばやく髪を編みなおした。すでに顔を洗って、ドレスから目立つ汚れを落としてはいたが、それでも見るからに疲れ果て、空腹で、みすぼらしい姿は変わらなかった。好色な貴族から身を守る力はこれっぽっちも残っていなかった。

部屋にふらりとはいってきた侯爵の姿が鏡に映った。どうにか抑えていた恐怖が一気にふくらんだ。部屋の一角に置かれた大きなベッドが、ふいに何よりも意味を持つものに感じられた。武器を構えるようにヘアブラシを胸のまえに持って、勢いよく振りむいた。

侯爵が嘲るように笑った。「死ぬほど髪を梳《と》かして、ぼくを殺すつもりかい？」そう言っただけで踵《きびす》を返して、扉へ向かった。「モンクスが夕食を運んできた。人を殺すつもりなら、そのまえに体力をつけておくべきだろうな」

いとも簡単に言い負かされてしまった。ああ、もうなんて憎らしい。侯爵にとって、これはただのお遊びなの？　怯えて、途方に暮れて、それでも必死に抵抗するわたしをもてあそんでいるの？　またもやこみあげてきた怒りに臆病風は消え失せて、全身が熱くなった。これまでわたしは誰にも、何にも負けなかった。そうよ、気まぐれな変人に負けたりするもんですか。

顎をぐいと上げて、冷ややかな目で侯爵を見据えた。いまはパジェットと名乗っているけれど、もとを正せばわたしはマーロー家の娘。マーロー家の者なら、ランズダウン家の者と真正面から目を合わせる資格がある。目のまえにいるのがもてあそんでも許される相手ではないのを、シーン侯爵に教えてやるのよ。わたしを愚弄するような厚かましい男に怯えて、屈したりするものですか。

「夕食の部屋に案内していただけるかしら、侯爵さま？」冷ややかに言った。

これ以上ないほど上品にヘアブラシを銀の盆に戻した。盆には装飾的なLの文字がいくつも刻まれていた。ランズダウンの頭文字。いいえ、無骨者《ラウト》、あるいは、好色家《レチャー》、さもなければ、狂人《ルナティック》のLのほうがお似合いよ。

侯爵の鋭い目が顔を見つめてきた。侯爵の顔にはパズルを解こうとするような表情が浮かんでいた。また愚弄されるのかと身構えたが、侯爵はおさきにどうぞと言うように、階下に通じる狭い階段を指ししめしただけだった。

田舎の屋敷の広間兼居間――さきほどグレースが無益な希望を胸に逃げだした部屋――では、蠟燭《ろうそく》の炎が磨きあげられた床と上等な布地を照らしていた。テーブルにはきらめく皿とクリスタルグラスが並んでいた。

家は隅から隅まで、見るからに値の張りそうな家具やものでしつらえられていた。この家の本来の目的――狂人の監獄――を示すものは、グレースが縛りつけられていたおぞましいあの寝台だけだった。それを除けば、すべてに裕福な紳士の愛の巣の雰囲気が漂っていた。

そんなことを考えて、頬が赤くなった。たとえ、ここが官能にふけるための隠れ家だとしても、慰み者の役をわたしが引きうける筋合いはない。

背後に侯爵がやってきた。「料理が冷めてしまうよ」

不安になった。力強い気まぐれな怪物とふたりきりでいるなんて……。

けれど、テーブルについた侯爵の姿は怪物には似ても似つかなかった。食事のためにわざわざ黒いスーツに着替えて、クラバットを締めていた。巧みに襞《ひだ》を寄せた純白のクラバットに映える顔には、真剣で思慮深い表情が浮かんでいた。さらには、警戒心も。濃い睫に縁取られた目とたくましい体に、無数の秘密が隠れていた。

頭がおかしいことも、秘密のひとつなの？

それはちがう、侯爵はあっさりとそれを認めたのだから。

侯爵自ら料理を盛った皿が目のまえに置かれた。さらに、侯爵はすぐさま自分の食事を取りに食器台へ戻っていった。優雅な物腰にしばし見とれてから、はたと気づいた。いま、皿に載っているような食事を目にしたのは、十六歳で父の家を飛びだして以来のことだった。

ぼんやりと思いにふけっていると、向かいに座った侯爵もそのことに気づいたようだった。またた、侯爵に観察されている。背筋に寒気が走ったが、それを表に出さないようにして、疲れた体に鞭打って背筋をぴんと伸ばした。いまにも心がくじけてしまいそうなのを見抜かれるわけにはいかなかった。

「料理が口に合わないのかな？」と侯爵が訊いてきた。

凝った料理をまえにしてためらっている理由はいくつもあるが、威圧的な他人には打ち明ける気にはなれなかった。複雑で惨めな過去は自分の胸だけにおさめておけばいい。

答えずにいると、侯爵がやけに打ち解けた口調で言った。「この数カ月、ぼくの食欲はむらがあったから、ファイリーの女房はそれを気遣って腕をふるっているんだ」

わがままな貴族の甘ったれた文句——そう取れないこともなかった。けれど、長身の侯爵がいかに痩せているかはいやでもわかった。「ファイリーの奥さんが食事をつくっているの？」

「そうだ。それに掃除もする。モンクス、ファイリー、ファイリーの女房の三人がこの屋敷の使用人だからね」

使用人が少ないことにもすでに気づいていた。たとえ頭がおかしくても、侯爵ならもっとたくさんの使用人を抱えていて当然なのに。

それもまた謎のひとつだった。

なかでも最大の謎は、侯爵がさも傲慢そうに眉を上げること。「食べよう。毒が盛られているのではなんて心配は無用だ。モンクスとファイリーはある目的のためにきみをここに連れてきた。きみが目的を果たすまえに死んでしまうのは、あのふたりだって望むはずがない」

「あなたは何を望んでいるの？」恐怖が激しいダンスを踊りながら血管を駆けめぐっている——そんな気分だったけれど、勇気を出して尋ねた。

ふたりだけにわかる冗談を思いついたように、侯爵がにやりとした。「そうやってずっと見つめてくれていたら、話すよ」

グレースは顔が真っ赤になった。どうやら相手をあからさまに見るという無礼なことをしているのは侯爵だけではないらしい。

侯爵の揺るぎない視線と、明らかな憎悪が恐ろしかった。それでいて、男らしい美を否定できなかった。なんといっても九年間も、はるか年上の夫と暮らしていたのだ。恐れて、怒りさえ感じているのに、神々《こうごう》しいほどの侯爵の体に圧倒されずにいられなかった。

頬を赤く染めたまま目を伏せて、牛肉のパイ包み焼きにナイフを入れた。恐怖よりも空腹が勝っていた。

濃厚で懐かしい味が口のなかに広がると、目を閉じて、涙をこらえた。誘拐犯がごちそうを出してくれたからと、泣いて喜ぶなど言語道断《ごんごどうだん》だ。それではあまりに惨めすぎる。

深い味わいの料理に無数の思い出がよみがえった。貧しい生活を強《し》いられたこの九年のあいだ、胸の奥に押しこめてきた記憶があふれでて、いまにも心がくじけてしまいそうだった。

しっかりするのよ、グレース——心のなかできっぱりつぶやいた。さもなければ、負けてしまう。震える手でワイングラスを持って、中身をごくりと飲んだ。こわばった喉を赤ワインが流れ落ちると、さらに昔を思いだした。

「ドレスはお気に召さなかったのかな?」長い沈黙のあとで、侯爵は何気なく尋ねると、グラスを口もとに持っていって、ワインを飲んだ。「すでに気づいているだろうが、悲嘆に暮れる未亡人を装ったところで、ぼくを懐柔できないよ」

グレースは痛烈な皮肉を無視した。「ドレス?」

侯爵はわざとらしく上等なワイングラスを掲げて見せた。「二幕目のきみの衣装だよ。寝室の衣装箱はシルクとサテンであふれている」

「そんなものは見てないわ」自分の到着に合わせて準備万端整えられていたと思うと、なおさら惨めな気分になった。そこまできちんと計画して、わたしをここに連れてきたのなら、そう簡単に解放してもらえるはずがなかった。

失せそうになる気力を取り戻そうと、またワインを飲んだ。質問攻めにしたら、侯爵を怒らせるだけだとしても、やはり訊かずにいられなかった。わけがわからないままでは、対処のしようがないのだから。

「侯爵さま、ここはどこなの?」

侯爵が顔にかかる髪をかきあげた。その顔に疑り深い表情が浮かんだ。「マダム、これ以上猿芝居を続けてどんな意味があるのかな?」

相変わらず、なんらかの策略にわたしが加担していると思っているのね……。

精神に異常をきたした人は、誰もが自分を陥《おとしい》れようとしているという妄想を抱くと聞いたことがある。本人が明言したことを除けば、それは侯爵の頭が正常でないことを示す初の証拠だった。

それでも、あきらめずに尋ねた。「それぐらいは教えてくれても害はないでしょう?」

不穏な沈黙を守りながら侯爵が見つめてきた。指はワイングラスの脚をもてあそんでいた。そんな場合ではないとわかっているのに、侯爵の美しい手に見とれた。細く、力強く、長く、繊細な指だった。

もうすぐその手がわたしの体に触れるの? わたしを乱暴に扱うの?

侯爵が苛立たしげにため息をついた。「たしかに、これまでの出来事に比べれば害はない」ようやく口を開くと、唸るように言った。「どうやらきみはこういうことが楽しいらしいな。いいだろう、小芝居につきあおう。きみはいま、サマセット州のはずれ、ウェルズから二十マイルほどの人里離れた場所にたつ屋敷にいる」

「あなたはいつから……ここで暮らしているの?」

侯爵の顔に一瞬だけゆがんだ笑みが浮かんだ。「きみが訊きたいのは、いつから頭がおかしくなったのかだろう?」グレースが答えずにいると、そっけない口調でさらに言った。「脳炎を患《わずら》ったのは十四歳のときで、いまは二十五歳だ」

ということは、わたしと同じ年――グレースは驚いた。それだけでふたりを結ぶ絆《きずな》ができるわけがないのに、なぜか侯爵とつながっているように思えてならなかった。

「ということは、十一年もここにいるのね」

十一年間の監禁生活。十一年も粗野な番人に暴力をふるわれて、十一年も精神が錯乱していたなんて……。つまり侯爵は、わたしの考えもおよばないほど惨めな人生を送ってきたのだ。

侯爵が肩をすくめた。「いまより悲惨な目にあっていてもおかしくなかった。すべては親切な叔父のおかげだよ」吐き捨てるような口調だった。「精神病院に放りこまれずにすんだからね。もし放りこまれていたら、こうして生きてはいられなかっただろう」

「でも、十一年も閉じこめておくなんて」グレースはぞっとした。

上等な食事がふいに味もそっけもないものになった。震える手に握ったフォークとナイフをテーブルに置いた。見ると、侯爵は贅沢な料理にほとんど手をつけていなかった。

侯爵が肩をすくめた。「それが世の中のためだったんだろう、当時は」最後のひとことに痛烈な皮肉がこもっていた。

「叔父さまのことはわかったわ。でも、ご両親はどうしたの？　きょうだいは？」

「脳炎を患ったときには、両親はすでにこの世にいなかった。ぼくはひとりっ子で、子供のころは叔父が正式な保護者だった。いや、病気のせいで知力が戻らなかったから、いまでも叔父が後見人だ」テーブルに並ぶ華やかなごちそうをまえにして、侯爵は顔をしかめた。

「叔父から何も聞かされていないのかい？　叔父は基本的な事実をきみに教えたんだろうとばかり思ってた。きみが客と顔を合わせたときに、ヒステリーを起こして逃げださないように」そこでいったんことばを切った。「でも、じつのところきみは逃げだした、そうだったね？」

「ヒステリーを起こしたわけじゃないわ」グレースはきっぱり言った。「それに、言っておきますけど、わたしはあなたの叔父さまと会ったこともないわ」

侯爵の顔が不快そうにこわばった。「それに、言っておくが、ぼくはきみの話など信じない」侯爵がぐいと椅子を押して、立ちあがった。「こんな話はもうたくさんだ。では、よい晩を」

それだけ言うと、侯爵はつかつかと部屋を出ていった。揺るぎない足音が廊下を遠ざかり、まもなく玄関の扉が乱暴に閉まる音がして、侯爵が家を出ていったのがわかった。

グレースはほっとした。やっとひとりになれた。侯爵が寝室に迎えにきてからというもの、体が悲鳴をあげるほどこわばっていたのだ。ようやく緊張が解けて、呼吸も楽になった。

侯爵があれほど疑り深いのは、ひどい扱いを受けているせいなのだろう。夫のジョサイアも死ぬ間際はいくらか正常でなくなった。といっても、夫は年寄りで、病気だったけれど。いずれにしても、わたしには侯爵の頭が正常かどうかを判断できるほどの人生経験はない。それでも、これまでの印象ではかなり知的に思えた。侯爵の鋭い目が何ひとつ見逃さないのはまちがいなかった。

頭がおかしいのに頭脳明晰《めいせき》なんてことがあるの？

いいえ、いま考えなければならないのは、侯爵が正常なのかどうかではなく、何をするつもりでいるのかだ。これまでのところ、体に触れてきたのは、気遣って助けてくれたときだけ。手荒なことをしそうなそぶりは微塵《みじん》もなかった。

いまのところは。

身震いして、暗がりをぼんやり見つめた。わたしより侯爵のほうがはるかに力が強い。抱きあげられたときに侯爵の体が鋼《はがね》のようだとわかった。そこに秘められた力がはっきり伝わってきた。のしかかられれば、手も足も出ないはずだった。

ならば、やはり逃げるべきなの？　この屋敷からは出られないのはわかっている。でも、夜ならば、しかも涼しければなんとかなるかもしれない。外で一夜を明かしてもさほど辛くはないはずだ。

けれど、外にいたらいつなんどきモンクスとファイリーに出くわすかわからない。

だめ、そんなことになったらそれこそ危険だ。侯爵が何をする気でいるにせよ、あのふたりの手にかかるよりはましなはず。

立ちあがったとたんにふらついて、テーブルに手をついた。何年もワインは一滴も飲んでいなかった。ごく少量のワインを空の胃に流しこんだだけで、めまいがした。頭をはっきりさせようと深呼吸した。

もっと用心しなければ。こんなときにお酒のせいで思考を鈍らせるなんて、愚かとしか言いようがない。頭を下げて、めまいがおさまるのを待った。

寝室。そこだけが聖域だ。扉をふさいでしまおう。そうすれば侯爵が寝室にやってきたとしても、わたしが飼い犬よろしく主人が現われるのを尻尾を振って待っているわけではないことだけは示せるはず。

時間はどれぐらいあるの？　侯爵は怒って家を出ていった。けれど、怒りを鎮める方法が夜の散歩だけではないと考え直すかもしれない。

わが身を守らなければ。いますぐに。

それには武器が必要だった。震える手で食事用のナイフを握った。相手に深手を負わせられるほど鋭くはないけれど、それでも、敵をひるませるぐらいはできそうだ。

片手にナイフを握りしめ、もういっぽうの手に蠟燭を持って、炎が消えそうになるほどすばやく階段を駆けのぼった。凝った装飾の寝室に駆けこむと、足で扉を閉めた。ナイフをポケットに滑りこませて、扉に蠟燭を近づけて閂を探した。

閂などなかった。どんな鍵もついていなかった。

思えば、それも当然だった。この家は精神に異常をきたした男性の監禁場所なのだ。番人はいつでも部屋にはいれるようにしておかなければならない。扉に鍵がないのは、そもそも予測しておくべきだった……。震える手で棚の上に蠟燭を置いた。

壁際に大きなカシ材の箪笥《たんす》があった。それを扉まで引きずって、その上に家具を積めるかもしれない。そうすれば、たくましい侯爵だって打つ手はないはず。愛想を尽かした愛人デリラに襲いかかろうとするイスラエルの怪力サムソンだって、この部屋にははいれない。

渾身《こんしん》の力をこめて箪笥を押した。

動かない。箪笥はびくともしなかった。

大きく息を吸って、また押してみた。それでも動かない。もう一度、さらにもう一度。結局、箪笥は絶対に動かないとわかっただけだった。

ならば戸棚は？　背筋を伸ばして歩みよると、全体重をかけて大きな戸棚を押した。一インチも動かなかった。

息が上がって、全身が痛むまで押しつづけた。

知りたくなかった現実に直面して、落胆が重石《おもし》のように肩にのしかかった。ほかに何かないかと部屋のなかを見てまわった。家具はすべて床に固定され、頑丈な工具でも使わなければ動かせそうになかった。

涙をこらえながら高いベッドに身を投げた。努力の成果は折れた爪と筋肉痛、それに、死にものぐるいで家具を動かそうとして足を滑らせて、転んでできたいくつかの痣《あざ》だけだった。

扉を封じて侯爵を締めだす作戦は失敗だった。ふたりの乱暴者に拉致《らち》されたときと変わらず、ここでもまた無力だった。

いいえ、それはちがう。ポケットのなかのナイフに触れた。といっても、厳しい現実のまえでは、あまりにお粗末な武器だった。

侯爵が階下にいる気配はなかった。重厚なカシ材の家具と格闘しながらも、いつ侯爵が散歩から戻ってくるかと聞き耳を立てていたのだ。

夜もふけて、疲労と恐怖で頭がぼんやりしていた。疲れて目がしょぼついても、眠るわけにはいかなかった。汗ばんだ手でナイフを握りしめ、枕に背を預けて、蠟燭の炎に照らされた部屋を見つめた。

ふと目を覚ました。いつのまにかうつらうつらしていたらしい。部屋は暗かった。蠟燭が燃えつきていた。奇妙な感覚を抱いた。子供に戻って、マーロー邸の安全な自室にいるかのようだった。大きなベッド、上質な寝具、頭に触れるやわらかな枕。

はっとした。ここが安全な場所であるわけがない。

目を覚ましたのは、開いた扉からはいりこむ微風のせいだと気づいた。一瞬、わけがわからなかった。部屋にはいったときに扉をしっかり閉めたはずなのに……。震える手でナイフを握りしめた。

闇に目が慣れると、戸口に長身の男性が身じろぎもせずに立っているのが見えた。男性の揺るぎなく熱い視線は、闇を通してベッドの上の自分に注がれていた。

4

マシューは息苦しさを覚えながら、寝室の戸口に立っていた。欲望が全身を駆けめぐり、たったいま強敵を叩きのめしてきたかのように心臓が早鐘を打っていた。

部屋は暗く、静まりかえっていたが、グレースが目覚めているのはわかった。グレースに見つめられているのもわかっていた。

ベッドの上でこちらを向いている顔が白っぽく見えた。グレースはどんな声もあげなかった。息遣いさえ聞こえなかった。それでも、全身で感じた——ぼくがベッドに歩みよるのをグレースは待っている。

その気になれば、いますぐにでも行ける。いますぐに自分のものにできる。そのためにグレースはこの屋敷にやってきたのだから。

グレースは腕を広げて、秘めた場所を差しだすはずだ。そう思っただけで、股間にあるものが硬くなった。グレースの蜜のあふれる深みに自分自身を埋めて、長いこと拒みつづけてきた愉悦にわれを忘れるのだ。

両手で戸口を握りしめた。すぐさまベッドに歩みより、グレースを奪いたい——その衝動に屈せずにいるには、そうするしかなかった。グレースが拒むとは思えない。そのために金を受けとったはずなのだから。どれほど気に食わない客でも、一度請《う》けた仕事を放りだすわけにはいかない。さもなければ、叔父の逆鱗《げきりん》に触れることになるのだから。

長いこと暗い森を歩きまわって、自身の卑しい一面を必死に抑えこもうとした。それなのに、なんということだろう、卑しさに屈してしまうとは。

屈するほうがよほど魅惑的なのに、それに抗える男がこの世にいるのか？

首を振ると、冷たい水滴がひと滴、頬を伝った。森を歩いていると雨が降りだしたのだ。けれど、そんなことは気にならなかった。雨に濡れているのにも気づかないほどだった。雨が降ろうと、胸の内でめらめらと燃える炎は消えなかった。

情婦が架空の女であるあいだは、叔父の策略などいとも簡単に退《しりぞ》けられた。けれど、挑発的な美女を目のまえにすると、決意は揺らぎ、あっけなく崩れた。

それでいて、いまここで、台所の戸口に立つ物乞いのように躊躇しているとは……。

なぜグレースは黙っているんだ？　なぜ叫ばない？　なぜ抵抗しない？

そばに来て触れてほしいと、無言で誘っているのか？

叔父と共謀していようと、そんなことはもはや問題ではないのは、グレースも気づいているはずだ。問題なのは、グレースが女で、この自分は彼女を求めているということ。心臓が鼓動を刻むたびに切望がつのっていた。

悔しいが、叔父はこうなると知っていたのだ。

戸口を握る手にさらに力がこもり、硬い木が手のひらに食いこんだ。

くそっ、結局はこうなる運命だったのか？　人間性を失わないように十一年ものあいだ孤独な闘いを続けてきたのに。女のにおいを嗅いだだけで、すべてを忘れてしまうのか？

そんなことはしない。ああ、絶対に。

まだ叔父に勝ちを譲ったわけではない。抑えようのない欲望のせいで、敗北にかぎりなく近づいてはいるけれど……。

どうにかして誘惑に打ち勝ってみせる。

何がなんでも。

強がりだとわかっていた。それでも必死に意志を固めて、うしろに下がった。

叔父に対抗する唯一の武器である心を、これまで研ぎ澄ませてきた。それなのにこの期《ご》におよんで、体が言うことをきかず、いまにも屈しそうになっているとは。忌々しい体と、たったひとりの美しい娼婦のせいで。

戸口からあとずさった。グレースが詰めていた息をぎこちなく吐く音がした。

やはりグレースは頭のおかしな男に怯えているのだ。ならば、これからも怯えていてもらおう。グレースが距離を置いてくれれば、その魅力に屈せずにいられるかもしれない。とぼとぼと階段を降りて、居間にしつらえた間に合わせの硬い寝床へ向かいながら、絶望がのしかかってきた。絶望はその場を包む夜の闇より暗かった。

眠るには適さない長椅子に、長身の体を無理に押しこめようとすると、階上の寝室を駆ける足音が響いた。

寝室の扉が音をたてて閉まった。窓ガラスがびりびりと揺れるほど乱暴に。

翌日の昼前、マシューは壁で囲まれた中庭で、品種改良のための接木《つぎき》作業に没頭していた。空気が電気を帯びたように感じて顔を上げると、赤煉瓦の拱道《きょうどう》からグレースがこちらを見ていた。昨日に比べて体調はいくらか回復したようだが、それでも表情は硬く、藍色の目は魂まで貫くほど鋭かった。

「おはよう」ぎこちなく声をかけて、接木用のナイフを薔薇の茎から離した。

「おはようございます、侯爵さま」例の忌々しいほど上品な口調だった。

グレースは接木用のナイフを見たが、あとずさらなかった。そんな豪胆な態度も、たった一日で見慣れたものになっていた。グレースがツタの絡まるアーチから慎重に一歩踏みだして、頭のおかしな男の秘密の王国にはいってきた。

グレースの着ている服が目にはいると同時に、マシューは大きな声で唸りそうになった。細い体をゆったりと包む青みがかった緑色のドレスは、襟ぐりが広く、豊かな胸が見えそうだった。実際、乳房の上半分と魅惑的な谷間が丸見えだった。そんなものを見せつけられては、それ以外のことなど何も考えられなかった。その気になれば、クリームのように滑らかな乳房をいとも簡単にあらわにできる――その思いだけで頭のなかがいっぱいになった。

それでも胸の谷間から無理やり視線をそらして、グレースの挑むような目を見た。

娼婦の正装で着飾って、何を企んでいる？　ゆうべ、グレースには指一本触れないと心に誓った。けれどいま目のまえには、見るに値するただひとりの人間がいる、そうだろう？　見るだけなら問題はない。といっても、見たら、さわらずにいられなくなるはずだった。

さわったら、自分を見失ってしまう。

グレースが腕を体のまえで交差させて、ひときわ目を引く胸もとを隠した。愛らしい頬が赤く染まっていた。叔父の功績を認めないわけにはいかなかった。頬を赤らめるのを忘れていないこの世で唯一の娼婦を見つけてきたとは……。

接木作業に気持ちを戻した。そのためには忌まわしいほど時間がかかった。このときばかりは、心は植物の実験とかけ離れたところにあった。

挨拶をしただけで、話が続かなかった。どうしたら女性を楽しませることができるのか、自分はそれを知っているのか？　いいや、ひとつも知らない。さほどの確信はないままに、それはかえって喜ばしいことだと心のなかでつぶやいた。

グレースが立ち去ってくれるのを願った。けれど、自分と同じぐらいそわそわしながらも、グレースは拱道に留まっていた。

うまいやり口だ――苦々しく思った。注意していたはずなのに、親指にとげが刺さった。染みでた血を麻のシャツで拭いながら、グレースを睨みつけた。けれど、意に反して、ドレスに包まれた体を仔細に眺めていた。細いウエスト。腰の曲線に沿って広がる艶やかな布地。ペチコートはつけていない――それこそ貞操観念がない証拠だ。さらには、背後から光が射して、スカートが透けて脚が見えていた。

すらりとした脚を目でたどると、口のなかがからからになった。両手を体のわきに下ろして握りしめる。そうでもしなければ、グレースに触れてしまいそうだった。

緊迫した一瞬ののちに、グレースが歩きだした。残念ながら立ち去るのではなく、近づいてきた。グレースのにおいが穏やかな風に運ばれてくる。それはマシューにとって拷問に等しかった。

グレースはやはり太陽のにおいがした。けれど、今日はそれに混じるジャスミンの石鹸の香りがやや強かった。そのにおいを不快に思えればどれほどいいか……。目を閉じて、グレースを憎むべき理由、信頼できない理由を数えあげた。

「侯爵さま」口調に緊張と警戒が表われていた。目を開けると、グレースが手をしっかり組みあわせているのが見えた。それでも手の震えは隠せていなかった。

そんな姿を目《ま》の当たりにしては、同情せずにいられなかった。いや、だめだ、情にほだされるわけにはいかない。

「何か……?」できることなら、グレースにはこの場から消えてほしい。いや、もう一歩足を踏みだして、花の香りを漂わせた体で抱きついてきてほしい。

「侯爵さま」さきほどよりは力強い口調だが、戸惑いながら立っている場所からは一歩も動かなかった。ドレスの襟もとを引っぱりあげたが、すぐにずり落ちた。「わたしたちは話しあわなければならないわ」

女性経験など無に等しいとはいえ、女がそういうことを言うときは、まずまちがいなく厄介ごとが待っているのは知っていた。

「いまは忙しい」そう応じると、改良を試みている薔薇を見つめた。まるで、何年も接木が成功しない理由が、いま目のまえにあるかのように。

グレースが苛立たしげにため息をついた。「長くはかからないわ」

驚いてマシューは顔を上げると、ようやく目を合わせた。「きみはもう怯えていないようだな」

揺るぎない青い目に見つめられた。「いいえ、もちろん、いまでも怖くてたまらない」鋭い口調だった。「でも、あなたを見るたびに怖がっていてもどうしようもないわ。それに、あなたがわたしに危害をくわえるつもりなら、とっくにそうしているはずだと気づいたから」

豪胆にもグレースが顎をぐいと上げると、マシューはぞくぞくした。信じられない。叔父はどこでこんな女を見つけたんだ？　こんな女がこの世にいるなんて。

「どうやらきみに親切にしすぎて、誤った安心感を与えてしまったようだな」そっけなく言った。グレースの率直さと勇気が自分に対する最大の武器であるのを忘れてはならなかった。

「とんでもない。安心感なんて微塵も抱いていないわ」グレースの視線は揺るがなかった。

「わたしがここから逃げられるように手を貸してほしいの」

マシューは頭をのけぞらせて大笑いした。グレースは大真面目らしいが、どれほどくだらない要求をしているのか気づかせなければならなかった。

ようやく息をつくと、グレースがドレスの襟を引きあげるのも忘れて、苛立たしげに美しい黒い眉をひそめていた。「ご主人さまにそんなに大喜びしてもらえるとは、ほんとうに光栄だわ」皮肉たっぷりの口調だった。

マシューはふいに冷ややかな表情を浮かべて、さらりと言った。「それこそがきみがここに来た目的だろう?」

グレースに背を向けて、接木作業を終わらせようと温室へと歩きだした。これほどあからさまに無礼な態度を取れば、グレースを追い払えるはずだった。けれど、そうはいかなかった。グレースがあとを追ってきた。立ちのぼる春の花と掘りかえした土のにおいに、ジャスミンの石鹸の香りが混じりあうほどすぐそばまでやってきた。

「シーン侯爵さま、どうやら、わたしたちが……親しくなるのは、わたし同様あなたも望んでいないようだわ」

そのことばにマシューはふいに足を止めた。勢いあまったグレースが背中にぶつかってきた。やわらかな体が背中に張りついたかのようだった。

マシューは振りかえると、グレースを抱きあげたくなるのをこらえて、鋭く言い放った。

「なんの根拠があってそんなことを言う?」

グレースを抱きしめて、この闘いの勝利を叔父に譲ることになりそうだった。けれど、幸運にもグレースがあとずさってくれた。グレースがさらに頬を紅潮させて、大きく息を呑んだ。そのようすは、男性に近づきすぎたと気づいて戸惑っている無垢な女を絵に描いたかのようだった。マシュー自身これほど戸惑っていなければ、みごとな演技に拍手喝采しているところだった。

グレースが不安げな口調ながらも、質問に応じた。「ひとつにはあなたの態度よ。わたしがここにいることに、あなたが苛立っているのはまちがいないわ。それに、ゆうべも……」

「卑劣な欲望を剥《む》きだしにしてきみに襲いかからなかった？」グレースが言いよどんだことを代わりに言った。グレースが顔をしかめるのが見えた。

「あなたが欲望を抱いているなら、とっくにわたしを奪っているはずだわ。すでに話したとおり、わたしは未亡人よ。だから、男の人や男の人が抱く……欲求をまるで知らないわけではないの」

マシューはまた大笑いしそうになった。グレースはオールドミスの女教師そのもののお高く止まった口調で話している。それでいて、身なりは高級娼婦のようだ。そんなグレースがすぐそばにいては、頭がおかしくなりそうだった。

いや、それではまるで、そもそも頭がおかしくないかのようだ。

腕を組んで、見下す目つきでグレースをじろりと睨んだ。「マダム、きみをここから出せるなら、ぼくは喜んで協力するよ。でも、きみをここから出せるのは叔父だけだ。とはいえ、せっかくここに連れてきたきみを、叔父が逃がすとは思えない」

意外にもグレースが降伏の身ぶりをした。「あなたが何を考えているかはわかっているわ。でも、わたしはほんとうに被害者なの。ブリストルで道に迷って、怪しげな一画に迷いこみ、モンクスとファイリーに捕まって、無理やりここに連れてこられたのよ。抵抗できないようにアヘンチンキを嗅がされていたのは、あなたも知っているでしょう」

一貫して同じ話をしているのは称賛に値するとマシューは思った。「拘束されていたのも、薬を嗅がされていたのも、きみは何も知らないとぼくに思わせるための細工かもしれない」

「まだわたしの話を信じてくれないのね」とグレースがつぶやいた。それからもう少ししっかりした口調で言った。「わたしを見て、シーン侯爵。わたしが……娼婦に見える？」

「昨日よりは今日のほうがそう見えるよ」マシューはさらりと言った。

グレースが不機嫌そうに襟ぐりをまたぐいと引きあげたが、何度そうしても、ドレスはぶかっとした緑色の肌のようにずり落ちた。「そうね、でも、このドレスがいちばん地味だったの」

マシューの好奇心が刺激された。ほかのドレスはもっとなまめかしいのか？　頭のなかにあふれる卑猥な妄想をどうにか抑えつけた。

グレースは相変わらず襟を引っぱりあげていた。身に着けたドレスが不愉快でしかたがない——そんな苛立ちを抱えている女をみごとに演じきっていた。結局、引っぱりあげるのをあきらめて胸のまえで腕を組んだ。マシューは意に反してがっかりした。

「今朝は女の人がやってきたわ。きっとあれがファイリーの奥さんなのね。入浴を手伝って、喪服を持っていってしまった。ブラシをかけて汚れを落とすつもりのようだったけれど、結局、喪服は戻ってこなかったわ。わたしの服をどうしたのかと尋ねても答えはなかった。それにペチコートも返す気はなさそうだった」

「ファイリーの女房は耳が聞こえないからね」とそっけなく応じた。「おそらく、泥酔したファイリーに頭を殴られたせいだろう。なぜ口をきかないのかは知らないが、話をするのを聞いたことがない」

グレースの顔が蒼白になった。血管が透けて見えるほどだった。「なんてひどいことを」

「ファイリーがいかに乱暴かは、わざわざきみに言う必要はないだろうね」

「ならば、わたしが助けを必要としている理由をあなたに話す必要もないわね」その口調はやや辛辣だった。昨日出会った貴婦人――古ぼけた服に身を包んで、つんと澄ましたみすぼらしい貴婦人――が、いままたちらりと顔を出した。「わたしを解放するように、あなたから叔父さまに頼んでいただける？」

今度こそ皮肉をこめて笑わずにいられなかった。「パジェット夫人、叔父はぼくの頼みなど歯牙《しが》にもかけない。きみがここに来るまえから、この最新の策略をぼくがどれほど苦々しく思っているか、叔父にははっきり言ってあるんだからね」

「ならば、わたしから叔父さまに頼んでみるわ」

マシューは肩をすくめると、くるりと背を向けて、温室へ向かった。「叔父にきみの気持ちを伝えられるなら、けっこう、やってみるといい。だが、叔父は自分の考えを曲げないよ。

田舎での楽しい生活を分かちあう女性がぼくには必要だというのが、目下叔父が考えていることだ。きみが女性であるのは火を見るより明らかで、叔父が代わりの女性を捜す気になるとは思えない」

「あなたとわたしがこれほど異常な状況に陥っているのに、何もしないでいるなんて納得できないわ」

グレースがまたもやあとをついてきた。なんて忌々しい女なのか……相手の気持ちを汲《く》むことができないのか？

マシューは立ち止まりもしなければ、振りかえってグレースを見ようともしなかった。

「いずれ納得するさ」

今回はうまく逃れられた。マシューは温室にはいると、扉をぴしゃりと閉めた。

とはいえ、グレースが問題をこのまま放っておくはずがないのを、覚悟しておくべきだった。


その日の午後、マシューはウルフラムを連れて森を歩いた。けれど、芽生えたばかりの葉の隙間から射しこむ美しい陽光にも気づかなかった。抱えている問題で頭のなかはいっぱいだった。

あの女。

パジェット夫人。

グレース。

この屋敷に監禁されたとき、マシューはまだ子供だった。それでも、塀の向こうの世界に、上品なことばで話して、その魅力をわざと隠そうとする娼婦などいないのはわかっていた。グレースはあれほど美しいのに、化粧もせず、頑《かたく》なに地味な髪型でとおしている。あの髪を下ろしたところを見てみたい――ふいにそんな衝動に駆られた。艶やかな肩にこぼれ落ちる長い髪は光り輝くにちがいない。ひっつめ髪でも、その美しさは隠しきれないのだから。

妄想を振り払った。きちんと服を着ているグレースをまえにしても、自制のたががはずれそうになるのだから。いや、少なくとも、あの緑色のドレスが体をほぼ隠していても。

グレースが普通の娼婦でないとしたら、いったい何者なんだ？　グレースのような女が、なぜ叔父の策略に加担する気になったんだ？

もしかしたら、仕事にあぶれたほんものの女優なのか？　それは充分にありえる。食べるものにもこと欠くほど金に困っていれば、頭のおかしな男とベッドをともにするのも悪くないと思えるかもしれない。いや、そもそも叔父はグレースにそこまで詳しい事情を話さなかったのだろう。

ぼくは頭がおかしいと言ったとき、グレースはほんとうに驚いているようだった。

だが、頭がおかしいのを知らなかったなら、どんな理由でぼくがここに監禁されていると思ったんだ？　もちろん事情を知っていたに決まっている。ということは、あんなふうに驚いて、怯えたのも芝居だったのだ。

もしかしたら、何かべつの理由で、叔父の策略に加担しているのかもしれない。金ではなく、愛ゆえに。

小さく悪態をついて、小道に散らばる落ち葉を腹立ちまぎれに蹴散らした。叔父がお払い箱にした情婦――そうだとしたら、すべてつじつまが合う。

グレースの世間知らずな言動。地位のある婦人を堕落させるとは、いかにも叔父のやりそうなことだ。表向きは清廉《せいれん》潔白を装っているが、叔父の真の姿はそれとはまるでちがう。十一年間の監禁生活で、それはもう身に染みてわかっていた。

ならば、グレースが美しく着飾ろうとしないのも説明がつく。グレースは心のなかではまだ、そもそもの庇護者に忠誠を尽くしているのだ。もしかしたら、ほかの男とベッドをともにする気にもなれないのかもしれない。

無節操なあの叔父なら、純粋な女性を堕落させて、自身の目的のために利用するぐらいはやりかねない。ジョン卿がグレースとどんなふうに楽しんだにせよ、叔父にとってそれはちょっとした気晴らしでしかない。浮気女がその後どうなろうと気にするはずがなかった。

じつに論理的な分析だったが、それが思わぬ支障を生んだ。ほかのどれほど論理的な分析より、不快でしかたがないという支障を。忌まわしい場面が脳裏に浮かんだ。グレースの白い腿のあいだに叔父が押しいっている場面が。グレースの肌を這う叔父の手。滑らかな白い肌を味わう叔父の口。

「くそっ！」握りしめた拳《こぶし》をブナの灰色の滑らかな幹に叩きこんだ。痛みが現実に引き戻してくれた。もう何年も発作は起こしていなかった。だが、こんな状態ではいつ発作が起きてもおかしくない。病がぶり返すかもしれない。もしまた歩くこともままならず、意識を失って体をぶるぶる震わせるような哀れな状態に陥ることがあれば、そのまえに自ら命を絶つ覚悟だった。

力なく下ろした左手にウルフラムの冷たい鼻が押しつけられた。何気なくウルフラムの頭を撫でた。愛犬の永遠の忠誠心に心が癒された。

お払い箱だと叔父が決めるまで、グレースはここにいる。となれば、自分にできるのは、グレースを避けることだけ。同じ屋根の下で暮らしていては容易ではなかったが、それもまた叔父の作戦のひとつなのだ。

いくらか自制心を取り戻して、家へ向かった。ところが、目に飛びこんできた光景に、お粗末な決意があっというまに崩れ落ちた。

裏庭にモンクスとファイリーがいた。それ自体にはとくに驚きはしなかったが、いままさに森から出ようとすると、煉瓦の壁際に明るい緑色のサテンがちらりと見えて、マシューは足を止めた。大男の番人ふたりに遮《さえぎ》られて、グレースの姿はほとんど見えなかった。

あの愚かな女はいったい何に巻きこまれたんだ？

マシューはウルフラムに〝待て〟と合図した。モンクスとファイリーはいままさに獲物ににじり寄ろうとしているところで、背後からマシューが近づいているのに気づかなかった。

声が聞こえるところまで近づくと、耳に飛びこんできたことばにマシューの血が凍りついた。

「おまえがここから出られるのは死体になったときだけだ。いますぐ死体になるか、ご主人さまを満足させてからにするか。どっちを選ぶかはおまえしだいだ」モンクスが静かに、けれどきっぱりした口調で言っていた。マシューはグレースに教えてやりたかった――凶暴なその男が冷ややかな口調になればなるほど危険なことを。

「まずは、おれからだ」片側からファイリーが歩みでると、煉瓦の壁を背にしたグレースはふたりの荒くれ者から逃れようがなかった。「またとないチャンスを見逃す馬鹿はいないからな」

「あなたたちは人ちがいをしたのよ。わたしは貞淑な未亡人で……娼婦ではないの」

大きなふたつの背中に遮られて、マシューにはまだグレースが見えなかった。それでも、グレースが必死に理性的な口調で話そうとしているのはわかった。あろうことか、グレースはふたりの粗野な荒くれ者をまえにして、お茶に招待した客に話しかけるような口調を保っていた。

モンクスがにやりとした。「女なんてもんはみんな娼婦だよ。ああ、そうさ、いままでおまえがどんな女だったにしろ、娼婦らしいふるまいをあっというまに覚えるさ」

グレースの口調が変わり、懇願するように言った。「わたしをここから出して、お願い。あなたたちがしたことは誰にも言わない。ええ、約束するわ」

自らどんな災難を招いたか、グレースは気づいていないのか？　グレースの無謀さに腹が立って、口のなかにいやな味が広がった。

モンクスがまた笑った。長年の敵をよく知るマシューでさえ、その邪悪な笑い声を耳にして、背筋に寒気が走った。「約束だと？　そんなのはおれにとっちゃなんの意味もない。いや、おまえはここにいて、女々《めめ》しいご主人さまを楽しませるんだよ。おまえのご主人さまは頭はいかれてても、ずいぶんかわいい顔をしてるからな」

「侯爵さまはわたしなどほしくないのよ」

マシューはますます絶望して、目を閉じた。いったいグレースは何をしたんだ？　グレースが自らすすんでジョン卿の手先になったのか、あるいは、極悪非道なこの策略に何も知らずに巻きこまれただけなのか、いまこの瞬間、どちらなのかわからなくなった。いずれにしても、グレースは自分の命を売り渡す書類にサインしたも同然だった。

「あのお坊ちゃまは恥ずかしがり屋だからな」ファイリーがなだめるように言った。「すぐに慣れるさ」

「いいえ、わたしは侯爵さまの好みではないのよ」グレースが頑として言った。どこまで愚かなのか……。

「ならば、おまえをここに置いておく意味はない」モンクスがやけに冷静に言った。「ファイリー、ひと晩この女を好きなようにしていいぞ。明日の朝、処分するとしよう」

「やめて」グレースは必死だった。「あなたたちはわかっていないのよ」

ファイリーが欲望も剝きだしに下卑た声で笑った。「いいや、わかってるよ。勘ちがいしてるのはおまえのほうだ。この屋敷のご主人さまがおまえと寝て、次におれが寝て、そしたらおまえの頭をかち割るか、喉にナイフを突きたてるかして、きちんと始末をつけることになってるんだ。ご主人さまが興味を示さないなら、最初のひとつを省くまでだ」そう言うと、グレースの腕をつかんで引きよせた。

「離して！」グレースが叫びながら、腕を振り払おうともがいた。

たとえ嘘つきの娼婦でも、マシューはなす術《すべ》もなく怯えているグレースに同情せずにいられなかった。なす術もなく怯えているしかない——そんなことを、この十一年間でマシューもいやというほど経験していた。グレースにどれほど憤っていても、こみあげてくる同情心を抑えられなかった。騙されていようと、もう関係なかった。グレースはあまりに小さくてか弱く、助けを求められる闘士と言えばマシュー・ランズダウンしかいない——その思いだけで頭がいっぱいだった。

「何をしている？」マシューは一歩まえに踏みだして、鋭く言った。ウルフラムに合図すると、大きな猟犬が毛を逆立てて走りだした。

モンクスが振りむいて、お辞儀をした。近頃はふたりの番人も侯爵という地位にうわべだけの敬意を払うようになっていた。とはいえ、拘束するとなれば、手加減はしなかった。発作が起きているあいだは、どれほど手荒に扱おうと、マシューは気づきもせず、憶えてもいないと思っているのだ。

「侯爵さま、この女がお気に召さなかったようですね。こいつは処分して、新しいのと取り換えますよ」

「わたしはものじゃないわ」グレースが嚙みつくように言った。ファイリーの万力《まんりき》のような手から逃れようと、まだもがいていた。

「黙れ、くそあま」モンクスが吐き捨てた。「さもなけりゃ、おれが黙らせてやる」

「わたしにそんな口をきくなんて許されないわ」マシューとそっくり同じ、上流階級特有の口調だった。

「おとなしくしないなら――」モンクスが固めた拳を振りあげた。

マシューはすばやくまえにまわりこんで、振りおろされる拳を腕で受けとめた。モンクスの土色の小さな目を射るように睨んで、怯える女の楯となってその場に立ちふさがった。

「何をしている、手を離せ！」ランズダウン家の者として、精いっぱい尊大な口調で言った。けれど、それだけではまだ足りないのはわかっていた。

だが、ファイリーにはそれで充分だったらしい。グレースから手を離すと、ファイリーはあとずさった。「すんません、侯爵さま」ぶつぶつと言いながら、不安そうにウルフラムを見た。

モンクスもファイリーに倣《なら》うのか？　マシューにはわからなかった。モンクスはしばらくのあいだ激しい憎悪をこめて睨みつけてきたが、このことが今後におよぼす影響を考えて、不安になったらしい。危ういながらも長く続いてきた侯爵との休戦状態を壊すのは得策ではないと考えたようで、最後には目をそらした。

その間、グレースはマシューの背後にいた。マシューはうしろに手を伸ばして、グレースの腕をつかむと、引っぱって、となりに立たせた。横を見なくても、その体が小刻みに震えているのがわかった。ありがたいことに、グレースもいまは口を閉じていたほうがいいと気づいたようだった。

「このご婦人はぼくのものだ。おまえたちが指一本でも触れたら、それはただちに叔父の知るところになる。言っておくが、そんな報告を叔父が喜ぶとは思えない」

モンクスはとりあえず引き下がることにしたようだが、負けを認める気はさらさらないようだった。その証拠に、口もとに意地の悪い笑みを浮かべた。「なるほど、女の言うことはまちがいで、侯爵さまはこの女がお気に召したんですね？」

マシューはためらった。グレースを気に入ったと言ったら、叔父の卑劣な策略に屈したことになる。

いっぽうで、そう言わなければ、グレースは死ぬことになる。

モンクスの目が勝ち誇ったように光っていた。モンクスは狡猾で、これまでもジョン卿の数々の策略の片棒を担いできた。いまこの瞬間に大きな意味があるのを知っていた。

マシューは答えられなかった。口が裂けても言えなかった。

となりでは、グレースが恐怖のあまり泣きそうになるのを必死にこらえていた。ジャスミンの香りに五感を刺激されるほど、グレースはすぐそばにいた。体が触れあうと、ぬくもりが伝わってきた。命のぬくもりが。

マシューは敵の目を射抜くように見つめながら、揺るぎない落ち着いた口調で言った。

「ああ、気に入った。グレースはぼくのものだ」

まぎれもない真実ではなかったとしても、そのことばを口にするのは思ったほどむずかしくはなかった。

5

侯爵の声がはるかかなたで響いているかのようだった。グレースは侯爵が何を言っているのかよくわからなかった。あまりにもほっとして体が震え、侯爵に寄りかかっているしかなかった。想像を絶する恐怖から救ってくれるのは侯爵だけ。かろうじて現実の世界に踏みとどまり、恐怖に叫ばずにいられるのは、侯爵に腕をしっかり握られているからだった。

たったいま起きた出来事を信じられずにいながらも、胸の鼓動と心のなかのつぶやきが同調していた。もう大丈夫、もう大丈夫と。

モンクスが勝ち誇ったようにシーン侯爵の顔を見ながらにやりとすると、グレースの全身に冷たい汗が噴きでた。「それじゃあ、思うぞんぶん楽しんでくださいよ。女をせいぜい悦《よろこ》ばせてやるんですね。こんなアドバイスができるとは光栄だ」

侯爵の滑らかなバリトンが氷のように冷たくなった。「モンクス、これからは丁寧なことばで話してもらう。このご婦人には敬意を払うんだ。さもなければ、おまえは報いを受けることになる」

シーン侯爵の腕が肩にまわされたかと思うと、しっかり抱きよせられた。恐怖を鎮める秘薬のように、侯爵の肌から立ちのぼる爽やかな香りが押しよせた。昨日は動転していてその香りに気づく余裕などなかったはずなのに、なじみのある香りが鼻をくすぐった。

「おまえもだぞ、ファイリー」その口調は監禁された頭のおかしな男ではなく、軍隊を指揮する将軍のようだった。「では、ふたりきりにしてもらおう」

威厳に圧倒されたのか、ファイリーとモンクスはそわそわとお辞儀をして、逃げるように立ち去った。ふたりが視界から消えると、侯爵は肩にまわしていた腕を離して、一歩離れた。グレースはとたんに、侯爵のぬくもりと力強さが恋しくなった。

「怪我はないかい？」口調から尊大さが消えていた。真剣に気遣っているやさしい口調だった。このときばかりは敵意は微塵も感じられなかった。

グレースは胸のまえで腕を交差させ、自分を抱いて、体の震えを止めようとしたが、侯爵に抱かれたときの温かみは得られなかった。いまにも脚から力が抜けて、倒れてしまいそうだった。二度、三度と口を開いて、ようやく声が出た。「ええ……怪我はないわ」

「だが、怪我をしていてもおかしくなかった。あいつらに立ちむかうなんて無謀すぎる」金色の目で全身を見つめられた。怪我はないと納得したのだろう、侯爵がうなずいた。「拉致されたというきみの話を信じるよ」

すばらしい、いまごろようやく信じてくれるなんて。無性に腹が立って、恐怖を忘れた。新たな気力が湧いてきて、グレースは侯爵を睨みつけた。「あなたの傲慢さに感謝しますわ、侯爵さま。顔に目がついている紳士なら誰でも、わたしの話は真実だとわかるはずですもの」

侯爵の口もとがゆがんで、またもや苦々しい笑みが浮かんだ。「いまここにいるのが愚かで異常な男だということをきみは忘れているようだな、パジェット夫人」

侯爵は自嘲していても魅力的で、グレースはますます腹が立った。すぐここを立ち去らなければ、端整な顔にものを投げつけてしまいそうだった。

「たしかに、あなたはご自分で願っているとおり異常なようね、侯爵さま」そう言うと、くるりと踵を返して、悲惨なこの世界に生まれたすべての男を呪いながら、つかつかと家へ向かった。


夕食のために階下に下りるころには、グレースは腹を立てたことを後悔していた。あれほどの怒りがこみあげたのは、モンクスからあくまでも冷ややかに殺すと言われて身も凍るほどの恐怖を感じたせい。その反動だった。もしもシーン侯爵に助けられなかったら、どうなっていたのか……。そう思うと、また体に寒気が走った。

もしもシーン侯爵がわたしのことを自分のものだと断言しなかったら……。

もちろん、そのことばが本心でないのはわかっていた。侯爵はわたしを求めてはいないのだから。ほんとうに求めているなら、すでに自分のものにしているはず。なぜ、すらりとした手を伸ばして奪わないの？　ゆうべ侯爵は寝室にやってきた。それなのに何もしなかった。

静かに居間にはいると、窓辺に侯爵が立っていた。その姿を見たとたんに、心臓が早鐘を打ちはじめた。震えているのは恐怖のせい、自分にそう言い聞かせた。けれど、長年にわたる不幸な結婚生活から、つねに自分に正直でいなければならないのを学んでいた。恐怖の背後にそれとはちがういくつもの感情が渦巻いているのはわかっていた。侯爵を意識せずにいられないのは、ファイリーへの激しい嫌悪感とは無関係だった。

シーン侯爵はこちらに背を向けて、薄闇の世界を見つめていた。あまりに孤独なその姿にまたもや胸を突かれた。孤独な暮らしをしていることも、さらには、その心に巣食う孤独感もひしひしと伝わってきた。もしかしたら、そのせいでときに精神が錯乱するのかもしれない。といっても、これまでのところ、侯爵に狂気の気配は感じられなかった。

振りむきもせずに侯爵が言った。「モンクスとファイリーには近づかないほうがいい。あのふたりの脅し文句は口先だけではないから」

やはり、侯爵は自分の身のまわりで起きていることに、動物的な直感を働かせているのだ。頭のおかしな人はみな、自身を取りまく環境にこれほど敏感なの?

そうは思えなかった。

その日の朝に目にした、薔薇の細い茎に一心に気持ちを傾けている侯爵の姿が頭をよぎって、どきりとした。侯爵の手は器用で、危なげないその動きは息を呑むほど美しかった。侯爵の手が自分の肌に触れる場面が頭に浮かんで、つむじ曲がりな心臓の鼓動が調子はずれのダンスを踊った。

グレース、何を考えているの！　それでなくても、問題は山ほどあるのに。

いけない、自制心を取り戻さなければ。捕虜仲間に恋するなんて、何があっても許されない。男性に触れられる快感を夢想したことなどもう何年もなかった。正直なところ、結婚して、乙女の幻想が無残にも砕け散って以来、一度も考えたことはなかった。

侯爵に歩みよって、となりに立った。窓の外には、薄闇に包まれた森が広がっていた。日中は晴れ渡り、いまは雲ひとつない夕刻の空に一番星が光っていた。まるでクロード・ロランが描いた風景画のようだった。ただしそれも、森の向こうにけっしてよじ登れない高い塀があり、危険なこの楽園の門には人殺しもいとわない残虐なふたりの番人がいるのを知らなければの話だった。

静寂がグレースの口を開かせた。もっと早くに言うべきだったと知りながらも、言えずにいたことが口をついて出た。「ありがとう、侯爵さま。もしあなたが来てくれなかったら……」

「そんなことは考えなくていい」侯爵に神秘的な目で見つめられた。といっても、その目を見てから一日半が経ち、神秘性は徐々に薄れて、美しさばかりを感じるようになっていた。

「でも、考えずにいられないわ」ここにさらってこられるまえから、何年ものあいだ怯えながら惨めな人生を生きてきた。それでも、モンクスに面と向かって、強姦して殺すと言われたときほどの恐怖はなかった。それに比べれば、頭のおかしな侯爵が安全な砦に思える。昼間の恐怖が冷めやらずにいるせいか、いつにも増して饒舌《じょうぜつ》になった。「あなたはすばらしい人だわ」

形のいい唇に悲しげな笑みが浮かんだ。「そんなわけがない」

侯爵が窓から離れた。グレースは思った――わたしがこれほどそばにいるのに堪えられないのね。もしかしたら、淫《みだ》らなドレスが不快なのかもしれない。琥珀《こはく》色の絹のドレスの襟もとをぐいと引きあげたが、それでも、寝室で身に着けたときと変わらず扇情的だった。色の合わない薄紅色の帯をウエストに巻いたけれど、ぶかぶかの身頃はどうにもならなかった。

自分の喪服がどこかにないかと、寝室を隅々まで探したが、喪服は見あたらず、あるのは恋の女神も赤面するほどのドレスばかりだった。求められている娼婦役を務めるのに、不足しているものはひとつもなかった。官能的な無数のドレスに合うけばけばしい上靴。引き出しには、マーロー邸にいたころでさえ見たこともないような、透けた薄っぺらな下着が並び、宝石箱は安っぽい装身具であふれていた。もちろん、化粧品がはいった箱もいくつもあった。

それに、侯爵の服がおさめられた衣装箱も。

まるで夫婦であるかのように侯爵の身のまわりのものが手の届くところにあるのは、いかにも親密な気がして落ち着かなかった。侯爵がいつ部屋にはいってきて、夕食に着るシャツやクラバットを選んでも不思議はない――そんなことを思って、きれいにたたまれた服が並ぶ衣装箱の蓋《ふた》をあわてて閉めたのだ。自分が使っている寝室に侯爵が自由に出入りできるという事実は、そう簡単には頭から締めだせなかったけれど。

ずいぶん探して、いま着ているぶかっとしたドレスがいちばんましだという結論にたどりついた。いつドレスがずり落ちて、下着姿になってもおかしくない代物ではあるけれど。もしそんなことになったら、侯爵はいかにも貴族らしく侮蔑の視線を送ってくるはず。その表情が目に浮かぶようだった。

侯爵にどう見られるかなど、気にする必要があるの？　侯爵とわたしは、どんな悪夢にも劣らない悲惨な現実に放りこまれた見ず知らずの他人同士なのだから。侯爵に好かれようと好かれまいと関係ない。といっても、侯爵に関してついつい淫らなことばかりが頭に浮かんでいた。

牧場を経営していたときには、朝から晩まで多くの男たちを相手にしていた。職人、農夫、商人などを。そう、男性を相手にするのは慣れている。それなのに、なぜこの侯爵だけにこれほど胸をかき乱されるの？

深く息を吸って、かさばるスカートを手で押さえると、振りかえった。侯爵が二脚のグラスにワインを注いでいた。相変わらず距離を保ちながら、片方のグラスを差しだした。「なぜここへ来ることになったのか、もう一度話す気はあるかな？　これまでは叔父と共謀してでっちあげた嘘だと思っていたから、きみの話をきちんと聞いていなかった」

グレースは侯爵の顔を見た。顔の造作すべてに非の打ちどころがなかった。侯爵がこれほどの美男子でなければ、ふたりの関係はもっと単純なものになったはず。けれど、その容姿はあまりにも魅力的で、頭が混乱し、危険を感じて、畏怖の念さえ湧いてきた。

こちらを見つめる侯爵の眼差しは揺るがなかった。「きみに降りかかった災難を話す気があるなら」侯爵が長椅子を指さした。

「ありがとう」グレースは長椅子に腰かけると、向かいの椅子に座る侯爵を見つめた。あくまでも洗練された侯爵の仕草を目の当たりにすると、ここはロンドンにある邸宅の応接間でないと、心のなかで何度もくり返さなければならなかった。

ここはちがうどこかべつの場所で出会ったとしても、侯爵にこれほどうっとりしたの？胸にさまざまな思いが渦巻いていたけれど、どこで出会おうと洗練された侯爵に目を惹かれたはずだという声が心のなかで響いた。

ちらりと侯爵のほうを見た。つづれ織りの椅子にゆったり腰かけたその姿は、頽廃《たいはい》的な黒髪の天使のようだった。とたんに、不安は消えて、好奇心が頭をもたげた。今夜の侯爵はあくまでも品がよく、どこを取っても高貴な貴族。わたしのように流行に疎い者でも、侯爵の上等な黒の上着がかなり値が張ることはすぐにわかる。体にほどよくフィットして、最高の仕立て屋が手がけたものにちがいなかった。わたしは長いこと貧困に喘いできた未亡人。ならば、堂々たるその姿に圧倒されるのもしかたない。ぶかぶかの娼婦のドレスを着ている自分が情けなかった。

気持ちを落ち着かせようと大きく息を吸った。「侯爵さま、わたしはヨークシャーのリポンの近くの牧場から来た未亡人です」

侯爵の眼差しは相変わらず揺るがなかった。そろそろその眼差しに慣れてもいいはずなのに、背筋がぞくっとした。揺るぎない金色の目に見つめられては、平然となどしていられなかった。

侯爵が大きく開いた襟もとからのぞく胸の谷間をちらりと見て、固い表情で目をそらした。なんてこと！　誘惑するつもりでいると思われているなんて。なるほど、これでは侯爵に嫌われるのも当然だった。

「リポンとサマセットとは、ずいぶんかけ離れているな」冷ややかな口調だった。「イングランドの端と端と言ってもいいほどだ」

「ええ、でも……経済的な事情で、ブリストルの近くの村で司祭をしているいとこの家に世話になることになって……」貧窮していることを口にすると、プライドがずきりと痛んで、あわててことばを継いだ。「迎えにくるはずのいとこのヴェレが見つからなくて……。待ち合わせの場所で長いこと待っていたのに、それでもヴェレは来なかった。だから、ヴェレを捜そうと歩きだしたんです」

「それでモンクスとファイリーに出くわした。なんとも不運だったな」

〝不運〟――これほどの災難を、そんな簡単なひとことで片づけてほしくなかった。

「ええ。それにわたしは愚かだった」いま思えば、あのふたりにのこのこついていったのが信じられなかった。「おかしな話に思えるでしょうけど、あのふたりの話しかたを聞いて、故郷を思いだしたんです」こみあげてくる感情を隠そうと、ワインをひと口飲んだ。

侯爵が手にしたグラスを揺らすと、赤いワインが光を受けて色が深みを増した。そのワインはほとんど口つかずのままだった。侯爵がいかに禁欲的かは、グレースももう知っていた。長く濃い睫越しに、侯爵が見つめてきた。「未亡人になってどれぐらいになる？」

グレースは顔をそむけると、瞬きして涙を押し戻した。「ひと月」気持ちを落ち着かせようと、ひと息おいてから言った。「木曜日で五週間になるわ」

侯爵に目を戻すと、その顔が怒りにゆがむのが見えた。

「なんてことだ、夫の死を悼《いた》む間もなく、叔父はきみを地獄に引きずりこんだのか」金色に光る目に見据えられた。熱い視線にさらされながらも、冷風が肌を舐めたかのように全身が震えた。「叔父からおぞましい計画を聞かされたとき、ぼくは思ったよ、叔父はどんなに非情な手も使うにちがいないと。あの叔父はまさに狂犬だ。この世から排除するべきだ」

「でも、それはあなたのせいではないわ」侯爵が抱いている罪悪感に気づくと、グレースはそう言うしかなかった。

「いや、ぼくのせいだ」苦々しげな口調だった。「ぼくは何年もまえに死ぬべきだったんだ。病気になったときに」

「そんなことないわ」侯爵が死ぬと考えただけで、なぜ胸が張り裂けそうになるの？「そんなことを言わないで」

見つめてくる侯爵の目が鋭くなった。「子供は？」

グレースは頬が熱くなるのを感じた。不適切な質問をされたかのように答えに困った。

「いいえ、夫とわたしには……一度も……できなかった……」かつての悲しみがよみがえって喉が詰まると、ひとつ大きく息を吸った。「子供はいないわ」

さらに尋ねられるのを覚悟をした。田舎の人々は動物にしろ人間にしろ、子供が生まれるか否かを大声で話してはばからない。自分に子供ができないことを、人からあれこれ詮索されるのにはもう慣れっこだった。といっても、面と向かって質問されて、平然としていられるわけではなかったけれど。

侯爵はうなずいただけで立ちあがると、グレースの握りしめた手からグラスを取りあげた。そうでなければ、けばけばしいドレスに赤いワインがこぼれているはずだった。「ファイリーの女房がつくった料理が冷めてしまう」

その夜の食事も侯爵が取りわけた。鶏肉のブランデー・クリーム・ソースがけ。新鮮なサラダ。牛肉とキノコのパイが載った皿が目のまえに置かれると、天国にいるような香りがした。あの汚らわしいファイリーに、これほどの料理をつくれる妻がいるとはとうてい信じられなかった。

といっても、しとやかなグレース・パジェットが娼婦にまちがわれるほうが、とうていありえない話だけれど……。

そんなことを思うと、上等なワインとおいしい料理をまえにした束の間の幸せが一瞬にしてしぼんでいった。「侯爵さま、わたしは誤解されてここに連れてこられたの。叔父さまだって、わたしが貞淑な未亡人だと知れば、ここから出してくれるはず」

ほんとうに貞淑なの？　心のなかで意地悪な囁き声がした。夫がこの世を去ってまだ五週間しか経っていないのに、もう目のまえの男性にうっとりしているのだから。

侯爵が顔をしかめて、ナイフとフォークを皿に置いた。またた、とグレースは思った。侯爵は贅沢な食事をまえにしても食欲が湧かないらしい。「パジェット夫人、残念だが、誤解しているのはきみのほうだよ。今日の午後あんなことがあったんだから、自分がどれほど絶望的な状況に陥っているかにもう気づいてもいいはずだ」

グレースは侯爵より優雅さに欠ける手つきでフォークとナイフを皿に置いた。「侯爵さま、わたしは九年のあいだ、誰からも絶望的だと言われつづけてきたわ。それでも、そんなことばは信じなかった。だから、あなたのことばも信じません」

侯爵の口もとに皮肉っぽい笑みが浮かんだ。控えめな笑みでもこれほどすてきなのに、心からうれしいと感じて微笑んだら、侯爵の顔はどんなふうになるの？　そんなことを思ったとたんに、心臓がいつになく大きな鼓動を刻んだ。

「立派な心がけだな、マダム。とはいえ、残念ながら、現実はいよいよそのことばどおりになった。ここでの暮らしは絶望そのものだ」

「そんなこと信じません」

「いずれ信じるさ」

侯爵は自信満々だった。せっかく食べた料理が胃のなかで固く凍りついた。グレースは震える手をワイングラスに伸ばした。「どこかに道が残されているはずよ」弱々しく言って、グラスを持ちあげたが、ワインをこぼしてしまいそうでもとの場所に戻した。

「そんなものがあるとしても、ぼくには見つけられなかった」深い悲しみが侯爵の目に宿った。

「わたしから叔父さまに話をすれば……」

またもや侯爵の口もとに皮肉な笑みが浮かんだ。「きみはすでにこの秘密の王国の一員だ。一度ここに足を踏みいれたら、二度と出られない」

「でも、あなたはわたしの話を信じてくれた、そうでしょう?」なぜか、侯爵から信頼されるのが生死にかかわるほど大切に思えた。

巧みに否定する方法を探しているかのように、侯爵が目のまえで冷めていく料理を見つめた。けれど、顔を上げると、眼差しは揺るぎなかった。「ああ、きみを信じているよ」

グレースは少し気が楽になった。「ありがとう」

「とはいえ、きみが貞淑であろうとなかろうと、ここからは出られない」いったんことばを切ってから、強調するように低い声で言った。「言っておくが、パジェット夫人、ぼくは叔父に、叔父が見つけてきた女性には指一本触れないと宣言した。その女性が娼婦であろうと、夫の死を悼む未亡人であろうとそれは変わらない」

そのことばを聞いて、グレースは安堵するはずだった。けれど、胸のなかでいくつもの感情が複雑に絡みあい、安堵だけを感じることなどできなかった。

グレースが応えずにいると、侯爵は訝しげな顔をした。「それは信じてもらってかまわない。といっても、もちろん、きみはぼくを信じられないだろうが。信じられる理由などないからね」

じつのところ、グレースは侯爵を信じていた。ということは、もしかして、わたしも侯爵と同じように頭がおかしいの？　けれど、これまでのところ、侯爵はわたしを助けて、守ってくれた。それだけで、ほかには何も求めようとしない。わたしに騙されていると思っていたときでさえ、危害をくわえようとはしなかった。

　さらには嘘までついて、モンクスとファイリーから救ってくれた。その嘘で叔父の思う壺《つぼ》にはまったというのに。もしわたしとベッドをともにしたら、まだ見ぬジョン卿に、侯爵は勝ちを譲ることになるのだろう。この屋敷には長年にわたる緊迫感と無数の葛藤が渦巻いている。といっても、それがどんなものか詳しく知りたいとは思わなかった。いずれにしても、シーン侯爵と叔父が闘っているのはまちがいなかった。叔父であるジョン卿は侯爵の砦にわたしを投げこんだ。引火した手榴弾《しゅりゅうだん》のごとく。

　口もとを拭おうと、震える手でナプキンを持ちあげた。「少し疲れたわ」

「ああ、そうだろう、パジェット夫人。ゆっくり眠るといい」侯爵が頭をかしげると、蠟燭の揺れる炎に漆黒の羽のような髪が輝いた。グレースは息を呑んだ。侯爵はなんて美しいの。なんて孤独なの。その姿を見ていると、泣きたくなる。

　部屋を出ようとすると、侯爵も立ちあがった。侯爵はわたしを貴婦人のように扱ってくれる。そう、反抗的な娼婦としてではなく……。といっても、侯爵がわたしの体を奪うつもりがあろうがなかろうが、いまのわたしがふしだらな女であることに変わりはない。

　階上の寝室で大きなベッドにひとりきりで横たわり、まんじりともせずにいると、自分がふしだらな女であるという事実が、酸のように心を蝕んでいった。恐怖だけではない。怒りや、絶望だけでもない。あらゆる感情が胸のなかでふつふつと沸きたっていた。

体には指一本触れないという侯爵のことばを耳にしたときに、まっさきに感じたのは胸を貫く落胆だった。

6

侯爵に話を信じてもらえたのだから、ふたりの関係が穏やかなものになってもいいはずだった。体に触れるつもりはないという侯爵のことばも、それにひと役買うはずだった。けれど、三日が過ぎても、色濃く漂う緊迫感にグレースは悲鳴をあげそうだった。その緊迫感は、ふたりの乱暴な番人に対する果てしない恐怖とは不可思議なほどかけ離れていた。その根底には、侯爵の姿を見ただけで、声を聞いただけで、脈が速くなるという事実があった。信じられないことに、侯爵のことを考えただけでもどきどきした。

侯爵に無視されているように、自分も侯爵を無視しなければと心のなかでつぶやいた。侯爵はあくまでも無関心な態度を貫いているのだから。どれほど朝早く目覚めても、家のなかに侯爵の姿はなかった。事情を知らなければ、屋敷を離れたのだろうと思うところだった。屋敷から逃げるのをあきらめた侯爵は正しいと、毎日思い知らされていなかったら、そう思うところだった。

それでも、夕食の席ではかならず顔を合わせた。けれど、会話を試みても、ことごとく失敗した。頭のおかしい人を相手にどんな話ができるというの？　といっても、侯爵はつねに理路整然としていて、その頭は明晰だという思いは日々強くなっていた。たとえ、ほとんど口をきいてくれなくても。

ゆうべは会話の主導権を侯爵に譲ってみた。すると、沈黙が深まるばかりで、ついに堪えきれなくなって、礼を失しない最低限のことばをいくつか口にしただけで、席を立って、寝室に向かうはめになった。〝こんばんは〟、〝ありがとう〟、〝おやすみなさい〟——ただそれだけで。

侯爵はふたりで過ごすのをあからさまにいやがったが、それでもグレースはどうしてもそばにいたかった。ふたりでいっしょにいるときだけ、恐怖に打ちのめされそうになる心が安らぐのだ。

長椅子に座り、グレースは居間の壁をおおう書棚にずらりと並ぶ本を眺めた。ジョサイアは牧場の経営に失敗したが、そのまえにも、書店を経営して失敗していた。ゆえに、金の型押しがなされたモロッコ革の表紙に滑らかな象牙色の紙を用いた本がどれほど高価かは、グレースもよく知っていた。

午後のあいだ読んでいたのに、まるで頭にはいらなかった小説を傍らに下ろした。侯爵はそうとうな読書家のようだった。部屋の壁を埋め尽くす書棚におさめられているのは、数カ国にわたる外国語の本で、ジャンルもさまざまだった。これまでに見たことがある個人の書庫の本とはちがって、すべての本に読まれた形跡があった。背表紙が真実を物語っているとすれば、幾度となく読みかえされたはずだった。

さらに、侯爵は書物に事細かに注釈を書きこむ癖があった。そう、書きこみをした本が何冊もあった。これほど高価な本にそんなことをするなんてと驚きながらも、書きこまれたことがらはその人となりを知る手がかりになった。その手がかりによって、侯爵がいつも家にいない理由がなんとなくわかった。

机のなかものぞいてみた。プライバシーの侵害だとわかっていても、好奇心が抑えられなかった。ジョン・ランズダウン卿からの手紙を見つけた。世間から隔絶されたこの屋敷で起きていることを知らなければ、ずいぶん短く、簡略で、よそよそしい手紙に思えたはずだった。

けれど、何よりも興味を引かれたのは、ロドンなる人物が英語とフランス語とラテン語で書いた論文だった。ロドンとはシーン侯爵自身のことにちがいない、そう確信した。ヨーロッパじゅうの学術雑誌の編集者からの手紙もあった。植物学者からの称賛の手紙も。とはいえ、そこに書かれた数字や記号が何を意味するのかは見当もつかなかった。また、ロンドンの事務弁護士から転送されてきた書類の束も見つかった。ロドンことシーン侯爵は仲介人をとおして、知的な人々と交友していた。さらには、日記らしきものが見つかってわくわくした。けれど、読んでみると、植物に関する実験の詳細な記録だった。

侯爵の筆跡は美しく、読みやすかった。頭のおかしな人が書いた文字と言われて思い浮かぶものとはまるでちがっていた。

あれこれ詮索したくなるのは当然よ――そう心のなかでつぶやいて、自身の行動を正当化した。すべてが完備された地獄のもうひとりの住人は侯爵だけで、わたしはその人に運命を握られているのだから。

けれど、ほんとうは、寝ても覚めても侯爵のことが頭を離れないのはわかっていた。もしかしたら、侯爵は不道徳な好奇心を察知して、わたしを避けているの？　貞淑な淑女が夫以外の男性にこれほど興味を抱くはずがないのだから。侯爵は若くハンサムで、わたしは何カ月ものあいだ衰弱と死の世界に閉じこめられていた。ワイングラスに伸びる力強い手を見るだけで血が沸きたった。震えていない手、年寄り特有の茶色のしみが浮いていない手を見るだけで。

自分に苛立ってため息をついた。その気になれば、余白に書きこまれた注釈すべてに目をとおすこともできた。でも、それではまるでシカを追って藪《やぶ》に分けいる狩人《かりうど》のよう。さもなければ、開けた場所で獲物を追いかけて捕らえる狩人のよう……。陽光が燦々と降りそそぐ晴れやかな日に、とげとげしい同居人のことを思ってやきもきしているなんて。もしかして、もっと長い時間をいっしょに過ごせば、頭のおかしい侯爵の魅力も薄れて、どこにでもいるただの男性だと思えるかもしれない。

そうよ、試してみる価値はある。

立ちあがると、背筋をぴんと伸ばした。フェンシングのレッスンに臨む兄のフィリップがいつもそうしていたように。幼いころは、兄のフェンシングのレッスンを見ようと、広間に忍びこんだものだった。華麗な兄の姿を思いだすと、いつもの悲しみがこみあげてきた。兄の死からすでに二年が経つのに、あれほど輝かしい前途有望な若者が冷たい土のなかに横たわっているとはまだ信じられずにいた。

悲しみはもうたくさん。いまは行動のときよ。「さあ、侯爵さま、アンガルド」フェンシングの試合の開始を意味することば——〝構え《アンガルド》〟——をつぶやくと、謎だらけの敵に立ちむかおうと部屋を出た。


グレースは薔薇に囲まれている侯爵を見つけた。侯爵はこちらに背を向けて、無学な目には枯れ枝にしか見えないものを持って、何やらむずかしそうなことをしていた。

「今度はなんだ？」侯爵は顔も上げずに、そっけなく言った。

背を向けているのに、なぜわたしが煉瓦造りの拱道にはいってきたのがわかったの？グレースはけばけばしい黄色いドレスで湿った手を拭った。さきほど針と糸を手にせっせとドレスの身幅を詰めて、どうにか体に合うように調節したのだった。といっても、今度は胸のあたりがきつくなった。ファイリーの女房が喪服を返してくれたけれど、この陽気ではその服は暑くて不快で着れたものではなかった。

　決意を実行に移そうと、顎をぐいと上げた。「これはまたご挨拶ね、侯爵さま」

　侯爵は振りむかなかったけれど、ゆったりした白いシャツに包まれた広い背中に力がこもるのがわかった。「忙しいんでね、マダム。どんな用かは知らないが、夕食まで待てるだろう」

「ええ、待てるかもしれないけれど、そのころには、わたしはすっかり気おくれしているでしょうね」グレースはつぶやきながらも、そのことばが侯爵の耳に届かないのを祈った。けれど、侯爵の聴覚は、ほかのあらゆる感覚同様、超人的なほど鋭かった。

「いいだろう、どんな用件……」一瞬の間ができて、ポキリと音がした。「ちくしょう！」

悪態を耳にして、グレースは顔が真っ赤になったが、それでも引かなかった。「悪態をついてもわたしを追い払えないと、そろそろ気づいてもいいはずよ」

そこでようやく侯爵が振りかえって、見つめてきた。予想どおり、その顔に浮かぶ表情は固く、いかにも貴族らしい苛立ちが表われていた。その表情を見れば、社交界でもひときわ目立つ尊大な侯爵としての姿が容易に想像できた。「三時間の作業が台無しだ」

「えっ？」グレースは侯爵の手もとを見た。さきほどまで一本の枯れ枝だったものが、いまは二本の枯れ枝に変わっていた。きゅうに申し訳なくなって、侯爵を見つめた。「ごめんなさい」

目が合うと、相手の気持ちを思いやらずにいられなかった。侯爵が不機嫌そうに口もとをゆがめて、手にした枝を傍らのゴミの山に放った。「いいんだ、たいしたことじゃない。やり直す時間がないわけじゃないんだから。哀れなこの檻のなかで、自由になるのは時間ぐらいのものだ」

侯爵の苦悩が垣間《かいま》見えて、グレースは自分の行動に恥じいった。唇を嚙んだ。大人の気を引こうとする駄々っ子のように、侯爵にしつこくつきまとう権利がわたしにあるの？　侯爵はわたしになんの恩義もないのに。

うなだれて、立ち去ろうとした。「邪魔をしてしまったわ、ごめんなさい」

侯爵がまた小さく悪態をついて、何歩か近づいてきた。「いや、待ってくれ」

腕をつかまれた。体に触れられたのは、侯爵がふたりの番人に向かって〝この女は自分のものだ〟と宣言したとき以来だった。薄い絹の黄色いドレスをとおして、熱を帯びた手の感触が伝わってきた。

はっとして、侯爵の顔を見た。金色の目にも同じ驚きが浮かんでいた、けれど、次の瞬間にはその目から感情が消えて、これ以上触れているのに堪えられないかのように侯爵は手を離した。いかにもばつが悪そうだった。「パジェット夫人、すまない。なんだか苛立っていてね。この三日間、何ひとつうまくいかなかったから」

ほんの一瞬触れられただけなのに、その部分がちりちりした。侯爵に頑なに拒まれて、傷ついているのをどうにか隠した。「ごめんなさい」

侯爵が首を振って、魅惑的すぎる悲しげな笑みを浮かべた。「いや、謝るのはぼくのほうだ。それで、どんな話かな?」

居間にひとりでいるときには、自分には侯爵に歩みよって話しかける権利があると思った。けれど、ほっそりしていながらも力強い侯爵をまえにすると、そんな確信は持てなかった。

「たいしたことではないの」

「いいや、大事な話に決まっている」

息を大きく吸って、早口で言った。「あなたがわたしにここにいてほしくないと思っているのは知っているわ。わたしだってここにいたくない。だから、わたしたち、休戦してはどうかしら?」

さも貴族らしく横柄に侯爵が眉を上げた。「きみと闘っているとは知らなかった」

忌々しいことに、顔が赤くなるのがわかった。滑らかな透きとおるような肌は以前はすぐに赤くなったが、そんな体質も変わったと思っていた。ところが、そうではなかったらしい。少なくとも、傲慢な貴族とふたりきりで話をしているときには。

ここまで話をしたからには、もうあとには引けなかった。両手をしっかり握りあわせて、さらに言った。「闘いつづけるには、あなたはわたしといっしょに過ごさなければならないわ」

端整な顔に、なるほどと言いたげな表情がちらりと浮かんだ。「きみはぼくの気を引きたくてたまらないんだな」

グレースは足を踏み鳴らしたくなった。「ちがうわ、わたしは何かをしたくてたまらないの。ごく普通の会話がしたいだけ」

「パジェット夫人、きみは頭のおかしな男といっしょに監禁されているんだよ。ごく普通の会話などありえない」

またもや侯爵は自身の苦悩を利用して、人を寄せつけまいとした。けれど、侯爵がそういうことを言うたびに、その効果は薄れていた。「この檻のなかにいるのはふたりだけ。だとしたら、友情を育《はぐく》んだほうがいいに決まっているわ、そうでしょう？」

侯爵が目を閉じた。もしかしたら、わたしのような卑しい身分の者と友情を育むなんて、繊細な心が傷つくと思っているの？　なんといっても、相手は偉大なる侯爵で、いまのわたしは地位も名誉もない貧しい未亡人。たとえ高貴な家柄の生まれだとしても。

「友情？」侯爵がぼんやりと言った。

植木鉢を投げつけてやりたい――そんな気分だったけれど、その衝動をどうにかこらえた。

「もちろん、身分がちがいすぎるのはわかっているわ。でも、わたしたちは同じ苦痛を強いられているんですもの、そうでしょう？」

侯爵が悲しげに眉根を寄せた。「頭のおかしな男と正常な女にとって、可能なかぎり同じ苦痛というわけか」

グレースは鼻を鳴らした。「わたしの頭が正気かどうか疑っているのなら、それでもかまわないわ」そう言うと、おずおずとあたりを見まわしながら、葉のない薔薇が整然と植えられた花壇にどんな意味があるのか考えた。「わたしはいつも忙しく働いていたのよ。牧場では夫を看病しながら、たいていの仕事をこなしたわ。わたしと友情を育むのは気が進まないなら、あなたの実験の助手になるのはどうかしら？」

自分のしていることを言いあてられて、侯爵は驚いた顔をした。とはいえ、いっしょに過ごすと知って、不愉快そうでもあった。それでいて、抵抗するのも面倒だと思ったのか、あきらめたような顔をした。いずれにしても、助手ができて喜んでいるようすはなかった。

そんなことはどうでもいい――グレースは自分にそう言い聞かせた。侯爵はひとりで過ごすことに慣れてしまっているだけ。それでも、胸がずきんと痛まずにいられなかった。

気乗りしない証拠に、侯爵が言った。「単調でつまらない作業だよ。それに、ご婦人にとっては不快な汚れ仕事だ」

信じられない、侯爵はまるでわかっていないのだ。わたしが砂糖でできているとでも思っているの？

「羊の牧場を切り盛りするのも単調な汚れ仕事よ」挑むように侯爵の目を見た。「わたしの繊細な神経ではとても堪えられないと思ったら、ええ、さっさと家に戻って、二度とあなたの邪魔はしないわ」

侯爵は笑みを浮かべはしなかったものの、その顔から緊張感がいくらか消えていった。グレースが拱道を通ってはいってきたときには、いまにも破裂しそうなほどぴりぴりしていたのだ。「年端《としは》も行かぬ淑女にしてはずいぶん頑固だな」

グレースは驚いた。悲劇の侯爵にもユーモアのセンスがあったとは……。とはいえ、それは侯爵が初めて示した打ち解けた態度だった。グレースは口もとに笑みを浮かべた。「年端も行かぬというのはちょっとちがうかもしれないわね」

「たしかに。ちょっとちがうかもしれない」

ドレスのはちきれそうな胸もとを、侯爵の光る目がかすめたような気がした。でも、それは思い過ごし？　触れられたかのように乳首がぎゅっと硬くなった。ああ、やめて、侯爵にった。


気づかれませんように。

ふたりで過ごすというのが果たして賢い提案だったのか、この期におよんで自信がなくなった。

なんてことだ、グレースが友情を育みたがっているとは。友情だって？　それに、あれほど甘い眼差しで見つめられたら、理性が何を叫んでいようと、グレースの申し出を断われるはずがなかった。

この三日間、ふたりでいると平静ではいられなかった。病気がぶり返したのではないかと不安になるほどだった。できるだけ距離を置こうとしたのに、寝ても覚めてもグレースのことが頭を離れなかった。屋敷のどこにいても、その存在をひしひしと感じた。ついこのあいだまでは堪えがたい孤独に埋もれていたはずの屋敷のどこにいても……。眠れずに過ごした無数の孤独な夜が、いまや失われた楽園に思えた。池に大きな石が投げこまれたかのように、変わりばえのしない毎日にグレース・パジェットが飛びこんできたのだった。

できるかぎりいっしょに過ごさないようにして、親しくならないように心がけた。それなのに、森のなかをとぼとぼと散歩していても、グレースは放っておいてくれなかった。グレースがたった一度そばにやってきただけで、薔薇のなかにやっとのことで見いだした安らぎが音をたてて崩れていった。何より悪いのは、十一年も暮らして一度もわが家とは感じたことのなかった家を、グレースがまるで自分の家のようにしてしまったことだった。

なぜ、そんなことができたんだ？　グレースは自分がここにいるしるしを極力残さないようにしているのに。それなのに、部屋にはいるたびに、その存在感に圧倒されるとは。その存在感が、けっして満たされるはずのない欲望を燃えあがらせる。

毎夜、せま苦しい長椅子に横たわり、まんじりともせずに夜を明かすはめになった。階段を上がりさえすれば、欲望のすべてを満たせると知りながら。

だが、階段を上がる権利は自分にはない。グレースは意に反して捕らえられた、貞淑な女性なのだ。それを娼婦のように扱うわけにはいかなかった。

グレース・パジェットには永遠に手が届かない。

激しい欲望に責めたてられた。グレースを見るのも、香りを感じるのも、声を聞くのも……ああ、そうだ、触れることも――何気なく腕をつかんだときの衝撃はまだ全身を駆けめぐっていた――これまでにモンクスとファイリーにくわえられたどんな拷問より苦痛だった。

マシューは黙って、怒りと喜びの源を見つめた。無言であからさまに見つめては、グレースを怯えさせるだけだった。なんといっても、この自分は精神に異常をきたしているのだから。

それなのに、グレースに怖がっているそぶりはなかった。目のまえにいるのは狂人だと何度言っても、ひるむようすもない。自分が危険な人間であることをわからせなければ。とはいえ、何年も精神を病んで苦しんだのに、いままたわざと頭がおかしいふりをする気にはなれなかった。

グレースが顔を上げて見つめてきた。大きな藍色の目が深みを増して、何かを問いかけているかのようだった。かすかに開いた口から静かな息遣いが聞こえた。ふっくらした唇が男をそそる色に染まっていた。

思わず唸りそうになった。これほど誰かのすべてを意識したのは初めてだった。そのことに憤り、抗った。それでも、意識せずにいられなかった。

「侯爵さま?」

息を切らしているような口調で呼ばれた。豊かな胸もとを見ずにいるには果てしない努力を要した。グレースの温かな胸をこの手で包むという至福の行為は、しょせんかなわぬ夢なのだ。

「帽子をかぶったほうがいい」強い日差しにグレースの白い肌が早くも赤らんでいるのに気づいて、唐突に言った。

グレースの微笑みに屈してしまった。それはグレースも気づいているはずだった。ふっくらした唇が開いて白い歯がのぞき、青い目が輝くと、強情な心が欲望に屈して大きく脈打った。

いままでに目にしたグレースの微笑みは、自分ではなくウルフラムに向けられたものだった。それなのに、その記憶に悩まされて、そもそも寝づらい寝椅子でまんじりともせず夜を明かすはめになった。くそっ、そんな状態で生きていけるはずがない。

「ありがとう」グレースの口調はいかにもうれしそうで、目のまえの男のわずかな譲歩には気づいてもいないようだった。あまりにも手持ち無沙汰で、退屈でしかたなかったのだろう。以前は大勢の人に囲まれて、忙しく立ちまわっていたのだろうから。それこそが、自分とグレースの大きなちがい、ふたりを隔てる大きな溝だった。殺伐としたこの屋敷での惨めな人生に、心がどれほど泣き叫んでいたとしても、けっして越えることのできない溝だった。

そのとき、さらなる苦悩にまたもや胸を締めつけられた。グレースがほっそりした手を差しだしてきたのだ。怯えたように、グレースを見つめるしかなかった。

ためらっていると、グレースの顔が曇って、差しだした手を引っこめようとした。「ごめんなさい、侯爵さま。いつもの癖が出てしまったわ。農夫を相手にしていたころに、交渉が成立すると、かならず握手をしたものだから」

マシューはぎこちなく片手を差しだすと、グレースの手を握った。手に触れていたのはほんの一瞬なのに、永遠にも思えた。束の間の触れあいで、グレースの手が硬く、たこができているのがわかった。働くのは慣れているということばは大げさではなかったのだ。公爵夫人のような物腰なのに、工夫《こうふ》のような手をしているとは、またもやグレースのことがわからなくなった。

だが、これでふたりは友だちだ。〝友だち〟ということばに胸のなかで悪態をつきながらも、いずれはグレースのことが理解できる日が来るのかもしれないと期待した。そして、グレースの謎がひとつ解けるたびに、自分の心に巣食う暗い秘密を隠しておくのがどんどんむずかしくなる。全身全霊でグレースを欲しているせいで、彼女を守るために必要な高潔さをいつ失ってもおかしくなかった。

　侯爵はほんとうはわたしのことを嫌っている。侯爵をひとりにしてあげるべきなのだ――グレースはそう思った。でも、わたしは弱く、侯爵といっしょにいたい。できるだけ控えめでいようと心に誓った。口数の少ない妻――ジョサイアに対しては、その役目を貫いてきたのだから。

　ジョサイアのまえにいるときのようにうつむいて、小さな声で言った。「家に戻って、もっと動きやすい服に着替えてくるわ」

「ああ、そうするといい」侯爵はそう言っただけで、興味がなさそうにそっぽを向いた。侯爵はわたしよりここに植わっている植物のほうが大切なのだ――それを思い知らされた。

　ジョサイアにはよく、うぬぼれていると叱られたものだった。いま心に抱いている苛立ちを亡き夫が知ったら、やはり自分の言うとおりだったと夫は得意になるだろう。危険で罪深いことだとわかっていても、胸の奥にある何かが、侯爵にひとりの女性として見られたいと訴えていた。愛されて……求められたいと。

　それで、いったいどうするつもりなの？　侯爵の夜の相手をするために、わたしは拉致された。その役目を嬉々として担《にな》うつもりなの？　恥も外聞もなく抱かれて、淫らな悦びにふけりたいの？

　侯爵が淫らな悦びを与えてくれるだなんて、本気で思っているの？　男が女にどんなことをするかはよくわかっているはず。女がうっとりするようなことはまず起こらない。けれど、立ち去る侯爵を見つめながら、自分がうっとりしているのがわかった。信じられないほど、うっとりしていた。

この屋敷で五日間過ごして、これまで自分自身について確信していたことすべてに疑問符がついていた。グレース・パジェットとして生きた九年間に苦労して築きあげたことをひとつ残らず失ってしまうまえに、ここを出なければならなかった。

悶々としながら、家へ戻った。

「また会うとはな、お嬢さん」

家のまえにモンクスがいるのに気づいたとたんに、頭のなかで渦巻いていた無数の考えが凍りついた。モンクスはいつもの仏頂面《ぶっちょうづら》だった。ファイリーがそばにいる気配はなかった。

「モンクス」警戒しながら声をかけた。殺すと脅された恐怖の午後以来、モンクスとは口をきいていなかった。いつでも逃げられるように、ぎこちなく一歩あとずさった。「何をしているの？」

「ご主人さまにおまえを連れてくるように言われたんでね」

グレースは眉をひそめた。「いままでシーン侯爵といっしょだったわ」

モンクスがせせら笑った。「かわいい顔の侯爵のことじゃない。ジョン・ランズダウン卿だ。親切な忠告にもおまえは聞く耳を持たないんだろうが、それでも、ジョン卿を待たせないほうがいいぞ」

警告されているのに、グレースはぽかんと口を開けてモンクスを見つめるしかなかった。希望を失ったとたんに、救い主が現われるなんて……。

まちがってさらわれてきたとジョン卿に話せば、ここから出してもらえるにちがいない。自由の身になれる。贅沢なこの監獄を出て、危険からも、不本意な誘惑からも逃れられる。

「では、ジョン卿のところへ連れていってちょうだい」声に安堵感がにじむのを止められなかった。

モンクスが怪訝《けげん》そうに一瞥《いちべつ》してきたが、それでもさきに玄関の扉を抜けるように身ぶりで示した。まだ見ぬジョン卿の影響力は大きく、無法者の従僕にまで紳士的な態度を取らせるらしい。待ち望んだ救い主がいる居間へと、グレースは足早に向かった。

7

「連れてきました」モンクスはそう言ってお辞儀をすると、立ち去った。

陽が燦々と降りそそぐ戸外から薄暗い部屋にはいって、グレースは目を慣らそうとまばたきした。カーテンがぴたりと閉じた部屋のなかは蒸し暑かった。温かい日なのに暖炉で火が燃えていた。暖炉に火がはいっているのを見るのは、ここに来て初めてだった。

普段、シーン侯爵といっしょに食事をしているテーブルのまえに、ひとりの男性が不自然なほど背筋をぴんと伸ばして座っていた。しかも、茶色の厚手のウールのコートに身を包んでいる。これほど暑い部屋で、なぜそんな格好をしていられるの？

まえに歩みでると、幼いころに教わったとおりに膝を折って深々とお辞儀した。「ジョン卿」

ジョン卿は立たなかった。グレースは顔を上げて、細長い顔についた冷酷な灰色の目を見つめた。甥を髣髴とさせる端整な顔立ちだけれど、シーン侯爵のような息を呑む美しさはなかった。

侯爵の話から、おとぎ話に出てくる悪漢を想像していたが、実際に会ってみるとジョン卿は典型的な裕福な紳士そのものだった。ロマンスグレーの中年男性。誘拐やレイプや殺人に加担するとはとても思えなかった。いかにも立派な紳士で、態度はまさに貴族然としていた。わたしは女で、しかも身分が低い。ゆえに邪悪な敵と見なされるわけがなかった。

いかにも娼婦が着るような淫らな黄色いドレスが恨めしかった。喪服を着ていたかった。着古した黒い服なら、身の上話に信憑性《しんぴょう》がくわわるはずだった。

「おまえがブリストルでモンクスとファイリーが見つけた娼婦か?」ジョン卿の声は深みがあり、意外にも快活だった。

「ジョン卿、あなたは誤解されています」同情を買おうとするより、冷静に話を進めたほうがよさそうだった。「わたしはグレース・パジェット。貞淑な未亡人です。たいへんな誤解があったようです。どうぞ寛大な心でわたしを窮地から救ってください」

ジョン卿が眉を上げた。きちんとしたことば遣いに驚いているのだろう。「マダム、つまらない嘘をつくのはやめるんだ。モンクスとファイリーによれば、おまえは波止場で客引きをしていたそうじゃないか」

ジョン卿の口調は、目のまえにいる女をどぶに溜まった汚物以下と見なしているかのようだった。グレースのはかない望みが一気にしぼんで、凝り固まった落胆となった。自分の素性を明らかにすれば、すぐさまジョン卿がまちがいを認めると、わたしは思っていたの? わたしはジョン卿がわたしの話を信じてくれるだなんて、どうしてそんなふうに思ったの? わたしはどうしようもない愚か者だ。この屋敷では救いの手が簡単に差しのべられることはない。

拉致を命じたのはジョン卿なのだ。モンクスとファイリーはそう言っていた。シーン侯爵もそう言っていた。

冷静に話そうとしたけれど、乱暴な従僕より目のまえの無言の男性のほうが、いまやはるかに恐ろしく感じられた。

「いとこが郵便馬車の降車場に迎えにくることになっていたのに、うまく会えなかったんです」その話をするたびに、着ていた喪服以上にますます哀れな話に思えた。「お願いです、わたしを家族のもとに帰してください」

「客が好みに合わないから、そんな嘘八百を並べているんだろう。モンクスから聞いたぞ、おまえはまだ甥のベッドにもぐりこんでいないそうだな」

ジョン卿のあまりにもあからさまで下品なことばに、グレースは頬が真っ赤になった。

「わたしがあなたの思っているとおりの女なら、そういうことをするのでしょう……」唾をごくりと呑みこんで、言い直した。「道端で商売をしている女性なら、躊躇せずにあなたの思いどおりのことをするんでしょう」

「ああ、そのとおりだ」ジョン卿は顔をしかめてどこか遠くを見つめると、艶やかなテーブルに指を打ちつけた。

沈黙ができた。長い沈黙だった。

ジョン卿がさも不快そうに見つめてきた。「その話がほんとうなら、おまえがここにいるのは問題だ。問題があると言ったモンクスのことばどおりだ」驚いているようすはなく、むしろ苛立っているようだった。そうして、向かいの椅子を指さした。「座るといい、パジェット夫人？」

グレースは立ったままでいた。恐ろしくてうなじの毛が逆立っていたが、必死に決然とした口調を守った。「部屋に戻って、自分の服に着替えてきます。一週間も行方不明になっていて、わたしはどこにいるのかと家族が心配していますから」

ジョン卿の唇に冷たい笑みが浮かんだ。侯爵が不機嫌なときに浮かべる表情にそっくりだった。「家族にはこれからも心配していてもらう」

甥に無理やりあてがうおもちゃとしてひとりの女性を拘束する権利などないことは、ジョン卿もよくわかっているはずだった。たしかにわたしは貧しいけれど、ジョン卿から敬意を払われて、気遣われるべききれっきとした淑女だ。といっても、ジョン卿は貞操観念のない女の誘拐を企てるほどの悪人なのだ。自分と同等の地位に生まれた淑女をこんなふうに扱うほど邪悪だった。

「わたしはここにはいられません」恐怖と淀んだ空気のせいでめまいがした。倒れないように、すぐそばにあった椅子の背をつかんだ。「いますぐにここから出してください」

ジョン卿が首をかしげて、見つめてきた。ヘビのような目で全身を見られると、思わず胸を隠したくなったが、必死にこらえた。

「パジェット夫人、それは論外だ。そんなことをしたら、私は誘拐の罪で訴えられてしまう」

椅子の背をつかむ手にさらに力がはいった。「この屋敷のことも、あなたがしたこともけっして口外しないと約束します」

「それは興味をそそられるな」ジョン卿の気持ちがそのことばとは裏腹なのがよくわかった。

「とはいえ、女の約束ほどあてにならないものはない。信じる気にもなれない」

声がひび割れた。「ひざまずいて頼めと言うなら、そうしますわ」

ジョン卿の顔にいかにも尊大で不機嫌な表情がよぎった。「芝居がかったことをしても、くだらないこの場面が無駄に長引くだけだ」

胸がぎゅっと締めつけられて、心臓が大きな動悸を刻んだ。泣いて頼んでも、解放されはしないのだ。「わたしにも何かしらできるはずです。そもそもわたしはこの屋敷とはなんの関係もないんですから」

侮蔑が浮かぶジョン卿の顔がさらに冷ややかになった。「マダム、この屋敷の外でのおまえの人生など無に等しい。私の従僕が目をつけたときに、おまえの運命は決まったのだから。おまえがこの屋敷を出るときは、屍衣《しい》に包まれているんだよ」

灰色の目は無情で決然としていた。死と破滅をちらつかせて人を脅しながら、なぜ、ジョン卿は冷たい岩のように無感情でいられるの……？　部屋は蒸し暑いのに、グレースは心も凍る恐怖に震えた。

「そんなこと、とうてい納得できません」力なくつぶやいた。心臓が激しく脈打って、息をするのもやっとだった。

「ほう」ジョン卿の口調は落ち着いていた。それでも、グレースが黙っていると、いくらか苛立ったように言った。「モンクスはおまえに説明するべきだった。いや、たとえ、あいつが状況を説明しなかったとしても、甥がおまえに自分の義務をはっきりわからせるべきだった」

怒りに火がついて、萎《な》えかけた勇気が息を吹きかえした。「わたしがここに連れてこられた理由はわかっています。でも、わたしは娼婦ではないわ、あなたはそれを理解するべきです」

ジョン卿が忌々しそうにかすかに顔をしかめた。「パジェット夫人、おまえは娼婦のふるまいを身に着けるべきだ。おまえをここに連れてきたのは、シーン侯爵を楽しませるためなのだから。だが、聞かされたところによると、侯爵はおまえを避けているようだ。侯爵をその気にさせられないなら、おまえは用なしだ」

「ならば、ここから出してください」

ジョン卿の苛立ちがますますつのっていた。「厄介な女だ、聞いていなかったのか？　使いものにならないとわかったら、それでおまえの人生は終わる。甥の気晴らしの対象となっているかぎり、おまえは情婦として生きられる。ああ、甥が飽きるまでは。頭のおかしな侯爵には指一本触れられたくないと言うなら、おまえの命もそれまでだ。使えない道具を後生大事に取っておく趣味は私にはないからな」

「侯爵の頭はおかしくなんてありません」グレースはか細い声で反論したが、なぜそんなことばが口をついて出たのかわからなかった。殺すと脅されているのに、まっさきに侯爵を弁護するなんて……。

パーティーで機知に富んだ意見を小耳にはさんだかのように、ジョン卿がくすりと笑った。「侯爵は自分が正気だと、おまえに信じこませたらしい。ああ、あいつはじつに口がうまいからな。だがそれも、がたがた震えて、涎《よだれ》を垂らし、小便を漏らすまでの話だ。そうなったら、おまえも侯爵をかばう気になどなるものか」

たったいま聞かされた光景が鮮明すぎるほどに目に浮かんで、吐き気がこみあげてきた。ジョン卿を嘘つきと罵《ののし》りたかった。でも、ほんとうに嘘なの？　わたしがこの屋敷に閉じこめられたのは五日前。いっぽう、ジョン卿は甥のことを生まれたときから知っている。それでも、口もとがこわばるのを感じながら、言っていた。「あなたの言うことなど信じません」

「信じようが信じまいがかまわない」ジョン卿の口調は冷淡だった。「一週間やろう。そのあいだに、おまえは甥をベッドに誘いこむんだ」

グレースは椅子からあとずさると、背筋をぴんと伸ばした。暑すぎる部屋のなかでも、肌を伝う汗は冷たかった。さらに冷たいのは、胸に突き刺さる残酷なことばだった。逃げ場はない。けっして逃げられない。

「いやだと言ったら？」

ジョン卿の顔にさらに相手を見下す表情が浮かんだ。「おまえは死に、私はモンクスとファイリーに代わりを見つけてくるように命じる。願わくは、自己保存の本能がより強い女を見つけてこいと」

「人としてあるまじき行為だわ」平然としたジョン卿の顔に罪悪感と後悔がよぎるのではと思ったが、その期待はみごとに裏切られた。

「ああ、そうかもしれない」ジョン卿がさらりと言った。「つまり、死か屈辱かをむかむかする胃を、震える手で押さえて落ち着かせようとした。

選べとおっしゃるのね？」精いっぱい虚勢を張った。

「いずれにしても死はまぬがれない」ジョン卿は投げやりに言って、ふと口をつぐんだ。陰鬱な灰色の目が計算高くきらりと光った。「とはいえ、素直に私の言うとおりにして、侯爵を巧みに誘惑すれば、おまえの運命をいま決める必要はないかもしれない」

「それはどういう意味？」グレースは尋ねながらも、ジョン卿の魂胆を見抜いていた。言うことを聞かせるために目のまえに餌をちらつかせているだけで、交渉の余地などあるはずがなかった。喜び勇んでこの部屋にやってきたときはただの愚か者だったにせよ、いまはもうそうではなかった。

ジョン卿が肩をすくめた。「私は従順な者に褒美《ほうび》をやる、それだけのことだ。この一年間、シーン侯爵は心ここにあらずといった調子だった。おまえが私の言うとおりにして、甥にかつての健康と気力を取り戻させたら、私はおまえに感謝することになる」

グレースはついわれを忘れて、単刀直入に言った。「つまり、わたしが貞節を捨てたら、その代わりに自由の身になれるとでも？」

皮肉を耳にしても、ジョン卿はまばたきひとつしなかった。「単なる報奨だ」そう言うと、立ちあがった。ジョン卿も長身だったが、侯爵ほどの背丈はなかった。「一週間。ああ、まちがいない、しくじれば、次の土曜日がおまえにとってこの世で最後の日になる。もちろん、そのまえにモンクスとファイリーが役得にありつく。今回の件ではあのふたりもしくじったが、それでも私には忠実だからな。さっきも言ったとおり、私は従順な者に褒美を与えるんだよ」

「あなたは悪魔だわ」そう言いながらも、グレースは自分の声がはるか遠くで響いているような錯覚を抱いた。重い空気を無理やり深く吸いこんでも、霞む視界は晴れなかった。息が詰まるほどの非現実感に襲われたが、たったひとつの記憶だけは残酷なほど鮮明に残っていた。乳房をまさぐるファイリーの手と、辱《はずかし》めてやると言うファイリーの生臭い息が顔にかかる感触は。

死をまぬがれないなら、それを受けいれる覚悟はあった。けれど、ジョン卿の汚らわしい従僕に強姦されると思うと、声が枯れるまで叫びたくなった。

テーブルをまわって歩みよってきたジョン卿に、腕をぐいとつかまれた。「私が言ったことをよく考えてみるんだな、パジェット夫人。その気になれば甥を誘惑できるぐらいの器量をしているんだから」

ジョン卿の白い手が頬を撫でた。背筋がぞくりとして、その手から逃れようとしたが、喉に親指が押しつけられると、震えながら身をこわばらせるしかなかった。息が詰まって喘いだ。

気道を押さえつける親指にさらに力をこめながら、ジョン卿は相変わらず冷ややかに言った。「協力しなくても情けをかけてもらえるとは夢にも思うなよ。おまえをべつの女とすげ替えるのは、たいした手間ではないのだから」

ジョン卿の手が離れた。ふいに自由になって、グレースはよろめいた。喉がずきずきと痛んだが、どうにか息を吸った。

「さわらないで」かすれ声で言いながら、壁に手をついて体を支えた。ついさきほどまでは、ひざまずいて懇願してもかまわないと思ったが、いまは、ジョン卿のまえで弱みを見せる気にはなれなかった。

ジョン卿が強情な子供に対するように苛立たしげに舌打ちした。「傲慢なことを言っていられるのもいまのうちだ、マダム。おまえには一週間しかない」

「わたしはそんなことはしません」声が震えていた。

「ならば、どうなろうと、結果を受けいれるんだな」ジョン卿がグレースに向かってうなずいた。「では、ごきげんよう、パジェット夫人」

グレースは振りむきもしなかった。立ち去るジョン卿のうしろ姿など見たくもなかった。ステッキが規則正しく床を打つ音が響き、やがて扉が静かに閉じた。ジョン卿はどこまでも慎重で冷静だった。死を約束したときでさえ、声を荒らげもせず、囁くかのようだった。

グレースは震える手で口を押さえて、見えない目でテーブルを見つめた。薄暗く暑苦しい部屋のなかにいると、四方から押しよせてくる脅威に押しつぶされそうだった。

新鮮な空気と光が恋しかった。カーテンを勢いよく開いて、窓を開け放った。澄んだ春の空気で胸を満たすと、胃のむかつきがかろうじておさまった。けれど、重くのしかかる失望と恐怖は消えなかった。この世を去る日までその重荷は下ろせない……。

その日まであと一週間……。

「おめでとう」背後で侯爵の声がした。そのことばには痛烈な皮肉がこもっていた。「叔父をずいぶん喜ばせたようだな。屋敷を出ていく叔父はいつになく上機嫌だった」

あまりに動転していたせいで、侯爵が部屋にはいってきたことにも気づいていなかった。声をかけられても、グレースは窓辺を離れようとしなかった。

「叔父さまと話をしたの？」痛む喉から声を絞りだした。侯爵がまたもや激しい敵意を抱いているのは、わざわざ振りかえらなくてもよくわかった。

「いいや。叔父はぼくと過ごすのを好まない」またもや皮肉めいた口調だ。「でも、パジェット夫人、叔父はきみとのおしゃべりを楽しんだんだろうな。とりわけ、きみがいかに易々とぼくを騙したかを聞いて」

たったいま耳にしたことばが、グレースは信じられなかった。ジョン卿とのおしゃべりはおぞましい脅迫以外の何ものでもなかったのに、侯爵はそれに気づいていないの……？

ゆっくり振りかえった。侯爵が胸のまえで腕を組んで、扉の傍らの壁にゆったりと寄りかかっていた。顔は無表情でも、冷ややかな仮面の下にふつふつと煮えたぎる怒りが隠れていた。

邪悪なジョン卿との闘いでは、侯爵だけがただひとりの味方なのだ。どうにかして、侯爵に信じてもらわなければ。恐怖の闇を振り払うために一時間必要だった。といっても、必要なものばかりを数えあげても意味はない。何よりも必要なのは生き抜くこと——その事実が胸を貫いた。

生き抜くために、どんな代償を払わなければならないの？

「叔父さまとわたしが共謀しているなんて思わないで」震える声で言った。

「そうでないとは思えない。きみと叔父は長いこと話していた。ずいぶん実のある話をしていたんだろう。そして、ぼくはついさっき、悦に入った叔父が馬車に乗りこむのを見た。教えてくれないか、この茶番劇の次幕がどんなものなのか」さりげない口調だが、ほっそりした頬が小刻みに痙攣しているのが怒りを表わしていた。

この体の震えは永遠に止まらない——グレースはそう思った。これほど動揺していては、感情を抑えられるはずがなかった。「わたしはあなたを誘惑してベッドに誘いこまなければならないわ」

侯爵の傲慢な表情は変わらなかった。「ああ、最初からきみはそのためにここにいる。悲劇のヒロインを演じるのはいいかげんにしてくれ。怯える演技に一度は騙されたが、何度もくり返せば効果は薄れるだけだ。か弱い女のふりをするのはやめて、いかにも商売女らしく誘惑したほうがまだましだ」

グレースは顔をしかめた。侯爵の口調には憎しみがこもっていた。ジョン卿とわたしが共謀していると侯爵が思いこんでいるとして、誰がそれを責められるだろう？　侯爵の燃える目にわずかでも思いやりが感じられないかと、訴えるように目を見つめた。ほんの一時間前には思いやりに満ちているとさえ思えたのだから。「わたしは窮地に立たされているの」

侯爵の顔に笑みが浮かんだ。美しい口もとが苦々しげにゆがんだ。「ああ、もちろんそうだろう、パジェット夫人。きみに指一本触れないという誓いをぼくが頑なに守ると叔父が知ったら、なおさらそうなる」

「あなたはわたしを助ける気はないのね」そのことばは一本の糸よりも頼りなかった。胃のなかに冷たく硬い塊を感じた。無限に広がる砂漠に、ひとりぽつんと置き去りにされた気分だった。

一瞬、侯爵が憎悪の視線を送ってきた。まるで見るに値しないものを見てしまったと言いたげに。それは叔父であるジョン卿の目つきにおぞましいほど酷似《こくじ》していた。けれど、次の瞬間には、侯爵の顔に拒絶と勝利が同じだけこもった笑みが浮かんだ。「助けるだって？　自分のことさえままならない哀れな狂人が、どうして人を助けられる？」

「わたしは叔父さまと共謀していない――それだけは信じて」

侯爵の返事は鞭のようだった。「それは無茶な願いだな、愛しのパジェット夫人、きみのことばなどひとつも信じられるわけがない」

「わたしは真実を言っているのよ」無駄だと知りながらも必死だった。

「真実?」侯爵がさも見下したように鼻で笑った。「きみはそのことばの意味がわかっていないらしい」

「お願い、助けて」

侯爵の硬い表情と、引き締まった口もとに、断固たる拒絶が表われていた。「こんな猿芝居など、時間の無駄だ。はっきり言っておくが、きみがぼくを騙そうとしているのはよくわかっているんだよ」

あまりにも悲しくて、無益な涙がこみあげてきた。何を言ったところで、敵ではないのを侯爵にわかってもらえない。すべての望みは尽きた。ブリストルでヴェレを捜そうと歩きだしたときに、すべての望みは絶たれたのだ。

ふらふらと扉へ向かった。誘惑しなければならない相手と口論する気力などなかった。好きになってくれもせず、さらにはけっして求めようとせず、いまその心には憎悪しかない相手と。

傍らを通ろうとすると、侯爵がこちらを向いて、無関心を装いながら言った。「パジェット夫人、ひとつだけ教えてくれ。きみは叔父の愛人なのか?」

グレースは目に見えない壁にぶつかったかのようだった。立ち止まると、呆然と侯爵を見あげた。そのとき初めて、侯爵の頭はほんとうにおかしいのだと思った。

そんなことを言われたら、侯爵の頰を平手で叩いていてもおかしくなかった。けれど、いきなり無礼なことを言われて、あまりにも驚いていた。

呆然として二の句も継げずにいると、侯爵が背筋を伸ばして壁から離れ、わきをするりとすり抜けて立ち去った。グレースは身じろぎもせずに、家を出ていく侯爵の足音を聞いているしかなかった。すばやく遠ざかる足音が、もう一秒たりとも同じ空気を吸っていられないという侯爵の気持ちを表わしていた。

8

狭い長椅子の上で、マシューはできるだけ体を伸ばして――といっても、満足に伸ばせなかったが――横たわり、階上で響くグレースのくぐもった足音を聞いていた。時刻は遅く、とうに真夜中を過ぎているはずだった。それを証明するように、玄関の間の時計が二時を打った。眠れなかった。階上の足音からして、グレースも眠れずにいるらしい。

叔父の愛人なのかと尋ねてから、顔を合わせていなかった。その夜、グレースは初めて夕食に現われなかった。グレースは何か食べたのか？　ふとそんなことを思って、自分を叱った。狡猾な娼婦が腹を減らしているのではないかと心配するなんて馬鹿げている。すねて一生部屋に引きこもっていようが、自分にはなんの関係もないのだから。

激しい怒りのせいでまだ息苦しかった。グレースに対する怒り、さらには、心に築いた壁の内側にグレースをはいりこませてしまった自分に対する怒りのせいで。グレースが叔父の手先なのは最初からわかっていたはずなのに。たったひとりの無関心な観客を魅了するためなら、どんな手段も辞さない名女優だとわかっていたはずなのに。いかにもそれらしく見せるために、自らアヘンチンキを吸いこんで吐き気をもよおすなどと手の込んだことをしたに決まっているのに。

それなのに、グレースに協力してしまうとは。友情を育み、信頼した。いや、少なくとも、もう少しでそうなるところだった。中庭に出たときに、偶然にも、馬車に乗りこもうとする叔父を見たから助かったものの、そうでなければ、甘く芳《かぐわ》しい女の罠にまんまとはまっていたはずだ。

あのときは、グレースを殺してやりたいとさえ思った。

長椅子の上で寝返りを打った。といっても、この五日間この長椅子で眠り、長身の者が快適に眠れる場所ではないのはわかっていた。腹立ちまぎれに枕代わりのクッションに拳を叩きこんだ。

まんじりともせずに、グレースの嘘をあれこれ考えていてもしかたない。裏切りには慣れっこのはずだ。この十一年間、裏切られつづけてきたのだから。グレースの件は単にその数がひとつ増えただけで、これまでで最大の裏切りとは言えなかった。

それなのに、なぜかそう思えずにいる。

階段が軋《きし》んだ。いったいグレースは何をするつもりだ？　夜の夜中に、散歩でもするつもりなのか？　とはいえ、階上でひっきりなしに響く足音がしなくなるなら、それこそ喜ばしいはずだった。

居間に面した廊下で足音が止まった。かすかに軋みながら扉が開いた。マシューは身を固めて、眠っているふりをした。

グレースがそばにいるとかならず、不可解なほど感覚が鋭くなった。グレースの途切れがちな息遣いと、衣擦《きぬず》れが聞こえた。とはいえ、それは衣装簞笥を埋め尽くす絹やサテンが擦《こす》れる音ではなかった。もっとやわらかな布が、グレースの動きに合わせてかすかな音をたてていた。

忍び足で扉を抜けてきたグレースが部屋の中央で立ち止まった。マシューは薄目を開けて、ちらりとそちらを見た。白っぽい薄手のものを身に着けたグレースがどのあたりにいるかはすぐにわかった。

これまでグレースが夜に近づいてくることはなかった。なるほど、ジョン卿と話しあって、もっと積極的に行動する気になったらしい。そうでなければ、幽霊のようにこっそり部屋にはいってくるはずがない。ベッドに誘いこめと叔父に言われたのだ。糸を引っぱられるままに踊る愛らしい操り人形よろしく動いているのだ。

叔父のことが頭に浮かんだだけで、怒りが湧いてきた。よかった。さもなければ、あとさき考えずに、すっくと立ちあがって、グレースに飛びついているところだった。

グレースの香りが誘っていた。手を伸ばせば触れられるところにグレースがいる——それ以外はすべて忘れてしまえとそそのかしていた。体のわきに下ろした手を握りしめた。

触れたら、すべてを奪わずにいられない。

グレースに敵意を感じている。信用などできるはずがない。それでいて、求めているのを否定できなかった。

どのぐらいそのままでいたのかわからなかった。マシューは寝たふりを続け、グレースは逃げだそうか、前進しようか迷っていた。その間ずっと、マシューの体の一部——言うことを聞かない体の一部が大きく硬くなり、グレースをさっさと自分のものにしてしまえと訴えていた。手を伸ばせば届くところにある贈り物、それがグレースだと。

「眠っていないのはわかっているわ」グレースがかすれた声で言った。

「ああ」マシューは大きなため息をつくと、長椅子の上で体を起こして、足を床に下ろした。部屋は暗かったが、裸の体を毛布で隠した。「どういうつもりだ、パジェット夫人?」髪をかきあげながら、うんざりした口調で尋ねた。

「わからない」

嘘だ。ここにいる理由はお互いによく知っている。グレースは叔父の忠実な僕《しもべ》だ。それでいて、その口調はどこまでも純粋で、当惑さえ感じられる。さきほどと同じように怒りをかきたてようとしたが、めまいがするほどの欲望が邪魔をした。

「くそっ」グレースにというより、自分自身に苛立ってつぶやいた。もう堪えられない。立ちあがりながら、毛布をさらにきつく体に巻きつけた。グレースが息を呑んで、一歩あとずさった。ベッドのなかで睦《むつ》みあうつもりでいるくせに、そうすることにまだためらいを感じているらしい。

暗闇のせいで危ういほどの親密感が漂っていた。マシューは手を伸ばすと、蠟燭に火を灯して、蜘蛛《くも》の巣のように複雑に交差するふたりの思いを消し去ろうとした。

けれど、そんなことをしても無駄だった。何をしたところで、意識せずにいられなかった。耳のうしろでひとつに縛って横に流した豊かな黒髪が、肩から胸の谷間へとこぼれ落ちていた。薄手の水色のネグリジェが透けて、細い体の輪郭が見えていた。

グレースはうつむいていても、男の視線をはっきり感じているようだった。不本意ながら、マシューはがっかりした。グレースの胸は交差した両腕に隠れていた。それは怯えているときの仕草だった。あるいは、怯えているふりをしているときの。

「心配しなくていい」そっけない口調が真実らしく聞こえるのを祈った。「ぼくは男としての欲望を抑えられるからね」

「あなたには男としての欲望なんてないわ」グレースが陰鬱な声で言った。

「なんだって？」

驚いて、グレースを見つめた。滑らかな頬に赤みが広がっているのがわかった。

「いいえ、それは……その……」グレースが深く息を吸って、ついに目を上げた。信じられないことに、美しい目が見開かれ、裸の胸をまっすぐに見つめてきた。艶やかな頬がさらに赤くなり、口もとから舌がのぞいたかと思うと、唇を湿らせた。胸のまえで交差していた腕を力なく体のわきに下ろした。まるで、身を捧げようとしているかのようだ。グレースのことをよく知らなければ、彼女もまた自分と同じだけの欲望を抱いていると勘ちがいするところだった。

グレースが胸から視線を引きはがして、目を見つめてきた。「ごめんなさい。いまのは、あなたのわたしに対する欲望のことを言ったのよ。もちろん、あなたにだって男としての欲望はあるに決まっている。どんな男性だって……」ことばが途切れると、目をそらして、乱れた長椅子を見つめた。

マシューは肩をすくめた。「ここで眠っていたのね、知らなかった」

「ええ、わかっているわ」グレースがまた唇を舐めた。桜色のしっとり濡れた唇を。そんな何気ない仕草を見ただけで、体のなかで欲望が渦を巻いた。「いえ、ついさっき知ったばかり。二階であなたを捜したの。でも、ベッドがあるのはわたしが使っている寝室だけだった」

なるほど、だからあれほど長いあいだ足音が響いていたのだ。自分を捜して暗い家のなかを歩きまわるグレースの姿を想像しただけで、息が止まりそうになった。毛布を腰に巻いておいたのは正解だった。さもなければ、ありがたくない訪問者に男としての欲望を気づかれるところだった。

わざとらしくお辞儀した。「光栄にもきみが屋敷にやってくるまでは、まさかこのぼくが客をもてなすことになるとは想像もしていなかったんでね」

痛烈な皮肉にグレースが顔をしかめた。グレースは狡猾な雌猫だ——マシューはそのことばを胸のなかで何度もくり返した。それでも、グレースを攻撃するたびに、自分は鞭打ちに値すると心が叫ぶのを止められなかった。

それまで頑ななまでに確信していたこと——グレースが嘘つきの悪女であるということ

——が、いまや揺らぎはじめていた。自分の一挙手一投足《いっきょしゅいっとうそく》をグレースの潤んだサファイア色の目が追っていった。まるで、これから押し倒されるのか、あるいは、首を絞められるのかと不安でたまらないかのように。

とはいえ、ほんとうにグレースにその気がないなら、きちんとガウンをはおっているはずだ。ほんとうにその気がないなら、そもそもこの部屋にはいってくるはずがない。グレースの平らなおなかの下にうっすらと見える欲望をそそる黒い影から、マシューは無理やり目をそらした。

「話がしたいの」グレースがやけに甲高い声で言った。

「そうなのかい?」意味もなく尋ねるしかなかった。

話をするためにグレースがここに来るわけがなかった。官能的なネグリジェで目のまえに立っている理由はひとつしかない。叔父の命令どおりに誘惑するつもりなのだ。

いよいよそのときがやってきたらしいが、グレースが目的を果たすことはない。ほんの束の間とはいえ、グレースの欲望にも火がついたのではないかと考えて熱くなったのを心から後悔した。

「そうよ」一瞬、口ごもった。真夜中に押しかけてきた理由を探しているのだろう。「あなたがここで眠るのはおかしいわ。なんと言ってもシーン侯爵なのだから、あなたが寝室を使ってちょうだい」

そういうことか。話などやめて、ここに来た目的をさっさと果たせばいい——そう言いたくなるのをこらえた。グレースはうまいことを言って、まずはベッドに誘いこむつもりなのだ。眠るには適さない長椅子を苦々しげに一瞥した。グレースだって男にのしかかられるなら、二階のベッドのほうが快適にちがいない。

けれど、いつものようにグレースは当惑するようなことを言いだした。「わたしがここで眠るわ」

ということは、寝室をふたりで使おうと誘っているわけではないのか？　といっても、それでがっかりするのはおかしな話だった。意志の力があるかぎり――刻一刻と意志は揺らいでいるけれど――グレースとベッドをともにする気などなかった。

「いや、ベッドはきみが使うんだ」そっけなく言った。グレースが眠っていた場所で、寝つけるはずがなかった。そのベッドに横たわると思うだけで、欲望を激しく刺激されて、意志の力などどこかへ飛んでいってしまいそうだった。

「叔父さまからあなたは具合が悪いと聞かされたわ」

マシューはつまらなそうに笑った。「ああ、そのとおり、ずいぶんまえからね。だから、精神に異常をきたしたんだよ」

グレースの真剣な眼差しは揺らがなかった。「いいえ、この一年あなたの調子が悪そうだったと聞かされたわ」

「なるほど、きみは身の上話を聞きたいらしいな」

グレースがじっと見つめてきた。目のまえにいる男のあらゆる秘密を暴くつもりでいるのか、信じられないほどまっすぐな眼差しだった。グレースはかならずそのとおりにする——そんな奇妙な予感が腹に湧いてきた。「あなたの叔父さまは悪人だわ」やけに落ち着いた口調だった。

そのことばにマシューは驚いた。「たいていの人は叔父を魅力的だと思うものだ。実際、ぼくだって子供のころはそう思っていた」同時に、不快な考えが頭に浮かんだ。「叔父に乱暴されたのか？」

叔父が暴力をふるうことはまずなかった。人に肉体的な苦痛を与えたければ、モンクスやファイリー、あるいは、ほかにも大勢いる荒くれ者にやらせればいいのだから。

グレースが首を横に振ると、髪が揺れて胸の谷間にもぐりこんだ。くそっ、なんて魅惑的なんだ。そんな女にどうして抗える？　いや、グレースは叔父の手先だ——それを心に刻みつけようとしたが、もはや確信は持てなくなっていた。

「いいえ、乱暴はされなかったわ」

グレースの口調の何かが引っかかった。「だが、きみを脅した、そうなんだな？」

さきほどまでは、すぐにでも背を向けそうになっていたグレースが、いまは苦しげな顔に硬い表情を浮かべて、まっすぐにこちらを見ていた。「恐ろしいことを言われたわ」

このときばかりはそのことばを疑わなかった。ゆがんだ笑みを浮かべてグレースを見つめかえした。「ぼくも叔父から恐ろしいことを言われてるよ」

意外にも、グレースが微笑んだ。「ようやく意見が合ったわね」そう言うと、くるりと踵を返して、扉のほうを向いた。「おやすみなさい、侯爵さま」

「おやすみ、パジェット夫人」静かに去っていくグレースの背中に言った。蠟燭が灯る部屋に自分ひとりを置き去りにしようとしているグレースに。いっぽうで、その間ずっと、皮肉な喜びに心が沸きたっていた。

叔父のことを話すグレースの口調には嫌悪感がありありと表われていた。グレースは叔父の手先だと思っていたが、考えれば考えるほどそうは思えなくなっていた。

絶好のカモと言われようと、グレースが本人が言うとおりの女性である気がしてならなかった。なんの落ち度もないのにこの惨劇に巻きこまれた貞淑な未亡人だと。

そうであるならばじつに由々しき問題で、喜んでいる場合ではなかった。

ああ、まちがいない。グレースの気持ちが明確に伝わってきたのだから。

グレースは叔父の愛人ではない。一度たりとも、叔父の愛人だったことなどないのだ。


グレースはたしかな足取りで居間を離れた。階段はぎこちない足取りで駆けあがった。頭のなかではひとつのことばがぐるぐるとまわっていた。

弱虫。弱虫。弱虫。

侯爵に迫って、誘惑するはずだったのに。妖婦を演じて、ベッドに誘いこむつもりだったのに。それなのに、いざというときに尻ごみするなんて。

貞操観念が邪魔をしたと思えればどれほどいいか。けれど、真の理由ははるかに屈辱的だった。

真の理由は恐怖だった。ジョン卿と話してからというもの、影のようにまとわりついている脅威より、恐怖心のほうがはるかに強くなったのだ。

侯爵に体を奪われるのが怖かったのではない。侯爵がそうしないかもしれないと思うと、怖くてたまらなかったのだ。全裸で侯爵の腕に飛びこんで、懇願しても、受けいれてもらえないのではないかと。

息を切らせながら寝室の窓辺に駆けよると、暗い森の向こうをぼんやり見つめた。そこには塀があるはずだった。塀の向こうでは、人々が普段と変わらない生活を送っている。塀の内側では、これまでの人生に適用された規則はどれも意味を持たなかった。

外の世界の規則のひとつには、自分は男性に煩《わずら》わされない、さらに言えば、男性の不正な肉体的快楽の対象にはなりえないというものがあったのに……。

寒くもないのに、身震いした。

わたしはシーン侯爵を求めている。

心の奥底に秘めた恥ずべき真実を認めた。

いつ、欲望が芽生えたの？　縛られた状態で意識を取り戻して、アヘンチンキのせいで感覚が鈍く、吐き気がしていたときには、侯爵のことを恐ろしいと思った。けれど、そのときでさえ心にひそむ淫らな自分は、雄々しい美に気づいて、惹かれていたのだ。

いまも惹かれている。階下の居間で見た侯爵の姿が目に浮かんで、体がほてった。黒髪が波打ち、ぴんと張った肌が蠟燭の光を受けて金色に輝いていた。ジョサイアは年寄りだった。おなかの出たいわゆる中年体形で、胸と肩と背中は白髪混じりの毛でおおわれていた。シーン侯爵とは天と地ほどもちがう――いまやそれがはっきりした。筋肉質の細い体。その体をほどよくおおう毛のせいで、息を呑むほど男らしい。しなやかな腰。贅肉など微塵もない広い肩。長くたくましい腕。

心にひそむ淫らな自分が、毛布に隠れた侯爵の体を見たいと叫んでいた。引き締まった腰と長い脚を。

男の証しを。

世界がぐるりとまわった気がした。揺るぎないものを求めて、震える手で桟を握りしめた。手のひらに食いこむ木製の桟は硬く、少しひんやりしていた。体のなかで欲望が激しく脈打って、鳴りやむことのない太鼓の音になっていた。

これほど男性を欲したのは初めてだった。全身が疼くほどの切望に戸惑った。驚かずにいられなかった。

ひざまずいて、握りしめた桟に額をつけた。そんなふうに祈りの姿をしながらも、頭のなかは不道徳な思いでいっぱいだった。

侯爵への切望があらぶる炎と化していた。

その感情に屈するわけにはいかなかった。どれほど端整な顔立ちの男性をまえにしても、パジェット夫人のような淑女が貞操観念を捨ててはならない。パジェット夫人のような淑女は、義務と節操に幸せを見いださなければならないのだから。欲望のままにシーン侯爵の胸に飛びこんだら、身を持ち崩したのをジョン卿のせいにはできなくなる。そうよ、その責任はわたしひとりにある。

〝最後にはおまえも娼婦と大差なくなる〟

結婚した娘を勘当する際に、父が言い放った非難のことばはいまでもはっきりと脳裏に刻まれていた。不幸な結婚生活を送っているときにも、そのことばは片時も頭を離れなかった。結婚して落ちぶれてしまったのは事実だけれど、それでも、わが身を売るほど落ちてはいない。貞節をきちんと守ってきたのだから。少なくとも、数日前まではそう思っていた。

侯爵から嫌われて、疑われている。身を持ち崩さずにいるには、それにすがるしかなかった。意志がいまにも崩れそうなほど揺らいでいるのはわかっていた。そして、侯爵の意志はびくともしない。

手が痛くなるほど、桟を握りしめた。驚いたことに、いまのいままで何よりも重要な事実を忘れていた。

土曜日までにシーン侯爵とベッドをともにしなければ、わたしは死ぬのだ。

9

翌朝、グレースは中庭に行った。そこでは、侯爵が真剣な眼差しで作業台の上の鉢植えの薔薇を見つめていた。シャツ姿の侯爵のふさふさの黒い髪は、何度か手でかきあげたのか、乱れていた。顔に浮かぶ悲しげな表情を見たとたんに、グレースは息が詰まった。苦しげな声が喉から漏れてしまったようだった。侯爵が顔を上げた。こちらを見る金色の目から鈍い光が消えた。やはり侯爵はわたしに興味がないのだ。そう感じるたびにいちいち落胆している自分が情けなかった。

穏やかな陽だまりのなかで眠っていたウルフラムが頭をもたげた。誰がやってきたのか確かめると、夢の世界にまた戻っていった。

「パジェット夫人」侯爵がなんの感情もこめずに言った。

「侯爵さま」グレースはすりへった二段の石段を下りて、薔薇の花壇を囲む芝地に足を踏みだした。侯爵は疲れているようだが、怒ってはいなかった。それがわかると勇気が湧いてきた。手にした麦藁帽子をぎゅっと握って、決意を新たにした。侯爵が心に築いた不信感という要塞を打ち崩さなければ。「わたしを信じられないのはわかっているわ。でも、昨日見たものを侯爵さまは誤解している。わたしは昨日まで叔父さまに会ったことなどなかったし、叔父さまの策略の片棒を担いでもいない」

いまのところそれは真実――そう思いながらも、良心が疼いた。でも、土曜日になってもそれは真実だと言えるの？

侯爵の表情は和らがなかった。「ぼくがきみの話を信じるかどうか？　そんなのはどうでもいいことだ」

グレースは唾を呑みこんだ。それでも、かすれて弱々しい声しか出なかった。「わたしにとっては大問題よ」

本心を口にしたせいで、答えたくない質問をされそうだった。けれど、ほっとした。侯爵は黙って見つめてくるだけだった。その目は何を見ているの？　今日のわたしはまた黄色のドレス。かろうじてサイズが合うのは、やはりそれしかなかったから。髪はいつものとおり質素にまとめている。心の一部はいまでも貞淑な未亡人なのだから。それでいて、一部は体を差しだそうとしている娼婦。どちらも真実だと気づいて、ぞっとした。

侯爵はわたしの心にひそむ淫らな思いを見抜いているの？　ゆうべ、侯爵のもとを去っても、恐ろしくて眠れなかった。恐れ。恥辱。たくましく美しい体に触れたいという禁じられた切望のせいで。

沈黙を続ける侯爵をまえにして、グレースは強いて話を続けた。「わたしたちはふたりともいまの状況から抜けだせずにいるわ。信じあえれば、いくらかでも心が安らぐと思うの」

侯爵の目が淡褐色に見えるほど、悲しげに翳った。「この屋敷に安らぎなどないよ」

「でも、友情はすばらしいものだわ」

侯爵が顔をしかめた。グレースは昨日のように手厳しく非難されるのを覚悟した。侯爵が作業台に寄りかかって、胸のまえで腕組みをした。とたんに、鮮明な記憶がよみがえった。蠟燭の揺れる光を受けて、引き締まった胸が輝いていたことが。同時に、つむじ曲がりな鼓動が胸の奥で大きく脈打ちはじめた。

ひとことずつ確かめるように侯爵が言った。「きみは叔父をほんとうに恐れているようだな」

昨日突きつけられた条件を思いだして、背筋に寒気が走った。もちろん恐ろしくてたまらない。ジョン卿は死を宣告しながら、そのことを気にするそぶりもなかったのだから。「ええ」

侯爵はまだ顔をしかめていた。「ぼくはきみを助けられないよ、パジェット夫人」

「でも、あなたがいればわたしは安心していられるわ」そう言いながらも、それは嘘だと気づいた。ふたりでいると、死の恐怖は忘れられても、自分が身を落としてしまいそうで恐ろしかった。「シーン侯爵、わたしはあなたの敵ではないの」

「ああ」重要な決定を下すかのように、侯爵がゆっくり応じた。「きっと敵ではないんだろう」

「ならば、ここにいてもかまわない？」家に戻って、ひとりきりで過ごせるはずがなかった。

ひとりでいたら、ジョン卿との忌まわしい話ばかりを思いだしてしまう。瓶に閉じこめられた蜂の群れの羽音のように、ジョン卿の恐ろしいことばが頭のなかで絶え間なく響いていた。決然と麦藁帽子をかぶった。けれど、顎の下でリボンを結ぶ手は小刻みに震えていた。「わたしはきっと役に立つわ」

意外にも、侯爵の雄弁な口もとに皮肉っぽい笑みが浮かんだ。「過酷な肉体労働をするつもりでいるなら、まちがいなく退屈するよ」

「昨日も言ったとおり、わたしは働くことに慣れているのよ」

侯爵が背筋を伸ばして、近づいてきたかと思うと、あっというまに手を取られた。軽く触れられただけなのに、へたりこみそうになった。侯爵に触れられた手が熱を帯び、その熱が腕を伝って、高鳴る胸に突き刺さった。さらに下へ向かって、脚のつけ根がほてり、欲望に火がついた。下腹の不愉快な圧迫感をまぎらわせようと、体をもぞもぞと動かした。お願い、こんな気持ちになっているのを気づかれませんように。

手のひらを見つめる侯爵の視線は何かを分析しているかのようだったが、それでも、速まる脈は鎮まらなかった。「働き者の手だ」

不本意な欲望と、手のひらのたこや傷跡に対する恥ずかしさが混じった。淑女らしい滑らかな白い手は過去のものだった。命が危ういときに、そんなことを恥じるのは馬鹿げていたが、それでも、過酷な労働の証拠を侯爵に見られたのが、泣きたいほど恥ずかしかった。

侯爵の親指が太く白い傷跡をたどった。「切ったんだね」穏やかな口調だった。手のひらを一心に見つめる顔は真剣だった。香りが感じられるほど、ふたりの距離は近かった。健康な男性の香りに、石鹸のにおいとおぼしき柑橘《かんきつ》系の香りが混ざっていた。

「ウサギ小屋をつくろうとして、ナイフが滑ったの」囁くように言いながら、ほのかな香りをもっと感じたくてわずかに侯爵に身を寄せた。男性の香りとレモンの香りに包まれると、いつのまにか目を閉じていた。自分が何をしているのか気づいて、ぱっと目を開けた。乾いた口のなかを潤《うるお》そうと唾を呑んだ。

「器用そうな手だ」侯爵がふいに手を離した。動揺しているのか、いつもの尊大さが消えていた。思わず顔が熱くなった。わたしの抱いている欲望を侯爵は感じたの？　だとしたら、軽蔑されても文句は言えない。わたしだって自分を軽蔑しているのだから。夫を亡くしてほんのひと月で、もうほかの男性にうっとりしているなんて。

侯爵は園芸道具がずらりと並ぶ作業台に体を向けると、ふいに事務的になって、手袋を差しだした。「これをはめるといい。大きすぎるだろうが、これしかないから我慢してくれ。草むしりをしてくれたら助かるよ」

何も言わず、シャベルに手を伸ばした。抑えきれない欲望で相変わらず頭がくらくらした。侯爵の上品な手でもう一度触れられたら、魂だって売ってしまいそうだった。それでも、無理やり気持ちを現実に戻した。うっとりしていたら、それでなくても危うい状況がさらに悲惨になるだけだった。

しばらくのあいだ黙々と作業を続けた。最初に抱いた印象ほどには、中庭は手入れされていなかった。中庭にやってきたのは、少しでも気がまぎれればと思ってのことだった。ところが、冷たい土を掘っていても、数日後に迫った死は頭を離れてくれなかった。さらには、侯爵に対する罪深い欲望が、自分の意思に反してしなければならないことを思いださせた。

ときが経てば経つほど、恐怖は大きくなった。自身が陥った苦境以外のことを考えられるようにならなければ、叫びだしてしまいそうだった。そうなったが最後、永遠に叫びつづけることになる。ゆえに考えるよりさきに、侯爵に尋ねていた。「この一年、体調がすぐれなかったの？」

背を向けて作業台に向かっている侯爵の肩に力がはいった。「いや、そういうわけではない」

いまのことばは警告だ――それはよくわかった。侯爵が立ち入り禁止の札を掲げているかのように、意図がはっきりと伝わってきた。

「だったら、どういうことなの？」さらに尋ねている自分に驚いた。

侯爵がゆっくり振りかえった。その口もとに冷笑が浮かんでいた。「きみは身の上話を聞きたいらしいな、パジェット夫人」

グレースは顔をしかめた。ゆうべ、侯爵はそれと同じようなことを言った。わたしがジョン卿と結託していると詰めよってきたときに。もちろん、侯爵に話を信じてもらえるはずがなかったが、それでも、そのときのことを思うと胸が痛んだ。「ごめんなさい。わたしには関係のないことね」

「まったく、それがどうした？　そんなことがどうだって言うんだ？」侯爵が手にしたナイフを一瞥して、作業台に放った。ナイフが大きな音をたてて作業台に落ちた。「きみは何が知りたいんだ？」

決まっているわ、あなたのすべてよ……。

そのことばが口をついて出るまえに、どうにか感情を抑えて、それよりはるかにあたり障《さわ》りのない答えを選んだ。「この屋敷はわからないことだらけ。戸惑うことばかりだわ」

侯爵が艶やかな髪をかきあげた。「そんなことは……グレース……いや、パジェット夫人……」

耳に心地いい低い声で名前を呼ばれると、わくわくして、危険な戦慄《せんりつ》に全身が震えた。すでに赤い頬がさらに赤くなるのがわかっても、顔をそむけなかった。「あなたはわたしが吐くのを見たわ。ネグリジェ姿のわたしを見た。それなのに、よそよそしい態度を取るなんておかしいわ」

「なるほど、ならば話そう」侯爵にまっすぐに見つめられた。「去年、ぼくはここから逃げだした。そのせいで、叔父はぼくに愛人をあてがうと決めたんだ」

そんな話を聞かされるとは思ってもいなかった。グレースはゆっくり立ちあがると、シャベルを落として、ごわつく手袋をはずした。「ここからは逃げられないのでしょう？」

侯爵の顔にまたもやゆがんだ笑みが浮かんだ。「ああ、それはまちがいない」

「でも、あなたは逃げだした」

「ああ、十一年間で三回。でも、逃げおおせなかった。初めて逃げたのは十八のときだ。病気がいちばん重かったときが過ぎても、その後四年間はろくに話もできなければ、字も読めなかったからね。満足に歩くことさえできなかった。それに、ときどき発作も起きた」

「いまはそんなことはないのよね?」昨日、ジョン卿が口にした完治の見こみがないほど精神を病んだ侯爵の姿が頭に浮かんできた。

「最初に逃亡を企てたとき以来、発作は起きていない」

グレースはまえに歩みでて、侯爵のとなりに立った。「七年も発作が起きていないなら、もう完治したのよ」やさしくそう言いながら、手を握りたくてたまらなかった。ふと気づくと、すでに手を握っていた。

「それはどうかな」このときばかりは頼りなく、不安げな口調だった。侯爵が拒むことなく手を握りかえしてきた。痛むほどぎゅっと。その手のぬくもりが体の芯《しん》にまで染みわたった。

「ちくしょう、確信が持てないんだ」

侯爵の心に長いこと住みついている恐怖が伝わってきた。残忍な叔父への恐怖ではなく、いつ頭がおかしくなるかわからない、今度こそ永遠に狂気にからめとられてしまうかもしれないという恐怖が。侯爵の強さに圧倒され、苦悩に胸を突かれた。これほどすばらしい人を破滅させるわけにはいかない……。

侯爵に手を引かれて、温室の庇《ひさし》の下にある木製の古いベンチへ向かった。「三マイルも逃げないうちに叔父の手下に捕まったよ。連中はぼくの精神がまた錯乱したと考えて、何日もぼくを拘束した。ものすごく腹が立ったよ。ああ、ますます頭がおかしくなりそうだった」侯爵がつないだ手をたくましい腿の上に置いた。グレースはもみ革のズボン越しに感じるたくましい腿とそれが発する熱に気づかないふりをした。「そんなことがあって、叔父は塀をつくりかえたんだ。いまじゃ、あの塀を登るのは、ガラスをよじ登るようなものだ」

「ええ、それはわたしもよくわかったわ」塀をよじ登ろうとして、手も足も出なかったのが思いだされた。「それでも、また逃げたのよね？」

「ああ、その二年後、モンクスが斧で大怪我をして、見張りがファイリーだけになったときに。ファイリーを騙して、台所に閉じこめると、門から悠々と外に出たんだ。ウェルズまで行ったが、結局、警官隊に見つかった。いま、門を除いてこの屋敷に鍵がひとつもないのはそのせいだ」

そう、寝室に鍵がないとわかったときにはぞっとした。といっても、それは侯爵が寝室の扉を叩いて、なかに入れろと命じる気はないとわかるまでだったけれど。「それでも、まだ逃げようとしたのね」

「ああ、愚かにも、希望を捨てきれなかった。たぶん、それほどひとつのことに固執するのも、頭がおかしい証拠だな」

「そんなことはないわ」グレースはきっぱり言った。「それで、去年はどうなったの？」

「自分のやりかたがまちがっていたのを思い知らされた」苦々しげな口調だった。侯爵の顔が苦悩と屈辱で翳った。「馬を盗んで、グロスターシャーにある別荘に逃れたんだ。そこにはかくまってくれる人がいたから、そこで暮らして、自分が正常だと証明する方法を見つけるつもりだった」

「あてにしていた人に裏切られたの?」ぞっとしながら尋ねた。

侯爵がまた手をぎゅっと握りしめてきた。「そうであってほしかった、ああ、ほんとうにそう思う。ぼくの乳母がそこの庭師と結婚していて、乳母夫婦はぼくを見て大喜びした。でも、叔父はぼくの行き先に気づいたんだ」

「そして、あなたはまた罰せられた?」

「そうじゃない。ああ、くそっ、あの悪魔め!」侯爵が口をつぐんだ。必死に気持ちを鎮めようとしているのが伝わってきた。また話しはじめたときには、口調はやや落ち着いていたものの、それでも怒りに声がざらついていた。「叔父はその領地の治安判事も務めているから、逃亡した頭のおかしな男をかくまったとして乳母のメアリーとその夫を裁いて、オーストラリアに流刑《るけい》にした。乳母夫婦が書いた手紙——叔父に慈悲を請う手紙を、叔父はぼくの目につくところにわざと置いておいた。それでいて、それ以外は何ひとつ明かそうとしない。もしかしたら、乳母夫婦は流刑船で亡くなったのかもしれない。メアリーは妊娠していて、体調があまりよくなかったから」

侯爵は苦しげに手を離すと、すっくと立ちあがった。そうして、自責の念と自己嫌悪に満ちた目で見つめてきた。「親切な乳母夫婦をぼくが頼ったりしなければ、ふたりはいまも無事に暮らしていたはずだ。叔父はこれからも、ぼくを助けようとする者に自分の力を見せつけるだろう」

侯爵の苦しげな顔を見ていると、遠い日の記憶がよみがえってきた。兄のフィリップが十六歳だったころの出来事が。兄は猟銃でタカの翼を撃ち、傷ついたその鳥を携えてマーロー邸に戻ってきた。タカを訓練して狩りをさせるつもりだったのだ。けれど、翼の傷を癒すことはできても、心までは飼い慣らせなかった。タカは与えた餌を食べようとせず、鳥籠のなかで痩せさらばえていった。

タカを放すようにといくら言っても、兄は絶対に聞きいれなかった。やがて、タカは死んだ。鋭い黄色の目で最期までグレースを睨みつけながら。それから何年も、憎悪に燃える頑ななその目がグレースの頭を離れなかった。

シーン侯爵に目をやると、あのタカと同じ荒々しい魂を感じた。何よりも、自由を求める気持ちがはっきりと伝わってきた。そして、自由がはかない夢だと知ったとき、精気もゆっくりとあせていくのが。

侯爵が腕を差しだした。それは人でにぎわう時刻のハイドパークにもすんなり溶けこみそうな仕草だった。「散歩をしよう、いいだろう?」

差しだされた腕に、グレースは手を置いた。手に触れたシャツは暖かく、その下の筋や腱が感じられた。病さえ完治すれば、侯爵はまちがいなく威風堂々としたたくましい紳士と言えるはずだった。「庭仕事はどうするの?」

「あとでいいさ。どうせぼくたちはここから出られないんだから」

ええ、たぶんそう、とグレースは思った。といっても、土曜日が過ぎれば、わたしはここにいない。血が凍りつくほどの恐怖に全身が震えた。

侯爵がそれに気づいて言った。「寒いのかい？　家に戻るですって？　家にはいろうか？」

「いいえ」尊大で邪悪なジョン卿を思いだす家に戻るですって？　いや、それだけはいや。家にはいるぐらいなら、外にいて凍えたほうがましだった。「なぜ叔父さまはそこまでしてあなたをこの屋敷に閉じこめておきたいの？」

侯爵が苦々しげに笑った。ふたりは拱道を抜けて森にはいった。ウルフラムが立ちあがり、伸びをして、ゆっくりあとをついてきた。「強欲だからだよ。陳腐《ちんぷ》なほど単純な理由だ」

ゴシック・ホラーまがいの世界に放りこまれたからには、侯爵家には複雑怪奇な遺恨が存在するにちがいないと思っていた。「何に対してそれほど強欲なの？」

「もちろん金さ。両親が亡くなると、ジョン卿がぼくの保護者になった。以来、ランズダウン家の財産は叔父が管理している。わずかな財産しかもらえない次男としては、思いがけず転がりこんできた大金に目がくらんだんだろう。ぼくが成人したら、すべては叔父の手を離れるはずだった」

「でも、あなたは病気になった」侯爵の腕に載せた手に力をこめた。

「いいや、気がふれたんだよ」侯爵の声がふいにかすれた。手に触れる腕が硬くなった。

「十四歳のときに精神に異常をきたした」

「でも、いまはちがうわ」とグレースはきっぱり言った。「七年も症状が出ていないのだから」

「毎年、叔父が依頼したふたりの医者の診察を受けてる。どちらの医者も、ぼくには正常な判断力がないと診断を下すよ。とりわけ、相続財産を管理する能力がないと」

「ジョン卿がお医者さまを買収しているのよ」

侯爵の顔から憎悪が消えて、ほんの一瞬、心から笑った。温かな風のような笑い声だった。

「パジェット夫人、皮肉に関してはぼくより一枚上手のようだな」ジョン卿は本性を隠そうともしなかったわ」

グレースは笑みを浮かべる気にはなれなかった。「昨日、ジョン卿は本性を隠そうともしなかったわ」

侯爵がため息をついて、小道を曲がった。足を踏みいれたのは、グレースが屋敷に連れてこられたその日に、逃げようとしてたどった道だった。悲しげな目をした侯爵を恐れていたときに。ほんの数日前の出来事なのに、なぜかはるか昔のことに思えた。

「ぼくを生かしておいて、なおかつ、ここに閉じこめておけば、叔父は社会的な地位をわがものにできる」

〝生かしておく〟ということばがショックだった。「万が一、あなたが死んだら？」

「爵位はいとこのヘクターが継承する。ヘクターが天に召されたとしても、ヘクターの弟たちがずらりと並んで順番を待ってるよ。ぼくの父には病弱な息子がひとりいただけで、ジョン卿には子供が四人いるけど、すべて女だ。チャールズ叔父は狩りの事故で首の骨を折って亡くなったけれど、そのまえに頑丈な息子を六人ももうけたからね」

「つまり、あなたが死んでしまったら、ジョン卿はただの次男に逆戻りするのね」グレースは侯爵のシャツの袖を握りしめた。叔父にこれほど非情な仕打ちをされて堪えているなんて……。無益な怒りがこみあげて、胃がぎゅっと縮まった。「叔父さまはあなたに健康でいてほしいけれど、いままでどおりすべてを支配していたい、そうなのね？　あなたのことを動物園の動物のように扱うなんて、人としてあるまじきことだわ」

「ああ、グレース、そのとおり、人としてあるまじきことだ」侯爵は何の感情もこめずに言った。

「さらに、叔父さまはこう考えた——あなたに女をあてがえば……」

「幽閉をぼくが受けいれると」

あまりに非情な策略に息が詰まった。立ち止まって、問うように侯爵の顔を見た。いつ見てもうっとりするほど端整な顔立ちだ。アヘンチンキと恐怖のせいで朦朧《もうろう》としているときにもそれははっきりわかった。

けれど、いま、それ以上のものが見えた。健全な体と権利を保持するために闘う勇気。叔父の陰謀に抵抗する強さ。自由の身になろうとしてほかの人に災難が降りかかったことから、強いて囚《とら》われの身でいると決めた高潔さ。

「叔父はきみを使ってぼくを支配するつもりだ」侯爵の口調は静かだった。

その瞬間、グレースは気づいた。侯爵が手を出してくることはけっしてないと。もしわたしとベッドをともにしたら、侯爵は何よりも重要な誓いを破ることになる。ゆえに、わたしの貞節は守られるのだ。

貞節が守られるということは、わたしは死ぬことになる……。

どうすればいいの？　侯爵にとって生きるよりどころである清廉さを汚せばいいの？　そして、自分は生き延びる？

そうするべきだとわかっていても、どうしてもその気になれなかった。

侯爵が髪をかきあげた。それを見ると、手を伸ばして、シルクのように滑らかな黒い髪に触れたくなったが、その衝動をどうにかこらえた。侯爵に触れたくて血が沸きたっていたが、その思いを表に出すわけにはいかない。うつむいた。帽子のつばが欲望にぎらついている目を隠してくれるはずだった。

「暗い話はこれぐらいにしよう。ところで、きみは植物に興味はあるのかな、グレース？」侯爵は名前で呼ぶのが気に入ったらしい。なぜなのか不思議になって目を上げると、少年のように遠慮がちな侯爵が見えた。そう、侯爵はまだ若いのだ——あらためてそう思った。でも、わたしだってそう。そんなことを考えて、つむじ曲がりな欲望が全身を駆けめぐった。

「いままで植物に触れる機会はほとんどなかったわ」幼いころに、淑女のたしなみと呼ばれるものをいくつも身に着けた。それには花を描くことも含まれていた。ほかにもいろいろと身に着けて、やがて夫が見つかるはずだった。そう、たしかに夫は見つかったけれど、淑女として育てられたお嬢さまにふさわしい相手ではなかった。結婚してからは、おなかを満たす食べ物を得ることと、雨を凌《しの》げる屋根の下で暮らすことに忙殺されて、それ以外のことをうと言われていても、一も二もなくうなずいていたはずだった。
くと、野生の花を探そうとうなずいていた。空にペンキを塗ろうとか、雌鳥の歯磨きをしよ
侯爵の顔に屈託のない笑みが浮かんだ。とろけてしまいそうなほど甘い笑みだった。気づ
「この森には蘭が咲いているよ。見てみるかい？」
考える余裕などまるでなかった。

夕食のまえに、グレースは階下で侯爵と別れた。馬鹿げているとは思ったけれど、できることなら、夕食で身に着けるドレスを選びたかった。マーロー邸の衣装簞笥に並んでいたような絹のドレスがここにあればどれほどいいか……。九年のあいだ、女性ならではのおしゃれ心は封印してきた。けれどいまは、男性のために美しく装いたかった。

そう、たったひとりの男性のために。

大きな鏡に目をやると、悲しげな目が見返してきた。わたしの命は一本の糸に吊るされているも同然。わたしが心から求めている男性は、閉じこめられ、苦しめられて、さらには、もしかしたら精神に異常をきたしているのかもしれない。これは他愛《たわい》ない男女の恋ではなく、強制と暴力の悪夢なのだ。

それを忘れたら、わたしは死ぬことになる。

いいえ、いずれにしても死ぬのよ。

鏡のなかの自分の背後に映るベッドにふと視線を移すと、そこに手紙が置いてあるのに気

づいた。背筋に寒気が走った。鏡に背を向けると、ベッドへ向かい、手紙を取りあげた。封筒に何も書かれていなくても、自分に宛てたものだとわかった。同様に、ジョン卿からの手紙であることも。

封印は王冠の下にワシの紋章だった。それがランズダウン家の紋章なのだろう。兄が捕まえてきたタカの亡霊が頭に浮かんだ。

封を切ると、上質な紙が乾いた音をたてた。便箋にはひとことだけ殴り書きされていた。

〝土曜日〟

ジョン卿は脅しにも念を押しておかなければと考えたらしい。口で言っただけでは説得力に欠けると思ったの……？　ジョン卿は自分が口にしたおぞましい約束をかならず実行する――それは疑いようのない事実だった。

「なんてこと……」つぶやくと、便箋をくしゃくしゃに丸めて、床に投げた。泣きたいのをこらえて、力なくベッドに座りこむと、両手に顔を埋めた。

逃げられない。

ジョン卿の言うとおりになどできるはずがない。

いいえ、そうしなければ。

震える脚で立ちあがった。よるべない妻をひとり残して先立ったジョサイアが憎かった。約束どおり迎えにこなかったヴェレが憎かった。強欲で非情なジョン卿が憎かった。

何よりも、自分が憎くてたまらない。

今夜、わたしは侯爵を裏切る。侯爵が自身の信念にそむくように仕向けるのだ。侯爵の貪欲な叔父とわたしは同じ穴のむじな……。

いいえ、ジョン卿よりわたしのほうがはるかに悪い。シーン侯爵がどれほどすばらしいかを知っているのだから。親しく話をしてともに過ごした長い午後に、この世にふたりといない傑出した人物だとわかった。状況がちがえば、それに、もっと早く知りあっていれば、わたしは侯爵に恋したはず。

それでも、やはり侯爵を破滅へと追いこむしかなかった。

10

マシューははっとして目を覚ました。そこで初めて、いつのまにか眠っていたのに気づいた。寝心地の悪い長椅子に横たわっているというのに……。そもそも浅かった眠りが、この数日はますます得がたいものになっていた。ひとつ屋根の下にグレース・パジェットがいるせいで、ひっきりになしに湧いてくる欲望に身悶えしていた。

部屋は暗かった。めずらしく続いていた好天が日暮れとともに終わりを告げて、雨が窓に打ちつけていた。思いがけないほど静かだった夕食のあいだも、雨粒が屋根を叩いていた。パジェット夫人――いや、グレースと一日を過ごして、心は穏やかなぬくもりに満たされていた。それなのに、夕食のときのグレースは殻にこもってしまったかのようだった。

だが、誰がグレースを責められる？　ぼくと話をして、グレースはこの屋敷からは逃げられないと悟《さと》ったのだろう。それでも、束の間の親密さが消えて、またよそよそしくなってしまったのが悲しかった。たった一日で、伴侶に望むもののすべてをグレースが備えているのがわかった。理性。思いやり。知性。

美。

自分自身に嘘をついて、友情だけで満足できるはずがなかった。だが、ああ、もちろん、友情だけでも大きな意味がある。囚われの身でいるのに堪えられるなら、グレースと距離を置くことにも堪えられるはずだった。

一日なら。おそらく、このさきずっと。

まさか、そんなことができるはずがない。

開いた戸口にグレースが立っていた。

その姿を見て驚いた。うろたえた。闇が電気を帯びて、切望が囁き声となって耳のなかで響いていた。グレースがその場に留まってくれるのを祈った。少しでも近づいてきたら、欲望を抑えきれなくなるはずだった。

「どうしたんだ?」体を起こして、不安げに尋ねた。「具合でも悪いのかい?」

「いいえ」

かろうじて聞きとれるぐらいの細い返事をされて、安心できるはずがなかった。立ちあがって、寝るまえに傍らに脱ぎ捨てた服に手を伸ばした。「蠟燭をつけよう」手探りでシャツを探した。

「つけないで」今度はいくらか声に力があった。グレースが息を吸うのがわかった。ぎこちない息遣いを耳にすると、張りつめた神経がやすりで擦られたかのようだった。

「グレース?」

「ごめんなさい」打ちひしがれた口調だった。

途切れがちにすすり泣くような声をあげて、グレースが胸に飛びこんできた。温かな女の香りが一気に押しよせた。片手にシャツを持ったまま、考えるまもなくグレースを抱いていた。

腕のなかにいるグレースはいまにも折れそうなほど細く、震えていた。想像を絶するほど魅惑的だった。いますぐ腕を離すんだ！　どれほど必死に自分に言い聞かせても、腕にさらに力がこもって、さらに抱きしめずにいられなかった。

「これは……」言い終えるよりさきに、グレースの両手に頬が包まれた。グレースがぎこちなく身を寄せてきた。

「許して」くぐもった声だった。次の瞬間には、切望で張りつめた熱い唇が、自分の唇に押しつけられていた。

世界が動きを止めた。頭はまるで働かなかった。けれど、体はすばやく反応した。

グレースが着ているのは薄っぺらなネグリジェで、いっぽう、マシューは何も着ていなかった。ふたりを隔てるのは、向こうが透けて見えそうなほど薄い布一枚。体が触れあっている部分が熱を持ち、股間にあるものが一気に硬くなって、頭のなかを女の香りが満たした。抱きしめた腕にグレースの激しい欲望が伝わってきた。

自制するまもなく、さらに強く抱きしめた。裸の胸に豊かな乳房をはっきり感じた。シャツが床に落ちるのもかまわずに、細いウエストに手を這わせた。

グレースが苦しげな声をあげて、唇を引き離した。唇が重なっていたのはほんの一瞬で、キスとも言えないほど束の間だった。それでも、荒々しく唇が触れた刹那《せつな》、飢えた欲望が燃えあがった。もう一度キスしたかった。唇を思うぞんぶん味わいたかった。

「キスして」グレースがか細い声で言い、指先を腕に這わせた。

礼儀を守って距離を保っているときでさえ、グレースに触れずにいるのは苦痛だった。いまや触れずにいられなかった。グレースのぬくもりにこれほど魅了されては、愉悦以外の何かを考えられるわけがなかった。

グレースを寄せつけまいと荒れくるう欲望を抑えながらも、両手をグレースの肩へと滑らせた。いま触れている体をこれまでほとんど知らずにいたとは……。曲線とふくらみと窪みを知ったとたんに、頭がかっと熱くなり、もっと知りたくてたまらなくなった。けれど、すべてを欲望に支配されているわけではなかった。いつそうなってもおかしくなかったけれど。

「こんなことはしてはならない」ことばを喉から絞りだしながらも、すでに後悔していた。

グレースがぎこちなく息を吸うと、乳房がふくらんで、裸の胸にさらに押しつけられた。歯を食いしばってこらえた。できることなら、手を下に這わせて、乳房の重みを確かめながらたっぷり愛撫したかった。

「しなければならないの」その声はかすれていた。

めまいがするほどの欲望を抱いていても、奇妙な返事だということはわかった。心の片隅で〝警戒しろ〟と叫ぶ声が響いた。「くそっ……」

グレースの冷たい手が両頰をしっかり包んで離さなかった。「キスして」

わずかな理性が泡と消えていった。体をぴたりとつけたまま、グレースが顔を近づけてきた。火花散る一瞬、唇が重なった。その感覚は圧倒的だった。自制できない欲望の塊が、ますます大きく硬くなっていく。グレースの唇は信じられないほどやわらかい温かなサテンのようだった。確かめるように、唇をすぼめてほんの少し吸ってみた。グレースが身を震わせて、腕をさらにぎゅっと握りしめてきた。骨にまで食いこみそうなほど強く。

それでも気持ちを抑えた。こんなことはまちがっている。

自己嫌悪が胸に満ちるのを感じながら、自分の無骨さにグレースが尻ごみするのを待った。それなのに、グレースは甲高く叫ぶと、ほんの少し離れているのも堪えられないかのように飛びついてきた。そうなったらもうグレースの背中に手をまわして、抱きよせずにいられなかった。

唇を擦りあわせた。グレースの唇がわずかに開いて、ふたりの息が混じりあう。グレースの湿った口を味わおうと、無心で口を開いて、息を吸った。グレースがまた喘いだ。苦しんでいるのか？　それとも悦んでいるのか？

グレースが荒々しく体を押しつけてくると、ふたりで寝椅子に横たわった。マシューは心地いい重みを感じながら、唇を離した。ネグリジェがめくれて、手が滑らかな尻をかすめた。何も着けていない尻を。

素肌に触れただけで、体がばらばらになりそうだった。安堵感を心から欲しながらも、感情が沸きたった。グレースの熱い素肌と追い求める手が全身を包んでいるかのようだ。グレースの手は、目のまえにいる男が消えてしまうのを恐れているかのように、せわしなく体を撫でていた。

何かがおかしい。夢見ていたものとはちがいすぎる。これは思い描いていたような抱擁ではない。

グレースを抱き、口づけ、愛撫して、その体に自分自身を埋めるのを何度夢想したことか。空想のなかのグレースはやさしく、すべてを素直に差しだした。奪われるのが幸せであるかのように。

けれど、いま腕のなかにいるグレースは、緊張して身を固くしている。熱にうなされているように小刻みに震えていた。

もう一度口づけようと、肘をついて上体を起こしたが、そこでふと動きを止めた。心のなかで響く疑念の叫びを、もはや無視できなかった。起こした上体をもとに戻して、グレースにのしかかられるままに仰向けに横たわり、両手を体のわきに下ろした。

「なぜここにいるんだ？」鋭く尋ねながら、拳を握りしめた。差しだされたものをつかみとって、呪われた運命に身を投じるわけにはいかなかった。

グレースが裸の胸にキスの雨を降らせた。必死の思いが伝わってきた。その手も必死だった。爪が食いこむほど腕をつかんで、その腕をもう一度自分の体にまわそうとした。

「ことばなんていらない」喘ぐように言いながら、グレースが顔を上げた。闇のなかでも、その目は燃えていた。「キスして。もっときちんと」

力でねじ伏せるつもりなのか、あるいは、振り払われるのを恐れているのか、しがみついてきた。開いた唇を痛みが走るほど激しく重ねてきた。その口づけは血と恐怖の味がした。必死になっているグレースを落ち着かせようと、マシューは震える手を上げて、その頬を包んだ。

頬が涙で濡れていた。

「どうして……？」

グレースを押しのけて、長椅子の端に座った。グレースが悲鳴に似た声をあげてよろけたが、すぐにまた近づいてきて、膝の上にまたがった。グレースの触れかたには明確な切望が表われている——そう思えたのも、真実を物語る涙が指に触れるまでだった。

それを知ったとたんに、淫らな空想のすべてが悪夢に変わった。空想の世界では、グレースは傷ついて涙を流すのではなく、恍惚として喘いでいた。体のなかで暴れまわる欲望を無理やり押しこめた。命を引き換えにしてでもグレースがほしかった。でも、これはちがう。ああ、絶対に。

「やめてくれ」喉から声を絞りだした。

「わたしを好きにしていいのよ」喘ぐようにグレースが言い、上体を起こすと、背後の長椅子の肘掛けに背中をぶつけた。いつもの優雅さなど微塵も感じられないぎこちない動作でネグリジェをたくしあげて脱ぐと、床に落とした。

「どうして……？」マシューは低く唸って、目を閉じた。

遅すぎた。闇のなかでもグレースの裸身は目に焼きついて、目の奥がかっと熱くなった。輝く真っ白な肌。盛りあがる乳房と薄紅色の乳首。脚のつけ根の黒い影。

「やめてくれ」そう言いながらも、内なる悪魔が叫んでいた。グレースを奪え、自分のものにしてしまえと。

膝の上で、グレースが白い太腿を滑らせてさらに身を寄せてきた。あまりにも魅惑的だった。あとほんのわずかでもグレースが動いたら、ふたりはひとつになる。そんなことが頭をよぎって、顎に痛みが走るほど歯を食いしばった。

「こうしなければならないの」

その声に絶望がにじんでいた。いきり立つものにグレースの震える手が触れた。一線を越えるまえに、死んでしまいそうだった。頭のなかに無数の火花が散ったが、それでも、グレースが驚いて息を呑むのがわかった。

グレースがあわてて手を離した。「あなたはわたしがほしいのね?」まちがいようのない証拠に触れたばかりなのに、それが信じられないかのようにためらいがちに訊いてきた。

こんなことには堪えられない。マシューは相手を思いやることも忘れて、グレースを乱暴にわきに押しやると、ぎこちなく立ちあがった。

「もちろんだ、ほしくてたまらない」唸るように言った。「くそっ、きみがさっきまで着ていた忌々しい服はどこにある?」

手探りでネグリジェを探して、手に触れたものを持ちあげると、それは自分のシャツだった。ああ、これでかまわない。

「ほら、着るんだ」シャツをぐいとグレースに差しだすと、ズボンを拾いあげて穿《は》いた。グレースには目もくれず——見てしまったら、なけなしの決意があっというまに崩れてしまうのはわかっていた——デスクへ向かい、こわばった手で蠟燭に火をつけた。

それからようやくグレースを見た。同時に、そんなことをせずに、すぐさま部屋を出ていくべきだったと後悔した。グレースは長すぎる男物のシャツを頭からかぶろうとしていた。ぶかぶかのシャツが艶やかな白い肌を滑るのが見えると、ズボンに押しこんだものが抑えようもなく疼いた。

グレースが頭を下げると、細い首がひときわ際立って、体は絶望的なほど美しい曲線を描いた。涙で濡れた頰に乱れた巻き毛が張りついて、緩んだ三つ編みから飛びだしたひと房の髪が、シャツのなかへと消えていた。輝く黒髪を指でたどりたくてたまらなかった。その思いを行動に移さないように、机の端を握りしめた。

聞こえるのはグレースの涙を思わせるかすれた息遣いと、窓を叩く雨音だけだった。長椅子の上でひざまずいたグレースが、苦しげに息をするたびにシャツの下で胸が大きく揺れていた。その乳房がどれほど豊かで、どれほど白いかを、さらに、頂《いただき》に小さく形のいい乳首が載っているのをマシューーもう知っていた。またもや欲望の稲妻に貫かれて、体がわななないた。

「なぜキスなどした？」鋭い口調で尋ねた。

グレースが顔を上げて見つめてきた。青ざめた頬に涙が伝った。「あなたに奪ってほしかったから」感情のこもらない口調だった。

「いや、きみはそんなことを望んでいない」それがまちがいであってほしいと願いながらも、きっぱり言った。

「わたしを求めているなら、なぜ奪ってくれないの?」グレースの当惑が胸に突き刺さった。

ちくしょう、ぼくはきみを求めていても、きみはぼくを求めていないからだ。

「理由はわかっているはずだ。そんなことをしたら、きみを辱めることになる。ああ、ぼく自身も辱めることになる」

「辱められてもかまわない」やはり感情のこもらない口調だった。涙がまたグレースの頬を伝った。グレースの喉が動いて、不安げに唾を呑んだのがわかった。

グレースは怯えているのだ――マシューはそれをはっきり感じた。

どれほど苦しくても拒まなければならず、胸が潰れそうだった。「ぼくはきみを傷つけたりしない。ぼくのことは恐れなくていいんだよ」

さらなる恐怖を目に浮かべて、グレースが激しく首を振った。「恐れたりしていないわ」目をそらすグレースの頬が赤みを帯びた。「いいえ、ほんとうは少しだけ怖い」

恐れて当然だ。なにしろグレースへの欲望は一瞬にして燃えあがったのだから。そして、それは相変わらず熱く燃えている。結婚している女性なら誰もが見抜けるほどに。といっても、グレースの視線が注がれているのは、腰のあたりの一点だけだった。

「ならば、どうして？」机を握る手に力をこめた。嵐の海で折れた帆柱《ほばしら》にしがみつく船乗りの気分だった。

グレースはさも苦しげに、膝の上で手をそわそわと握りしめた。「やはりまちがっていたわ。わたしはこの部屋に来てはならなかった。ごめんなさい」

マシューはもう堪えられなかった。自身を守ろうとする気持ちより、グレースの感じている悲しみのほうがはるかに強烈だった。机を押しやるかのようにその場を離れると、三歩で長椅子へ行った。「どういうことなのか話してくれ」

はやる気持ちをどうにか抑えながら、となりに座ると、膝の上で握りしめられたグレースの手を取った。安心させたかった。荒れくるう欲望をきちんと抑制できるのを、グレースに知ってほしかった。それでも、グレースに触れる手の震えは止められなかった。

「話してくれ」もう一度言った。体のなかで叫びながらのたうちまわっている欲望を押しこめるのに必死だった。

信じられるはずがないのに、それでもグレースは信じていると言いたげに手を握りかえしてきた。そうして、深く息を吸った。頬に残るかすかな赤みも消えて、顔はすっかり蒼白だった。「あなたの叔父さまに言われたの……あなたを誘惑して土曜日までにベッドをともにしなければ、殺すと」

なんてことだ……それに気づかなかったとは。あの叔父ならやりかねないことなのに。

胃のなかで恥辱と恐怖が渦巻いていたが、グレースはどうにかことばを絞りだした。「それに……」もう一度息を吸ってから、一気に言った。「殺すまえに、モンクスとファイリーの慰み者にさせると」

「くそっ、あんな叔父など地獄に落ちるがいい」侯爵が吐き捨てるように言って、手を握りかえしてきた。

「わたしは最低の方法であなたを陥れようとしたんだわ」この夜全身を包んでいた恥辱をひしひしと感じて、息が詰まった。わたしは侯爵を欺《あざむ》こうとしたのに、なぜこれほどやさしくしてくれるの？ ふらふらと立ちあがった。ひとりきりになれる寝室に逃げこみたかった。乱暴に腕を引っぱられて、となりに座らされた。「土曜日までとは……。きみはどうするつもりだ？」

グレースは侯爵の目を見た。胸に渦巻いているはずの嫌悪感を見ることになると覚悟して。けれど、侯爵の目に表われていたのは同情と、叔父の策略に対する永遠に消えない怒りの炎だけだった。

「わからない」そうつぶやきながらも、身震いした。ことばとは裏腹に、答えがひとつしかないのはわかっていた。

その瞬間、人生でもっともむずかしい決断を下した。モンクスとファイリーには、体に指一本触れさせない。そうなるまえに、自ら命を絶とう。あの不快なふたりの乱暴者に拉致されたときに、死は避けようのない運命になったのだから。最高の屈辱を味わうまえに、命を絶ったほうがいい。今夜これほどの大失態を演じたからには、もう二度とシーン侯爵を誘惑する気力など湧いてくるはずがなかった。

わたしの人生の末路には破滅が待っている。侯爵を道連れにして破滅するつもりはなかった。

「きみはまずそのことをぼくに話すべきだった」静かな口調だった。

「話したところで、どうなるの？　望みはない——それが唯一の答えなのに」

「ふたりで叔父を騙せる。ぼくたちが同じベッドで眠れば……」侯爵はいったん口ごもったが、さきを続けた。「同じベッドで眠るだけでいい。ぼくたちに肉体関係がないのを、わざわざ誰かに教える必要はない」

もしかしたら助かるかもしれない——グレースは一条の希望の光を感じたが、それによって侯爵がどんな代償を払うことになるのかに気づいた。「でも、それでは叔父さまはあなたを打ち負かしたと考えるわ。今日の昼間あなたと話をして、この勝負にあなたが何を賭けているか、わたしはよくわかったの」

「きみの命に比べれば、ぼくのプライドなど取るに足りないものでしかない」

けれど、シーン侯爵がこうして生きてこられたのはプライドがあればこそだ——それはわかっていた。もしジョン卿に勝ちを譲ってしまったら、侯爵は最後に残されたプライドも失うことになる。それはあってはならないことだった。「だめよ」

侯爵の顔が苦しげにゆがんだ。「グレース、ぼくはきみを傷つけないと誓う」

涙がまたどうしようもなくこみあげてきた。どうすればいいのかわからなかった。「もうどうにもならないわ」

意外にも、侯爵の顔に穏やかな笑みが浮かんだ。捌《は》け口のない切望に、胸がぎゅっと締めつけられた。「朝になれば、さほど悪い方法じゃないと思えるさ」

子供を励ますような口調だった。そのことばがただの気休めでしかないのはわかっていた。それでも、侯爵にそっと抱かれると、素直に身を預けた。子供に戻ったように、たくましい裸の胸に包まれた。といっても、涙に濡れた頬を侯爵のひんやりした肌に押しつけたとたんにこみあげてきた感情は、まぎれもなく大人のものだった。

侯爵を誘惑しようとして失敗したせいで、禁断の世界に通じる扉が開かれた。この夜を境に、侯爵の香りと甘露《かんろ》が骨にまで染みわたって離れないはずだった。永遠に抱かれていたかった。唇を開いて、星の数ほどキスしてほしかった。無理やり唇を押しつけた稚拙《ちせつ》なキスが、罪深い好奇心に火をつけたのだ。侯爵に押し倒されたかった。どこまでも深く押しいってきてほしかった。どこまでも激しく、侯爵ひとりのものにしてほしかった。夫がけっしてしなかったようなやりかたで奪ってほしかった。

信じてほしいと侯爵は言った。そして、わたしは信じた。信じられないのは自分自身だった。

とりわけ、ひとりになりたくもないいまは。

11

腕のなかで眠るグレースの顔に疲労と苦痛がはっきり見て取れた。そう、今夜グレースは淫婦になるつもりでこの部屋へやってきたのだ――それはマシューにもうわかっていた。それがどれほど苦渋の選択だったかを、蠟燭の明かりが暴いていた。グレースは眠っていても、いまにも壊れそうなほど緊張していた。

マシューは長椅子に横たわっていた。わき腹にグレースの体がぴたりと沿い、肩にグレースの頭が載っていた。いまだけは、せま苦しい長椅子が心地よかった。グレースが悲しげな声をあげたかと思うと、さらに身を寄せて、脚を絡めてきた。

一糸《いっし》まとわぬ姿ならすでに目にしていた。その肌にも触れていた。この一夜で世界は一変した。グレースが膝にまたがってきたときのことが頭に浮かぶと、小さく唸りながら、芳しい髪に鼻を埋めずにいられなかった。日の光の下でふたりで過ごしているときにも、自制心を最大限に働かせなければならなかった。夜の闇に包まれてグレースを抱いているのは、堪えがたいほどの試練だった。

それでも、グレースと肉体関係を持ったとジョン卿に思わせなければならない。

なんとしてもグレースを守らなければならなかった。グレースの命がかかっているなら、叔父との闘いに負けようがかまわない。自分のせいでグレースが危機にさらされるぐらいなら、死んだほうがましだった。

腕のなかで眠っているグレースにも、胸に渦巻く激しい葛藤が伝わったのかもしれない。男物のシャツに包まれた細い腕が、マシューの裸の胸に置かれた。まるでマシューを守るかのように。

守るだって？　そんなはずがない。グレースにとって自分はなんの意味もない。ああ、意味などあるわけがない。グレースは不幸にも悲運という名の矢に射抜かれて、自身の意思とは関係なく唐突に、哀れな男の人生に放りこまれたのだから。

マシューはまんじりともせずにグレースを見つめているしかなかった。やがて蠟燭が燃えつきて、夜明けまえの薄闇に部屋が染まっていった。白く滑らかな額を目でたどる。上品な弧を描く眉を。繊細でまっすぐな鼻筋を。引き締まった口もとを。

それまではグレースのことを絵に描かれた聖母のようだと思っていた。けれど、こうして見ていると、その聖母が不屈の精神を持っているのがわかる。勇気と決意がやさしさを凌駕《りょうが》していた。グレースはすぐに折れてしまう葦《あし》のような女性ではなかった。

よかった。さもなければ、すでに叔父に叩きつぶされていただろう。

さもなければ、叔父の思いどおりに動く操り人形になっていただろう。

唇を見た。ぐっすり眠っているせいで、ふっくらとして無防備だった。今夜、その唇が自分の唇に重なった。乱暴に唇を合わせただけで、キスとも呼べないものだったけれど。それでも、ほんの一瞬、キスの予感がよぎっただけで、その場の空気が震えるのを感じた。ほんものの情熱をこめたグレースの口づけはどんなものなのか……。

悲しいことに、それは永遠の謎のはずだった。

翌朝、グレースは森のなかの空き地に行き、そこで侯爵を見つけた。頼りない陽光が侯爵の黒髪を照らし、履いているブーツが光っていた。侯爵はゆったりしたシャツに、黒いズボンというういでたちだった。神々しいほどの姿を目の当たりにして、心臓が一瞬、鼓動を刻むのを忘れた。

胸のなかで不安と抑えきれない好奇心が競いあっていた。ゆうべ侯爵とキスをした。体に触れた。侯爵の目のまえで一糸まとわぬ姿になった。腕のなかで涙を流した。侯爵のシャツを着て、寄り添って眠った。研ぎ澄まされた筋肉に秘めた力をひしひしと感じながら。

夫のジョサイアとでさえ、あれほど親密な行為をしたことはなかった。もちろん妻としての役目は果たしたけれど、それはつねにすばやく、ひそやかに、闇のなかで服を着たままだった。

背を向けている侯爵を、無言でうっとりと見つめた。侯爵は三十ヤードほどさきにある的《まと》――ブナの木の樹皮を削った部分――に目がけて小石を投げていた。簡素な的に小石があたる音が、侯爵を見つけるる手がかりになったのだった。

侯爵がしゃがんで、野草が茂る地面に転がる小石をさらにいくつも拾うのが見えた。飽きることを知らない子供のように小石を投げては、次々に的の中央をとらえていく。狙いは超人的なほど正確だった。同時に、悲しくもあった。これほど正確に的にあてられるからには、ひとりきりで何時間も同じことをして過ごしてきたのだろう。

最後の小石を投げると、侯爵が肩越しに振りかえった。なぜ？　足音をたてずに近づいたのに。ひとことも発しなかったのに。

「グレース」

それだけだった。名前だけ。そのことばが挑戦状のように宙に浮いていた。

ふたりの素肌が触れあった鮮烈な記憶が、沸きたつ溶岩となって全身を満たした。侯爵に会うまでは、欲望を抱いたことなどなかったのに、いまは欲望をはっきり感じている。そのせいで何も見えなくなっていた。侯爵に触れたくてたまらない、それしか考えられなかった。

顔がほてっているのが恥ずかしかったけれど、それでも一歩前進した。「シーン侯爵」

侯爵がゆっくり振りむいた。どんな反応を示すのか見当もつかなかった。怒るの？　見下すの？　嫌悪感を剝きだしにするの？　ゆうべ、誘惑しようとして失敗したからには、その三つを同時に浴びせられてもしかたない。といっても、少なくとも侯爵は、わたしがジョン卿から不可能な選択を強いられたのを知っている……。

見まちがいようのない欲望で侯爵の目がぎらついているのに気づいて、息を吞んだ。張りつめた沈黙ができると、体の芯に震えが走った。永遠に続くかに思われる沈黙のなかで。

切望が小さな声となって唇から漏れた。心臓が大きく脈打った。侯爵の目が深みを増して蜂蜜色に変わる。と同時に、侯爵が歩みよってきた。

「きみがぼくのところへ来たとき……」その声はかすれていた。

「やめて」片手を振って、侯爵のことばを制そうとした。ゆうべの気持ちを言い表わすことばなど持ちあわせていなかった。

やはり、言い表わせない。陽光の下では。恐怖？　恥辱？　欲望？

「わかった」侯爵の口もとが引き締まった。侯爵が何代にもわたる冷然とした貴族の末裔《まつえい》であることを思いださせる表情だった。「だが、いずれ話しあおう」

「ええ、でも……いまはやめて」どうにか深く息を吸った。「小石で何をしていたの？」陳腐な質問に、頬が赤くなった。

侯爵が手についた汚れをはたいて、さらに歩みよってきた。「父から射撃を教わったんだ。いまは的に小石をあてて、勘が鈍らないようにしている。それに、こうしていると考えごとに集中できるからね」

何を考えていたのかは聞くまでもなかった。ジョン卿の脅しはいまでも飢えたヒョウのようにグレースの心の平安を食いちぎっていた。見つめる侯爵の目が鋭くなった。「で、グレース、きみの望みは？」

〝あなたがほしい〟

口をついて出そうになることばを呑みこんだ。といっても、信じられないことに、それはまぎれもない真実だった。さらにゆうべは侯爵が欲望を抱いていることもはっきりした。その事実が鞘《さや》から抜いた剣のように、ふたりのあいだに横たわっていた。

目には見えないけれどあまりに危険なその剣をまたぐような気分で前進すると、ためらいがちに微笑んだ。「散歩でもしましょうか？」

「ああ、それもいいだろう」侯爵が艶やかな髪を揺らしてうなずきながら、渋々と同意したが、グレースを見つめる目には永遠に消えない光が浮かんでいた。「それに、きみのこれまでの人生を聞かせてもらいたい」

グレースは殴られた気分で見つめかえした。過去については、誰にも話したことがなかった。そう、けっして。一度だって。

「それはやめておいたほうがよさそう」甘やかされた子供の泣き言は、マーロー邸での生活に終止符を打つと同時に、そこに置いてきたのだ。ピアノフォルテの練習やフランス語の勉強をさぼってばかりいた少女は、そこに置いてきた。その少女の亡霊はもう何年もまえに追い払ったはずだった。「つまらないことばかりよ。わたしは……」

この世の誰よりも敬愛する侯爵に、手のつけようのないほど身勝手なふるまいを話せるはずがない。侯爵に軽蔑されたくなかった。わたしがどれだけの人を傷つけたかを知ったら、軽蔑されるに決まっているのだから。

「グレース、きみの秘密はきみだけのものだ」と侯爵が真剣に言った。「それを胸に秘めておくか、人に話すかはきみが決めることだ。強要する権利はぼくにはない」

侯爵の奥深い目に静かな寛容を読み取ると、不安がおさまっていた。そして、これまで誰にも話さなかったことを打ち明けられるかもしれないと思った。苦しみに堪えてきたことで、シーン侯爵はたぐいまれな知者になった。わたしの倒錯した過去を理解してくれる人がいるとしたら、頭のおかしい侯爵以外には誰もいない。

侯爵のほかに、一糸まとわぬわたしの姿を見た人はいない。ならば、裸の心を垣間見せられる相手も、侯爵をおいてほかにいるはずがなかった。

肩に力をこめた。「いいえ、わたしは……あなたに聞いてほしいわ」不思議なことに、それは本心だった。

ふたりは無言のまま、森を抜ける小道にはいった。ウルフラムが下生えのなかから現われて、あとをついてきた。けれど、ゆったりした歩調にうんざりしたのか、まもなく道をそれて、森のなかに消えていった。

道は狭く、並んで歩くふたりの距離はほんの数インチしかなかった。侯爵の体が発する熱に圧倒されそうだった。森の湿った土のにおいに、侯爵の魅惑的な石鹸の香りが混ざっていた。胸のなかで不安が渦巻いていても、侯爵をひとりの男性として意識せずにいられなかった。

「きみが良家の出なのはわかってる」侯爵がようやく口を開いて、静かに言った。体調のすぐれないグレースを敵だと思いこんでいたときと同じ口調だった。あのときも、その冷ややかな声がグレースの胸のなかで叫びつづける悪魔を黙らせたのだった。「きみはひとりっ子なのかい？」

グレースは何から話せばいいのかわからなかった。兄のフィリップの話をするといつも胸が痛くなる。それでも、意を決して質問に答えた。「兄がひとりいたわ。二年前に亡くなったけれど」

「それは辛かったね」

「ええ、ほんとうに」兄が自身の人生をめちゃくちゃにしてしまったのを思うと、さらに辛さが増した。兄は賢く、ハンサムで、魅力的だったが、駄々っ子のようなところがあった。ソーホーの賭博場で酔っ払い、喧嘩をしたあげくに、ひとりの人妻をめぐる決闘で命を落としたのだ。

グレースはふいに腰を屈めて、遅咲きの釣鐘型の青い花を摘んだ。はかない花を人差し指と親指でつまんで、くるくるとまわした。なぜ、これほどことばが出てこないの？「十六歳のときだったわ、わたしは貧しい男性に恋をしたの。さらに悪いことに、わたしに結婚を申しこんだその人は、商人でしかも急進論者だった」

愚弄的なことばが返ってくるものと思ったが、すぐとなりで影になった小道を歩いている侯爵は何も言わなかった。

ようやく、いくらか普段どおりに話せるようになった。「ジョサイアは村で書店を経営していたの。重要なこと、途方もないことをわたしに話して聞かせたものだった。頭がからっぽのお嬢さまではなく、知的な女性として扱われているようで、わたしはうれしくてたまらなかった。もちろん、当時のわたしは頭がからっぽのお嬢さまだったのに。うぬぼれていて、頑固で、わがままだったくせに、自分は賢いと自信満々だった」

「男性に甘いことばをかけられてのぼせてしまったお嬢さまはきみひとりじゃないよ。きみは自分に厳しすぎる」

「それはちがうわ」うつろな口調で反論した。「いいえ、自分に厳しすぎるなんてことはない。わたしのうぬぼれと愚かなふるまいが、父を深く傷つけたのだから」

「グレース」

侯爵に思いやりに満ちた声で名を呼ばれた。侯爵の手が伸びてきて、青い花をもてあそんでいる手を止められた。手が触れあったのはほんの一瞬なのに、体の芯に炎が走った。すっかり萎《しお》れた花をつまんでいる指から力を抜いて、道端に花を落とすと、深く息を吸った。

「ジョサイアはわたしが彼の信念に興味を持ったと知ると、本を貸してくれたわ。父が知ったら脳卒中を起こしそうな本ばかりだった。シェリー。サウジー。メアリー・ウルストンクラフト。ゴドウィン。コベットなんかが書いた本を」

「この国の領主が身震いするような過激な本ばかりだ」

侯爵の何気ない口調に皮肉がこもっていた。「あなたはそういう本に批判的なのね」

「いいや、ちっとも。この国には不平等が蔓延しているからね」侯爵がまえに歩みでて、道の上に突きでた枝を押さえた。「とはいえ、自分が不当に扱われて苦しんでいなければ、虐《しいた》げられている者に共感できたかどうかはわからない。叔父はほんの些細な犯罪にも死刑を宣告するほどの筋金入りの保守主義だ。無情な保守主義のために、ぼくの財産が使われていると思うと、悔しくてならないよ」

グレースは枝をくぐると、侯爵を待った。「知りあったときにはジョサイアは五十代だったけれど、それでも世界をよりよいものにするという情熱を抱いていたの。まるで聖書から抜けでてきた預言者のようだったわ」当時、雷に打たれたように感じたのは、いまでもはっきり憶えていた。良家の子女としてのぬくぬくとした生活では、それに匹敵するほどの興奮は得られなかった。「メイドが父に言いつけてからも、ジョサイアはわたしのもとにどうにかして手紙を届けたわ。ジョサイアとその同志がどんなふうにして地上に楽園をつくろうとしているかが書かれたすばらしい手紙を。わたしはその聖戦にどうしてもくわわりたかった」

「そうだとしても、そういう男性が上流階級の十六歳のお嬢さまに結婚を申しこむのは、無謀と言ってもいいほどだ。それとも、きみの家の財産に目がくらんでそんな大胆なことをしたのかな？」

侯爵の口調が皮肉めいているのが気になった。伏し目がちに侯爵をちらりと見ると、いつもは表情豊かな口もとが真一文字に結ばれていた。革新的な思想を支持すると言っていたのに、その顔には敵意が浮かんでいた。

けれど、身の上話を始めた以上、どう思われようと最後まで話すつもりだった。なぜか、哀れで悲惨な過去をすべてさらけだしたかった。侯爵に軽蔑されれば、日々深まっていく親しみと、惹かれる気持ちを断ち切れるかもしれない……。

「それはちがうわ、わたしがジョサイアに結婚を申しこんだの。ジョサイアの主義に身を投じられるなら、世間からふしだらな女と呼ばれてもかまわなかった。偉大な使命に比べれば、そんなものは些細なことでしかないと思ったから。自分の行動が家族にどんな影響をおよぼすかなんて考えもしなかった。自分が何をしたいのか、頭のなかにはそれしかなかったのよ」

侯爵に腕をつかまれて、振りむかされた。けれど、次の瞬間には手は離れていた。ほんの少しまえなら、触れるのも汚らわしいと考えて侯爵が手を離したと思っただろうが、いまは真の理由がわかるぐらいに侯爵のことを知るようになっていた。

「かわいそうに、グレース。パジェットはきみからのプロポーズを受けるべきじゃなかった。きみはまだ子供と言ってもいいほど若く、彼はれっきとした大人だったんだから」

そう、侯爵は怒っているのだ。軽率な若い妻と高慢な年寄りの夫がたどった運命に、なぜ侯爵がそこまで強い感情を抱いているのかはわからないけれど……。また歩きはじめた。体を動かしているほうがことばがすんなりと出てきた。侯爵が追いついてきたのがわかると、感情のこもらない口調でまた話しだした。

「ジョサイアは結婚にはあまり乗り気ではなかったわ。栄誉ある使命を果たすには、むしろ家族は邪魔だったから。でも、わたしは夢中で、学びたいことが山ほどあった。ジョサイア以外の人など考えられなかった。ジョサイアは新たなエルサレムをつくるという壮大な夢を抱いていたの。そして、それが不可能だとわかると、打ちひしがれた」冷静に話そうとしても、声に悲しみがにじむのを止められなかった。「ジョサイアは失意に埋もれていったわ。書棚に並ぶ売れない本に埃がかぶるよりさきに」

崇拝していた夫がじつは高邁《こうまい》ぶった狭量な気取り屋だとわかったときほどの落胆はなかった。結婚してまもなく、ジョサイアの資質を完全に見誤っていたと気づいたのだ。けれどそのときにはもう、自身の行動が自分やジョサイアはもとより、周囲の人にもたらした災難を修復しようがなかった。妻が自分より高貴な家に生まれたことを許せずに怒鳴り散らすばかりの夫と、愛すべき家族をわたしは引き換えにしてしまった。妻の幻滅と夫の失望が混じりあい、結婚生活はあらゆる意味で崩壊したのだった。

顔をしかめた侯爵の視線は小道の前方に注がれていた。けれど、実際には、心のなかに広がる光景を見つめているはずだった。「きみの父上は愛娘《まなむすめ》が飛びこんだ人生を知って、さぞかし怒っただろうね」

「怒って、失望して、信じられずにいたはずよ。父は娘を貴族と結婚させるつもりだったから。少なくとも子爵以上の相手と。それなのに、わたしは四十も年上の貧しい商人で、さらには、忌々しい民主主義者にのぼせあがって人生を棒に振ってしまった。わたしたちの関係を知ったときには、父はそれはもうかんかんに怒ったわ。ジョサイアを村から追いだした。そこにある石から枝まですべて領主である父のものだったから、それは造作もないことだった」どうにかして冷静な口調を保とうと、息を吸った。「ジョサイアは村を出て、ヨークに行くと決めたの。だからわたしもついていくことにした。それから、時間をかけて父に許しを請うつもりだった。わたしが両親にそむいて、ジョサイアは悲しんでいたのよ。父と母に敬意を払わなければならないと聖書に書かれているから」

「つまり、きみは駆け落ちしたんだね？」

侯爵は相変わらず視線をそらしたままだった。グレースは思った――わたしが心のなかで自分自身を非難しつづけてきたように、侯爵もわたしを非難しているの？　それも無理はなかった。

「ええ」当時のわたしはどれほどわくわくしていたことか。この目で世界を見たいと願っていたのだから。世界を見るですって？　とんだお笑い種《ぐさ》だ。いまいるこの監禁場所より監視の目がほんの少しだけ緩やかな監獄に九年ものあいだ自らすすんで閉じこもったも同然なのに。皮肉な事実に胸が締めつけられて、息が詰まった。「父は目のなかに入れても痛くないほどわたしをかわいがっていたの。だからいずれ、ジョサイアの気高い心に気づいて、父の怒りも鎮まるだろうとわたしは思ったわ」

「裕福な父親が貧しい男に好感を持つことなどまずないだろうね。たとえ、その男がどんな身なりをしていようと、どれほど気高い心を持っていようと」侯爵はあっさり言った。

「ええ、いまならわたしにもそれがよくわかる。ジョサイアとわたしはグレトナグリーンで結婚して、家族の祝福を受けようと父の領地に戻ったの。父は五分だけ会ってくれた。わたしなどもう娘でもなんでもないと言うために。母と兄のフィリップに別れの挨拶をすることさえ許してくれなかった」

「辛かったね」思いやりに満ちた口調だった。

「自業自得だわ」グレースはきっぱり言った。自己嫌悪の波が押しよせた。「あれほど家族を傷つけてしまったんだもの。わたしを愛してくれる家族より、ジョサイアの主義のほうが大切——なぜかそう思いこんで、その後あっというまに、自身の行動を後悔するはめになった。でも、すべては自分のせい。だから自分で責任を取るしかなかった」いったん口をつぐむと、ぎこちなく息を吸った。いまにも涙があふれそうだった。マーロー邸の図書室での、憎悪に満ちた父と最後に会ったときのことを思いだすと、いまでも胸が張り裂けそうだった。

地面に転がる太い枝をまたぐのに、侯爵が手を貸してくれた。触れたのはほんの一瞬なのに、それでも手が燃えるように熱くなった。全身を駆けめぐる禁じられた疼きを無視しようと、話を続けた。

「翌年、母から送金があったわ。それが家族との唯一のつながりだった。でもそれも、その年かぎりだった。きっと父に見つかって、わたしのために何かするのを禁じられたのね。ジョサイアは無能な預言者というだけではなかった。商人としてもとくに有能なわけではなかったの。母の助けがなければ、わたしたちは飢え死にしていたはずよ」

「もう一度、父上と話しあおうとはしなかったのかい？」

グレースは首を振り、それがやがてゆっくりになって止まった。「そんなことをしたら、ジョサイアにぶたれていたでしょうね。ジョサイアは父のことを毛嫌いしていたから。食事ができるのはわたしの家族からの仕送りのおかげだとは、口が裂けても言えなかった。ジョサイアから渡されるわずかなお金ではネズミ一匹養えないはずなのに、ジョサイアはそんなことにも気づかなかった」

「それでもきみはよき妻でいようとしたんだね」侯爵がまっすぐに見つめてきて、毅然《きぜん》とした口調で言った。グレースは荒涼とした記憶の世界から現実に戻って、その視線に応じた。金色の目に軽蔑は浮かんでいなかった。同情と悲しみ、そして誰かべつの人に対する怒りが見て取れたけれど、軽蔑は微塵もなかった。

「そうしようとしたわ。でも、うまくいかなかった」気づくと口もとに苦々しい笑みが浮かんでいた。大衆に自由を説いたにしては、ジョサイアは妻の自由に対して批判的だった。

「ジョサイアにとってわたしは理屈っぽくて、反抗的で、頑固な妻でしかなかったのよ」

侯爵が怒りに顔をしかめた。「なんてことだ、夫に暴力をふるわれていたんだね？」

「いいえ、それはちがうわ」グレースは否定しながらも、背筋に寒気が走った。「そんなことは一度もなかった」つねに独善的に振るまわれるよりは、叩かれたほうがよかったと言いたくなるのをこらえた。

「それで、牧場を経営することになったいきさつは？」

「三年で書店は閉店に追いこまれたわ。だから、母から送られてきたお金の残りで、羊牧場を買ったの」

もちろんジョサイアはかんかんになって怒った。家族から援助を受けたのをわたしは打ち明けたのだ。そのときジョサイアは妻が憎くてたまらないと思ったにちがいない。貴族の援助を受けるのは、ジョサイアにとって最高の屈辱だった。なにしろ、マーロー家とそれにまつわるすべてを毛嫌いしていたのだから。

「で、牧場経営はうまくいったのかな?」侯爵が身を屈めて小枝を拾うと、手もとを見つめながら、小枝を何度も折ってばらばらにした。そう、侯爵はまちがいなく怒っていた。

グレースは悲しげに笑った。「うまくいくはずがなかった。大失敗だったわ。ジョサイアは町育ちで、牧場が嫌いだったの。そんなところに自分を縛りつけたわたしのことも嫌って、やがて病気になった」

グレースは口をつぐんだ。希望もなく、辛く惨めだったヨークシャーでの最後の数カ月を思いだすと、喉が詰まった。シーン侯爵のように親身になって話を聞いてくれる相手のまえでも、当時のことを話す気にはなれなかった。そう、侯爵は心から同情してくれている。わたしは同情に値する人間ではないのに。たしかにジョサイアはわたしの人生をめちゃくちゃにしたのかもしれない。けれど、わたしだってジョサイアの人生をめちゃくちゃにしたのだ。認めたくはないけれど、心のなかではわかっていた——悲惨な過去の責任はジョサイアではなく、自分のわがままと愚かさにあると。

「助けてくれる人はいなかったのかい?」これ以上折りようがないほど細かくなった枝を足もとに落としながら、侯爵が見つめてきた。落ち着いたその声が一陣の風のように、グレースの心のなかに満ちる瘴気《しょうき》を消し去った。

「ジョサイアの癇癪がどれほどやさしい人も追い払ってしまったわ。しまいには、訪ねてくるのは家の雑事を手伝ってくれる教区司祭の奥さんだけになった。ジョサイアは最期の日の苦しみを待ちつづけ、病は限界までジョサイアを苦しめたわ」

震える手を目もとに持っていって、あふれる涙を拭った。なぜ、わたしは泣いているの？ジョサイアへの愛が色あせてしまったことには、もう何年もまえに気づいていたのに。それでも亡き夫のことを思いだすと、悲しみと罪悪感と後悔の念がこみあげてきた。

九年間、人生の中心にジョサイアがいた。愛はなかったとしても、まぎれもなく夫はそこにいたのだ。けれど、それだけで、それ以上ではない。

「そして、きみは住む場所を失ったんだね」

「ええ」大きく息を吸って、背筋をぴんと伸ばした。これ以上、惨めな過去に浸っていても、笑いものになるだけだ。シーン侯爵のまえですでに何度もそんなことをしていた。侯爵にはわたしに自身の脆《もろ》さを痛感させるたぐいまれな才能があるらしい。「あなたは優秀な聞き手ね」

「誉められるとは光栄だな」そっけない口調だった。「といっても、それは経験によって養った才能とは言えそうにないけれど」

いまや、この九年間で知りあった誰よりも、侯爵はわたしのことを知っている。それが何を意味するのかはわからなかった。そのせいで、命のかかった苦境になんらかの進展があるのか、さもなければ、男と女として惹かれあっていることに変化が起きるのか……。

過去を打ち明けたからには、すべてが変わってしまうの？　何がとは言えなかったけれど、それでも心のなかにそれまでとはちがう思いが芽生えているのはたしかだった。「話してほしいと言ったのを、あなたは後悔しているのよね」そう言って、わざとらしく笑った。

侯爵は笑わなかった。「いいや、後悔などしてないよ」

まえを歩くグレースをマシューは見つめた。わざとグレースをさきに行かせたのだ。なぜなら、グレースは過去を打ち明けて、しばらくひとりでいたいはずだから。マシュー自身もあまりにも腹が立って、暴言を吐いてしまいそうだったから。

グレースの不幸な過去に胸が締めつけられた。万力で締めつけられているかのようだった。グレースはまだ若い。ああ、自分と同じ歳だ。それなのに、無数の不幸を経験してきた。心を差しだしてでも、グレースの傷心を癒したかった。けれど、悔しいことに、自分の心などグレースにとってはなんの価値もなかった。

体のわきで拳を固めて、両手で顔をおおっているグレースを見つめた。話をしているあいだにこぼれそうになっていた涙が、ついにあふれたのだ。それはそばに行かなくてもわかった。

なんてことだ、泣いているグレースを見るのが、これほど辛いとは。やわらかな頬を涙が伝うたびに、大きな肉切り包丁で胸を貫かれるかのようだった。

過去を打ち明けながら、グレースはあくまで自分が悪いと頑なに信じていた。それを恥じて、声まで震えていた。たしかに、グレースの行動には思慮が足りなかったかもしれない。けれど、当時は十六歳の世間知らずのお嬢さまだったのだ。そして、それ以来、自身の愚かな行動のつけ以上のものを払ってきた。家族を失って心に負った傷からはいまも血が流れていた。

マシューは両親に愛されていた。どんな状況であれ、母や父から縁を切られることなど想像もできなかった。だが、グレースは生まれ育った家に戻ることも、愛する家族に会うことも許されず、長く孤独な日々にひとり堪えてきたのだ。

ジョサイア・パジェットなど灼熱地獄に落ちるがいい。ひとりよがりという罪によって、地獄で永遠に焼かれるのがお似合いだ。五十を過ぎた男が世間知らずのお嬢さまを、慣れ親しんだ暮らしから引きはなすとは。おまけに、身の毛もよだつ辛苦を舐めさせるとは、よくもそんなことができたものだ。

グレースが省いた細かい部分は容易に想像できた。希望が打ち砕かれるだけの、夫との惨めな暮らし。牧場の尽きることのない重労働。金もなく友人もなくひとり残されたときの絶望感。試練に立ちむかうグレースの勇気。

腹のなかで怒りが煮えくりかえった。惨めな結婚生活をグレースは詳しく語ろうとしなかった。それでも、ジョサイア・パジェットという男のことはよくわかった。冷血で傲慢。聖人ぶって、異常なまでにひとつのことに執着していたのだ。

美しくやさしいグレースは、偽善的な暴君に縛りつけられて殺伐とした九年を過ごした。その間グレースが、意地悪く批判ばかりしている愚かな年寄りの妻として操《みさお》を守りつづけたのはまちがいない。少しでも状況を好転させようと、身も心も捧げた。たとえその結果、自分が死ぬことになろうとも。あれだけ痩せ細っているのを思えば、死もあながち遠いものではなかったはずだ。

ジョサイア・パジェットはグレースを妻にするべきではなかった。とはいえ、この世をよりよいものにしたいと熱意を抱いていたグレースを拒むことなどできなかったのだろう。ああ、この数日間、グレースは自身の美と情熱を必死に隠そうとしていた、そうだろう？　それでも、この自分は夜も眠れないほど、食事も喉を通らないほど、グレースを欲している。埃にまみれた書店で暮らしていた男が、グレースの魅力に抗えるはずがない。くそっ、ジョサイア・パジェットなど地獄で朽ちるがいい。

九年前、ろくでもない男が極上の宝を手に入れた。分不相応な宝を。

マシューはついに心の奥に封じていた恥ずべき事実に目を向けた。これは嫉妬だ。死んだ男に嫉妬しているのだ。ある意味では、自分も卑劣なパジェットと変わりない。どちらもグレースを自分のものにするのを望んだのだから。どちらもグレースにふさわしくないのに。

森の小道をゆっくりと歩いているグレースに切望の眼差しを注いだ。そうしながらも、胸のなかでは勝利の詠唱が響いていた。

グレースは夫を愛していなかった。

夜はとっぷり更けていたが、寝室のベッドに横たわったグレースの神経は張りつめていた。侯爵を信じて、結婚生活のあれこれを打ち明けたせいで疲れ果てていた。けれど、眠れないのは悲惨な過去を話して、気持ちが昂《たかぶ》っているせいではなかった。

それは、人には言えない欲望のせいだった。

侯爵といっしょに過ごすうちに、欲望が荒れくるう炎となった。それがいまや道徳心を焼き尽くすほどの大きな火柱と化していた。

ふいに寝室の扉が開いた。はやる気持ちを胸に扉を見つめた。最初の夜と同じように、戸口に侯爵が現われた。体を起こしてベッドのヘッドボードに寄りかかり、全身を駆けめぐる幸福の酔いを冷まそうとした。

「侯爵さま?」問いかけるそのことばは、静かな雨の夜の闇のなかで、侯爵を誘うように響いた。

12

ゆうべグレースを抱きながら、マシューの五感は超人的なまでに高まった。そしていま、かすれた不安げな声がグレースの口から漏れるのが聞こえた。グレースが息を呑んだのがわかった。信じられないことに、他意のないはずのひとことの裏側に、拍動する欲望を聞きとった。

戸口に立って、マシューは心のなかでつぶやいた。これまで自分はさまざまな問題に——この黒い髪の美女よりはるかに大きな難問に直面してきた。くそっ、ほんとうにそう思えれば、どれほどいいか……。

上掛けが擦れる音がして、ベッドのスプリングが軋んだ。その音がやけに艶《なまめ》かしく思えた。火口と蠟燭を手に取る音がして、ほのかに揺れる炎が灯った。黄金の光が照らしだすものに息を呑んで、一瞬目を閉じた。そこにはグレースがいた。卵形の白い顔に、計り知れないほどの深みのある瞳。肩にかかる編んだ髪が、しなやかな曲線を描きながら片方の乳房をかすめている。その曲線をたどるように、体のわきに下ろした手の指先がいつのまにか丸まっていた。

「侯爵さま、そこで何をしているの？」グレースが身を乗りだすと、華やかな緑色のネグリジェの襟もとがずれて、乳首が見えそうになった。グレースがあわてて襟を引きあげたが、そのまえに、淡い桜色の輪がちらりと見えた。とたんに欲望に火がついて、マシューは口から漏れそうになるうめき声をこらえた。

「ぼくたちは同じベッドで眠らなければならない」ぶっきらぼうに言った。自制のたががいまにもはずれそうで、口調にまで気を遣えなかった。ほんとうなら昼間のうちに言っておくべきだったが、あのときは信頼感によって築かれた親密な雰囲気を壊したくなかった。

激しい感情がこみあげてきたのか、グレースの目が光った。その感情とはおそらく、恐れ。いや、それだけでない。不可思議な靄《もや》のようなものもその目に浮かんでいた。とたんに、欲望がいやおうなく一段と高まった。

それでもこのまま突き進むしかなかった。なんとしてもやりぬくのだ。いまこの瞬間にグレースの運命が決まるのだから。口調が訓練中の兵士のそれになった。求めてやまない女性に話しかける口調とはほど遠かった。「ぼくたちがベッドをともにしたとモンクスとファイリーに思いこませなければならない。ただし、ぼくはここで眠るだけだ。約束する、きみを欲望の捌け口にすることはない」

予想に反して、グレースのふっくらした唇にゆがんだ笑みが浮かんだ。「ということは、わたしたちはトリスタンとイズーのようにここで眠るのね。剣を真ん中に置いて」

それがどれほど苦痛かはわかっていた。自分にとって苦痛以外の何ものでもなかった。滑《こっ》稽《けい》なまでに不条理な場面が頭に浮かび、苦々しく笑うしかなかった。「といっても、ほんとうに剣を置くわけにはいかないが」

アーサー王伝説では、その剣がトリスタンとイズーの欲望のまえではなんの障害にもならなかった……。けれど、そのことは口にしなかった。それでなくても、すでに山ほどの問題を抱えているのだから。

グレースが首を振った。「こんなことをしてもジョン卿を欺けないわ」

マシューは部屋にはいった。忌々しいネグリジェがまたもやずり落ちて、グレースの白く滑らかな肩があらわになった。

「だが、ぼくがこの部屋で眠らないかぎり、叔父はきみを殺すだろう」グレースの顔から血の気が一気に引くのを見て、さらに断固とした口調で言った。「この部屋でとは、そのベッドでという意味だ。床や椅子で眠ることもできるが、あいにく扉に鍵はない。いつモンクスとファイリーが確かめにきてもおかしくない」

グレースの顔は新月のように真っ白だった。グレースが唇を舐めた。やめてくれ！　その仕草だけはかんべんしてくれ。マシューは体のわきで手を握りしめた。

「これはきみを守るためだ、ああ、それだけだ」苦しげな口調になった。

同意を待たずに、ベッドへ向かった。グレースが体をわきにずらして、場所をあけると、弱々しく言った。「あなたが望むなら」

「くそっ」マシューはつぶやくと、罵りことばを非難されるまえにことばを継いだ。「望むだって？　冗談じゃない。これまで生きてきて、望みどおりのことができたためしなど一度もない。でも、今度だけは、どうしてもきみに生きていてほしいんだ」

ベッドに座って、ぞんざいにブーツを脱ぐと放り投げた。ブーツが壁にあたる鈍い音が二度響いた。シャツをたくし上げて頭から脱ぐと、それもブーツの上に放った。

「侯爵さま……」

ベッドに横たわるグレースを想像しただけで抑えようのない欲望が湧いてきたが、それでも首をめぐらせてグレースを見た。シャツも何も着けていない背中を、グレースが驚いて見つめているのがわかった。

「傷だらけだわ」小さな声に隠しきれないショックが表われていた。

マシューは自分の背中にある無数の傷跡を忘れていた。傷はもう何年もまえに癒えて、ときにこわばったり引きつったりすることがあっても、強いてそれを無視してきたのだった。傷だらけの背中を見てグレースがどう思うかなど考えもしなかった。

己の恥をさらしたような気がして、顔が赤くなった。体を屈めて、床に放ったシャツを拾った。「悪かった。いやなものを見せて、気分を害してしまったね」

温かくやわらかな女らしい手を背中に感じて、体が凍りついた。目を閉じた。グレースの手の感触が骨にまで染みた。ほんとうならその手を振り払って、弱さの恥ずべき証拠である背中を隠さなければならないのに。

「いいえ、気分など害していないわ」その声から、グレースが涙をこらえているのがわかった。ぎこちなく息を吸う音がした。「何があったのか話して」

マシューはゆっくり体を起こすと、目を開けて、膝の上で握りしめている拳を見つめた。

「医者が狂気を文字どおり叩きだそうとしたのさ。医者が帰っても、その治療法をモンクスが引き継いだ」

それだけ言うのが精いっぱいだった。それ以外にも殴られたことや、動物のように紐で縛られて、モンクスやファイリーに熱した鉄を肌に押しつけられたことは話せなかった。とはいえ、もし背中をじっくり見られたら、無数の傷跡が恥辱に満ちた過去を物語っているのが、グレースにもわかるはずだった。

「辛かったでしょう」背中に触れている手が静かに腰に移動した。グレースにさわられると過去の痛みは鎮まったが、いっぽうで、禁じられた欲望がますますかきたてられて、燃えさかる炎となった。

「昔のことだよ」マシューは冷ややかに言った。

たしかにあれからずいぶん長いときが経つが、虐待はまるで昨日のことのように感じられた。いまでもその苦しみが心を苛んでいた。

「わたしのことを詮索好きだと思っているんでしょう」グレースが手を離した。マシューはもっと触れていてくれと懇願したくなるのを必死にこらえた。体に触れて、慰めてほしかった。あろうことか、グレースに触れられる快感に溺れていたかった。

「過去の災難を考えていてもどうしようもない。いまだって山ほどの問題を抱えているんだから」マシューはあえて言った。

「あなたはこれまで無数の苦痛に堪えてきた。それなのに、わたしのせいでさらに苦しむことになったのね」背後で、グレースが悲しそうに言った。「あなたに嫌われて当然だわ」

「いや、それはちがう」

マシューは振りむいて、グレースを見つめた。ベッドの上で仰向けに横たわっているグレースの睫が涙で光っていた。泣かしてしまった——そう思うと、心臓が止まりそうになった。自分が情けない、なんて無骨で気がきかないのか。それに、グレースにやさしく触れて心を癒す自信もないなんて。

グレースの体が発するぬくもりに誘われて、さらに身を寄せたくなった。そのぬくもりが、ジョン卿もモンクスもファイリーも、この忌々しい世界も、すべて忘れてしまえと囁いていた。

けれど、その声に屈するわけにはいかなかった。抗うには、全身の神経が悲鳴をあげるとしても。

体が触れないように注意しながら、ベッドに横たわって、天井だけを見つめた。ズボンを穿いていたが、上掛けを腰まで引きあげて、激しく脈打つ股間を隠した。まちがいなく長い夜になるはずだった。

グレースは横を向いて、侯爵を見つめた。横顔を見ただけでも、侯爵の表情がこわばっているのがわかった。全身から苛立ちと苦悩が立ちのぼっていた。侯爵の額にかかる髪を撫でつけたくてたまらなかった。複雑な感情を抱いている心を癒したかった。背中の艶やかな肌に残る白い傷跡にひとつ残らず口づけたかった。侯爵が堪え忍んできた苦しみを吸いとって、苦痛など知らないころに戻せたらと心から願った。このさきに待ち受けているあらゆる苦悩から、侯爵を救いたかった。

すべてはかなわない願いばかり……。

小さくため息をついて、蠟燭の火を吹き消そうと身を乗りだした。けれど、侯爵が言った。

「つけておいてくれ」

〝あなたが望むなら〟と言いかけて、とくに他意のないそのことばが侯爵の怒りに火をつけたのを思いだして、口をつぐんだ。また仰向けに横たわり、普段と何ひとつ変わっていないふりをしようとした。もちろん、亡き夫とはひとつのベッドで眠っていた。ただし、結婚して同じベッドで眠っていても、夜の営みはほとんどなかった。男性のとなりに横たわりながら、抱かれるのを期待せずにいるのは慣れっこだった。それといまの状況のどこがちがうの?

ちがいは欲望を抱いていること。

無垢なお嬢さまとしてのぼせあがっていたころでさえ、大人の女性が男性を求めるようにジョサイアを欲したことはなかった。

けれど、いまはシーン侯爵を欲している。体が疼くほど欲している——こんなことは初めてだった。受けいれがたいこの状況で、欲望が芽生えるとはあまりにも残酷すぎる……。

部屋にはいってきたときの侯爵を思いだして、心臓が止まりそうになった。たくましい長身の体が光り輝いて見えた。白いシャツの襟が開いて、黒っぽい胸毛がのぞいていた。そしていま、黒い胸毛がほどよく生えるその肌がいかに滑らかかわかっていた。おなかはすっきりと引き締まり、筋肉と血管が浮きでた腕はいかにも力強い。その存在感は圧倒的で、すでにジョサイア以上のものになっていた。

その体が発する熱と、レモンの石鹸のにおいに混じる侯爵自身の香りが感じられるほど、ふたりの距離は近かった。息遣いまではっきりとわかった。侯爵は目を閉じていたが、眠ってはいないはずだった。

その憶測を裏づけるように侯爵が口を開いた。「すまない、ぼくがここにいると、落ち着かないのはわかっている」目を開けたが、となりを見ようとはしなかった。また天井を一心に見つめた。

そう、侯爵がいるせいで落ち着かない。といっても、それは侯爵が夢にも思わない理由で。「あなたはわたしのためにこんなことをしてくれているのだもの」ギリシア彫刻を思わせる横顔を見つめた。鼻筋の通った高い鼻。神秘的な目。情熱的な唇。自分の唇をそれに重ねたかった。その唇で体を愛撫されたかった。そんな場面が鮮明すぎるほどに頭に浮んでくると、体じゅうの神経がかき乱されて、もぞもぞと体を動かさずにいられなかった。

侯爵はもう何も言わなかった。眠ってしまったの？　よくわからなかった。けれど、わたしはどうにも落ち着かず、眠れない。ようやく眠りについたのは、部屋に暁《あかつき》の光が射しこむころだった。

階段をドタドタと駆けあがる靴音でマシューは目を覚ました。上掛けを引きあげてグレースにかけると同時に、扉が開いて、モンクスが戸口に現われた。

「いったいどういうつもりだ？」マシューは冷ややかに言うと、グレースを守るように肩にまわした手に力をこめた。いつのまにかグレースを抱いていた。長い夜のどこかで、両腕でその体を包んでいた。

ベッドのなかで抱きあっている男女を見て、モンクスの醜い顔に驚きが浮かび、すぐに下卑た訳知り顔に変わった。「こりゃあ失礼しました、侯爵さま」習慣となったおざなりの敬意を払いながら、ほとんど見えないはずのグレースの体をブタのような目で見つめた。「下の部屋に侯爵さまがいなかったんで心配したんですよ」

心配だって？　しっかり見張ってなければならない囚人に逃げられたのかと、あせっただけだろう。監禁という過酷な現実をきれいさっぱり忘れることなどできなかった。その事実は朝日の射す明るい部屋にも、淀んだ空気のように忍びこんできた。

「ならば、居場所はもうわかっただろう。さっさと出ていけ」唸るように言った。胸に抱いたグレースが苦しげな声を漏らすと、マシューは腕に力をこめて、静かにするように合図した。

「はい、侯爵さま。いずれ侯爵さまはその女の股を開かせると思ってましたよ。いい女でしたか？　たっぷり楽しんだんでしょうね？　それとも、水みたいに冷たくて味もそっけもなかったですか？」

マシューは十一年間自分を拷問し、苦しませつづけた男を鋭い目で睨んだ。「モンクス、いずれおまえの息の根を止めてやる」押し殺した冷ややかな声で言った。

モンクスはひるまなかった。「こりゃまたたいそうなことを。侯爵さまにそんなツキがあるのを祈ってますよ。望むだけで馬が手にはいるなら、物乞いだって馬に乗る、ってね。おふくろがよく言ってましたよ」

「出ていけ！」マシューは怒鳴った。グレースが上掛けを握りしめた。驚いて速くなった息遣いを、首に感じた。

モンクスが肩をすくめて、部屋を出ようとした。「もう一度やりたくてうずうずしてるんでしょう、ああ、まちがいない。せいぜい楽しんでくださいよ、侯爵さま」

「二度と邪魔するんじゃないぞ、モンクス」マシューは嚙みつくように言った。

大男は戸口で立ち止まると、にやりとして振りかえった。「その女はよっぽどの恥ずかしがり屋のようだ。それとも、恥ずかしがってるのは侯爵さまのほうですかね？　どっちにしたって、その女が侯爵さまを楽しませてるなら、ほかにおれたちが知らなくちゃならないことなんてひとつもありません。侯爵さまがたっぷり楽しんで、女に飽きたら、次はおれとファイリーがいただけるんだから」

グレースの苦しげな声が、今度ははっきり聞こえた。マシューはモンクスを睨みつけた。

「グレースの髪の毛一本でも傷つけたら、そのつけはたっぷり払わせてやる」

モンクスがさらにあからさまに嘲笑った。「初めて女を知った若造は、勇者の気分になるもんですからね。愚かな勇者に」そう言うと、見せかけの敬意をこめてお辞儀した。ほんとうは敬意など微塵も抱いていないくせに。「ともかく、せいぜい楽しんでくださいよ」誰が聞いてもひやかしだとわかる笑い声をあげながら、モンクスは足音を響かせて廊下を歩き、階段を下りていった。

マシューはどうにか怒りを抑えた。何かを叩きつけて壊さずには怒りは鎮まりそうもなかった。それがモンクスのいやらしい顔であれば文句はなかった。

腕のなかでグレースが身を縮めて震えていた。けれど、階下で扉が閉まる音がして、モンクスが家を出ていったとわかると、グレースはベッドから抜けだして、震えながら部屋の真ん中に立った。両腕で自分を抱えるようにして、肘に添えた手をせわしなく握っては開いていた。そのせいで、緑色のサテンのネグリジェの下の乳房が盛りあがっていた。抑えようのない怒りのせいで束の間影をひそめていたマシューの欲望が、大波となって戻ってきた。

「ひどすぎる……」心が乱れているせいでグレースの目がぎらついて、不安のせいで全身が大きく震えていた。「やっぱりこんなことはできないわ」

「いや、できるさ」マシューは冷静に言った。体を転がしてベッドを出ると、グレースを見おろすように傍らに立った。

グレースが頑なな拒絶の気持ちをこめて形のいい眉をひそめ、顎をぐいと引いて顔を上げると、目を見つめてきた。「できないわ」

グレースがそわそわとその場を歩きはじめると、細い体を包む薄いサテンがふわりと揺れて、太腿や乳房、腰にまとわりついては、さらりとほどけた。流れるような布の動きを見ていると、マシューは海を思いだした。

最後に海を見たのはもう十一年もまえだが、寄せては返す波なら記憶に鮮明に刻まれていた。波から目を離せなかったことも憶えていた。檻に閉じこめられたトラのように、部屋のなかをうろうろと歩きまわるグレースからも目を離せなかった。

「モンクスみたいなろくでなしに、あなたとわたしがベッドのなかで何かをしたと勝手に想像させて、涎を垂らさせておくなんて我慢できない」グレースは部屋の端まで歩くと、勢いよく振りかえった。トラが尻尾を振るように、編んだ髪が頭のまわりでくるりとまわった。

「ぼくときみがベッドをともにしたとモンクスが信じているなら、それ以外のことなどどうでもいい」マシューはそっけなく言ったものの、グレースの感じている激しい屈辱が嵐の海のように押しよせてきた。

これほど強い感情をグレースが抱くとは。これほど熱い思いを内に秘めているグレースが冷たいなどと、モンクスはよく言えたものだ。マシューは体を焼き尽くすほどのグレースの熱い思いを分かちあいたかった。

「堪えられないわ」グレースがすぐそばを通ると、その香りに鼻をくすぐられた。抱きあって二晩過ごしたせいで、その香りがいまや自分の一部のように思えた。自分の体を流れる血や、吐く息のように。

グレースがまたくるりと踵を返し、サテンがまた翻《ひるがえ》った。そうして、足早に近づいてきたかと思うと、遠ざかり、また戻ってきた。

マシューは傍らを通り過ぎようとするグレースをつかまえて、自分のほうに向かせた。グレースは体が震えるほど怒っているのに、その腕は滑らかでひんやりしていた。「モンクスのような男に少し侮辱されるぐらい、きみの命に比べたら取るに足りない代償でしかない」とはいえ、癪《しゃく》に障り、腹が立っているのは事実だった。モンクスの汚らわしい皮肉は、グレースだけでなく、この自分に向けられたものでもあるのだ。怒りを抑えきれずに部屋のなかを歩きまわるグレースを見ていると、苛立ちはさらにつのるばかりだった。そのエネルギーを自分に注ぎこんでほしかった。歩きまわるのをやめさせたかった。さもなければ、いまにも粉々になりそうな道義心をすっかり忘れて、グレースを乱れたベッドの上に押し倒してしまいそうだった。

グレースは一回うなずいたものの、訝しげな悲しい目で見つめてきた。「わからないわ、あなたはどうしてこんな生活に堪えていられるの？」

「堪えるよりほかにないからだよ」マシューは吐き捨てるように言うと、衣装箪笥に向かい、よく見もせずにそのなかにある服をつかんだ。あと一秒でもグレースに手の届くところにいたら、叔父を欺くための嘘が嘘ではなくなるはずだった。「朝食で会おう。昼間もぼくたちはいっしょに過ごさなければならないからな」

「モンクスとファイリーを騙すために」背後でグレースがつぶやいた。

ちがう、ぼくがそれを望んでいるからだ——そう言えたらどれほどいいか。けれど、マシューは何も言わず、貞淑な人妻であるグレースを陽のあたる部屋にひとり残して立ち去った。


グレースはようやく草むしりを終えて、しゃがみこんだまま薔薇の花壇から上体を起こした。同時に、侯爵に見つめられているのに気づいた。金色の目に見つめられて、体の芯まで熱くなった。

じつのところ、一日じゅう見つめられていた。最初は何気なく、ときが経つにつれて、好奇心を剝きだしにして。

侯爵は作業台のまえに立ち、今日もまた枯れ枝にしか見えないものを鉢に植えていた。その作業に集中できずにいるのは明らかだった。

グレースは頬を赤らめて、侯爵の視線のさきに目を向けた。どうしようもないほど胸もとが開いたドレスから、シュミーズの襟ぐりの刺繍が見えていた。

このドレスを着たのはまちがいだったと後悔した。いまのところ、体に合わせてサイズを直せたドレスは二着だけで、今日はどちらもファイリーの妻が洗濯に持っていってしまった。襟を引きあげようと片手を上げたが、何かが気になって手を止めた。気になったのは、侯爵のもの欲しげな強烈な眼差しか、さもなければ、性的な興味の下にかろうじて隠した悲しみかもしれない。

侯爵は叔父にあまりに多くのものを奪われていた。美しく若い娘を盗み見る機会さえ与えられなかったのだ。

そして、いま、ようやく若い女性を盗み見る機会が得られた。その若い女性とはグレース・パジェット——このわたし。それを思うと、侯爵を拒絶する気になれなかった。

慎み深い淑女なら、こんなふうに男性の欲望をかきたてたりしない。もし亡き夫がいまのわたしの姿を見たら愛想を尽かすだろう。けれど、ジョサイアはもうこの世にいない。いっぽうで、わたしはまちがいなく生きている。そして、想像すらしたことがないほどの欲望の虜になっている。

そう、ほんとうは侯爵に見つめられていたいのだ。

手を腰のわきに下ろして、背筋を伸ばすと、胸が誇らしげに盛りあがった。もっと女らしい体形であればいいのにと思った。けれど、侯爵にとっては充分らしい。眉間に寄ったしわが深くなり、頰がぴくっと引きつった。作業台に隠れているけれど、侯爵の体の一部が硬くなっているのはまずまちがいない。そう思ったとたんに、口のなかがからからになった。

「たしかきみは、公民権を多くの人に与えることについて話していたね」侯爵が喉から声を絞りだすようにして言った。

「そうだったかしら？」ふたりで政治の話をしたのはなんとなく憶えていた。侯爵はここに閉じこめられているのに、意外にも外の世界の知識が豊富だった。

「ああ」

さらに何か言われるかと待ったが、侯爵は無言で視線を送ってくるだけだった。その視線が体の曲線をたどるのがわかった。いやだ、これではまるで娼婦のよう。コベント・ガーデンで売り物である体を誇示する娼婦にでもなったような気分だった。

その瞬間が永遠に続くかに思えた。乳首がつんと硬くなった。乳房がふくらみ、薄いドレスを押しあげた。興奮しているのが侯爵にもわかってしまう。それでも、体を誇示せずにいられなかった。

侯爵がぎこちない足取りで歩いてきた。作業台をまわって、数ヤードの距離を歩いてきたかと思うと、腕をつかまれた。

さらに一歩前進した侯爵の手が植木鉢にあたった。倒れた植木鉢が敷石にぶつかって、大きな音をたてて割れた。

「しまった」足もとで素焼きの鉢が割れるのを見て、侯爵がつぶやいた。

グレースは弾《はじ》かれたように立ちあがった。「ごめんなさい」うろたえながら言った。こんな馬鹿げたゲームは外の世界でさえ危険だった。この屋敷のなかでは、それこそ大きな災難を招きかねなかった。

けれど、侯爵に見つめられると心地よかった。目をそらしたら死んでしまうと思っているような侯爵の眼差しが。

「きみのせいじゃないよ」侯爵はしゃがんで地面に膝をつくと、飛び散った土のなかから、鉢のいちばん大きな破片を拾いあげた。その手が震えていた。グレースは申し訳ない気分になった。

「いいえ、わたしのせいよ」落胆が声に表われていた。侯爵をこれ以上悩ませるなんてもってのほかだ。たとえ悩ましげな侯爵がどれほど魅力的であっても。

その場にしゃがみこんで、片づけを手伝った。ひとつの破片に同時に手が伸びて、指先が触れあうと、全身に稲妻が走った。胸のなかで心臓が大きな鼓動を刻み、全身の毛が逆立った。息を呑んで、手を引っこめようとしたが、侯爵に手をつかまれて、痛いほど握りしめられた。

「グレース……」侯爵の声はかすれていた。

引きよせられた。倒れそうになって、侯爵の胸に片手をついた。胸の高鳴りが手のひらに伝わってきた。上等なシャツに包まれた侯爵の肌は燃えていた。

その熱を全身で感じたかった。その熱に包まれて、燃えあがりたかった。ふたりの体はほんの数インチしか離れていなかった。体をわずかに傾けただけでその距離は埋まる。ねっとりと重い欲望が下腹に溜まっていった。

侯爵が無理やり体を離して、すっくと立ちあがると、背を向けた。肩で息をして、自制心を取り戻そうとしていた。

速くなった脈が鎮まるまで、グレースはしゃがんだままでいた。湿った手のひらをわざとゆっくりとスカートで拭って、深く息を吸った。

ふたりのまわりで渦巻いているものに身をゆだねてしまえばいいの？　それとも、侯爵が冷静になるまで待つべきなの？　わたしは最後の一歩を踏みだす勇気があるの？　その結果に立ちむかう勇気はあるの？

〝もちろんある〟――そのことばが胸のなかで鳴りひびいた。

それでもまだ決断できなかった。九年間の不幸な結婚生活では、貞淑な妻であることを頑ななまでに貫いてきた。守銭奴の宝か何かのように、守りとおしてきたのだ。それを捨てる勇気があるの？

唇を嚙んで、侯爵の力のはいった背中を見つめた。うなだれた頭を、握りしめて体のわきにぎゅっと押しつけられた拳を。

結局、勇気は出なかった。

「ウルフラムを散歩させてくるわ」ぎこちなく言いながら、さきほど侯爵に握りしめられた手をこすった。

取り返しのつかないことをしでかすまえに、壁に囲まれた中庭を出なければならなかった。貞淑なグレース・パジェットにあるまじきことをしてしまうまえに。父に投げつけられた最後のことばが、じつは落ちぶれた自分を予言していたということになるまえに。

侯爵は答えなかった。いまにもくずおれてしまいそうな脚でグレースは立ちあがったが、侯爵はそれすら見ようとしなかった。

「いらっしゃい、ウルフラム」

木陰で寝そべっていたウルフラムが顔を上げて、立ちあがると、伸びをして、言われたとおりに傍らにやってきた。

森のなかにはいると、グレースの足取りは遅く、重くなった。侯爵の苦しげな息遣いが耳のなかでまだ響いていた。

グレースは指を鳴らして、落ち葉の山を嗅いでいるウルフラムを呼んだ。もう何時間も歩きつづけていた。侯爵のもとに戻ったほうがいいのはわかっていたが、あの緊張感に堪えられそうもなかった。そう、堪えられるわけがない。小道の真ん中で身震いしながら立ち止まり、頭をはっきりさせて、気力と勇気を奮いたたせようとした。

けれど、それも無駄な抵抗だった。

近づいてきたウルフラムに鼻先で腰をつつかれた。なぜ立ち止まったのかと訝っているのだ。グレースはウルフラムのやわらかな耳をそっと引っぱった。「ほんとうに、わたしは何をしてるのかしら？」

悲しげな声に気づいたのか、さもなければ、体の震えを感じたのか、ウルフラムが小さく鳴いて、丸い頭を押しつけてきた。グレースはまばたきして涙を押しもどした。落ち着くどころか、ますます気持ちが昂っていた。

それに、疲れ果ててもいた。

恐れることに疲れ、心の奥底で沸きたつ欲望を押しこめることに疲れ、何をすべきか考えることにも疲れていた。わたしは最初からシーン侯爵を求めていた――いまようやくそれに気づいて、その気持ちを抑えるのがそれまで以上にむずかしくなっていた。すでに口づけて、抱きあって、体に触れてしまったのだから。

さらに、侯爵もわたしを欲しているのを知ってしまった。

ジョン卿の身の毛もよだつ脅しに関しては、侯爵と同じベッドで眠ったことでほぼ解決した。その恐怖が薄れていくのと入れ替わりに、自分が罪深いことをしてしまうかもしれないという恐怖がじわじわと押しよせてきた。体のなかで欲望が絶え間なく脈打っていた。何をしてもそれは鎮まらなかった。思慮分別を持とうとしても、胸の内で道徳心を説いてもだめ。自己の利益だけをひたすら考えてみても、どうにもならなかった。

侯爵に握られた手がまだちくちくしていた。手を握られたのよ！　ああ、どうしよう、救いようがないほどのぼせあがっている。

新緑の草地に腰を下ろすと、仰向けに寝転んで目を閉じた。モンクスとファイリーはあと数時間は見まわりにこない。だから、ちょっとだけ休むことにした。激しく渦巻く欲望がまたこみあげてくるまえに。禁じられた欲望に狂乱のダンスを踊らされるまえに。

体のなかにシーン侯爵を感じた。押しいってくるたびに、たくましい体に力がはいり、身を引くたびに、その体から力が抜けるのを感じた。グレースは体をずらして腰を上げ、さらに深く侯爵を受けいれた。ふたりの体が触れあうと、あまりにも心地よくて、天にものぼる気分だった。

でも、まだ満足できない。

不満げな声を漏らした。のしかかる侯爵の体は熱く重かったけれど、それでもまだ物足りなかった。そっと名前を呼ばれた。それに応じて、切望する声が口から漏れた。

また名前を呼ばれた。目を開けた。侯爵が傍らに立って、こちらを見おろしていた。

ということは……いまのは夢？　あれほど甘い愉悦も、すべては空想の世界だけのもの。心から落胆して、叫びそうになった。罪悪感に顔がほてった。夢なのにあまりにも鮮明で、大胆で、あまりにも……ふしだらだった。

まばたきした。それでも夢は頭のなかから消えてくれなかった。痛いほど張っている乳房に触れてほしかった。恥ずかしいことに、秘めた場所も濡れていた。

興奮のにおいがあたりに立ちのぼっているかのようだ。もしかして、侯爵もそれを感じているの？

「グレース？」侯爵が緊張して、警戒しているのがわかった。「もう遅い。モンクスとファイリーがやってくるまえに家に戻ろう」

欲望の靄がまだ晴れず、傍らに立っている長身の侯爵をうっとり見あげた。侯爵を求めて、信じられないほど体が熱くなっていた。まるで体のなかに太陽があるかのようだった。

一瞬の間のあとに、影が長くなっているのに気づいた。どうやら芳しくやわらかな草の絨《じゅう》毯《たん》の上で、何時間も眠ってしまったらしい。

しかも、シーン侯爵と愛を交わす夢を見ながら。

夢のなかのわたしは奔放で、大胆だった。ジョサイアのまえでは、けっしてあんなふうにはならなかったのに。

侯爵の手を借りて立ちあがった。けれど、脚に力がはいらず、よろよろと侯爵にもたれかかった。

「ああ、なんてことだ」侯爵が忌々しそうにつぶやいたかと思うと、腕をつかまれて、ぐいと引きよせられた。たくましい体が発する熱が押しよせてきて頭がくらくらした。

次の瞬間には、ふたりの唇が重なっていた。

13

唇に歯が食いこむほど激しいキスだった。腕をつかむ侯爵の手に力がこもった。ふたりの胸がぴたりと重なると、心臓の大きな鼓動が伝わってきた。

あまりにも唐突なキスにグレースは呆然としたが、まもなく、苦しげなくぐもった声を漏らした。その声は侯爵の耳にも届いたはずだった。情熱的なキスがふいに終わった。

喘ぐように息を吸いながら、抱擁から逃れると、血が戻ってちりちりする腕をさすった。侯爵が横を向いて、森を見つめた。その横顔はあまりにも寂しげで、胸が潰れそうになった。

「いったい、ぼくは何をしているんだ」侯爵が歯を食いしばって、絞りだすように言った。

そのことばに表われた自己嫌悪にグレースは身をすくめた。ちがう、罪悪感を抱かなければならないのは侯爵ではない。中庭で男心をもてあそぶようなことをしたのはわたしなのだから。苦い恥辱が心を蝕んだ。

「わたしが悪いの」弱々しく言った。侯爵の荒々しいほどの情熱に唇がまだずきずきしていた。

侯爵が向き直り、苦しげな金色の目で見つめてきた。苦悩の表情を浮かべていても、その目はうっとりするほど美しかった。「いいや、きみのせいじゃない。ぼくたちが互いを意識しているのは事実だ。その事実は何をしても隠せない。野蛮人に捕まって生贄にされたようにテーブルに縛りつけられているきみを見た瞬間に、ぼくはきみに触れたくてたまらなくなった」

侯爵の熱い眼差しに、グレースの体が震えた。

そう、わたしも侯爵の欲望に気づいていた。その欲望によって、心の奥底に秘めていた切望が目覚めたのだ。切望——それはときが経つごとにますます否定できなくなっている。互いを求める気持ちはいまにも火を噴きそうなほど高まっている。とはいえ、どれほど激しく燃えあがったところで、そのさきに待ちうけているのは破滅だけ。

それはわかっていた。けれど、侯爵にまたキスされると想像しただけで、全身に戦慄が走った。今度こそきちんとキスしてほしかった。

ああ、わたしはなんて淫らなの。

身震いした。いつものように侯爵はそれを見逃さなかった。「寒いんだね。家に戻ろう」頭を小さく下げて、腕を差しだした。その仕草はまるでここがメイフェアであるかのようだった。ふたりでいっしょに贅沢な鳥籠に閉じこめられているのではなく……。侯爵が生きることを余儀なくされている陰の人生がまた垣間見えた。そのたびに、無益な怒りと身を裂かれるほどの同情心が胸のなかで入り混じるのを止められなかった。

「グレース？」つねに抱いている自己疑念が、侯爵の目を曇らせた。「それとも、ひとりになりたいのかな？」

「いいえ」グレースは侯爵の腕に手を置いた。侯爵が震えているのに気づいて驚いた。落ち着き払った態度は、うわべだけだったのだ。

緊張感を漂わせながら、ふたりは無言で歩きだした。キスされた唇がちくちくと痛んだ。以前、キスされたときと同じだった。落胆に喉が詰まった。侯爵をあんな行動に走らせてしまった自分に落胆した。けれど、それ以上に落胆したのは、侯爵が甘く情熱的なキスをしてくれないことだった。

侯爵の心がやさしさでできているのは、もう充分すぎるほどわかっていた。その心はやさしさと強さでできている。けれど、わたしが何よりも切望してやまないのは、やさしさのほう。といっても、束の間のキスは熱く激しく、そこには甘い感情などなかった。そう、暴力的でさえあった。

気持ちが揺らいだが、頭をもたげた好奇心は抑えられなかった。「なぜ、あんなふうにキスしたの？」

侯爵の腕に力がはいるのが伝わってきた。それでも、思っていたとおり、腕を引っこめることはなかった。「それはもう言ったはずだ。だからもう、そのことについて話す必要などないはずだ。きみがぼくに恥をかかせて、気晴らしをするつもりでないかぎりは」

最後につけくわえられた自嘲的なことばを聞いて、グレースは会ってまもないころに侯爵が口にした皮肉を思いだした。あのときの侯爵は癪に障ることばをわざと口にして、敵と見なしている女から身を守ろうとした。

でも、いまは何から身を守ろうとしているの？

シャツの袖を握りしめて、侯爵の足を止めさせると、自分のほうを向かせた。「なぜ、いやみばかり言うの？」

心まで見透かすような鋭い視線で見つめた。侯爵の顔が赤くなった。頬がぴくっと引きつって、身を引いた。「もう謝ったはずだ。それでは足りないのか？　ぼくが血を流さなければ気がすまないのか？　ああ、きみがそれを望んでいるなら、喜んでそうするよ」

「そんなことをわたしが望んでいないのは、あなたもわかっているはずよ」グレースは穏やかに言った。

侯爵の声がかすれていた。「きみはぼくのプライドをずたずたにしようとしている。十四のときからこの歳になるまで、目にした女性はきみだけだ。それはきみだってわかっているはずだ。それがどんな意味を持つかもわかっているはずだ」ぎこちなく息を吸った。「やめてくれ、もうひとりにしてくれ」

侯爵の苦しげな最後のひとことは、グレースの耳にはいらなかった。グレースは呆然として、何も言えず、その場に立ち尽くすしかなかった。

わたしはなんて鈍感で身勝手で愚かなのだろう――自分が情けなかった。なぜ、いまのいままで気づかなかったの？　侯爵はまだ子供と言ってもいいころに病を患った。それ以来、ジョン卿によってここに閉じこめられている。侯爵が叔父に計り知れないほど多くのものを奪われたという辛い現実は、日を追うごとに明らかになっているのに……。

侯爵が見つめてきた。神秘的な目には絶望があふれていた。「さあ、笑うといい。ぼくは二十五だ。それなのに、きみに会うまで、男としての欲望を抱いて女性に触れたことは一度もなかった」侯爵の雄弁な口にゆがんだ冷笑がよぎった。「叔父はいい年をした男の奇跡としてぼくを見世物にできるな」

苦悩に満ちた心の悲鳴が聞こえるようだった。それはグレースの私利を追求する心の叫びより大きく、これまで生きる拠りどころとしてきた信条さえ追い払った。

助けてくれた侯爵に対して、わたしにもできることがある。

体の奥深くから狡猾な思いが湧いてきた。欲望と孤独がひそむ闇の領域から。こめかみにピストルを突きつけられたように、体が凍りつくのを感じた。

どうにか声を出して、低い声で言った。「キスのしかたを憶えるのは簡単よ」

「そうなんだろうね」侯爵の表情豊かな唇が苦々しげな一本の線になった。「そういう機会に恵まれれば」

グレースはもどかしくて唇を噛んだ。その仕草に気づいた侯爵の目が鋭くなった。経験はなくても、侯爵は女性に反応して、欲望を抱く大人の男だった。

それを思うと、戸惑いが消えて、無分別なことがしたくなった。大きく息を吸って、じっくり考えるよりさきに言っていた。「わたしならあなたにその機会を与えられるわ」

侯爵の端整な顔がしかめられて、目に陰が射して暗いブロンズ色になった。夕暮れのやわらかな光が黒い髪と細くたくましい長身の体を照らしていた。侯爵の魅力ならつねに感じていた。そしていま、たじろがずにいられないほど侯爵は美しかった。

「本気なのか?」

本気なのかどうか自分でもまるでわからなかった。それでも、引き返せないところまで来ているのはわかった。胸が高鳴り、体のまえで握りあわせた手をそわそわと動かした。「女性はやさしく扱われるのが好きなのよ」

侯爵の顔から緊張感がいくらか抜けていった。「だったら、やさしくするとしよう」

グレースは侯爵がぎこちなく触れてくるものと思った。もしかしたら、さきほどの荒々しさが消えることはないかもしれないと。けれど、頰を包む侯爵の手は揺るぎなく、かつ繊細で、顎の下に滑りこませた親指で、そっと顔を持ちあげられた。

胸の鼓動がゆっくりになった。どこまでもゆっくりになって、侯爵の顔が近づいてきてキスされるころには止まってしまいそうなほどだった。唇が重なる直前に侯爵の息を感じた。二晩前に無理やり唇を押しつけて稚拙なキスをしたせいなのか、侯爵の唇が懐かしく思えた。

侯爵の唇が動いて、ぴたりと重なった。

切ないほど甘いキスだった。束の間の短いキスだった。

少年のようなキスだが、侯爵の眼差しには大人の男の思いが浮かんでいた。その目は何を見ているの? わからなかった。けれど、もう一度唇を近づけてきた侯爵に迷いはなかった。

二度目のキスでは、侯爵は時間をかけて探るようにたっぷり味わった。信じられない、こんなにすぐに巧みなキスができるようになるなんて……。耳のなかで脈の音が響いていた。侯爵の歯が下唇をかすめて、キスが深まった。心地よく圧迫されて、唇が自然に開いた。

驚いたことに、舌がするりとはいってきた。熱い、あまりにも親密なキスに心臓が止まりそうになる。マーロー邸の庭や、ジョサイアと暮らした年月に経験した数少ない軽いキスとはまるでちがっていた。

官能的で、酔わずにはいられない。畏怖の念さえ覚えるキス。

小さな声をあげて抗うと、侯爵がすぐさま体を離した。といっても、ほんの数インチだけだったけれど。侯爵はすぐそばにいた。レモンの石鹸の香りと、それを凌駕する男の欲望のにおいに鼻をくすぐられるほどに。

「グレース？」心が震えているような声だった。

深く一度息を吸ったぐらいでは、混沌とした感覚は鎮まらなかった。ぎこちなく片手を上げて、ほてった頬にあてた。女性経験など無に等しい男性に、初めての感覚をかきたてられるなんて……。

「あなたはわたしの男性経験を過大評価しているようね」できるだけ感情をこめずに言った。

「ジョサイアは愛情を……はっきり表に出す人じゃなかったから」

「なるほど」侯爵がゆっくり言った。

ほんとうにわかってくれたの？　愛の手ほどきをすると言っても、その点では侯爵と同じぐらいわたしも未熟なのだ。それをわかってほしかった。

「ということは、意外にも、この件ではぼくたちはほぼ対等らしいな」もちろん、侯爵はわかってくれたらしい。

侯爵の顔に浮かぶ満面の笑みを見たとたんに、いつものように心臓が引っくりかえりそうになった。こんな笑顔に抵抗できるはずがない。これほどの自信を持って抱いてくれる人にどうして抵抗できるの？

それまで以上に侯爵のたくましさを意識せずにいられなかった。固く引き締まった体にぴたりと身を寄せる。ジョサイアに触れられると、秘めごとは穢《けが》れているように思えた。けれど、侯爵にはたった一度キスされただけで、神秘的で美しいことをしている気分になった。ようやく大人の女になれた気がした。

「侯爵さま？」震える声で呼びかけた。

「マシューでいいよ」

「マシュー」その名が温かな蜂蜜のようにとろりと舌の上に広がった。蜂蜜より百倍も甘かった。

「そのほうがいい。きみがぼくの体に腕をまわしてくれたらもっといい」

「それはやりすぎよ、侯爵……マシュー」冷静な口調で言うつもりだったのに、息を切らして懇願している口調になった。甘く切ない男の香りに血が沸きたった。侯爵も同じ気持ちでいるはずだった。「このぐらいにしておきましょう」

「だめだ」偉大なシーン侯爵にふさわしい傲慢な口調だった。

次の瞬間には唇を奪われていた。悦びと驚きの喘ぎが、侯爵の熱い唇に吸いこまれた。侯爵は未熟な男性などではない。求めるものとそれを手に入れる方法を知っている大人の男性だ。ためらいがちなやさしさはすっかり消えていた。ごく自然に、グレースは力と熱い思いと欲望に身をゆだねた。

心の奥底に長いこと押しこめてきた淫らな悪魔が目覚めたらしい。侯爵の誘いに素直に応じた。渇望もあらわにキスを返して、たくましい体を抱きしめる。侯爵は禁じられた悦びの味がした。心が欲するすべての味がした。恍惚と情熱が痛いほど感じられた。さらに激しい渇きを覚えて、背伸びをすると、一生離さないと言わんばかりに張りのある背中に指を食いこませた。

そのキスはかつて経験したことがないほど無限の広がりがあった。乳房が張って、侯爵に触れられるとずきんと痛んだ。脚のつけ根の疼きが止まらなかった。からっぽの自分を侯爵の体が満たしてくれないかぎり、激しい切望は鎮まらない。戸惑いながらも、それを痛感した。

何度かキスされただけで、欲望が嵐のように襲ってくるなんて……。

酔わせるキスなのはまちがいないけれど、それだけで欲望をかきたてられたわけではなかった。キスは絶え間ない切望を燃えあがらせるきっかけになっただけ。いま、自らその切望を解き放ち、その結果、破滅のもととなるはずの男性が目のまえにいた。

侯爵がわずかに体を離して、怠惰で満足げな男の笑みを浮かべた。「もう一度キスしてくれ、グレース」やさしい声が耳をくすぐった。

抵抗などできるはずもなく、グレースは抱きしめられて、唇をふさがれた。

これだ、とマシューは思った。終わりのない夜に夢見てきたのはこれだった。腕に抱いたグレースが恍惚として切望を抱いていた。手に触れるその体は温かく滑らかだった。グレースを破滅へと導くはずのどこまでも陰湿な運命を寄せつけまいとするように、さらに抱きしめて、唇を貪《むさぼ》った。

甘美だった。熟《う》れたモモよりみずみずしかった。二日前の夜に沈痛な思いでグレースが身を預けてきたときでさえ、情の深さが垣間見えた。けれど、グレースが心から望んで自らを差しだすと、ここまで芳醇《ほうじゅん》だとは想像すらしていなかった。

キスにこれほどの力があるとは知りもしなかった。これほどすべてを包みこむものだとは。唇が触れあうと、魂も触れあうことになろうとは。

思いのままに、舌を差しいれた。舌と舌が絡まると、戦慄の炎が全身を焦がした。舌が確固たる意志を持って動きだす。口のなかにグレースのため息を感じると、理性は消え去った。自制のたがはひとつ残らずはずれて、さらなる愉悦へと通じる門が開かれた。そこを通る権利は一生得られないと思っていたのに。

顔を上げた。グレースの目はうつろで、渇望に見開かれていた。興奮して、いつもは白い頬が紅潮していた。唇が濡れて、ふっくらとふくれている。その唇が開いて、グレースがぎこちなく息を吸った。その息を味わいたくてたまらなかった。もうずいぶんまえから、いきり立つものがズボンに擦れて、さきほどまでグレースが眠っていたあの萌《も》える草地にいままたグレースを押し倒せと叫んでいた。

だめだ！　すぐに体を離さなければ。さもないと、一生離れられなくなる。

グレースを抱いている腕をゆっくり下ろした。それでも、激しく脈打つ胸のなかでは、さらにキスを深めろという声が響いていた。体が叫ぶままに行動しろと。

体を離すのは、身が引き裂かれるほどの苦痛だった。

そして、すべては無に帰した。

グレースがよろけた。マシューはまた腕を取った。意志の力を最後の一滴まで振りしぼって、抱きしめたくなる衝動を抑えた。さらに官能的なキスをしたくなる衝動を。そうして、グレースの腕をしっかりつかんで、いまにもくずおれそうな体を支えた。

グレースが呆然と見つめてきた。朦朧《もうろう》として何も言えずにいるらしい。男としての勝利感が全身を駆けめぐった。いまこの瞬間に世界が始まり、そして終わった――グレースはそう感じているはずだった。

「大丈夫かい？」しわがれた声しか出なかった。

グレースが息を呑んで、その視線が口もとに向けられた。欲望の稲妻に打たれたようにマシューは頭がくらくらしたが、漏れそうになるうめき声をどうにかこらえた。「グレース？」

グレースがまばたきして、目を上げた。呆然とした顔に徐々に現実感が戻ってくるのが見て取れた。

コバルト色のまっすぐな目は、いま何を見ているんだ？　惨めで言い訳がましい狂人か？　不器用な獣か？　無能な少年か？　それとも、ベッドをともにしたくなるような男か……。

「これは……こんなことはまちがっているわ」グレースの声はかすれていた。その声がビロード製のやすりとなって、マシューの張りつめた神経を擦った。

「何よりもすばらしいまちがいだ」考えるよりさきに、ことばが口をついて出ていた。

「そうね」

肯定のつぶやきに、またもや胸が高鳴った。グレースの腕を握る手を緩めて、その肌をそっと撫でた。グレースが目を閉じて、身を寄せながら、顔を上げた。

その魅力に抗えるはずがなかった。どれほど道義心を求められたとしても、抗えなかった。ふたりの唇が溶けあうと、グレースが息を呑んだ。息を呑む音を、マシューは耳ではなく全身で感じとった。

豊かな黒髪に指を滑りこませる。すぐにでもグレースの服を剝《は》ぎとって、すべてを奪いたかった。恍惚とするキスを永遠に終わらせたくなかった。

グレースがほしかった。どうしてもほしかった。

けれど、自分のものになどできるはずがない。グレースと睦みあうのはまちがっている。そんなことができるわけがない。身をよじって抱擁から逃れると、両手を体のわきで握りしめた。グレースを奪うわけにはいかなかった。

「最初からキスだけのつもりだったわ」グレースがつぶやきながら、片手で唇を押さえた。まるでキスの名残りを確かめているかのようだった。

「練習だからね」声音に苦痛がにじんでいた。そもそもこのキスがなんのためだったかを、グレースが思いださせてくれたのはよかった。無意味な怒りを抱くなんて、グレースの奇跡的な寛容さを踏みにじる行為だ。なんと言っても、キスによって楽園を垣間見ることができたのだから。自分にはけっしてはいれない楽園を……。

意外にもグレースが微笑んだ。「あなたは優等《オナー》で卒業よ」

「道義心《オナー》はないとしても」

そう言いながらも、大きく脈打つ心臓が肋骨にぶつかりそうなほど驚いていた。つねに理論的に考えて、実験し、検証するように心がけていた。その結果、導きだした結論にまちがいはないはずだった。

グレースはキスを楽しんでいたのだ。

グレースもたとえ一瞬でも心からぼくを欲したのか?

「道義心を捨てて行動するあなたなんて想像もつかないわ」グレースは穏やかに、けれど、きっぱり言うと、ドレスの裾を翻して、家のほうを向いた。

いいや、想像できるさ――立ち去るグレースの揺れる腰に見とれながら、マシューは思った。

グレースをぬかるんだ地面に押し倒して、思いを遂げる場面を夢想するのは簡単だった。

あるいは、木に押しつけてそうする場面も。さもなければ、家までグレースを追っていき、監視の目から逃れると同時に捕まえるとか。

どの夢想にも道義心など微塵もなかった。けれど、もしそんなことができれば、このうえなく幸せにちがいない。

同時に、どれほど己を恥じることになるか……。

けれど、小道を遠ざかっていくグレースを見つめながら、夢想するのもまた幸せだった。

夕食の時間にはマシューは憂鬱な気分になっていた。あのキスはすばらしかった。これまでの人生でもっともすばらしい出来事だった。グレースの唇も、素直に身をゆだねるグレースがそっとついたため息も記憶にしっかり刻まれている。それなのに、このさきグレースに触れずに生きていけるはずがなかった。

けれど、もう一度触れてしまったら、そのときはキスだけでは終わらない。

それでも、今夜も並んで横たわり、何もせずに一夜を過ごさなければならない。そう思うと苦しくて、全身に力がはいった。そんなことができるはずがなかった。

居間にはいると、窓辺に立っていたグレースが振りかえった。マシューは扉を握りしめた。そうやって、グレースを抱きあげたいという衝動と闘った。グレースに必要なのは、男の欲望ではなく、庇護なのだから。今日の午後の至福は、心の奥深くにしまっておかなければならない。サイズが合わなくなった外套《がいとう》を衣装箪笥の隅に押しこめるように。

考えるのは簡単でも、それを実行に移すとなるとむずかしい。グレースの微笑に哀れな心を鷲づかみにされていてはなおさらだった。信じられない、グレースはなぜこれほど美しいんだ？

「シーン侯爵」

「今日の午後はマシューと呼んでくれたじゃないか」

その午後にグレースの目に影が差したように、いままたその目が翳った。距離を置くという誓いを思いだすまえに、すばやく歩みよっていた。グレースが不安げにあとずさって初めて、足を止めた。ふたりのあいだにはまだ数ヤードの距離があった。

「マシュー」

グレースのかすれた声がその名前を愛情に満ちたものに変えていた。やはり、キスしたのはまちがいだった。たったひとつのそのまちがいによって、無限の苦痛とかなわない思いを一生抱えることになったのだから。それでも後悔はなかった。

「グレース」クリームのような肌が薄紅色に染まるのを眺めた。「きみは空腹《ハングリー》なのかな？」

渇望《ハングリー》ということばを聞いて、グレースが見まちがいようもなく目を丸くして関心を示したが、その目に浮かぶ罪深い感情はすぐに濃い睫の下に隠れた。「ええ」ほとんど聞きとれないほど小さな声で答えた。

やわらかな薄紅色の頬に触れたかった。グレースがこれほどそわそわするとは思ってもいなかった。なにしろ未亡人で、すでに男を知っているのだから、普通ならキスぐらいでこんなに動揺するはずがない。気取り屋の堅物《かたぶつ》パジェットはさまざまなこと同様、その種のことでも妻を落胆させたのか？

グレースが着ているのは、胸もとが大きく開いた青いシルクのドレスだった。魅惑的な胸の谷間についつい目が行った。そこに触れられたかのように、グレースが身震いした。

「お願い、何か話して」不安げに笑いながらグレースが言った。「天気の話でもなんでもいいわ」

「今夜は雨だな」胸の谷間から視線を離せないまま答えた。そのことばを嘲笑うかのように、窓に激しい雨が打ちつけた。すでに土砂降りの雨が降っているのに、いまのいままでそれに気づいていなかった。頭のなかにはグレースのことしかなかった。艶やかな肌、空色のシルクに包まれた美しい曲線を描く細い体、ふっくらした唇。

心乱れる思いを頭から振り払って、食器台へ向かうと、グレースのためにワインを注いだ。それでも、ふたりをつなぐ見えない無数の糸は切れなかった。息をするたびに糸はさらに太く強くなり、グレースに触れないという決意はどんどん苦痛になっていった。

マシューに〝空腹《ハングリー》か〟と訊かれて、〝ええ〟と答えたのに、グレースは実際には食事がほとんど喉を通らなかった。そう、たしかに飢えを覚えている。でも、それは男性に対する渇望。向かいに座って、どうにか会話を続けようとしている男性――必死に視線をそらそうとしながらも、それでもこちらを見ずにはいられない男性がほしくてたまらなかった。マシューは何があってもそうせずにはいられないようだった。

わたしだってマシューを見ずにはいられない。

こんな気持ちは初めてだった。体のなかを欲望の嵐が駆けめぐっていた。欲望が彗星《すいせい》のように燃えていた。体に触れてほしいとこれほど渇望したのは初めてだった。苦しくてたまらなかった。

マシューの気高い心には感動すら覚えた。固い意志に感心し、勇気に畏怖の念さえ抱いた。それでいてすべては、ふたりの肌を重ねたいという欲望の下に埋もれていった。熱い唇を感じて、手のひらをマシューの胸にあてて鼓動を感じたいという思いの下に。

これまでは、多くの女性がなぜいっときの激情にかられて、貞操を捨ててしまうのか理解できなかった。抗えないほどの肉体的な欲望など、ジョサイアの高潔な魂と同じ幻想でしかないと思っていた。

けれど、いまは欲望というものが理解できる。少なくとも、魅惑的なその序章なら。

つついているばかりでちっとも減らない料理が載った皿から目を上げると、マシューと目が合った。まただ。金色の目に炎がくすぶっていた。もはやマシューは好奇心を隠そうともしなかった。信じられない、そんなあからさまな態度に欲望がさらにかきたてられるなんて。

マシューに求められていないなどと、なぜ勘ちがいしていたの？　新たに開かれた知覚の目をとおして見れば、最初から欲望は燃えあがっていたのだとわかる。わたしの場合は恐怖に欲望が絡みあい、マシューの場合は疑念に欲望が絡みあっていたのだ。

そしていま、影のなかから新たな欲望がはっきりと姿を現わした。

怖かった。

グレース・マーローは淑女として育てられた。グレース・パジェットは結婚の誓いを一度として破らなかった。罪深い誘惑に心が揺らいだことなどなかった。

夫を亡くして五週間しか経っていないのに、いまや頑丈な鎖と化した罪深い誘惑にからめとられていた。

マシューにすべてを捧げたい。

そう思っただけで、欲望の炎が奔流となって全身を舐めた。落ち着かなければと、座ったままぎこちなく体を動かしたけれど、かえって炎を煽っただけだった。興奮の香りを感じたようにマシューの鼻がぴくりと動いた。ふたりとも動物的な感覚ばかりが研ぎ澄まされていた。

本能のままに行動しても、最後には落胆が待っている——必死に自分にそう言い聞かせた。ジョサイアのまれな欲望に体を開いても、悦びなど一度も得られなかったのだから。

相手がシーン侯爵だからといって、どんなちがいがあるというの？

侯爵だって、つまるところはひとりの男。いまはわたしを欲していても、結局は自分勝手に思いを遂げるだけ。そうして、ごろりと転がってわたしの体からベッドに下りて、いびきをかいて眠ってしまうに決まっている。

けれど、その午後のマシューの器用な手を忘れられなかった。その肌から立ちのぼる刺激的な香りと、唇の味もはっきり憶えていた。

マシューは血気盛んな若者なのだ。ジョサイアは年を取っていた。そう、年寄りだった。

マシューにとってわたしは初めて触れた女性。その事実はどことなくエロティックだった。

わたしがマシューの欲望を目覚めさせた。ならば、性の悦びだって教えられるはず……。

いいえ、それはちがう。教えられるわけがない。男女の情欲について、わたしが何を知っているというの？

マシューのすらりとした美しい体が自分の上で、さらには、なかで動く場面が思い浮かんだが、それを無理やり頭から振り払った。どうにか飲みこんだわずかな食べ物が、胃のなかで冷たい塊に変わった。グレースは震えながら立ちあがった。

同時にマシューも立ちあがった。金色の目に思いやりが浮かんでいた。「具合でも悪いのかい？」

グレースは首を振った。「いいえ、少し疲れただけ」

ものほしそうにマシューの輪郭を目でたどった。たくましい体を。ふと自分のしていることに気づいて、すばやくあとずさった。いますぐにこの場所を離れなければならなかった。

ひとこともなく、グレースは逃げるように部屋を出た。

月光が射す静かな寝室で、グレースは身じろぎもせずにマシューのとなりに横たわっていた。マシューは服を着たままだった。シャツを脱ごうともしなかった。その理由はグレースにもわかっていた。キスの幻影が、ほんもののナイフのように目のまえにぶらさがっていた。

渇望が体のなかをゆったりと流れていた。となりに横たわるマシューの体からも、抑えようのない渇望が熱を発していた。ベッドにはいって一時間あまり、マシューはぴくりとも動かなかったが、それでも眠ってはいないはずだった。それはわたしも同じだけれど。

「キスをしたのはまちがいだったわ」グレースはぽつりと言った。

「そんなことはない」

さらにマシューが何か言うかと待ったが、張りつめた沈黙が続くだけだった。

ぎこちなく息を吸った。胸のなかで惨めさと罪悪感と欲望が渦巻いていた。どんな男性に対してより、そう、ジョサイアに対してより、マシューのまえで真の自分をさらけだしていた。それでもまだ満たされなかった。すべてを捧げなければ満たされないのはわかっていた。

熱い頰をひと粒の涙が伝った。

ベッドが揺れて、マシューがこちらを向いた。闇が涙を隠してくれるはずだった。けれど、その願いはかなわなかった。マシューがどれほど敏感かはとっくにわかっていた。

「どうしたんだい?」マシューの手がすばやく伸びてきて、涙に触れた。もうひと粒涙がこぼれた。そしてもうひと粒。目を閉じて、どうにか心を鎮めようとした。

「泣いてもどうにもならないのに」かすれた声で言った。

「でも、ときには泣くしかないこともある」黒い絹のような声に慰められた。

マシューがため息をついて、腕を伸ばしてきたかと思うと、抱きよせられた。力強い腕でしっかり抱かれると、広い肩に顔を埋めた。抗いもせずに身を任せる。涙が止まらなかった。誰かにこれほどやさしく慰められたのは、子供のころ以来だった。大人になってからは、敵意に満ちた世界でひとりでもがき苦しんできたのだ。

十六歳の愚かだった自分を思って泣いた。足ることを知らなかったジョサイアを思って。秘められたこの場所で、若さと強さをもてあましている美しい侯爵を思って。

九年の結婚生活に終止符が打たれたあとで、ようやく欲望というものを知ったグレース・パジェットを思って泣いた。娼婦とまちがえられたグレース、まもなくほんとうにふしだらな女になるグレース・パジェットを思って。

「ごめんなさい」そう言いながら、マシューに背を向けられても堪えてみせると自分に言い聞かせた。いままでも、たいていのことに堪えてきたのだから。けれど、今回ばかりは堪えられそうになかった。マシューに拒絶されたら、何かにつけてジョサイアに愚弄されたとき以上に傷つくはずだった。マシューの胸の上で腕を広げた。男物のやわらかな麻のシャツの胸もとに頭を預けた。

「ぼくもときどきはぐれ犬のように大きな声をあげて泣いたものだよ」マシューがわざと明るい口調で言った。「ああ、きみがほんの少し涙を流したところで、そんなのは泣いたとも言えやしない」

マシューはなんて強くて、やさしいの……？　長いこと地獄に閉じこめられているのに、なぜ強さもやさしさも失わずにいられたの？　それは永遠に答えの出ない謎だった。欲望がまた目覚めるのを感じた。手のひらに触れる胸は広くたくましかった。耳もとでマシューの心臓が規則正しい鼓動を刻んでいた。しわの寄ったシャツにあてている手をほんの少しずらせば、素肌に触れられるはずだった。この世から空気が消えて息ができなくなっても、このままマシューのそばにいたかった。それなのに、体を離そうとした。

マシューが離すまいと、腕に力をこめた。「このままでいてくれ」

穏やかな口調で発せられたことばには、悲痛なまでの切望がこもっていた。グレース自身の悲痛な切望に匹敵するほどの。何も言わず、グレースはマシューに身をゆだねた。

ふたりが抱いている感情に呼応するように、沈黙が深みを増しても、空気が重くなることはなかった。

永遠にそのままでいられるわけがないのはわかっていた。欲望をどれほど抑えたところで、最後にはどちらも破滅するはずだった。

ついにマシューが眠りについても、グレースは乾いた目で闇を見つめていた。

無鉄砲な過去が壮麗なパレードとなって頭のなかに浮かんでは消えていった。甘やかされた少女時代、不幸な妻、貧しい未亡人。胸に突き刺さることばで娘を地獄に落とした父。父のそのことばが現実になることはないと誓ったのに……。さらにはつい数日前の、精神に異常をきたしていると自ら打ち明けた男性。その人に怯え、助けられて、キスされて天にものぼる気持ちになったこと。

惨めな人生を歩みながらも、貞節だけが支えだった。その大切な貞節をいま、捨てそうになっている。それなのに、なぜか後悔は微塵も感じなかった。

闇に包まれた長い夜を費やして、それまでの自分に別れを告げた。そうして、新たな自分を迎えいれた。

そう、明日の夜はきっと……。

14

入り乱れる興奮と不安にめまいを覚えながら、グレースは寝室でマシューを待った。階下でマシューと交わした会話は、できるだけ差し障りのない話題に終始した。昼間もそうだったように。

時刻は遅く、まもなく真夜中になろうとしていた。家はひっそり静まりかえっていた。ポートワインを手にくつろいでいるマシューをひとり階下に残して、体が汗ばむほど緊張しながら階段を上がったのだった。といっても、それは緊張のせいだけでなく欲望のせいでもあった。欲望を感じて、頑な心が大きく揺れて、まるで酔っ払いが三倍速で演奏されるワルツを踊っているかのようだった。

わたしはマシューがほしい。ほしくてたまらない。どうしても。

予感が花火となって体のいたるところで弾けていた。深く息を吸った。さらにもう一度。身を固くしながらも、部屋にはいってきたマシューがひと目で気づくように、ベッドの足もとに寄りかかるようにして立った。身に着けているのは、ジョン卿がつくらせたネグリジェのなかでもとくに美しく、とくにきわどいものだった。小さな銀の星模様の刺繍が散りばめられたごくごく薄いネグリジェだった。

一見、清楚《せいそ》な乙女に似合いそうなネグリジェ。ただし、透けていることを除けば。あるいは、乳房をふわりとおおっていることを除けば。さもなければ、つなぎとめているのが四本の細いリボンだけ——肩に二本、わきにそれぞれ一本ずつ——であることを除けば。それなりの場所で男性が指を何度か動かせば、それだけでネグリジェは床にはらりと落ちるはずだった。

ついに階下で靴音がして、マシューが居間を出たのがわかった。靴音が廊下で響き、階段へと向かう。渋々と階段を上がってくる靴音のひとつひとつがやけに耳に響いた。マシューが階段の上で立ち止まった。自制心を呼び起こしているのだろう。

マシューが考えていることが、なぜ手に取るようにわかるの?

それは、わたしも同じ葛藤を抱えているから。

今夜、わたしは白旗を揚げる。

でも、それは栄誉ある敗北。マシューの神秘的な目を初めて見た瞬間に、最後はこうなると決まっていたのだから。

寝室のまえの廊下でマシューが長いことためらっていた。そして、ついにため息をついた。悲しげなため息が、グレースの胸のなかで響いている明るい音楽に哀愁をくわえた。戸口に向かうマシューの靴音がした。

一歩。二歩。

マシューが戸口に現われた。美しい目で寝室のなかを一瞥しただけで、目に飛びこんできたものの意味を即座に理解した。それはグレースにもはっきりわかった。

戸棚と衣装箪笥と窓の桟に置かれた蠟燭が煌々《こうこう》と燃えていた。

ベッドの上掛けはきちんと折りかえされて、シーツが見えていた。白く、糊が効いたシーツが扇情的だった。

早くそこに横たわれと誘っているかのようだった。

寝室のなかは官能的なジャスミンの香りが色濃く漂っていた。男心をそそる香水を脈打つ場所に使い、寝具にも散らしておいたのだ。

マシューがこちらを見たかと思うと、目を見開いた。手を伸ばしたくなるのをこらえているのか、体のわきですらりとした手を握りしめた。それははっきりとわかった。マシューがそうしてくれたらと祈っていたのだから。といっても、神に祈ったのか、悪魔に助けを請うたのかはわからなかったけれど。

「何をしているんだ？」かすれた声でマシューは尋ねただけで、戸口に立ったまま部屋にはいってこようとしなかった。非難しながらも、不本意な欲望を抱いて、その目に黒い影が射していた。頰が小刻みに震えていた。

「あなたを誘惑しているの」どうにか落ち着いた口調を保った。

マシューの顔がこわばった。といっても、こわばっているのは顔だけではなく、もうひとつ硬くなったものがあった。ゆったりした黄褐色のズボンのボタンで留めた部分が盛りあがり、どれほど興奮しているかをはっきり物語っていた。

グレースは首を振って、洗いたての髪を顔から払った。髪が肩から背中へとこぼれ落ちて、温かく滑らかな素肌を撫でた。髪からかすかに煙の香りが立ちのぼる。暖炉の火で髪を乾かしたせいだった。男性のまえで髪を下ろしたのは初めてだった。それは驚くほど官能的で、不可解なほど解放的だった。

赤い紅を塗った唇に笑みを浮かべた。化粧をしたのも初めてだった。それもまた解放された気分だった。

「こんなことがあってはならないと言ったはずだ」顔から血の気が引いたマシューは呆然として、うろたえて、ばつが悪そうだった。「こういうことをするつもりだったなら、なぜ夕食のときに言わなかったんだ?」

「話したら、あなたに説得されて、考え直していたはずだから」勇気が萎えるまえに話を継いだ。「あなたとわたしがベッドをともにしたと知ったら、ジョン卿は勝利したと思うはず。モンクスとファイリーはわたしが身を落としてふしだらな女になったと考える。そうなったらもう、わたしの名誉はけっして回復できないわ」いったんことばを切って、息を吸った。このさきに待ち受けているものが怖かった。自分がどうなってしまうのか不安でたまらなかった。「世間の人はわたしをあなたの情婦だと思うでしょう。実際はちがうとしても、それにどんな意味があるの?」

「きみとぼくだけは真実を知っている」

マシューの反感の根底に絶望を読み取ると、もう微笑んではいられなかった。「シーン侯爵……」

「やめてくれ、グレース、ぼくの名前はマシューだ。この地獄ではぼくにはどんな地位もない。ぼく自身ですらいられない」

マシューは背を向けると、扉につけた拳に額をあてた。

「マシュー」小さな声で呼びかけた。その名を口にしたとたんに、マシューの長身の体から緊張感が抜けていくのがわかった。体の奥のほうで凝り固まっていた緊張が解けて、水のように流れていった。

喘ぐように息を吸った。さきほどまでは、寝室の雰囲気と、自ら身を差しだすことで、警戒心が消えてくれるのを願っていた。自分の姿をマシューがひと目見るなり、欲望の波に呑まれて、奪ってくれるのを。

けれど、そんなことにはならないと、なぜわからなかったの？　マシューの意志は誰よりも固い。強固な意志で、地獄の十一年を生きぬいてきたのだから。

「マシュー」また呼びかけた。自分の口から出るその名が耳に心地よく響いた。体のまえで不安げに手を合わせて、適切なことばを探した。「この屋敷はここだけでひとつの世界だわ。あなたがわたし以外の女性とベッドをともにする機会はないかもしれない」

ちがう、そんなことを言いたいわけではない。マシューが弾かれたように顔を上げて、金色の目で睨みつけてくるよりさきに、グレースはそれに気づいていた。捕らえられた哀れなものにした。

タカがまた心を苛んだ。何年経っても忘れられない悲しげなその姿が、揺らぐ決意を強固なものにした。

「哀れな男に同情して、こんなことをしているのか?」マシューが鋭い口調で言った。

一秒ごとに平静が保てなくなっていく。衣装箪笥へと走って、ガウンをつかみ、裸同然の体を隠したかったけれど、必死にこらえた。胸を張って、どうにか気持ちを落ち着けた。

「同情ではないわ」さらに危険なことばを口にした。「わたしはあなたを求めている。あなたもわたしを求めているわ」

マシューの苦しげな表情は変わらなかった。「ああ、ぼくはきみがほしい。だからといって、こんなことが正しいとは思えない」

「どうして?」

マシューが歯を食いしばった。「こんなのは惨めすぎる。それにきみに似合わない。こんな悪質なゲームはやめるんだ。ぼくが自分勝手に何を切望しているにせよ、叔父の策略にまんまとはまるつもりはない。きみに危害をくわえないと、ぼくは心に誓った。きみを娼婦と同等に扱ったら、ぼくもふたりの乱暴な番人と同じになってしまう」

マシューの視線はグレースの頭を通りこしてその向こうに注がれていた。まるでグレースを見る自信がないかのように。いっぽう、グレースにはそんなためらいはなかった。マシューの艶やかな黒い髪から、細く力強い体へ、長い脚へと舐めるように視線を這わせた。

そして、必死の思いをこめて言った。「わたしはここから逃げられない。明日、モンクスかファイリーに殺されてもおかしくない。わたしはいままで貞操を何よりも大切にしてきたわ。夫のもとへ嫁いだときにはもちろん男性を知らなかった。それなのに、あのふたりの乱暴者に拉致されて、この屋敷の外での人生は終わってしまった」これほどあけすけに話をしたのは初めてだった。心のなかにかつての自分がまだ残っていたのか、頬がかっと熱くなった。

マシューがようやくまっすぐに見つめてきた。美しい目に苦悩の光が浮かんでいた。「もし子供ができたらどうするんだ？」怒りを抑えているのがわかった。

「これまでだって妊娠などしなかったわ」

「きみの夫は年を取っていたからな」

「九年も結婚していたのに、一度も妊娠しなかったのよ」

「無垢な赤ん坊の将来を運まかせにするつもりか」

グレースは痛くなるほど手を握りあわせた。「ここにいる瞬間すべてが運まかせよ」切迫感に震える声でさらに言った。「あなたの幸せがジョン卿への最高の復讐だわ。きっと……きっとわたしたちはいっしょに幸せになれる」

「この屋敷に幸せなんてものはない」マシューの口調は冷ややかだった。

「そうとはかぎらない。幸せは人の心が決めるものだもの、そこまではジョン卿だって支配できない。すべてがまちがっている場所で、幸せだけはたったひとつの真実。プライドのせいで幸せまで捨てないで」

「いや、プライドだけの問題じゃない」マシューがついに部屋にはいってきた。それは譲歩を意味していた。たとえ本人がそれとは気づいていなくても。

「そうかしら?」グレースはベッドの足もとを離れなかった。

「もしいまきみに触れられたら、ぼくは自分を見失ってしまう」その声はかすれていた。

グレースは肩にかかる髪を払った。こぼれ落ちる豊かな黒髪を見て、マシューの金色の目が光った。「決めるのはあなたよ。そのぐらいの自由はあなたにもあるわ」

「これまでに見た無数の夢から抜けだしてきたように、いまきみが目のまえで自分の体を誇示しているのに?」声に苦痛がにじんでいた。

マシューがもう一歩前進した。手を伸ばせば触れられるところにマシューがいた。ああ、触れたくてたまらない。でも、まだ早すぎる。「今夜がわたしたちにとって一度きりのチャンスよ。これが許されないことなのはわかっている。わたしはこれまで男性を欲したことなどなかったわ。でもいまは、あなたがほしい。わたしにひとりになりたいと思わせないで」

「ひとりになりたくないのは、きみ自身わかっているはずだ、グレース」マシューがさらに一歩近づいてきた。そうして、片手を差しだしたが、体に触れるまえに手を下ろした。「きみを失望させてしまうかもしれない。こんなことは初めてだから」

そのことばが一瞬、宙に漂って、ふいに炎に呑みこまれたかのようだった。

グレースは気づいた——わたしの勝ちだ。

信じられない、うれしくてたまらない、マシューを説き伏せたのだ。

ほっとして大きく息を吸った。緊張して痛みが走るほど固くなっていた肩から力が抜けていった。明日がどうなろうとかまわない、今夜、願いがかなうのだから。この悪夢に引きずりこまれてから初めて、自分の運命をこの手で切り開くことができた。マシューにもそれと同じことをしてほしかった。マシューにそうする勇気があるのなら。

マシューの勇気なら疑ったことなどない。

いまこの瞬間の重みに喉が締めつけられた。わたしがマシューを導くの？　何をするべきか教えるの？　といっても、わたしもごく基本的なことしかわからない。九年も結婚していたのにと笑われたとしても、それは事実だった。ひとりの男としてのマシューのプライドのためにも、丁寧に指導する教師の役目など担いたくなかった。

「わたしを好きなようにして」ついに最後の一歩を踏みだして目のまえに立ったマシューに微笑みかけた。

「きみの笑顔が好きでたまらない。それは知っているね？」やさしくそう言うマシューに、両手でそっと頬を包まれた。「こういうことを男はどんなふうに始めるものなのかな、パジェット夫人？」

全身で欲望がシャンパンのように泡立ち、笑顔がさらに華やいだ。「いつだってキスから始めるものよ」

マシューはグレースの美しい顔を見つめた。胸のなかでさまざまな感情が渦巻いていた。

長いことたったひとりの女性を夢見てきた。苦悩と怒りと孤独を癒してくれる女性を。グレースをそんな獣めいた欲望の捌け口にする気などなかった。

グレースに求めているのは……愛。

だから、グレースの頬を両手でどこまでもやさしく包んだ。それから、ゆっくり身を屈めて、そっと口づけた。

至福の悦びを吸いこもうと、グレースの口を巧みに開かせた。やわらかな唇が開き、グレースがため息をついて、すばやくキスに応じた。とたんに、全身の血が歓喜に沸きたった。舌を深く差しいれて、奥のほうの温かな場所を探ると、甘味と情熱がさらに伝わってきた。グレースの震える舌と自分の舌が触れあうと、めまいを覚えるほどの恍惚感が押しよせてきた。いつ自制のたががはずれてもおかしくなかった。

それは昨日味わった身もとろける官能と同じだった。けれど、ちがってもいた。昨日のグレースはまだ、分別のかけらにしがみついていた。けれど、今夜、ためらいは微塵もなかった。素直な反応としなやかに屈する体は、すべてを差しだすつもりでいる証拠だった。つんと立った乳首が胸にあたった。もうすぐそれを味わえる。そう思っただけで、快感が全身を貫いて、頭がくらくらした。

ますます大胆になって、唇を強く押しつけた。グレースが喉の奥で低い声をあげたかと思うと、舌がさらに深く招きいれられた。強烈な官能に心臓が骨を叩くほどの鼓動を刻んだ。グレースの体に腕をまわして、強く抱きしめる。グレースが息を呑んで、しがみついてきた。

背中を包む麻のシャツがぎゅっと握られたかと思うと、その手が緩むのがわかった。キスは危険な領域に近づいていた。

落ち着け、と自分に言い聞かせた。慎重にやるんだ。

欲望のままに行動したら、グレースを傷つけてしまう。唇を引きはがすと、うっとりと潤んだグレースの目を当惑したように見つめた。激しい欲望に気がせいていた。けれど、やっと食べ物にありつけた餓死寸前の男のように、グレースに襲いかかるわけにはいかなかった。

それでも、いますぐ自分のものにしたくてたまらない……。

「信じられない」グレースが大きく息を吸って、体を離すと、ベッドのほうへよろよろとあとずさった。大地が揺れているかのような足取りだった。頬が上気して、唇が赤くふっくらしていた。口紅ではなく、キスのせいだ。そう思うと、胸が果てしない満足感で満たされた。

グレースが震える手を胸にあてた。苦しげに息をするたびに、薄いネグリジェに包まれた乳房が上下していた。マシューは目を閉じて、自制心を取り戻そうとした。それでも、一秒ごとに自制心が遠ざかっていくのを止められなかった。

グレースとほんの数インチ離れただけでも、苦しくてたまらなかった。

「来てくれ」荒々しい口調で言いながら、グレースを引きよせた。戸口に立った瞬間から、艶やかな黒髪に欲望をかきたてられていた。それがいま、黒いサテンのように自分の体を包もうとしていた。

乱暴に唇を重ねるしかなかった。激しいキスにグレースも応じた。その体は熱した鉄のようにしなやかだった。

どこまでも貪欲な激しいキスをグレースが堪能しているとは……。これほど欲望を剝きだしにするとは……。そう思ったとたんに、脚のつけ根で硬くなっていたものが一気にふくらんで、グレースの下腹にあたって脈打った。

グレースのすべてを味わいたかった。嘘だろう？ すでにそんな途方もないことをしているとは。

はやる気持ちを抑えようと、グレースの反応だけに気持ちを集中させた。けれど、これほど即座に素直に応じられては、欲望の炎は大きくなるばかりだった。体が燃えて、灰になりそうだった。

唇を開いて、グレースの頰を熱く貪った。さらには目を、鼻を、顎を、首を。すべてを吸いこんでしまいたかった。飲みこんで、永遠に自分のものにしたかった。グレースは甘じょっぱい蜂蜜のようだ。天国のようだ。いくら唇を這わせても味わい尽くせなかった。

ジャスミンの香りが体を包んでいた。濃厚で秘密めいて、罪と誘惑を思わせる香りだ。けれど、その強い香りの下に、初めて抱きしめて求めた女にふさわしい太陽のにおいが感じられた。永遠に求めることになる女。骨や血と同じように自分の体の一部である女の香りが。

グレースの首を唇でたどって、熱く激しいキスをした。グレースが苦しげに息を呑んだかと思うと、腕のなかで震えた。

最高だ。

傷つけないようにそっと歯を立てた。それでいて、グレースが震えて、喘ぐぐらいには強く。

女性の体はなんて魅力的なんだ。グレースの体はなんて魅力的なんだ。

鎖骨に唇を這わせた。首のつけ根で唇を止めて、激しく拍動する脈をじっくり確かめた。

グレースがため息をついて、しなやかな体をぴたりと添わせてきた。

名残り惜しく感じながらも、温かく香りたつ首のつけ根を離れて、滑らかな細い肩に唇を這わせると、ネグリジェの繊細な紐の結び目に行きあたった。

まもなく、そう、もうすぐその結び目はこの手で解かれることになる。

あらぶる血がいますぐにそうしろと叫んでいたが、いまこのときを強いて長引かせた。この愉悦がこのさきどれだけ続いてくれるかはわからない。かつて、狡猾な叔父に計画を見破られて悲惨な目にあった。それを考えれば、大切な宝を宿命に奪われるまえに、可能なかぎりすべてを経験しておきたかった。

グレースの体からは欲望の証しだとわかる濃密なにおいが漂い、それに酔わずにいられなかった。強い風になぶられる葦のようにグレースが震えたかと思うと、ため息をついた。喘ぎ声はこれまでに聴いたどんな音楽よりも甘く耳を満たした。

ふたりを隔てるものに我慢できなくなって、シャツをぐいと頭まで引きあげて脱ぐと、部屋の隅に放り投げた。ズボンを脱ぐわけにはいかなかった。そんなことをしたら、すぐさまグレースにのしかかることになる。はちきれそうな男の証しにごわっとした木綿のズボンが擦れて、もはや限界寸前だった。

荒れくるう衝動と闘った。グレースには未熟な若造との激しいもつれあいなど似合わない。そうとわかっていても、グレースの顔を見たとたんに高潔な意思は脆くも崩れ落ちた。

部屋にはいってきたときと同じように、グレースはやはりベッドに寄りかかっていた。あのときは決意しながらも不安げだったが、いまや別人のようだった。頬が赤く染まり、キスのせいで唇がぽってりとふくらんでいる。そればかりか、手を伸ばして、胸に散らばる毛を撫でてきた。

「あなたはすばらしいわ」とグレースが囁いた。

親指が乳首に触れると、マシューは身震いした。これは拷問だ。甘美な拷問だ。うっとりしたグレースの目を見ていると、自分が王になった気分だった。

「ぼくはきみのことがほしくてたまらないただの男だよ」無理やりことばを絞りだした。

グレースの手が腹に触れると、もう何も言えなかった。切望する指が肌を焦がすのを感じながら、苦しげに息を吸うしかなかった。

グレースのあからさまな好奇心に戸惑った。たとえ夫が夜の営みに無関心だったとしても、グレースは男がどんなものかよくわかっているはずだ。それなのに、硬く引き締まった男の体に触れていながら、その顔には自分が感じているのと同じだけの驚嘆が表われている。腹を、臍《へそ》の窪みを、尻の輪郭を確かめるように触れながら。

さらに、その下にあるものを……。

グレースのさまよう手が屹立《きつりつ》するものに触れると、口からうめき声が漏れるのを止められなかった。グレースの手がためらいがちに男の証しを包んで、動きだした。マシューはぎゅっと目を閉じた。視界に星が飛んでいた。

グレースが手を動かしつづけたら、ほんの数秒ですべてが終わってしまう。女のなかで自身を解き放つのがどんなものなのか、知らずに終わることになる。

グレースのなかで自身を解き放つのがどんなものなのか……。

「やめてくれ」喉から声を絞りだすと、グレースの手首をつかんだ。

「気に入らないの？」

何をしても冷静になれなかったはずが、グレースの不安を感じたとたんに現実に引き戻された。「このままではあっというまに男ではなくなってしまう」

そのことばの意味を理解して、グレースの目がきらりと光り、夕焼けの海の色を帯びた。その顔に笑みが浮かんだ。魔女の笑みが。妖婦の笑みが。

グレースが手を上げて、意志を感じさせる指先でネグリジェの紐を引っぱると、結び目がほどけた。紐がゆっくり解けていくさまに、息を呑んだ。片方の肩をおおっていたネグリジェがふわりと落ちていく。薄い布が乳房の豊かな丸みと、固くなった乳首を撫でた。

もう息さえろくに吸えなかった。

反対の肩の結び目へと向かうグレースの手を目で追った。その手が紐を軽く引くのを。白くやわらかなネグリジェが滑り落ちた。やけにゆっくりと落ちていく。

グレースが体をわずかにくねらせて、小さく一歩右に動くのを、心臓が止まりそうになりながら見つめた。

ネグリジェを脱いだグレースは裸だった。

もちろんそうなることはわかっていた。ごく薄いネグリジェをとおして、その体が見えていたのだから。けれど、ネグリジェの下に何も着けていないと頭でわかっているのと、実際に一糸まとわぬ姿を目の当たりにするのは天と地ほどもちがっていた。

もう目を離せなかった。息を呑まずにいられないほど豊かな乳房だった。白く張った乳房に、小さな薔薇色の乳首。三日前に夜の闇のなかで垣間見たものは、みごとな姿態のヒントでしかなかった。

ウエストと腰と太腿の曲線と窪み。細く長い脚はほかのどの部分にも劣らないほど滑らかで、白かった。それに、華奢な足首と繊細な足。

イブのようだ。いや、ビーナスだ。月の女神だ。

孤独な夜の苦しみをつのらせた無数の甘い夢から抜けでてきた女性、それがグレースだ。いや、それ以上だ。ああ、まさにグレース以外の何者でもない。

そして、まもなく自分のものになる。

まもなくだって？　いますぐにだ！

震える手でズボンを脱ごうとした。指がすべて親指になってしまったかのようで、ズボンの留め具は開いてくれなかった。どうにか落ち着こうと、身を屈めて、短いブーツを脱いだ。

もう一度ズボンを脱ごうとしたが、やはり手は思うように動かなかった。

「くそっ！」小さく悪態をついた。頭にかっと血が上って、ズボンを引き裂いた。気づいたときには、グレースと同じように全裸になっていた。

あらわになったいきり立つものにグレースの視線が注がれて、すぐにそれた。けれど、そのわずかな一瞬に、その目に驚きが浮かんだのを見逃さなかった。驚きと不安が。グレースが頬を真っ赤に染めて、唇を噛んだ。緊張している証拠だった。グレースは折れてしまいそうなほど細く、自分は長身なのだから。

もう待てなかった。さもなければ、ここで面目を失うことになる。けれど、グレースが人妻だったわりには無垢なのを思いだして、グレースの体をそっと押すと、ベッドに仰向けに横たわらせた。

グレースがベッドの片側に体をずらして、誘うように脚を開いた。とたんに麝香《じゃこう》の香りが漂った。ジャスミンに混じる女の香りが。その香りは日中よりはるかに女そのものを感じさせて、一生記憶に刻まれるはずだった。

グレースの手が腕を這い、肩をつかんだ。マシューはグレースにおおいかぶさると、両手で自分の体を支えた。

グレースは砂漠に降る雨だ。飢えた男の晩餐《ばんさん》だ。まぎれもなくグレースだ。

乳房に魅了された。確かめるように、みずみずしい乳首の片方に触れた。

グレースが満足げに低いため息をついて、ベッドの上で背中を伸ばした。これが気に入ったらしい。硬くなった乳首に触れる自分の手をちらりと見る。グレースが息を呑むのがわかった。

手を下に這わせて、わき腹をさすり、腕を撫でた。グレースは触れられるたびに、求めるように体を動かした。

すっかり準備が整っている証拠なのか？

頼りになるのは、学校に通っていたころに想像力豊かな友だちから聞かされた卑猥な話だけだった。けれど、初めてほんものの女性を腕に抱いて、そんなものが役に立つはずがなかった。その女性がグレース・パジェットであればなおさらだった。

体を下げて、グレースの肌を感じながらキスした。けれど、もうキスだけでは満たされなかった。舌を絡ませると、グレースがもぞもぞと体を動かした。体に触れる滑らかな肌は熱を帯びて湿っていた。グレースが誘うように腰を浮かせた。

両手をしっかりついて自分の体を支え、グレースの顔をのぞきこんだ。藍色の目は真っ黒な霧が立ちこめているように翳っていた。

いつでも受けいれるということなのか？　わからなかった。この期におよんで拒まれたら、生きていられるはずがなかった。

腰をわずかに突きだして、グレースの入口を探った。いまにも火がつきそうになっているいきり立つものの先端が、艶やかに濡れた場所を探しあてた。心臓が引っくり返りそうなほど激しい鼓動を刻んだかと思うと、全身の筋肉がぎゅっと縮まった。

腰をもう少し突きだした。

入口は狭かった。あまりにもきつかった。グレースの体が進入を拒んでいた。

もう一度、腰を突きだしてみる。

グレースが小さくうめいた。

いきり立つものをそこに押しつけたまま動きを止めた。どうにか胸いっぱいに息を吸ったが、頭がくらくらして、喘がずにいられなかった。やめてくれ、グレース、いま止めたりしないでくれ。いまだけは。

「大丈夫かい？」自分の声だとは思えないほどかすれた声だった。

グレースが体を動かすと、しっとり湿った襞《ひだ》がいきり立つものを擦った。とたんに目の奥で火花が散った。自分を見失いそうだった。

「大きすぎるわ」不安げにグレースが言った。「うまくいきそうにない」

頭のなかでうねる血にグレースの声がかき消されそうだった。それでも歯を食いしばって、必死に冷静になろうとした。「ぼくのために我慢してくれ」唸るように言った。

もしグレースを傷つけてしまったら？　もしグレースの気持ちが変わったら？　そんなことになったら生きてはいられない。それでも、無理やり押しいってはならなかった。

頼む、拒まないでくれ。この悦びを奪わないでくれ。

頭を下げて、目を閉じた。息が上がり、男の証しがグレースをそっとつついていた。

「もう一度やってみて」グレースの囁く声がして、指が食いこむほど肩をきつくつかまれた。

頭を上げて、グレースを見た。グレースの目が不安に揺らぎ、体が震えていた。それはマシューも同じだった。全身のありとあらゆる場所が信じられないほど張りつめて、痛んでいた。

腰に力をこめて、突きだした。

それでもまだ、入口は開かなかった。

歯を食いしばり、もう一度腰を突きだした。今度はさらに力強く。グレースの手に力がはいり、肩に痛いほど食いこんだ。

紅潮していたグレースの頬から血の気が引いて、顔がかすかに引きつっていた。華奢な骨が浮いて見えるほど肌が張りつめていた。グレースが痛みに顔をしかめて、目をぎゅっと閉じた。首にまで力がはいり、筋が山の尾根のように際立っていた。

頭の片隅で道義心が囁く声がした。名誉を重んじる男でいたいなら、グレースに手を出すな、と。

名誉などくそ喰らえ。道義心など知ったことか。

片腕で体を支え、反対の腕で体の角度を調節して、突き進んだ。

それでもまだ門は開かれなかった。それでもまだ……。

次の瞬間、奇跡は起きた。それまでの抵抗がふいになくなった。

打ち震える長い息を漏らしながら、グレースのなかに押しいった。

強引に押しいられてグレースが叫んだ。わずかに力が抜けて進入を許したはずの体に、また力がはいり、いきり立つものを締めつけた。けれどそれはこれまで経験したことがないほど心地いい圧迫感だった。

グレースの荘厳なぬくもりを感じながら、しばらくじっとしていた。脈打つ男の証しをとらえて離さない滑らかな窪みを堪能した。

いまこの瞬間を何かに奪われてたまるものか。

グレースをついに自分のものにしたのだ。

その感覚はことばでは言い表わせなかった。いまやグレースは自分の一部で、自分はグレースの一部だった。

「痛い思いをさせているんだね」かすれた声で言った。グレースの苦しげな息遣いがさらに荒くなり、その顔に緊張感が表われていた。

「そんなことないわ」弱々しい返事が返ってきたが、肩を握っている手は岸壁にしがみついているかのようだった。手を離したら、底なしの谷にまっさかさまに落ちてしまうかのようだった。

グレースの苦痛を和らげようと、押しこめていたものをわずかに引いた。ほんの少し擦れただけで、頭が吹き飛びそうなほどの戦慄が全身を駆け抜けた。グレースが小さく喘いで、背をそらすと、硬い乳首が胸に触れた。試すように体を揺らして、もう一度グレースのなかに自分を押しこめる。そこは滑らかに濡れて、さきほどのような抵抗はもうなかった。

頭をのけぞらせて、いきり立つものを引き抜くと、すぐまた一気に押しこめた。世界が縮んでグレースだけになり、全身が沸きたつ愉楽の渦になっていた。欲望のままに押しこめて、引き抜いた。そのたびに歓喜が高まっていく。時間も場所ももうわからなかった。わかるのはグレースと、グレースに対する圧倒的な渇望だけだった。

熱く、謎めいた深みに身を沈めた。黒い嵐と化したうねりが耳のなかで響き、聞こえるのは自身の荒れくるう鼓動だけだった。

うめきながら引き抜くと、すぐまたグレースをわがものにした。熱く、暗く、圧倒的な楽園に身を投じた。

夢中でリズムを刻んでいく。より速く、激しく。より強く。ついには、目もくらむ頂点に上りつめた。もう止まらなかった。

激しく突きあげる。そしてもう一度。あっというまにそのときがやってきた。

歓喜が白い炎となって全身を焼き尽くした。絶頂感に世界が溶けていく。永遠とも思えるほど長いあいだ身を震わせて、グレースのなかにすべてを注ぎこんだ。

稲妻に打たれたように燃えあがり、震える体からすべてを解き放ちながら、胸のなかでは鼓動のようにたったひとつのことばだけが響いていた。

グレースは自分のものだ。ああ、まちがいなく。

15

すべてを注ぎこもうとするマシューにのしかかられて、グレースはじっと横たわっていた。熱く流れるような感覚が下腹を満たしていった。汗ばんだマシューの背中に両手を滑らせて、体のわきにぐったりと下ろした。

満たされない思いにじれていた。興奮しながらも苛立っていた。稲妻が走る空に勢いよく放り投げられて、嵐の真ん中に置き去りにされた気分だった。

またマシューがうめいた。少しまえからマシューはひとりで突っ走りはじめた。マシューが愉悦を感じているのはわかったけれど、それをふたりで分かちあえなかった。それどころか、なぶられて、打ちのめされた気分だった。くぐもった声が口から漏れても、マシューがそれに気づくようすもなかった。

これがあとどれぐらい続くの？　もちろん、もうすぐ終わる。

体の上で、マシューが永遠に震えているかに思えた。

マシューの重みと、すべてを解き放とうとする勢いに押されて、背中がベッドに食いこんでいた。マシューは目は閉じて、眉間にしわを寄せている。夢中でひとりの世界をさまよっているのだ。マシューの汗のにおいが感じられた。

わたしを置き去りにして、マシューはひとりで愉悦の世界に行ってしまった。わたしなどこれまでの鬱積した渇望の捌け口でしかないかのように。

顔をしかめて、激しい進入に抵抗するように、めったに使わない内腿の筋肉に力をこめた。マシューがすぐに果てるのを祈りながら、両膝を立てた。

思いがけない失敗の重みを全身で感じた。

といっても、マシューだけを責めるわけにはいかなかった。なにしろマシューは最後まで道義心を貫こうとしたのだから。そんなマシューを誘惑したのはわたし。こんなふうに大きな失望が待っているのはわかっていたはずなのに。

それなのに、わたしはさらなるものを求めていた。さらなるものなどあるはずがないのに。陰鬱な苦悩が心を満たした。

果てしなく大きなものを犠牲にしたのに……。

何も得られなかった。

でも、わたしはいったい何を期待していたの？　愚かとしか言いようがない。男女の睦みあいがどんなものかはとっくに知っていたはずでしょう？　のしかかってうめき声をあげるだけの夫と、九年もいっしょに暮らしたのだから。今夜、それとはちがう何かが起きると期待するなんて。

そんな期待を喚起する瞬間がいくつもあったのが、そもそもいけなかったのだ。

マシューの唇が首に触れたとき、つま先にまで電気が走った。乳房と秘めた場所にマシューが指を這わせたときには、唇と舌で愛撫してほしくてたまらなくなった。何よりも、マシューがなかにはいってきた瞬間は、何かが起きるという予感を抱いた。

何か信じられないようなことが起きると……。

けれど、燃えあがる刹那は塵《ちり》となって消えていった。

結局、わたし、グレース・パジェットは仰向けに横たわって、乱暴に押しいられているだけ。ごくまれにジョサイアが夫の権利を行使したときと、何ひとつ変わらなかった。

目を閉じて、早く終わるように祈った。ジョサイアとのときと同じように。けれど、こみあげてくる涙はそれまでとはちがっていた。

ついに祈りが聞き届けられて、マシューが果てた。低いうめき声をあげながら、ぐったりとのしかかってきた。肩に顔が押しつけられるのがわかった。汗に濡れたマシューの髪が、耳や頬や首に触れるのを感じた。疲れ果てたマシューが身を震わせていた。胸が大きく上下するほど息が上がっていた。

セックスと荒々しく動いた男のにおいがあたりにたちこめた。自分のなかにマシューのすべてが注ぎこまれるのを感じると、気持ちが沸きたって、マシューを抱きしめずにいられなかった。けれど、すぐにまた失望が針のように心を突いて、手を下ろした。

堪えられないほどではなかったけれど、それでもマシューは重かった。自分の体がベッドに沈みこむのがわかった。全身が熱くべとついて、マシューとひとつになった部分が不快なほど押しひろげられていた。

マシューはジョサイアよりはるかに……大きかった。マシューの裸を見た瞬間に、それに気づいて動揺したのだ。あれほど大きなものを受けいれられるとは思えなかった。

とはいえ、立派な男の証しに興奮が高まったのも事実だった。そう、あのときは。

いまは苦しかった。

自分の体を取り戻したい――そんな思いでいっぱいだった。ほんの一瞬、マシューの肩に触れた。手のひらに触れる湿った肌は燃えるように熱かった。「マシュー、苦しいわ」

マシューがゆっくり頭を上げた。蜂蜜色の目は眠たげで、表情は満腹のライオンを思わせた。腹いっぱいで満足したライオンを。

「グレース、きみは奇跡だ」マシューの声はかすれていた。

なぜか、誉められてもうれしくなかった。

「奇跡のような女でも空気は必要よ」そっけない口調になった。

なんて口調なの？　わたしらしくもない。

マシューを見つめていると、その目から恍惚の靄が消えていくのがわかった。申し訳なさに胸が締めつけられた。マシューにとって何よりも貴重なこのときを台無しにする権利などわたしにはないのに……。マシューがたぐいまれなテクニックを駆使するとは、微塵も期待していなかったのだから。わたしがベッドのなかで愛しあいたかったのは、あくまでもマシュー・ランズダウンで、女性の体の扱いかただけは巧みだけれど、わたしの心にまったく興味のない世慣れた放蕩者《ほうとう》ではないのだから。そうよ、わたしは求めたものを手に入れた。マシューはまぎれもなくひとりの大人の男性。男性がすることをしただけ。そして、まちがいなくそれに感動している。

マシューにとってはこれでよかったのだ。

ひねくれた思いを胸の奥に押しこめようとした。わたしはマシューを官能の世界に引きこもうとした。マシューが恍惚としたなら、その行為は報われたと思わなければ。けれど、不満が骨に喰らいつく飢えた犬のように胸を離れず、そんなふうには思えなかった。

マシューが肘をついて体を起こすと、見つめてきた。その顔にはある表情――グレースが〝植物学者の顔〟と名づけた表情――が浮かんでいた。自分がめずらしい植物になったような気がして苛立った。賢い目がこれほど近くにあると、心の奥にどうにか押しこめた不満や不適切な思いを見透かされてしまいそうだった。

「怒っているんだね」マシューが淡々と言った。

「そんなことないわ」きっぱり否定した。けれど、マシューの黒い眉の片方が不審げに吊りあがるのを見て、何も言わなければよかったと後悔した。

「ぼくが悪かった」やはり淡々とした口調だった。その声がぴんと張った神経に接木用のナイフのように突き刺さった。

「お願い、下りて」苦しげに言った。これ以上マシューを体の上に感じていたら、泣いてしまいそうだった。慰められでもしたら、自分のことをさらに性質《たち》の悪い女――性悪の魔女のように感じるはずだ。性悪の魔女で、女性失格だと。自己嫌悪が胃のなかでぎゅっと固まった。

マシューが体を持ちあげて転がると、となりで仰向けになった。それでようやく楽に息が吸えるようになった。この数時間で初めて呼吸した気分だった。絶対に流したくない涙がこみあげてきて、喉が詰まった。ゆっくり起きあがると、体のあちこちが痛みだした。

しっかりするのよ、グレース。失望したかもしれないけれど、すべきことはしたのだから。もはや自分は貞淑だとは口が裂けても言えなかった。ジョサイアと結婚するときに父が言い放った不吉な予言が、ついに現実になった。わたしは夫でない人に体を許した。真に罪深い女になってしまったのだ。

その罪をもう少し……罪深く思えればいいのに。

マシューにちらりと目をやった。てっきり怒っているか、勝ち誇った顔をしていると思っていた。けれど、マシューは天井を見つめて、植物の実験について考えているかのように眉間にしわを寄せていた。その表情なら見たことがあった。それは、期待に反して芽を出さない接木の薔薇をまえに、どうしたらうまくいくかと考えているときの表情だった。その顔を見ると、不本意ながら、やはり自分はシーン侯爵が好きなのだと実感した。マシューの勇気、忍耐力、やさしさ、好奇心、そして、誠実さが好きでたまらなかった。

なんてことだろう……がっかりさせられたばかりなのに、それでもマシューのその表情が好きでたまらないなんて。

端整な顔に悩ましげな表情を浮かべて枕に寄りかかっているマシューは、女性なら誰でも夢に見るような男性だった。視線を下に這わせると、引き締まった胸とまっ平らなおなかが見えた。さらに視線を移すと、太腿とその上に横たわる男の証し。そして、長くまっすぐな運動選手のような脚。

天井を見つめていたマシューがこちらを向いた。その体の一部にやや力が戻っていた。

グレースは頬が熱くなるのを感じた。マシューに見とれていないふりなどできなかった。好奇心剝きだしの自分の視線に、マシューも同じだけの好奇心を剝きだしにした視線で応じてきた。

そこで、ようやく気づいた。この部屋で全裸なのはマシューだけではないことに。慎重にならなければ、いつまたのしかかられてもおかしくなかった。床の上で丸まっているネグリジェをあわてて拾いあげて、体にあてた。

「体を洗ってくるわ」みるみる硬くなっていくものを見つめながら、そわそわと言った。どうして、これほどすぐに元気になるの？　どうやら強健な若者は、ジョサイアのような年寄りとはちがって、一度ぐらいでは満足しないらしい。

「ああ、そうするといい」信じられないことにマシューの唇がゆっくり弧を描いて、その顔に笑みが浮かんだ。甘い笑顔はあまりにも魅力的で、そもそも今夜の行動のもととなった思いがまた頭のなかに浮かんできた。

だめよ！

同じ過ちをまたくり返すの？

二度とくり返したりしない。そうよ、もう二度と。

女王のような足取りで衝立《ついたて》へ向かった。そう思いたかったけれど、実際には身を隠せる場所に逃げこんだと言ったほうが正確だった。さきほどマシューをなぞらえたライオンに狙われたレイヨウのように。

水差しを持ちあげて、洗面器に湯を注ぐ。止めようもなく手が震えて、足もとの床に湯が飛び散った。

落ち着くのよ、グレース。冷静になるの。

タオルを手に取ると、不必要なほど石鹸を擦りつけて泡立てた。

マシューとベッドをともにするのは、ジョサイアのときよりはるかにすばらしいと思いこんでいたのはなぜ？　それは、夫には一度も感じなかった欲望をマシューに感じたからだった。若くてハンサムで、キスされただけで息も止まりそうなほどの恍惚感を覚えたから、ただそれだけのこと。

女にとっての恍惚感はキスが極みなのだろう。

しっかり洗って、マシューと愛を交わした痕跡を肌から消し去った。けれど、何をしても心の重荷は消えなかった。体のなかで激しく渦巻く途方もない欲望は鎮まらなかった。

タオルを使って、敏感な場所を洗った。怪我をしたわけでもないのににじんじんした。男性を受けいれたのはずいぶん久しぶりで、さらには、あれほど大きなものを受けいれたのは初めてだった。これまでに感じたことのない痛みが、いつまでもまとわりついていた。

小さくため息をついて、石鹸の泡をすすぐと、汚水壺に湯をこぼした。

「ひと晩じゅう隠れているつもりかい？」マシューがやけにゆったりした口調で訊いてきた。けれど、動く音はしなかったので、まだベッドに横たわっているはずだった。お気に入りの美少女を待つスルタンのように。

マシューの言うとおりだった。身支度用の衝立に一生隠れているわけにはいかない。いつかは顔を合わせなければならないのだ。蜘蛛の巣のように薄いネグリジェではなく、もっときちんとした服がほしいと心から願った。

「グレース？　もしや、洗面器のなかで溺れたわけじゃないだろうね？　ぼくは助けに駆けつけなければならないのかな？」

冗談混じりに尋ねられて、不本意な興奮が背筋を駆けぬけた。終わったばかりの睦みあいにそっけない態度を取って、マシューの男としてのプライドを傷つけてしまったとしてもおかしくなかった。けれど、どうやらマシューは上機嫌のようだった。

「いいえ、いま行くわ」ネグリジェを頭からかぶりながら言ったせいで、声がくぐもっていた。

ついさっきマシューとひとつになったのを思えば、いまさら恥ずかしがるのもおかしなものだった。それでも、衝立から出ながら、身を守るように胸のまえで腕を交差した。マシューが上掛けを腰まで引きあげているのがわかると、ほっとした。それなら、心が乱れることもなかった。さらに、マシューは重ねた枕に寄りかかり、頭のうしろで手を組んでいた。意思とは裏腹に、目がマシューの胸に引きつけられた。うっすらと胸毛の生えた滑らかな肌をかすかに押しあげている筋肉と骨に。

それぐらいで欲望がかきたてられるはずがない、そうでしょう？　ましてや、大失敗の夜だったのだから。これ以上欲望など抱くはずがない。

ベッドに向かうにつれて、こちらを見つめるマシューの目が鋭くなった。「ここに戻っておいで、グレース」

深みのある声に全身が包まれた。その声は冬の雨の午後の暖炉より暖かく、魅惑的だった。背筋に興奮が走るのを感じながら、部屋の中央に敷かれた凝った模様のトルコ絨毯に足を埋めた。

「もう一度ということ？」抑揚のない声で言った。

尋ねるまでもなかった。マシューの光る目がすべてを物語っていた。

「ああ、そうだよ」マシューが体をずらして、誘うように上掛けをめくった。「今度はきみにも楽しんでもらいたい」

「女はベッドのなかで楽しんだりしないものよ」けれどすぐに、一般論を口にするべきではないと思った。いまは正直にならなければ。上っ面だけの話をするのではなく。「少なくとも、わたしにはそんな経験はないわ」

「それは相手が悪かったせいかもしれない」

わたしはとんでもない勘ちがいをしていた——そんな思いがこみあげてきた。マシューは多くの男性同様、プライドが高いのだ。いつもの皮肉めいたマシューの一面が頭をもたげはじめていた。「あなたが相手ならそうはならないと言いたいの?」

つまらない皮肉を口にしながらも、体のなかの何かが悲鳴をあげるほどマシューを求めていた。脚のつけ根の挑発的な疼きはいつまでも消えなかった。

「きみに謝らなければならないな」恥じているのがはっきりわかるほど、マシューの頬が赤くなった。「さっきの出来事は想像していたよりはるかに圧倒的だった」

反逆者の町を征服する皇帝のようにマシューに征服されたときのことを思いだすと、頬がかっと熱くなった。あのときのマシューが肉体の快楽に呑みこまれていたのはまちがいなかった。

「謝ることなんてないわ」声が震えて、厄介な涙がまたこみあげてきた。「あなたのせいではないもの。あれは……わたしが少しおかしかったのよ」

わかっていると言いたげにマシューの目が光った。マシューは傍らのベッドを軽く叩いた。

「きみはどこもおかしくないよ。きみは完璧だ。さあ、ベッドにおいで。きみがおかしくないことを、ぼくが証明してみせるから」

「まるで蠅を誘惑する蜘蛛ね」グレースはその場を動かずに言うと、純白のシーツの上で日焼けしたすらりとした手が動くのを見つめた。シーツを撫でる手の動きは信じられないほど……セクシーだった。望んでもいない欲望の火花がまたもや体のなかで飛び散った。

マシューの視線は揺るがなかった。「ぼくを信じているときみは言った。あれはほんとうなんだろう?」

ほんとうなの? 自分でもよくわからなかった。けれど、ぎこちなく小さくうなずいた。

「そうよ」

「だったら、それを証明してくれ。ベッドに戻ってきてくれ」

そう、拒む理由などない。マシューにまた体を奪われるのは、朝に太陽が昇ること以上にまぎれもない事実に思えた。少なくともひとりはそれを楽しめることも。

選択の余地などないかのように足を踏みだして、ベッドにはいると、マシューの傍らに横たわった。「服を脱いだほうがいい?」

「あとで」とマシューが静かに言った。「さっきはいそぎすぎた」

「どんなふうにしても、ちがいなどないわ」涙をこらえているせいで声がかすれた。「こういうことは得意じゃないの。あなたとならちがうかもしれないと思ったけれど……」

「ちがわなかったと言いたいんだね。でも、これからぼくはきみのそんな思いを変えてみせるよ」

マシューがこれほどやさしくなければいいのに――そう思わずにいられなかった。けれど、そのやさしさに変わりはなかった。マシューが犯した過ちは、生まれて初めて女性を抱いて夢中になりすぎた、それだけだった。それに、いきり立つものを体に埋めるまでは、精いっぱいの思いやりを示そうとしたのだから。

当惑と失望がまたくり返されるだけ。けれどその思いはマシューのやさしさと、おぞましいほどの孤独の下に埋もれていった。そうして、体を仰向けに横たえると、緊張感を少しでも緩ませようと言った。「さあ、そんなことができるのかしら。試《ドゥー・ユア・ワースト》してみてちょうだい」

マシューが小さく笑った。その笑い声にぞくりとせずにいられなかった。体が一気に熱を帯びて、じっとしていられなくなった。

「愛しのグレース、ぼくを信じてくれ。今度こそ最善を尽《ドゥー・マイ・ベスト》くすから」

16

マシューは片腕をついて、グレースの顔をのぞきこんだ。美しい顔であることに変わりはなかったが、気持ちがかきたてられはしなかった。グレースは無表情で、緊張に身を震わせていた。

マシューはいますぐにでも輝かしい新たな世界に飛びこむつもりだった。いっぽう、グレースはいまにも噛みついてきそうだった。

それも無理はない。くそっ、それもこれもこの自分が無様なでくのぼうだからだ。

初めて女性と交わって、人生の新たな輝かしい一面が開けた。それはこれまで思い描いていたどんなものもおよばなかった。孤独な日々を空想ばかりして過ごしてきたというのに。

それでも、これほどの情熱や親密さがこの世に存在するとは思いもしなかった。愛しい女性の汗や吐息や反応のすべてを体感できるとは。それは何よりもすばらしい感覚だった。畏怖の念さえ覚えるほどだった。

そしていまや、グレースとひとつになったように感じていた。永遠に。

今夜の歓喜はこれからも永遠に輝きつづけるはずだった。ぼろ布のような人生に織りこまれた金色の糸となって。

無限に変化する炎のなかを通りぬけた気分だった。

だが、グレースはそうではない。

ああ、さっきはとんでもない失態だった。やはり自分もただの男だったというわけだ。ついにグレースと結ばれた幸福感にすっかり酔って、われを忘れてしまった。身悶えするほどの情熱と体を貫くほどの欲望が、地獄の業火《ごうか》のように一気に燃えあがってしまった。

洗練された態度など取りようがなかった。

だが、今度こそ洗練した態度でことにあたらなければならない。できそこないの人生だが、このときばかりはそうしなければならなかった。

どこまでも情熱的にグレースの血の一滴一滴までを沸きたたせるのだ。全身を沸きたたせる。夫によって傷つけられたグレースの心の傷を癒さなければならなかった。ああ、人でなしのパジェットは妻の体を傷つけはしなかったかもしれないが、心を傷つけた。命にかかわるほどの深い傷を負わせたのだ。

どうしたらその傷を癒せるんだ？　未熟な自分にそんなことができるのか？　グレース以上に経験などないというのに……。いや、思っていたほどにはグレースにも経験などなかったらしい。

本能に頼るしかなかった。グレースの腕のなかで得た激しい歓喜を分かちあいたい――そんな圧倒的な願いに頼るしかなかった。

〝女がベッドのなかで楽しむことはない〟というグレースのことばはまちがっている。十代のころに、女もそういうことを楽しむという話を聞いたことがあった。若い女もベッドの上で熱くなると、当時の友人が言っていたのだから。

そんなものが何かを裏づけるはずがなかったが、それでも、女は誰もが子供をつくるため、あるいは、妻の義務として夜の行為に堪えているとも思えない。

そう、科学者のはしくれとして、股間にあるものではなく、頭でこの問題に取りくまなければ。

深呼吸して、植物の実験をするときのようにすべての事実を頭のなかに並べようとした。欲望のせいで頭がぼんやりして、何よりもほしくてたまらない女が傍らに横たわり、不安で身を震わせているときに、そんなことをするのは苦痛以外の何ものでもなかったけれど。

目を閉じて、うめき声を呑みこんだ。美しいグレースに魅了されていては、誠意などあっというまに消し飛んでしまいそうだった。

目を閉じても気持ちを集中できなかった。グレースを見ないでいるとなおさら、香りやぬくもり、浅く小さな息遣いを鮮明に感じてしまう。

信じられない、グレースのすべてがこれほど魅惑的だとは。

これからすることにまちがいは許されない。ああ、ふたりのために。

考えるんだ、マシュー。きちんと考えろ。

グレースはキスにうっとりした。体に触れられるのもうれしそうだった。

脚を開くまでは、思っていた以上に何もかもうまくいっていたのだ。

キスから始めるのがいちばんだとグレースは言っていた。目を開けると、グレースが不安そうな青い目でこちらを見つめながら、下唇を噛んでいた。

身を屈めて、そっとキスをした。グレースが唇を噛むのをやめて、ふたりの唇がぴたりと重なった。グレースが小さな声を漏らした。その声が抵抗なのか、驚きなのかはわからなかった。

怯えさせてはならない。

そう思うと尻ごみした。すべてをあきらめようとした瞬間、グレースの体からわずかに力が抜けるのがわかった。ためらいがちなキスにかすかに応じるのが。

うまくいくかもしれない。ああ、慎重にやれば。冷静でいられれば。

そうだ、今度はなんとしても冷静でいなければ。

ゆっくりと、これ以上ないほどゆっくりと、唇をそっと押しつけては、わずかに離して、グレースの唇の形、感触、味わいを確かめた。唇以外はどこも触れていなかった。穏やかなキスに、グレースの緊張感が徐々にほどけていった。

息をするたびに、グレースの反応が少しずつ変わっていくのがわかった。かすかに身を引いてみる。グレースが唇を離すまいと顔の角度を変えた。うまくいきそうだ。

荒々しくならないように注意しながらキスを深めた。巧みに愉悦の世界へ導くつもりだった。

じらすように、やさしく、もどかしいキスを続けた。仰向けに横たわるグレースに、そっとおおいかぶさる。まるでゲームのようだ。欲望で何も見えなくなっていなければ、まさにゲームそのものだった。グレースを欲して疼くほど硬くなっていなければ……。

重ねたグレースの唇が熱を帯び、ふっくらしてきた。マシューはベッドを下りた。気遣いながらグレースの体に腕をまわして、自分と向きあうように横を向かせた。

ふいに不安になったのか、グレースがびくんと震えて、体に力をこめた。「マシュー、わからないわ」その囁きが、頬を甘くかすめた。「もう一度できるのかどうかわからない。たとえあなたが相手でも」

さきほどの失態を呪わずにいられなかった。「きみが望むならいつでもやめるよ」ほんとうにそのことばどおりにできるのを神に祈った。その約束をグレースが確かめないことを祈った。官能の世界へとゆっくり落ちていくのはあまりにも心地よく、欲望は着実に沸点へ向かっていた。

もう一度キスした。グレースのこわばった背筋を指でたどる。怯えさせないように気遣いながら、ゆっくり背中をさすった。もう一度。細くしなやかな背中を確かめるように。硬くなった背中を揉みほぐすように。

さするたびに、グレースの体から少しずつ硬さが消えていった。グレースがため息をついて、手の動きに合わせて体を動かした。やわらかなネグリジェがいきり立つものに触れた。

全身に戦慄が走って、叫びそうになった。

落ち着くんだ。冷静になれ！

大切に育てた薔薇のように、グレースを慈《いつく》しまなければならない。丹精こめて花を開かせてこそ、ようやくその美を愛《め》でられる。根気強く世話をしてこそ、すばらしい褒美が得られるのだから。

グレースはさきほどまで緊張して身じろぎもせずに横たわっていたはずが、いまはそうではなかった。その体は愛しいほどのしなやかさを取り戻していた。興奮して息遣いがわずかに荒くなっていた。豊かで肉感的な乳房が裸の胸に押しつけられると、マシューはいっしょに横たわった。ふたりの肌を隔てているのは薄っぺらなネグリジェだけだった。

思わず口から漏れそうになる苦しげなうめき声を歯を食いしばってこらえた。

くそっ、堪えられるわけがない。いつグレースを荒々しく押し倒して、体を包む薄布を引き裂いて、なかに押しいってもおかしくなかった。

自制するんだ。

衝動を抑えるのは、狂気の発作に襲われたあとで歩く練習をしたとき以上の苦痛だった。もう一度話せるように、あるいは、文字が読めるように練習したとき以上に。体じゅうの神経が張りつめて、切れてしまいそうだ。体じゅうの筋がよじれて、欲望と絡みあっていた。頭が燃えあがりそうだった。

欲望に屈しそうになりながらも、どうにか軽くやさしいキスを続けた。

グレースの下腹がまた股間に触れた。今度はわざとだとわかった。

勝利の炎が全身を駆け抜けた。

それはほんのわずかな譲歩だが、これから始まることの第一歩だと思いたかった。細心の注意を払わなければならないのはわかっていた。けれど、グレースがためらいがちに協力して、頂点へ向かう疾走を許可したのはまちがいなかった。すぐさま心を決めた。グレースの熱い香りに包まれて、そのなかに沈みそうになると、限界まで追いこまれた。

それでも、超人的な意志の力を発揮して、欲望を無視し、グレースを燃えあがらせることだけに集中した。首に口づけたときに、グレースがどんなふうに身を震わせたかははっきり憶えていた。その記憶を頭から追い払って、目を閉じると、グレースの唇だけに気持ちを傾けた。

ついにグレースがぴたりと身を寄せてくると、小さなため息をついて唇を開いた。それはまるで、池に生える美しい野生のスイレンが花開いたかのようだった。その瞬間を逃さずに、グレースの口に舌をするりと滑りこませた。

グレースの喉の奥で低い声が響き、さらに唇を寄せてきた。グレースの手が髪に差しいれられるのを感じた。舌が触れあったかと思うと、グレースの舌が口のなかにはいってきて、すばやく全体を探り、すべてを絡めとろうと長々とそこに留まった。とたんに、灼熱の欲望が稲妻となって全身を貫いた。

グレースが自分のしていることに気づいているとは思えなかった。キスに恍惚として、何もわからなくなっているにちがいない。いっぽうで、マシューがわれを忘れずにいられたのは、この行為に何がかかっているかを心のなかでくり返しているからだった。

ここまではグレースに信頼されている。けれど、もし落胆させてしまったら、二度と信じてはもらえない。

これほどグレースに抱きつかれて、それでも最後の一線を越えずにいるのは拷問に等しかった。グレースの口にこれほど深く舌を差しいれながら、自分を抑えているのは。

あまりにも激しすぎる。圧倒的すぎる。早すぎる。堪えるんだ。

忍耐など捨ててしまえ！　自制を求める声など忘れてしまいたくて唸った。

グレースがほしくてたまらない。いますぐに自分のものにしたくてたまらない。

それでも、ぎりぎりのところで踏みとどまった。重ねた唇にこめる力を少しだけ緩めて、長く深い探索をやめて、軽くすばやく何度もキスをした。

すべてを味わいたかった。蜜壺のような口だけでなく、どの部分もすべて甘いのか確かめたかった。グレースを仰向きにさせて、首に舌を這わせ、滑らかな肩の曲線をたどった。グレースが身を震わせて、愉悦のくぐもった声を漏らした。淫らなダンスを踊る脚が絡んできて、グレースの息遣いはますます荒くなっていった。

うまくいった！　成功だ。無理やり抑えこんでいる激しい欲望のせいでグレースよりさきにばらばらに砕けてしまわなければ、このさきもうまくいく――そんな手ごたえを得た。感じやすい首に軽く歯を立てて、吸いこむと、グレースが身を震わせた。その瞬間、グレースがすべてを開け放したのがわかった。

グレースが息を呑み、鼻にかかった悩ましい声を漏らすと、マシューはようやく顔を上げた。

グレースは手足を投げだして、欲望にほてる体を白いシーツの上に横たえていた。その姿はどこまでも美しかった。目は深みを増し、大きくなった瞳孔が青く澄んだ虹彩を呑みこもうとしていた。

マシューは手を下に滑らせた。ネグリジェの裾を持ちあげると、長く細い脚があらわになった。とたんに、男を酔わせる香りがいっそう強くなって、全身の血が沸きたった。くそっ、これでは頂点に誘うまえに、グレースに息の根を止められてしまう。

抑制の手綱をどうにか引き締めた。

ネグリジェをさらにめくると、やわらかな腹があらわになった。その肌はどこまでも滑らかで白かった。キスせずにいられなかった。臍に舌を這わせて、そっと歯を立てる。片方の腰骨からもういっぽうへと唇を移した。グレースはわが領地だ。隅々まで細かく調べなければならない。芳しい腰の窪みに鼻を埋めた。長い脚に手を這わせて、太腿や膝、ふくらはぎの麗《うるわ》しい曲線を心に刻みつけた。

手触りのちがいに魅了された。

女とはなんと壮大な謎だろう。いや、グレースとは。

秘めた場所にはまだ触れていなかった。麝香に似たグレースの興奮の香りに包まれて、天まで舞いあがりそうになっているというのに。

グレースがまた喘いで、ベッドの上で身悶えた。欲望の熱い渦にグレースを巻きこみたかった。自分がその渦に巻きこまれているのはまちがいなかった。

それでも、苦しみだらけの長い月日に修練を積んでいた。心に巣食う貪欲な獣を封じこめた。

ネグリジェをさらにたくしあげると、乳房の下半分があらわになった。どれほど薄い布でも、何かがふたりを隔てていることに堪えられなかった。

「脱いでくれ」低い声で言った。「脱がなければ、この手で引き裂くことになる」

「待って」グレースが苦しげに言うと、枕に寄りかかりながら身をくねらせて、ネグリジェをたくしあげて脱いだ。

グレースは結び目を解くようなじれったいことはしなかった。

もしじらされていたら、爆発してしまうはずだった。

雷鳴より大きく重々しく、熱い血が唸っていた。ぎこちなく息を吸って、グレースにまたがった。両手を乳房で満たして、優美な丸みをたっぷり堪能した。

身を屈めて、つんと硬くなったラズベリー色の乳首に口づける。グレースがびくんと震えた。それでも、逃げようとはしなかった。

こうやってうっとりさせるんだ。乳首を口に含んだ。晴れやかな夏の日の味わいだった。そっと吸って、丸い先端に舌を這わせる。グレースが息を呑むのに気づいて、舌を止めた。

顔を上げた。グレースは呆然としているようだった。いや、うっとりしているのだ。

「痛かったかな？」

「いいえ」すぐにあわててつけくわえた。「いまのは……すてきだった」

「よかった。ぼくもそう思うよ」今度はもっと強く吸って、舌で激しく攻めたてた。グレースが喘ぎながら、震える手を髪に差しいれて、引きよせた。これ以上欲望をかきたてるものは必要なかった。

どうにか保ってきた自制心はいまにもばらばらになりそうだったが、それでもたっぷり時間をかけた。

何をすればグレースが身を震わせるのか、ため息をつくのかはもうわかっていた。官能の世界に引きこもうと歯で唇で手で触れるたびに、ふたりの気持ちがひとつになっていく。腕のなかでグレースが身悶えして、脚と脚を絡ませて、空気を求めて喘いだ。マシューの手はグレースの腹をたどり、やわらかな縮れ毛の奥の秘所へと向かった。

グレースがもどかしげな声をあげて、背をそらせた。

マシューはさらに手を滑らせて、グレースの脚のあいだにもぐりこませた。潤んだ場所にそっと触れただけで、グレースの体がびくんと跳ねた。そこは熱く、艶やかに濡れていた。

そこに自分自身を押しこめずにいるのは苦痛以外の何ものでもなかった。けれど、まだ早い。たとえ、グレースが身を震わせて、触れるたびに反応していても。

ある場所に触れると、かならずグレースが叫ぶのがわかった。小石のように硬くなった乳首にそっと歯を立てて、もう一度ある場所に触れた。

グレースが背を弓のようにそらせて、叫びを呑みこんだ。マシューの指先を熱い液体が濡らした。ますます強く鋭くなる興奮の香りを、マシューは胸いっぱいに吸いこんだ。

自分は冷たい女だなどと、なぜグレースは言えるんだ？　こんなふうに命を持った炎と化しているのに。最初は小さな火が、あっというまに大きくなって、めらめらと燃えあがり、いまやマシューの胸の奥まで焦がしていた。

「ああ、マシュー」長いため息混じりのことばがグレースの口から漏れて、さらに求めるように、脚が大きく開かれた。「マシュー……」

グレースがためらいもなく名前を呼んでいる——マシューはそれがうれしくてたまらなかった。詮索好きな手に応じて、グレースがさらなるものを求めて身悶えするのがうれしくてたまらなかった。

そうだ、グレースもついに心から求めているのだ。

わき腹にキスの雨を降らせた。下腹にも、太腿にも。それから両手を使って、脚をさらに開かせた。

赤みを帯びてふっくらした襞は美しい花のようだった。いや、それより美しい。花をまえにするとかならず、花びらに鼻を埋めて、芳香を胸いっぱいに吸いこみたくなる。いまもそれと同じ気持ちだった。

グレースのすべてに口づけると心に決めていた。

神に誓って、その決意は実行に移すつもりだった。

グレースは枕に頭を預けて、マシューの夢のような口と手にうっとりしていた。マシューにされていることがあまりにも新鮮で、息が詰まった。血を沸きたたせてくれる恋人が現われたのだ。マシューはわたしを頂点へと導きながら、それでいて、尊敬の念を失わずにいる。男性のせいで自制心を捨て去ることになるとは想像すらしなかった。そんなことが起きるとは、何よりも意味深く、驚異的だった。

女性経験が皆無の若い男性が人妻に官能を教えるなんて、そんなことがあるの？　じらすのをやめて、いますぐ奪ってほしいと口に出して言うべきかもしれない。どれほど淫らな夢にも出てこなかったような悦びを、マシューはわたしに与えてくれたのだから。マシューがその報奨を得るのは当然だった。

けれど、いまされていることがうれしくてたまらなかった。このままでいたい――そんなことを思っているなんて、まるでわがままな猫になったよう。いいえ、マシューはわたしをまるで女神のような気分にさせてくれる。

最終的な行為には忍耐だけを要求されるとしても、それには堪えられる。今夜のようにマシューがまた体に触れてくれるなら、堪えられるはずだった。

マシューの悪魔のように巧みな手……。そんな技術をいったいどこで身に着けたの？　その手にさらに脚を押し開かれた。

ああ、なんてこと、またそこにさわるなんて……。目を閉じて、悦びに打ち震えるときを待った。

けれど、何も起こらなかった。

触れてほしい場所のすぐそばにマシューの手があるはずなのに、実際に触れることなく、その手は止まっていた。不満げな声が漏れそうになるのをこらえて、唇を噛んだ。

信じられない、わたしはなんて淫らなの。天使に見限られてしまうわ。

目を開けた。

マシューがこちらを見ていた。開いた脚の真ん中の……秘めた場所を見つめていた。

白い太腿の向こうでひざまずいているマシューの顔に、まぎれもない欲望が表われていた。

その光景を不快に感じてもいいはずだった。マシューに不快に思われてもおかしくなかった。

けれど、秘めた場所を見られていると思うだけで、どうしようもなく興奮して体が震えた。

慎ましい女性なら脚を閉じ、マシューから逃れて、体を隠すはず。

慎ましい女性ならそもそもこのベッドのなかにいるわけがない。

太腿を押さえるマシューの手に力がはいった。白い顔のなかで目だけが異様なほどぎらついて、彫像のように高い頬骨が際立っていた。グレースがことばを発するまえに、マシューが身を屈めて、頭を下げた。秘めた場所に熱い息を感じて、グレースははっとした。

その場所にマシューの唇を感じた。

まさか、そんなことが……。永遠かとも思えるその一瞬、体を戦慄が走り、身じろぎすらできなかった。マシューの熱い唇が、すでに火がついているその場所をさらに焦がした。舌が差しこまれる。肌が炎に包まれたかのようだった。

マシューにこんなことをさせてはだめ……。こんなに堕落してはいけない……。

震える手でマシューを押しもどそうとした。張りがあるのにやわらかい髪が指先に触れる感触を必死に無視しようとした。けれど、腕はゼリーのようで、マシューを押し戻す力などなかった。

どうにか腰の位置をずらしてベッドのヘッドボードにもたれかかると、呆然とマシューを見つめた。

顔を上げたマシューが見つめてきた。驚くと同時に、信じられないことにうっとりした。マシューの唇が濡れて光っていた。

それはわたしが濡れていたから……。

思わず身震いしたが、それは嫌悪感のせいではなかった。男性がこんなことをするとは、こんなことをしたがるとは、夢にも思っていなかった。

なんてことだろう、いまこのときまで、男とは女のなかに自身を押しこめることにしか興味がないと思っていたなんて。

「だめよ!」喘ぎながら言うと、肘をついて体を起こした。

「いいじゃないか」マシューの目が至福の輝きを放っていた。白い太腿のあいだから顔をのぞかせた姿には、頽廃的な美があった。

「こんなことは……まちがってるわ」ためらいがちに言いながらも、自分の口から出たことばがどれほど馬鹿げて聞こえるかはよくわかっていた。

「気持ちよかった、そうだろう？」笑みを浮かべた悪魔が訊いてきた。

「ちっとも！」

マシューがからかうように眉を上げた。「ほんとうに？」

「ほんとうよ！」息を切らせながらも語気を強めた。

「もう一度やって、ほんとうにそうなのか確かめてみよう」どうしようもなく堕落したことをしたがっている男性にしては、奇妙なほど筋の通った意見だった。「ほんとうにそうなのかどうか興味があるだろう？　ぼくは興味津々《しんしん》だよ」

「好奇心は猫をも殺す、と言われているわ」くだらないと思いながらも、それがすべての答えであるかのように古い諺《ことわざ》を持ちだした。それでいて、ろくでもないものだと信じてきた好奇心が、頭をもたげるのを止められなかった。あの場所にキスされたら、どんな気分になるの？　ほんの一瞬、マシューの唇が触れたときは不快ではなかった。いいえ、正直に言えば、不快とは正反対の気持ちだった。

そうよ、慎みのある女性ならそんなことを許すはずがない。

でも、わたしにはもう慎みなどない、そうでしょう？

今夜、わたしは立派な人妻としての自分も、貧しい未亡人や貞淑な淑女である自分も捨てた。今夜、わたしは頭のおかしな男の情婦になった。

頭のおかしな男の情婦は、奇妙で邪道だからという理由で尻ごみしたりしない。頭のおかしな男の情婦は相手が差しだす放縦《ほうじゅう》すべてに快く応じるに決まっている。

「確かめてみたいんだね？　目を見ればわかるよ」マシューの手がさらにしっかりと太腿を押さえたかと思うと、さらに脚を大きく広げられた。「きみがやめてほしいと言ったらやめるよ。ああ、絶対に」

「わたしのなかにはいりたくないの？」泣き叫ぶような声で尋ねた。

マシューの大きな口に邪《よこしま》な笑みが浮かんだ。「息をするよりそうしたい。でも今度は、ふたりいっしょに上りつめたい」

「やめてと言ったら、そのとおりにしてくれるのね？」念を押しながらも、ベッドに身を横たえた。

「ああ、約束する。といっても、女性の脚のあいだに頭を突っこんでいる男の言うことなど信用できないだろうけど」

グレースは小さく笑ったが、マシューらしからぬ荒々しさで腰を持ちあげられて、秘めた場所に口づけられると、小さな笑い声は苦しげな喘ぎに変わった。マシューが低く深い悦びの声を漏らした。舌と唇と歯でもてあそばれて、体に戦慄が走った。

未知の感覚だった。そうされて自分が悦んでいるのかどうかもわからなかった。

けれどそれも、最初の快感の炎が身を焦がすまでだった。

驚愕《きょうがく》に身を固くして、シーツを握りしめた。あまりにも驚いて哀れな声が口から漏れそうになるのを必死にこらえた。

それでも、かすかに漏れた声が聞こえたのか、マシューが唇を離して、顔を上げた。「大丈夫かい？」

ひとこと言うのもやっとだった。「いいえ」

「いいえ？」マシューが訝るように訊いてきた。

訊きかえすなんて意地悪な人。体の芯の奇妙な凝りがほぐれて、さらなる欲望がこみあげてきた。

「そうよ！」そう言って、マシューの金色の目を見つめた。「大丈夫よ」

「よかった」マシューがさきほどと同じことをもう一度始めた。秘めた場所に舌を這わせて、悦びの源を強く吸いこんだ。

いまのいままで、そこに悦びの源があることすら知らなかった。そこに口づけられると、背をそらさずにいられなかった。いますぐやめてほしいのか、一生やめないでほしいのかさえわからなかった。

快感が渦巻く下腹の上にマシューが手をしっかり置いて、キスを深めた。今度は身悶えて叫ぶまで、口づけは緩まなかった。そうなっても口づけは終わらなかった。身を焦がす熱のせいで体が赤々と燃える光の環になってしまったかのようだった。自制心が焼き尽くされると、炎の空へと弾き飛ばされた。

長いあいだ身を震わせて、光り輝く無限の空を漂った。血が炎の川となって全身を駆けめぐっていた。秘めた場所をマシューの唇でふさがれて、体がびくんと引きつって、大きく震えた。

信じられない。こんなに刺激的なんて。

天国にいるかのよう。

初めての目もくらむ快感が徐々におさまると、汗の噴きでた肌が冷やりとした。胸が上下するほど、空気を求めて喘いだ。これほどの愉悦はなかった。全身の神経が鎮まるように、誰かがやさしく梳かしてくれたかのようだ。ひと晩じゅう踊っていたい気分だった。それでいて、どうしようもなく疲れ果てていた。

目を開けると、無表情のマシューがのしかかるように顔をのぞきこんでいた。「どうしたんだい？」震える声で尋ねてきた。

話をするのも辛かった。「説明できないわ。どうしてあなたはこんなことができたの？」

「こうすればいいんじゃないかと思ったことをしただけだよ」盛りあがった乳房にマシューが何度もそっと口づけた。

「またできる？」

「さあ、どうかな」かすれた声だった。「いますぐには無理だ。ぼくがなけなしの正気を保っているかぎりはね」

マシューは恍惚の世界に誘ってくれた。けれど、自分自身を解き放ってはいなかった。これだけのことをしてくれたマシューを拒むとしたら、わたしはこの世で最高にわがままな恋人になってしまう。

「だったら、わたしを奪って」そう囁くと、マシューのうなじを片手で押さえて、ぎこちないはずの進入に備えた。

興奮していきり立っていても、マシューはするりとはいってきた。グレースは熱く圧倒的な存在感に満たされた。

マシューは動かなかった。荒い息遣いが耳に響いていた。

誰かをこれほど親密に感じたことはなかった。ふたりの体に同じ血が流れて、鼓動がぴたりと一致しているかのようだった。湯気が上がるほどの情熱が全身を包んでいた。

これまで、この瞬間にはかならず罠にはまったような感覚を抱いた。

けれど、いまはそんなふうには思わなかった。

ぎこちなく息を吸う。試すように体をずらして、圧迫感を確かめた。ちょっと動いただけで快感の波が押しよせた。いきり立つもので押しひろげられながらも、胸は果てしない幸福感で満たされていた。

両手でマシューの背中を押さえた。汗で肌がぬめっていた。雄々しい香りが五感を刺激する。部屋全体がマシューの欲望のにおいに満ちていた。わたしを求めるにおいで。

うれしくて身をくねらせると、マシューがうめいた。身悶えがマシューを刺激するらしい。

心に巣食う小悪魔に操られて、もう一度体を動かした。

「やめてくれ」マシューが歯を食いしばって声を絞りだした。「ぼくを試してるんだな」

「だとしたら、うれしいわ」得意げに言った。体のなかにマシューを感じるのがこれほど心地いいとは思わなかった。いま初めて自分の欠けている部分に気づいて、そこをマシューが埋めてくれているかのよう。もっと深く受けいれようと、膝を曲げて、腰を浮かせ、張りつめた背中に手を滑らせた。手のひらに触れる背中が反るのがわかった。

「いまのいいわ」夢見るように言った。マシューの声はかすれていた。「もう一度やって」

「始めたら、止まらなくなる」マシューが苦しげに言って、腰を引くと、すぐにまた深々とはいってきた。

「グレース」マシューが苦しげに言って、腰を引くと、すぐにまた深々とはいってきた。グレースは爪が食いこむほどマシューの背中を押さえた。快感に、秘めた場所がぎゅっと縮まった。

　慈しむようにゆっくりと、マシューがさきほどと同じリズムを刻みはじめた。けれど、いましていることはさきほどと同じではなかった。なかにはいってくるたびに、マシューは誰にも何にも断ち切れない心の絆を紡《つむ》いでいった。

　その動きがくり返された。身を沈めては引くという動きが延々と。そのたびにふたりをつなぐ絆が鎖のように強く太くなっていく。

　ついに超人的な自制心が崩れて、リズムはより速く激しくなった。興奮がどんどん高まっていく。秘めた場所にキスされたときと同じ感覚だった。どこまでも魅惑的で驚異的。けれど、いまはそれ以上の力があった。

なぜなら、マシューとひとつになれたから。

これほど容赦なく押しいってこられたら、壊れてしまいそう。けれど、それでもかまわなかった。渦を巻く官能を終わらせたくなかった。愛の嵐に巻きあげられて、天高く舞いあがった。

ナイフの刃のように鋭い恍惚感が目のまえに迫っていた。叫んで、もっと深くつながろうと腰を突きあげた。マシューが角度を変えて、さらに深くはいってきた。痛みをともなうほどの絶頂感が訪れた。深々と押しいられて、体の芯がぎゅっと縮まった。次の瞬間には緩んで、マシューのすべてを呑みこんだ。恍惚感に体を激しく震わせながら、叫んだ。

強烈な絶頂感に包まれると、天国の扉へと飛ばされたかのような錯覚を抱いた。マシューしかいない熱く妖艶な世界に埋もれていった。マシューにしがみついて、生きていられることを祈るしかなかった。

欲望の嵐に天へと弾き飛ばされると同時に、マシューもクライマックスを迎えた。うめいて、グレースの腕のなかで身を震わせた。その瞬間、グレースにはわかった――マシューのすべてが自分のものになったと。すべてを手に入れて、これまでにない満足感が胸にこみあげた。

無限のときが終わり、マシューは動けないほど疲れ果てて、くずおれた。息をするたびに、肩と胸が大きく上下していた。肩のなだらかな曲線に、マシューが顔を埋めるのをグレースは感じた。汗に濡れたやわらかな髪に首をくすぐられた。

マシューはたくましくて重い——それを実感せずにいられなかった。そのマシューにいま包まれている。二度とマシューを離したくなかった。

体は相変わらず小さく震えていた。その震えが、初めて知った楽園を思いださせた。その存在さえこれまで知らずにいた楽園を。ゆっくりと、呼吸がいつもの速度に戻っていった。マシューにのしかかられた状態で、かぎりなくいつもに近い速度に。さらにゆっくりと、悦びの炎が残照へと溶けていった。

何も考えられなかった。何ひとつ考えられなかった。

穏やかな感謝の念をこめて、マシューの背中をさすった。傷だらけの肌に不可思議な模様を描くように、際立った背骨と肩甲骨をたどった。

こんなふうに永遠に触れていてもかまわない。マシューの落ち着いていく息遣いと鼓動に耳を傾けた。

マシューの顎が肩にあたっていた。ひげがちくちくと肌を刺した。マシューが息を吸うと、その音を耳ではなく、全身で感じた。マシューが頭をめぐらせて、首にそっと口づけた。

そして囁いた。「愛してるよ、グレース」

17

やさしいことばが張りつめた沈黙を破った。それは愛の告白ではなく、闘いの始まりを告げるかのようだった。

そのことばを口にすると同時に、マシューは自分がまちがいを犯したのに気づいた。長く意義深いこの一夜で、それは最大のまちがいだった。

くそっ、なぜそんなことを口走った。それ以上に忌々しいのはグレースを切望してやまないこの心だ。

口にしたことばはもう取り消せなかった。どれほどそうしたくても。

けれど、ほんとうに取り消したいのかわからなかった。心に抱いている思いを恥じてはいなかった。

なんてことだ、鼓動にまでグレースへの愛が表われているとは。

ああ、もちろんグレースを愛している。庭に面した部屋で、反抗的な態度のグレースが古ぼけた服をまとって、邪悪な台に縛りつけられているのを見た瞬間に愛するようになったのだ。グレースを疑い、嘲っていたときでさえ愛していた。

そして今夜、これだけのものを分かちあったのだから、心に秘めた愛がグレースに伝わらないはずがなかった。体に触れるたびに、キスするたびに愛を告白したも同然だった。さらには、グレースの体のなかに注ぎこんだすべてが、愛を公言していた。グレースがそれを感じなかったはずがない……。

けれど、グレースは不滅の愛の誓いを耳にするとは思っていなかったのだ。それは最初からわかっていたが、たとえそうでなくても、いまのグレースの反応がすべてを物語っていた。信頼しきってぴたりと寄りそっていた体が、またもや凍りついた。穏やかなシンフォニーを指揮するように背中を撫でていた手が止まり、石になってしまったかのようだった。

ショックで麻痺した体がもとに戻ると、体の下からグレースが這いでた。「シーン侯爵……侯爵さま……」

初めて味わった親密さが、泡のように消えていった。マシューと距離を置け――悪魔がグレースにそう囁きかけたのかもしれない。そう思うと、心が引き裂かれるようだった。

マシューは肘をついて、体を起こすと、グレースを見つめた。「〝侯爵さま〟に逆戻りか……」落胆が声ににじみでるのを止められなかった。

「マシュー、聞いてちょうだい」高い頰が薄紅色に染まっていた。「あなたがわたしを愛するはずがないの」

必死の口調だった。それは予想外のことばだった。てっきり、グレースは困惑するものと思っていた。それどころか、哀れまれるかもしれないと。けれど、グレースの光る目には激しい感情が浮かんでいた。恐れにも似た感情が。

なぜ、あのひとことがグレースを怯えさせたんだ？　そんな疑問が頭の片隅に浮かんだ。

グレースが体を起こして枕に寄りかかり、手探りで上掛けを引きあげて裸身を隠した。またもやふたりを隔てるものができて、マシューはがっかりした。ふたりの体はどこも触れていなかった。ほんの数インチのその距離が、果てしなく続く氷原に思えた。馬鹿げているとはわかっていても、その隔たりを越えようとしたら、足を踏みはずしてクレバスに落ちて、凍え死んでしまう、そんなふうに思えてならなかった。

「もちろん愛せるさ」苛立ちを隠せなかった。その間も、拒絶という苦い事実が心を蝕んでいった。

「そんなことはありえない。愛してはいけないのよ。絶対に……」グレースが大きく息を吸った。乳房を隠す上掛けがさらに上がるのを見て、マシューはそれを剝ぎとりたくなる衝動と闘った。

グレースがこの一件をうやむやにしたがっているのはわかったが、そうさせるつもりはなかった。本心を隠すのを許すつもりはなかった。

苦々しい思いが脳裏をよぎって、わずかに残っていた幸福感の切れ端を引き裂いた。体を石のように固くして苦々しい思いを否定しようとしながらも、尋ねずにいられなかった。

「叔父に殺されたくないがために、こんなことをしたのか？　もしそうなら、きみの寛大な心に感謝するよ。でも、そんなことをする必要などなかった。この部屋で同じベッドで眠るだけで、ぼくたちが関係を持ったと叔父は考えるはずだ。きみは究極の犠牲を払う必要などなかったんだよ」

「ちがうわ」グレースの顔から血の気が引いて、首の脈が速まっていた。指の関節が白くなるほど、グレースは上掛けをぎゅっと握りしめていた。「ちがうわ、そんなことはない。そんなことは考えもしなかった。わたしがあなたを求めているのはわかっているでしょう。そうよ……自分を犠牲になんかしていない」

「でも、きみの反応を見るかぎりそうとは思えない」冷ややかな口調で言った。

グレースの顔から怒りが消えて、悲しげな表情が浮かんだ。「あなたのことばに驚いたの。あわてて返事をしたのがいけなかったわ、ごめんなさい。わたしは……もっとやさしく話すべきだった」

同情されるのは、怒りより堪えられなかった。「やさしさなんて求めていない」唸るように言った。

その口調にグレースは顔をしかめて、目を上げると、まっすぐに見つめてきた。グレースの声に哀れみを感じると、何かを壊したくなった。「マシュー、許して。あなたにとって、これがどれほど辛いかはわかっているわ。でも、あなたはわたしたちのあいだに起きたことに大きな意味を持たせすぎているわ」

「いや、そんなことはない」固い口調になった。

「聞いてちょうだい。あなたは十四のときからここに閉じこめられている。十一年間で目にした女性は、ファイリーの奥さんだけだった」口調は落ち着いていた。くそっ、グレースは本気で言っているのだ。けれど、グレースの言わんとしていることになんの意味もないのはわかっていた。

「きみに愛してもらえるとは思っていない」それだけ言って、もうひとつの思いは口にせずに胸に留めておいた。グレースのように上品で美しく情熱的な女性が、自分のような無粋な男を愛するはずがない。いまでも、グレースが体を差しだしたのが信じられずにいるぐらいなのだから。

「マシュー……」グレースが何か言いかけたが、それを遮った。

「愛しているんだ」有無を言わせず、そのことばを投げつけた。「きみが受けいれてくれようとくれまいと、ぼくはきみを愛している」

「うれしいわ」

グレースを揺すりたくなるのをこらえて、拳を握りしめた。「きみを喜ばせようとしてるわけじゃない」

「そうね、でも、わたしはうれしいの」今度は話を遮られまいとするように、早口で言った。「あなたの気持ちを軽んじているわけではないのよ。でも、今夜はあなたにとって女性との初めての夜だった。性的な悦びを愛と勘ちがいするのも無理はないわ」

グレースが口をつぐんで、同意を待っていた。マシューは何も言わなかった。いまのグレースのことばを全身が否定していた。たしかに、男女の睦みあいがどんなものかはわかった。

たしかに、それは特別で、息が止まるほど、人生が一変するほどすばらしかった。

だが、それがすべてではなかった。体の関係があろうとなかろうと、グレースを愛していることに変わりはない。グレースの息遣いのひとつひとつがこれほど貴重に思えるのだから。それが愛ではないと言うなら、人を愛するのがどんなことなのか見当もつかなかった。

グレースがぎこちなく息を吸った。グレースの不可思議なほどの冷静さが揺らぐのがわかった。「あなたの感情が昂っているのは当然よ。わたしだって……同じだもの。でも、いつかあなたは自由の身になって、真に愛する女性にめぐりあう」

「それはちがう」きっぱり言うと、仰向けに寝そべって、天井を見つめた。グレースの言う薔薇色の未来など考える気にもなれなかった。自由など夢のまた夢だ。それはとっくの昔に受けいれていた。「偉そうな解釈はクリスマスにでも聞かされればたくさんだよ。きみが何を言おうと、ぼくの気持ちは変わらない」

気まずい沈黙ができた。

「あなたを傷つけてしまったのね」グレースが悲しげに言った。「ごめんなさい」

「そんなことはどうでもいい。とにかく、もうこの話は二度としない」傷ついたプライドが口調にはっきり表われていた。自分がいかに愚鈍な態度を取っているかはわかっていたが、それでもそうせずにいられなかった。

グレースがためらいがちに手を伸ばして頬に触れてきた。「奇跡の夜を台無しにしてしまったわ。許して」

マシューは目を閉じて、頬に触れるグレースの指の感触を全身に染み渡らせた。激しい怒りと悲しみが潮のように引いていき、束の間満たされた欲望が熱い波となっていままた押しよせてきた。

愛などけっして口にしないと誓ったはずなのに、それでも、自分にとってグレースがどんな意味を持つかを伝えずにいられなかった。いつかはグレースもその気持ちを理解してくれるだろう。信じてくれるにちがいない。いつかはグレースの抵抗を情熱で打ち崩して、その心にはいりこんでみせる。

グレースはマシューの表情の変化に気づいてはっとした。けれど、それは一瞬のことだった。体を隠していた上掛けを剝ぎとられたかと思うと、次の瞬間には抱きしめられていた。

「こうせずにはいられない」マシューが苦しげに言って、荒々しく唇を重ねてきた。

グレースはマシューの背中にまわした腕に力をこめて、体をぴたりと寄りそわせた。自制心を失ったマシューが怖いとは思わなかった。むしろわくわくした。切羽詰まったその思いが伝わってくると、心が沸きたった。

いまのマシューにやさしさはなかった。意外にも、グレースもやさしくしてほしいとは思わなかった。奪ってほしかった。マシューの手には力と猛々しさがあふれている。愛の告白を信じなかったせいで、マシューを怒らせてしまった。傷つけてしまった。そんなことをした自分が憎かった。

あの輝かしい一瞬に発せられた〝愛してるよ、グレース〟ということばは、胸のなかに温かく、穏やかに、揺るぎないものとして根づいた。許されないと知りながらも、そのことばに応じそうになった。〝愛してるわ、マシュー〟と。

そう、もう少しでそう言うところだった。けれど、すんでのところで、卑劣な事実がコブラのように飛びかかってきたのだ。あとで後悔するはずの責任を持たせて、マシューを縛りつけるわけにはいかなかった。

それでも、マシューはわたしを求めた。わたしはマシューのもの。

なんてことだろう、マシューには嘘をついたとしても、自身自身に嘘はつけない。死ぬまでわたしはマシューのもの。

マシューの手が顎の下に添えられたかと思うと、顔を上向きにされて、キスされた。荒々しいキスに体が震えた。マシューは抑えきれない思いを抱いているはずだった。情熱を、欲望を。

乱暴に乳房をつかまれた。息を呑んで、身悶えながらも、マシューの腰に脚をまわして、体を開いた。全身が激しく脈打っていた。すぐにでも奪ってもらえなければ、粉々に砕けてしまいそうだった。いますぐに荒々しく奪ってもらわなければ……。重ねた唇からうめき声が漏れた。マシューの肩をつかんで引きよせた。耳たぶに歯を立てると、下腹にあたるいきり立つものがびくんと震えた。

頭のてっぺんからつま先まで戦慄が走った。貞淑な未亡人グレース・パジェットはどこへ行ってしまったの？　ここにいる欲望に燃える淫らな女が自分だとは信じられなかった。

　根元まで深々とマシューーがはいってきた。やけに長く思えるその瞬間、喘ぎながらも、心地いい重みを感じながらじっとしていた。マシューーが苦しげな声を漏らして、はやる気持ちを抑えきれずに激しく動きはじめた。腰を浮かせてそれに応じる。深々と突かれるたびに身を震わせた。

　これは肉体的な欲望よ。単なる欲望なのよ。マシューーがわたしに感じているのは肉欲だけ。これからもマシューーがわたしに感じるのはそれだけ。

けれど、胸のなかで響く愛の叫びは、何をしても鎮まらなかった。マシューーから愛されたいという願いも。

　いままさに訪れようとしている絶頂感にしがみついた。マシューーを体のなかに押しとどめようとしがみついた。さらに激しく攻めたてられて、目もくらむ歓喜の極みが迫っていた。

眩《まばゆ》い絶頂感に頭がくらくらして、頂点に達した瞬間、マシューーの名を叫んでいた。

　今回は体がマシューーを離さなかった。ふたりいっしょに神々しい炎の海に呑まれた。マシューーのすべてを最後の一滴まで受けとめた。押しよせる官能に体を大きく震わせながら。

　マシューーがうめいて、体を起こすと、喘ぎながらとなりに寝そべった。全身が疼いていた。これほどの快感があるとは知らなかった。横を向いて、愛する人を見た。心から愛する人を。

糖蜜のようにねっとりと甘い倦怠《けんたい》感が全身に広がっていった。

　マシューーの目もとにしわが寄り、口もとにうっすらと笑みが浮かぶのが見えた。その笑みが愛《いと》おしかった。

わたしはマシューのすべてを愛している。マシューを愛している。

まもなく夜が明けるはずだった。それを証明するように、窓の外の果樹園で早起きの鳥がさえずった。抱きよせられて、そっとキスされた。汗に漂う雄々しい麝香の香りを感じながら、身を寄せて、マシューの胸に手を置いた。


マシューは満ちたりた気分でゆっくりと目を覚ました。そろそろ正午になるはずだった。温かく穏やかな海の底から少しずつ浮かびあがっている気分だった。本で読んだ、はるか南にあるという輝く海から。明るい太陽の下の真っ青な海。真珠やめずらしい生き物に満ちて、絹のように滑らかな水をたたえる海。

それに、人魚もいる。

ああ、まちがいない、この海には人魚がいる。

自分だけの人魚が腕のなかで裸で眠っていた。

グレースのなかにはいったとき、そこは歓喜の海のように永遠に波打っていた。ふたりいっしょに絶頂を迎えたと気づいたときには、これまでにない悦びで胸が満たされた。

といっても、自分は女性というものをほとんど知らない。

だが、植物の研究に明け暮れた孤独な日々は無駄ではなかったらしい。最初の失敗を糧《かて》にして、すばらしいことを思いついたのだから。すでにさらなる探求の計画を立てていた。それを論文にしてみるのもいいかもしれない。

思わず口もとが緩んだ。

専門誌に自身の植物研究の成果として掲載されるラテン語の学術論文。愛する女の悦びに関する論文。それには多くの人が興味を抱いて、注目を集めるにちがいない。

グレースの香りがまとわりついている唇を舐めた。塩っぽいまぎれもない女の味がした。またグレースを味わいたくなった。そう思っただけで硬くなった。いや、そもそも硬かったものが、さらに硬くなった。朝目覚めると、いつもそんな状態なのだから。

部屋のなかはひどいありさまだった。ベッドカバーは半分床に落ちて、マットレスはずれていた。服は放り投げたその場所に散らばっていた。

マシューは仰向けに横たわり、体にはしわくちゃの上掛けがかかっていた。片腕でグレースの裸の肩を抱いた。グレースが寝返りを打ってこちらを向いた。細い体がわき腹にぴたりと張りつく。グレースの片手が胸の上に載っていた。過酷な労働のせいでその爪はぼろぼろだった。手のひらのいくつものたこは、日常的な重労働を静かに物語っていた。とはいえ、ゆうべは、かすかにざらつくその手にさらに欲情を刺激されたのだった。

グレースが九年間も結婚していたとは信じられなかった。腕のなかで、信頼しきって眠っている姿は十六歳の乙女と言ってもおかしくなかった。頬はほんのりと桜色で、幾度ものキスで唇は赤く腫れていた。かすかに開いた唇が、その奥に謎めいた部分が隠れているのを暗示していた。

グレースの顔をすぐそばで見ると、自分の伸びかけたひげが擦れたせいで赤くなっているのがわかった。もう一度キスしたかった。それ以上のことをしたかった。一気にふくらんでいく欲望をどうにか押しこめた。グレースは疲れているのだから。

グレースの肩にかかる巻き毛が、波打ちながら両の乳房を隠していた。美しい乳房を。薄紅色の乳首はぷっくりしていた。ゆうべ、口にふくんだときにつんと立っていた乳首とはまるでちがう。芽生えたばかりの硬い薔薇の蕾《つぼみ》と、花開いたやわらかな薔薇ぐらいちがっていた。その変化に魅了された。白い肌にかすかに透けている青い脈にも。
そこにもひげが擦れた跡が見て取れた。グレースのすべてにキスをしたのだから、それも当然だ。太腿の敏感な肌にも同じような跡が残っているのか？　そう思うと、震えるほどうれしかった。自分のものだとグレースに秘密の烙印《らくいん》を押したかのようだった。

グレースはどんな夢を見ているのだろう？

なんとなく想像がついた。といっても、いまの自分は自信過剰になっているにちがいない。苦笑いしたくなるのをこらえた。

まいった、今朝はふたりとも有頂天になっている。まったく、一国の王にでもなったかのようだ。

グレースがため息をついて、さらに身を寄せてきた。やわらかな息を感じたとたんに、股間にあるものが大きく脈打った。ため息はグレースを自分のものにしたときの喘ぎ声にそっくりだった。

自制心を失ったグレースの声を聞くとわくわくした。また聞きたかった。すぐにでも。いや、あせってはいけない。陽光の射す温かな部屋でベッドに寝そべって、ゆうべの出来事に思いを馳せるだけでも充分に心地いいのだから。そして、今夜の計画を立てるのも。そればかりか、今日をどう過ごそうかと考えるのも。

グレースが目覚めようとしていた。胸に顔を埋めてくると、低く艶かしい声を漏らした。息をするのと同じぐらい、傍らにいる男の香りを求めてやまないらしい。

乳房から目を離して顔を上げると、グレースが眠たげな目でこちらを見ていた。眉間にはしわが寄り、戸惑っているような表情を浮かべていた。

それでも、幸せそうだ。それはまちがいなかった。

「おはよう、マシュー」グレースの唇に浮かぶ笑みを見たとたんに、心臓が早鐘を打ちはじめた。

「おはよう、グレース」しわがれた声で応じた。この世でいちばんの色情魔になった気分だった。嘘だろう？　目覚めたばかりのグレースをきちんと《ストレイト》考えられなくなるほど淫らな行為に引きずりこみたくてうずうずしているとは。裸のグレースを抱いているだけで、ものごとがきちんと《ストレイト》考えられなくなるとは。とはいえ、体の一部は痛みが走るほどしっかり《ストレイト》していた。ぴんと立っていた。ありがたいことに、自分がどれほど強欲な怪物であるかを上掛けが隠してくれていた。

「よく眠れた？」とグレースがやさしく訊いてきた。

陳腐な質問だが、胸に置かれたグレースの手が下に向かうと、さほど陳腐とも思えなくなった。

欲望の炎に身を焦がしながら、どうにか答えた。「ああ」

グレースの笑みがひときわ明るくなった。「よかった」

グレースの手が下へ下へと向かっていく。ゆっくりと。身悶えしたくなるほどゆっくりと。

その手がいきり立つものをかすめると、喉が詰まった。いまにも破裂しそうな欲望をこれ以上隠してはおけなかった。

火がつきそうなほど熱く硬くなっているものを、ひんやりした手がまたかすめたかと思うと、そこで止まった。いきり立つものがグレースの手にしっかりと包まれた。とたんに、心臓が破裂しそうなほど大きな鼓動を刻んで、目のまえに眩い光が飛んだ。

「くそっ……」口汚いことばが口をついて出た。グレースの手が上に下にと動きだすと、もう何も言えなくなった。

その手が刻むリズムはやや不規則だった。だからといって、触れられている箇所に全身の血が集まらないわけではなかった。

手の動きはいかにも不慣れで、ためらいがちだが、息を呑むほど魅惑的だった。強く握っては、するりと滑り、根元のふたつの丸みを包むこむ。それでも必死に自制心を働かせなければならないのは、泣き叫びたくなるほどの苦痛だった。

グレースが体を起こして、ひざまずくと、空いているほうの手で上掛けを剝ぎとった。同時に、好奇心と欲望に満ちた表情を浮かべた。自分がしていることを目の当たりにして、女ならではの満足感が顔に表われた。触れかたがよりたしかに、より巧みになり、男をますます追いつめていった。

さらにしっかり握ろうとグレースが身を屈めると、乳房がマシューの胸に触れた。マシューの体を熱風が焦がし、グレースの手に包まれた男の証しがびくんと跳ねた。興奮したグレースの乳首は硬くなっていた。グレースが大きく息を呑んだ。

「きみがほしい」震える手でマシューはグレースを押し倒した。

それまで握っていたものをグレースが離したかと思うと、肩をつかまれた。同時に、長い脚が腰に絡んできた。「すべてあなたのものにして」グレースが囁いて、深く受け止めようと、滑らかな動きで腰を浮かせた。

さきほどと同じように、ふたりがひとつになったとたんに、マシューの心は簡単には言い表わせない感覚に満たされた。歓喜、幸福、受容。長いあいだ孤独を強いられてきた男なら、それに酔い、呑まれて、高揚するのも当然だった。十一年のあいだ叔父に何をされても屈しなかった。けれど、グレースの腕のなかで一夜を過ごしただけで、はっきりと気づいた。グレースを失ったら、それこそが自身の破滅を意味するのだと。

グレースが吐息を漏らして、さらに腰を持ちあげた。マシューはさらに深々と押しいった。敬愛の念さえ抱きながら、ゆっくりと動きはじめた。

そうだ、グレースを崇拝していると言ってもいい。敬慕の情さえ抱いていた。命と引き換えにしてでも、グレースがほしかった。その思いをこめて、幾度となく自身を深く差しいれた。いっぽうで、口にすべきでないことばは心の奥に無理やり鍵をかけてしまっておいた。

グレースの腰が同じリズムを刻みはじめた。押しこめる動きのひとつひとつに〝愛してる、グレース〟という心の叫びをこめた。グレースもそれを感じて、その体が〝愛してるわ、マシュー〟と叫んでいるかのようだった。

そんなことを考えるのはよっぽどの愚か者だけだ。

ああ、もちろん、この自分は愚か者。まちがいない、頭がおかしいのだから。

グレースがあっというまに上りつめた。マシューはその前兆がわかるようになっていることに驚いた。グレースの顔に真の感情が表われていた。目を縁取る密な睫に涙が溜まっていた。手を下に伸ばして、ゆうべ口づけたグレースのいちばん敏感な部分を愛撫する。絶頂感に身を震わせてほしかった。神の緑におおわれたこの世界で、それが何よりも美しい光景なのだから。

さらに激しく攻めたてると、グレースの体が小刻みに震えて、いきり立つものがぎゅっと締めつけられた。肩を握るグレースの手は鉤爪のようだった。信じられない、自分がこれほど野蛮だったとは……。ひげが擦れてグレースの肌に赤い跡が残ったように、グレースがこの身に傷跡を残してくれるのがうれしくてたまらないとは。

けれど、そんなことを考えていられたのも一瞬で、あっというまに絶頂感にからめとられて、何も考えられなくなった。すべてをグレースのなかに注ぎこむ。痛恨、不幸、孤独、卑しむべき自分を。

愛を。

とたんに何もかもが澄みわたり、浄化されて、生まれ変わったかのようだった。プライドを持つ大人の男になった——それを実感した。人を愛せる男に。愛する者を守れる男に。

グレースを抱きしめて、つねにつきまとっている悪魔と闘うことを胸に誓った。何よりも大切な宝を、悪魔は執拗に脅《おびや》かそうとしていた。

この世の誰もが、マシュー・ランズダウンが悪魔にかなうはずがないと思っているはずだ。だが、それがまちがいであることを、なんとしても証明してみせるつもりだった。

18

グレースは陽光あふれる森のなかをのんびり歩きながら、淫らな悦びをうっとりと思いだしていた。マシューと結ばれて三日が過ぎ、幾度となく絶頂へ導かれたせいで全身が甘く痛んでいた。結ばれるたびに、みずみずしい悦びは広がって深みを増し、いまや何をしていても、それが広い川となって体のなかを流れているかのようだった。

あれほど自信満々の恋人が、数日前にわたしとベッドをともにするまで、女性に触れたこともなかったなんて……。自分のなかにこれほどの官能がひそんでいたなんて……。あまりにも意外だった。逃れようのない破滅からこれほどの悦びを引きだせるとは思ってもいなかった。

三十分ほどまえに、薔薇の手入れをしているマシューの傍らを離れた。ほんとうは離れたくなかったけれど。薔薇の実験は重要な局面にさしかかり、ふたりでいるとマシューの気が散ってしまうのだ。それを思うと、自然に笑みが浮かんできた。今夜が楽しみでたまらない。日中の満たされない思いのすべてをマシューはぶつけてくるだろうから。

「おや、これはまたついてるな」小道に突きでた枝の向こうからファイリーが現われて、行く手を阻むように目のまえに立ちふさがった。「愛想よく笑いかける女に会えるとは」

グレースのガラスのような幸福感が一瞬で砕け散った。

馬鹿。わたしはなんて馬鹿なの。

自分が無力な囚われの身だという現実をどうして忘れていたの？　角を曲がるたびに危機がひそんでいるのを、どうして忘れていたの？

いま、わたしはひとりきりで、身を守る術は何もない。マシューは中庭にいて、ウルフラムは主人の傍らで眠っている。ドレスのポケットに食事用の小さなナイフをしのばせてもいない。これほど無防備になっていたなんて。

恐怖に胃が縮みあがり、鋭い痛みが走った。うなじの毛が逆立った。ファイリーのざらつく汗ばんだ手で胸をまさぐられたのを思いだすと、吐き気がこみあげた。

「ご主人さまはもうすぐここにやってくるわ」

嘘だと言わんばかりの震える声を呪った。怯えながらも、じりじりとあとずさった。ファイリーから逃げられるほど速く走れるの？　それは無理。おまけにファイリーは力も強く、つかまったが最後、どれほど抵抗してもどうにもならないはずだった。

ファイリーがさも満足げに大口を開けて笑うと、ところどころ奥歯が欠けて黒い隙間ができているのが見えた。「騙そうたって、そうはいかねえよ、姉ちゃん。ご主人さまが庭を掘りかえしてるのを、たったいま見てきたところだ。おれなら枯れ枝の世話をするためにかわいい姉ちゃんをほったらかしになんかしねえな。さあ、そろそろ、その股ぐらにほんものの男をくわえこんでもいいころだ。そりゃあもうでっけえ角を突きたててやるよ」

あまりにも不快で、萎えかけていた勇気が息を吹きかえした。怯えながらも挑むように顎をぐいと上げた。「わたしに向かってそんな口をきいて許されると思っているの？　モンクスに言われたはずよ、シーン侯爵が飽きるまではわたしに近寄るなと」

「ああ、でも、モンクスはここにいねえ。門を見張ってるからな。どっちにしたって、侯爵さまはあばずれ女をつつく代わりに、植木の世話をしてなさる。ってことは、もう飽きたんだろう」

「そんなことないわ」相変わらずじりじりとあとずさりながら、ぴしゃりと言った。

「ああ、だとしても、パンが切って並べてありゃ、ひと切れぐらい食ったところで、誰も気づきやしねえってもんだ」

おぞましい比喩を耳にして背筋に寒気が走ったが、それを気取《けど》られないようにした。「あなたを見ているとむかむかするわ」

ファイリーが威嚇《いかく》するように一歩近づいてきた。「口に気をつけるんだな。おまえにぶっさしてるときに、いまのことばを思いだすかもしれねえ」

消えかかっていた恐怖が怒りに取って代わった。「あなたとそんなことをするわけがないわ。薄汚れた獣なんかと」

くるりと踵を返すと、全速力で走りだした。息を切らしながらも、家を目指して小道を駆け抜けた。けれど、思ったより遠くまで散歩していたらしい。いまいる場所と安全なマシューの腕は、広大な森に隔てられていた。

「跳ねっ返りのくそアマが」ファイリーの毒づく声がして、重い足音が追ってきた。恐怖に泣き叫びそうになりながらも、グレースは必死に走った。

曲がり角を駆け抜けると、勢い余って小道を踏みはずした。足の下で乾いた落ち葉が滑った。よろけて膝をつくと、痛みが全身を貫いた。

「神さま、助けて」息を呑んだ。

立ちあがって、また全速力で駆けだすまでに貴重な数秒を失った。ファイリーの荒い息遣いがやけに大きく聞こえた。ずいぶん追いついてきているようだった。わざわざ走る速度を緩めて、それを確かめる気にはなれなかったけれど。

死にものぐるいで走った。ファイリーがすぐうしろに迫っているのはわかっていた。いつものすえた体臭に混じる新たな汗のにおいが鼻をついた。

目のまえに現われた木をよけようとした。

遅すぎた。

ファイリーが突進してきて、容赦なく肩をつかまれた。押し倒されて、悲鳴をあげた。歯ががたがた鳴るほど勢いよく地面に突っ伏した。

ファイリーにのしかかられた。重くて潰れそうだった。相手がどれほどの大男かを、いまのいままで忘れていた。這って逃れようとしたが、あっというまにひっくり返されて、仰向けにされた。ファイリーにしてみれば木の葉を裏返すようなものだった。

助けは来ないとわかっていても、また叫んだ。

「黙ってろ」ファイリーが唸るように言ったかと思うと、汚れた手で口をふさがれた。もう叫ぶこともできなかった。両膝でがっちりと体をはさまれては、身をよじって逃げるのも不可能だった。

鼻まで押さえられて、息が吸えず、視界がじわじわと黒くなっていく。拳を突きだして、足を振りあげても、頑丈な木の壁と闘っているようなものだった。ファイリーほどの大男ともなると、押さえこんだ女に叩かれようが蹴られようが、何も感じないらしい。

息ができない。

口を押さえている手に思いきり嚙みついた。血が滴るのもかまわずに嚙みついたままでいた。

「いてっ！」口からファイリーの手が離れた。一気に息を吸ったが、次の瞬間には拳が顔に飛んできた。

頭が割れたかと思った。ゆがむ視界に星が飛んだ。それでもどうにか気を失わずに叫んだ。森のなかに悲鳴が響いた。

反応はなかった。あるわけがない。マシューははるか遠く、声など届かないところにいるのだから。

この恐怖にひとりで立ちむかわなければならなかった。巨体のファイリーに無意味な抵抗を続けながら、涙が頬をこぼれ落ちた。ファイリーの体はタマネギと垢《あか》と欲望のにおいを撒《ま》き散らしていた。どうにか気を失わないでいられるだけの空気を吸いこんだものの、不快なにおいにむせた。股間を膝で蹴りあげようとすると、ファイリーの重石のような体が脚の上に載ってきた。

「おとなしくしろ！　さもないと、しこたま殴ってやる。おまえが気絶しようがしまいが、おれはやることはやるからな」

「ならば、気を失っていたほうがまだましだわ」

「そうかい、それが望みなら、いくらでも殴ってやるよ。そういうのが好きな女もいるからな」

さらに憎悪がこみあげてきた。「あなたは侯爵さまに殺されるわ」

ファイリーが馬鹿にするように鼻を鳴らした。「女々しいふにゃ男にこのおれさまが殺されるだって？　笑わせてくれるじゃないか、あの侯爵さまにそんなことができるはずがねえ」

ものすごい力で腕を押さえつけられて、硬くなったものを下腹に擦りつけられた。忌まわしいほどファイリーの準備は整っていた。

「ジョン卿はどうするかしら？」いよいよとなったら、悪魔のようなジョン卿に頼るしかなかった。

「そりゃあ、ジョン・ランズダウン卿となると話はべつだ。だが、おまえがおれとやりたがったと言えば、ジョン卿は納得するだろう。おまえがどんな商売をしてたかご存じだからな」

「わたしは娼婦じゃないわ！」

「けど、いまはそうだ。侯爵さまとおまえのお楽しみを教区司祭が祝福するとは思えねえ。ほら、びくびくしてねえで、さっさとスカートを上げろ」

「どいて！」グレースは身をよじったが、大男はびくともしなかった。

ファイリーの油くさい息が顔にかかった。「いいや、おまえはおれとたっぷり楽しむんだよ」

頭にかっと血が上って、甲高く叫ぶと、ファイリーの目を引っかこうとした。ファイリーがすばやく身を引いたせいで、突きだした手は目ではなく頬にあたった。爪がおぞましいほど簡単に深々と頬に食いこんだ。思いきり引っかいて手を離すと、ファイリーの頬にできた四本の引っかき傷からじわりと血がにじみでた。

「くそアマが！」今度は頭を横から殴られた。耳のなかで大きな音が鳴りひびくほど強く殴られた。

頭が朦朧として、襟ぐりの広いドレスの胸もとにざらつく手がはいってきても動けなかった。無骨な指が乳首をつまむのがわかった。ふいに全身に衝撃が走り、ドレスがウエストまで引き裂かれた。

布が引き裂かれる音に、どうにか意識を取り戻した。ドレスが破れて乳房があらわになっていた。霞む視界のなかで、ファイリーが肘をつくのが見えた。

「こりゃまたうまそうなおっぱいだ」

ファイリーが涎をたらさんばかりに舌なめずりするのを見て、吐き気がこみあげた。破れたドレスのまえを必死にかき寄せようとしたが、その手はあっけなく振り払われた。両方の手首を片手でつかまれて、頭の上の地面にぐいと押しつけられた。

もはやプライドなど微塵も残っていなかった。あるのは息詰まる恐怖だけだった。「やめて、お願い」懇願した。気高く勇敢な口調でないのはわかっていたが、そんなことは気にしていられなかった。

「やっとわかったようだな」ファイリーがつぶやくように言った。その顔は血だらけだった。頬から鼻にかけて血のにじむ太い傷ができていた。分厚い唇が唾でぎらついている。ファイリーが身を屈めて、剝きだしの乳房に歯をたてた。

鋭い痛みにグレースは悲鳴をあげた。ファイリーを振り落とそうとしたが、そんな力は残っていなかった。男にのしかかられると、女はこれほど無力なの？　ファイリーが空いているほうの手で、革ズボンの結び目をぐいと引っぱるのが見えた。もう一度叫ぼうとしたが、口から出たのは苦しげにかすれた声だけだった。

「ほら、おれの言うとおりになっただろうが、姉ちゃん」ファイリーが下卑た笑い声をあげた。骨の髄まで寒気が走るほどおぞましい笑い声だった。

次の瞬間には、ファイリーのズボンのまえが開いていた。

見ない――とグレースは自分に言い聞かせた。絶対に見ない。

恐ろしくてたまらないのに視線はそこに向いていた。白髪混じりの茶色の毛と、そこから飛びだしているものに。「いや！」ひび割れた声で叫んだ。「やめて！」

太く硬くなったものをファイリーが自ら撫でるのを見て、全身が大きく震えるほどのショックを受けた。「ああ、そうだ、でかいだろ？」

ファイリーがまた舌なめずりすると、垂れた涎で顎の無精ひげが光った。押さえつけられていた手首がぐいと引きよせられたかと思うと、無理やり手を開かされて、石のように硬くなったものを握らされた。

「放して！」総毛立って、身をよじった。

蹴飛ばそうとしたが、脚はどちらも巨体の下敷きだった。ファイリーが高笑いして、いきり立つものをさらに手に押しつけてきた。「なかなかうまいじゃないか」

「放して」逃れようとしながら、涙声で訴えた。

「わかっただろう、姉ちゃん？　おれのは真鍮のドアノッカーより硬いんだ」

もう堪えられない。堪えられるはずがない。

ことばにならない哀れな泣き声で慈悲を請った。けれど、ファイリーはいましていることに夢中で、何も聞こえていないようだった。スカートが乱暴にウエストまでまくりあげられた。

身をくねらせて横を向こうとすると、口もとに拳が飛んできて、仰向けに戻された。切れた唇から生温かい血が顎へと滴りおちる。なす術もなくじっとしていると、薄っぺらな下着を剝ぎとられた。ファイリーが満足げにひと声唸った。震える脚が広げられて、その真ん中でファイリーが身構えた。

押しいろうとファイリーがいったん腰を引いた。グレースは身を固くした。けれど、きわどいところで体をよじって、最悪の瞬間を逃れた。

「じっとしてろ、このアマが」ファイリーが悪態をついて、片手でいきり立つものを持ち、反対の手でグレースの腕を頭の上の地面に押さえつけた。

「こんなことをするなんて、あなたを殺してやるわ」グレースは苦しげに言って、目を閉じた。陵辱を覚悟した。自分はからからに乾き、ファイリーは恐ろしいほど大きいとなれば、痛みは計り知れないはずだった。

背後で鋭い咆哮が響いて、はっとした。

ウルフラムなの？

祈りが通じたの？

確かめようと、身をよじった。けれど、押さえつけるファイリーの手は緩まなかった。

低い唸り声がしたかと思うと、また鳴き声が響いた。一瞬、何かが太陽を隠した。次の瞬間には、斑模様の大きな影がファイリーに飛びかかり、あとはもう何がなんだかわからなかった。

「な、なんだ！」ファイリーが苦しげに言った。

ウルフラムに飛びかかられたファイリーがのしかかってきて、グレースの肺から一気に空気が押しだされた。ウルフラムが牙を剥いて唸っていた。ファイリーの股間にあるものがみるみるうちに萎んで、グレースの剝きだしの脚をかすめた。間一髪だった——そう思うと、グレースは震えずにいられなかった。

声を限りに叫んだ。「ウルフラム！　そうよ！　その調子よ！」

巨体を押しのけようとしたが、同時に、ファイリーが犬を殴ろうと拳を放った。犬をとらえそこなった拳をわき腹に受けて、グレースは悲鳴をあげた。ファイリーが口汚いことばを叫びながら、闇雲に腕を振りまわし、その腕にウルフラムが牙を突きたてようとしていた。

ファイリーのがっしりした肩越しに、走ってくるマシューが見えた。手に太い木の枝を握りしめ、顔が怒りに燃えていた。まるで、サタンを追って天国から降りてきた復讐の天使のようだった。人を殺すこともいとわず、しかもそれを平然とやってのけると言わんばかりだった。

「ウルフラム、つけ」マシューの冷ややかな声にはめらめらと燃える怒りがこもっていた。主人の命令にウルフラムが即座にしたがった。毛を逆立てながらも、あとずさって、マシューの足もとに伏せた。

マシューの声を聞いてファイリーがぎくりとしたのは、グレースにもわかった。けれど、ファイリーはすぐに下卑た笑みを浮かべると、マシューのほうを向いた。まだ自分が優位に立っていると思っているようだった。「見物に来たんですか、侯爵さま？　だったら、女を悦ばす方法を教えますよ」

「おまえの命などもうないと思え」マシューの目は黄色い炎と化して、口もとは引き締まっていた。グレースにまたがっているファイリーをマシューは蹴落とすと、手にした太い木の枝を振りあげた。グレースは恐ろしくて息が詰まった。ファイリーの背中目がけて木の枝が振りおろされると、木が骨にぶつかる鈍い音が響いた。

「ちきしょう!」ファイリーが喘ぎながら言った。

唸りながら、マシューはもう一度枝を振りあげると、殴った。ファイリーに身を縮める隙も与えなかった。大男が倒れて、頭を抱えた。「やめてくれ、ああ、後生だから」

グレースはどうにか体を起こすと、破れたドレスをつかんで胸を隠した。無数の蜂に刺されたように顔が痛み、膝を抱えて、道の端でうずくまった。膝を抱える腕に力をこめると、全身に震えが走った。

さきほど流した涙の跡がべとついて、そこを新たな涙が流れていった。涙が頰の傷に染みてひりひりした。もう助からないと思っていた。もう安全だとはすぐには信じられなかった。

「彼女に二度と触れるな」神から復讐を命じられたように、マシューがファイリーのまえに立っていた。グレースは戸惑った。これがわたしの愛する人なの? やさしくて、穏やかで、ユーモアのある男性の姿はそこにはなかった。マシューは頭上に太い枝を掲げて、いままさにファイリーの頭に振りおろそうとしていた。

「殺してはだめよ、マシュー」しわがれてくぐもった声しか出なかった。よろよろと立ちあがると、重い足取りでマシューのそばへ行った。

そのことばに異議を唱えるようにウルフラムが唸った。マシューの唇がさらに引き締まり、愛犬と同じように剝いていた歯を隠した。グレースのほうを見ようともせず、縮こまっているファイリーに目を据えていた。「どうして?」

「ちょっと楽しもうとしただけだからですよ、侯爵さま。たいしたことじゃない。若い女がどんなものかは、侯爵さまだってご存じでしょう」調子に乗って致命的なことを口走った。

「いいや、ご存じないか。でも、その女はほんものの男に突かれたくてうずうずしてたんですよ」

「地獄で焼かれるがいい、ろくでなしが」激しい怒りにマシューの目がぎらついていた。最後の一撃をくわえようと、全身に力がこもった。

グレースはぞっとした。マシューが完全に分別を失っているのはまちがいなかった。マシューの腕をつかんだ。「だめよ。この男を殺したら、叔父さまはまたあなたを鎖につなぐわ。狂気のまぎれもない証拠だと言うに決まっている」

それでもマシューはがっしりした枝を振りあげたままだった。「こいつはきみを傷つけた」

「ええ、この男は殺されてもおかしくない。でも、こんな男のせいで、あなたがいままで積みあげてきたものを失うなんて馬鹿げているわ」

「お願いだ、侯爵さま。お願いだ、お嬢さん、哀れな男にお慈悲を」ファイリーの卑屈なことばは、大口を叩いているとき以上に癪に障った。ファイリーがそそくさとズボンのまえを留めて、よろけながらも体を起こした。そうしながらも、わざとらしく顔をしかめるのを忘れなかった。

グレースはファイリーを無視して、どれほど冷静でいようとしても震えが止まらない低い声でマシューに話しかけた。全身が復讐を叫んでいようと、マシューにそれをさせるわけにはいかなかった。「この一件は叔父さまにとってあなたを攻撃する絶好の口実になるかもしれない。そんなことがあってはならないわ」

マシューが徐々に理性を取り戻すのがわかった。ぎらついていた金色の目に浮かぶ炎がだんだん小さくなっていった。口もとを引き締めたまま、マシューが手を伸ばして、頬の傷にそっと触れてきた。

わたしはさぞかしひどい顔をしているのだろう――とグレースは思った。痛みも激しかった。

「八つ裂きにしてやりたい」マシューの口調は荒々しかった。

マシューに触れられると、いつものように体から力が抜けた。「わたしもよ。でも、あなたがまた錯乱したと叔父さまに思わせてはならないわ」

ウルフラムが唸った。振りかえると、ファイリーが逃げようとしていた。といっても、うずくまった格好からなかなか立ちあがれずにいるようで、顔が苦しげにゆがんでいた。

マシューにひどく痛めつけられたのはまちがいなかった。けれど、それも自業自得。ファイリーに殴られて、グレースはまだ全身が激しく痛んでいた。頭がずきずきして、恐怖に胃が縮まったままだった。

「背骨が折れた」ファイリーが不安げにウルフラムを見ながら、情けない声で言った。

「残念だが、折れているとは思えない」マシューがいかにもシーン侯爵らしい威厳に満ちた口調で言った。「とっとと失せろ。やはりおまえを生かしておけないと、ぼくの気持ちが変わるまえに」

「ええ、侯爵さま」ファイリーはじりじりとウルフラムからあとずさった。「そうしますとも」

「ウルフラム、追え」マシューが淡々と命じた。

ウルフラムが弾かれたように飛びだすと、ファイリーはよろけながらも走るしかなかった。

「助けてくれ！　犬を呼び戻してくださいよ！　くそっ！　あっちへ行け、この薄汚い畜生が。しっ、しっ！」

森のなかのぶざまな追いかけっこを尻目に、マシューはグレースの肩を抱いた。グレースはたくましい肩に寄りかかった。脚がとろりとしたクリームになってしまったかのようだった。

「ウルフラムはファイリーに嚙みつくかしら？」ファイリーの罵り声が遠ざかると、グレースは不安そうに尋ねた。少し話しただけで、切れた唇が痛んだ。殴られた顎もずきずきした。

「ぼくが命じないかぎり、嚙みつくことはない」マシューが苦々しげに言った。棍棒代わりの太い木の枝をうんざりしたように放り投げると、すばやく外套を脱いで、グレースの体をくるんだ。グレースはそのぬくもりがうれしかった。凍えそうなほど寒かったのだ。

片手でマシューの腕をつかんで、反対の手でドレスのまえをしっかり握った。馬鹿みたい。マシューにすべてを見られたのに。体の隅々にまでキスされたのに。けれど、たったいまファイリーに陵辱されかけたのだ。いまは体を隠すためだけでなく、心を落ち着かせるためにも服という頼りない鎧《よろい》を着けていたかった。

「かわいそうに。ひどい顔だ」マシューは怒りのにじむ口調でそう言いながら、傷ついたグレースの顔を見つめた。ポケットからハンカチを取りだすと、唇の血をそっと拭った。「やはり、あいつを殺しておくべきだった」

グレースは顔をしかめると、歯が鳴るほどの震えをこらえて言った。「あなたが来てくれてほんとうによかった。そうでなければファイリーが……あのままだったらファイリーは……」

声が震えてことばが詰まった。いまにも大粒の涙がこぼれそうで、喉が詰まった。

「いいんだよ、もう何も言わなくて」マシューの腕にそっと体を包まれた。ぬくもりと郷愁を誘うにおいに包まれた。

しばらくそのままでいて、やがて涙に濡れた目を上げた。「ごめんなさい」

「家に戻ろう」マシューに易々と抱きあげられると、あらためて驚かずにいられなかった。これほど細い体にこれほどの力があるなんて。

「歩けるわ」といっても、ほんとうに歩けるのか自信がなかった。

「いいや、ぼくが抱いていく」

反論する気になれるはずもなく、素直にマシューの肩に頭を預けた。「あなたといると安心するわ」

「ぼくは安心しすぎていた」マシューが大股で歩きながら、冷ややかに言った。

「このことはあなたのせいじゃない」

「ああ、叔父のせいだ」さらに鋭い口調でつけくわえた。「それに、もちろんぼくのせいでもある」

マシューの腕に力がはいると、グレースは身を縮めた。危機は去ったと実感すると、今度は体の痛みが襲ってきた。殴られたせいで、体のあちこちが痛んでいた。マシューの首にぎゅっとしがみついた。滑らかな黒い髪が手に触れると、不思議なほど気持ちが落ち着いた。

「あなたは薔薇の世話をしているとばかり思っていたわ」

「きみに会いたくなってね」今度は穏やかな口調だった。

「あなたが来てくれなかったら……」声が震えて、マシューにさらに抱きついた。

「でも、ぼくは駆けつけただろ？」

「そうね」

わたしにとってマシューは巌《いわお》。拠りどころ。最愛の人だった。

身も凍るほど殺伐としたこの世界で、ふたりが信じられるのはお互いだけだった。それ以外に何もなかった。

19

マシューはグレースを長椅子に下ろした。衝撃のないようにそっと下ろしたつもりだが、それでもグレースは身を固くした。傷だらけの顔が早くも腫れて、痣になりはじめていた。なんてことだ、やはりファイリーの息の根を止めるべきだった。いまとなっては次の機会を待つしかなかった。

だが、その機会はいずれ、いや、まもなくやってくるにちがいない。

まずはグレースの身の安全を確保しなければ。それができないかぎり、長すぎるほど放置してきた悪を正せるはずがなかった。

「気分のよくなるようなものを持ってくるよ」グレースが渋々ながら手を離すのを待って、マシューは言った。グレースはそもそも甘ったれてはいないが、この午後の悲惨な出来事で身も心も限界に近づいていた。

「ええ、お願い」グレースが男物の外套のまえを震える手でぎゅっと合わせて、真っ白な胸のふくらみを隠した。ファイリーに乱暴された胸を。マシューはまたもや怒りがこみあげてくるのを感じながらも、どうにか冷静を保った。ファイリーはこの午後、してはならないことをした。穏やかな春が真夏に変わるまでに、今日のつけはかならず払わせてやる。「すぐ戻ってくるよ」身を屈めて、グレースの額にキスをした。痣ができていないのはそこだけだった。

台所へ行って、お湯を沸かそうとやかんを火にかけた。次に庭に面した部屋にはいって、戸棚から必要なものを集めた。グレースを長いことひとりにしてはおけなかった。たとえとなりの部屋に行くだけだとしても、そばを離れると言ったときに、愛らしい目に不安が浮かんだのだから。

戻ると、グレースは長椅子の上で起きあがり、外套とその下の破れたドレスを相変わらず握りしめていた。戸口にマシューが現われたのに気づいて、明らかな安堵の表情を浮かべた。

マシューは持ってきたものを小さなテーブルの上にきちんと並べていった。そうすることで、ものを投げつけて大暴れしたがっている内なる獣が少しはなだめられた。「痛むところを教えてくれ」

「全身よ」グレースは笑みを浮かべようとしたが、腫れた唇ではそれさえままならなかった。

グレースの気丈さが、胸に突き刺さった。ふつふつと沸きたつ怒りがいつ炎となって燃えあがってもおかしくなかったが、それほど激しい怒りも忘れてしまうほどグレースのことが心配でたまらなかった。

手当てがしやすいように、長椅子のまえにひざまずくと、グレースの額にかかる泥のこびりついた髪をそっと撫でつけた。「ファイリーの思うとおりにはならなかった。これからだってそうだ。ああ、約束するよ」

グレースが怯えたように目を見開いた。「叔父さまが報復するかもしれないわ」

「すべての切り札を握られているわけじゃない」あくまでも冷静に、断固として言った。

「きみの身に危険がおよぶことはない」

長い沈黙のあとで、グレースがうなずいた。

マシューはほっとして息を吸うと、グレースの肩から外套をそっとはずした。しゃがんで、靴と破れたストッキングを脱がせた。最後に、ドレスのまえを握りしめているこわばった手を開かせようとした。

「見せてごらん」手を開こうとしないグレースにやさしく囁いた。

「いやよ」グレースが長椅子に背を押しつけた。

なんてことだ、ぼくのことまで恐れているとは。

ファイリーなど地獄で朽ちるといい。

「ぼくはきみを傷つけたりしない。わかっているだろう?」怪我をした鳥や動物に声をかけるように、グレースをなだめた。「ぼくがそばにいるんだから、何も怖がることはない」

グレースの顔から緊張感がほんの少し抜けていった。顔は痣だらけだが、少なくともそんなふうに見えた。手の力も抜けて、汚れた黄色いドレスのまえが緩んだ。マシューはドレスのまえをそっと開いた。グレースが泣きそうな声を漏らして、細い背を丸めた。

何かを隠そうとしているのか？　のぞきこもうとすると、グレースが身を守ろうとするように胸のまえで腕を交差させた。

「グレース？」やさしく声をかけながら、交差する腕をそっとどけた。

乳房が見えた。

そこにはくっきりとファイリーの歯型がついていた。傷ついて赤剝けた肌を縁取るように青い痣ができていた。

乳房に歯型が残っているだけでなく、胸からわき腹にかけての白い肌も痣だらけだった。胸の奥にどうにか押しこめていた凶暴な衝動が一気にふくらんで、息が詰まった。

「ひどいことを」息を吸って、拳を固めた。

恥辱にグレースの頰が真っ赤に染まった。「どうしてもファイリーを止められなかったの」

「ああ、きみには無理だ。でも、ぼくなら止められたはずだ」歯を食いしばり、ことばを絞りだした。ファイリーの残忍な仕打ちを物語る無数の痣にいやでも目が行った。

殺意が顔に浮かんでいたのだろう、グレースが震える手を伸ばして、手首を握ってきた。

「もうすぎたことよ」

「だからって、許せるはずがない」あらぶる血を鎮めようと深く息を吸って、グレースの腕から袖をはずした。腕も痣だらけで、手首には手形が残っていた。そのすべてが、どれほど手荒なことをされたかを無言で物語っていた。心に巣食う凶暴な獣が、つなぎとめている鎖をぐいと引っぱった。

「かわいそうに」少し体を動かすだけでグレースが顔をしかめるのに気づいて、マシューは言った。「服を脱いだほうが楽だよ」

思いがけず、グレースの口がゆがんで、唇にいつもの笑みが浮かびそうになった。「そのせりふを口にする若い男性はあなたが最初ではないわね、きっと」

マシューは笑おうとしたが、グレースの気丈さを痛いほど感じて、かえって泣きたくなった。心のなかでは、ファイリーを八つ裂きにしてやると叫んでいた。台所から持ってきたはさみで、スカートを切って、破れたコルセットと下着を脱がした。

グレースに痛い思いをさせるのは心苦しかったが、そうしないわけにはいかなかった。グレースを裸にすると、もつれた髪を下ろして、指で梳き、肩にふわりとかかるようにした。絹のような黒髪の帳《とばり》を通して、白い肌が真珠の輝きを放っていた。かろうじて痣や擦り傷をまぬがれたわずかな肌が。

グレースに膝掛けをかけて、台所に湯を取りにいった。すぐに部屋に戻ってきて、声をかけた。「手を貸すよ、座れるかな?」

グレースが座ると、布を湯に浸して、慎重に体を拭いていった。夕暮れの日の光を受けた細い体は優美だった。非の打ちどころのない曲線や窪みのすべてを布で拭っても、グレースを押し倒したいとは思わなかった。慈しむ気持ちだけが全身を満たしていた。

丁寧に体を清めた。それが終わると、濡れた布をわきに置いて、小さな瓶の蓋を開けた。「アルニカ、キンセンカ、アメリカマンサクは腫れを抑えて、痛みを和らげてくれる」指先で軟膏《なんこう》をすくうと、爽やかなにおいがジャスミンの香りにほどよく混じった。「薬草の研究に青春を費やした恋人を持った特権だな」

「遊び暮らした恋人ではこうはいかないと言いたいのね？」グレースはさらりと言ったが、手首の赤黒い痣に軟膏を塗りつけると、体がこわばった。

ファイリーにはグレースがいま堪えている痛みの十倍の苦痛を味わわせてやる。マシューはそっと軟膏を塗りながらも、ひそかに復讐を誓った。

「痛い！」紫色に腫れあがった左頬に薬を塗ると、グレースが顔をしかめた。

それまでもそうとう痛かったはずなのに、けなげにもじっと堪えていたのだ。すべての痣に軟膏を塗りおえると、マシューは横を向いて、麻布で手を拭いた。「さあ、少し休むといい」

「あなたはどこに行くの？」グレースの目が不安げに光っていた。

安心させようと、マシューはどうにか微笑んだ。「台所へ行くだけだ。きみがよく眠れるような飲み物を持ってくるよ」

傍目《はため》にもはっきりわかるほどグレースが身震いした。「このさき一生眠れそうにないわ」体を隠そうと膝掛けを引きあげる手も震えていた。

「今回のことも、きみなら乗りこえられる」一瞬、グレースの肩に触れると、不安げな震えが伝わってきた。「すぐに戻ってくるよ」

台所に行くと、カノコソウとヤナギの樹皮とシモツケソウのお茶を淹《い》れた。あれだけの怪我をしているからには、数日は激しい痛みが引かないだろうが、薬草のお茶が多少なりとも鎮痛効果を発揮してくれるはずだった。グレースなら辛いこの出来事を乗りこえて、健康と輝く美を取りもどすにちがいない。その姿を見届けたい、心からそう願わずにいられなかった。

いろいろなものを載せた盆を手に、部屋に戻った。「痛みはいくらか和らいだかな?」

仰向けに横たわったグレースがこちらを見て、どうにか微笑んだ。傷ついた顔に精いっぱいの笑みを浮かべた。「ええ、ほんとうに」

マシューはいつもどおりの態度に徹した。「パンとチーズも持ってきたよ」

「おなかはすいてないわ」疲れているのだろう、顔が曇った。精神的にも限界なはずだった。ぎこちなく体を起こしてクッションに寄りかかったグレースに、湯気の上がるカップを手渡した。ファイリーに暴力をふるわれて怪我をした事実を、グレースはいまようやく実感しているにちがいない。これまではショックのほうが大きくて、痛みを感じる機能はいくらか麻痺していたのだ。グレースがお茶をすすり、顔をしかめると、マシューはにやりとせずにいられなかった。「まずい」

「ここに痛み止めのアヘンはないからな。それが次善の策だよ」

グレースが驚きながらも訝しんでいるのはその目を見ればわかった。顔は痣だらけでも、これほど表情豊かだとは!「憶えていたのね?」

「きみのことなら何もかも憶えてるよ。さあ、全部飲んで。それに、何か食べなくてはだめだ」

また反発されるものと身構えた。けれど、思っていた以上にグレースは疲れ果てていたのか、お茶を飲みほして、おとなしく食事をすると、長椅子にぐったりと横になった。

「頭が痛いわ」グレースがクッションに顔を埋めてつぶやいた。

そのとおりなのだろう。それでも、早くもお茶の催眠効果が表われていた。体を毛布で包みこもうとすると、グレースはもうつぶやくことさえできなかった。そんなグレースを抱きあげて、二階のベッドへ運んだ。

同じ寝室ですでに三晩を過ごしたのだから、ネグリジェに触れるのに躊躇はなかった。とはいえ、この三晩のグレースはそれさえ着ていないことのほうが多かったけれど。ネグリジェをそっと着せて、シーツを整えた。

「ひとりにしないで」瞼さえ満足に開けていられないのに、グレースが泣きそうな声で言った。意識も朦朧としているはずだった。

「ああ、もちろんだ」そう答えたものの、それは真実とは言えなかった。

偽りの約束にグレースはほっとしたようで、枕に載せた頭からも首からも力が抜けていった。まもなく、ゆったりした寝息をたてはじめた。部屋は寒くなかったけれど、マシューは上掛けをかけるのも忘れなかった。

そうして、ブーツを脱いで、となりに横たわった。グレースは数時間は眠りつづけるだろうが、ひとりきりで目覚めて、不安がらせたくなかった。

　グレースが弱々しく苦しげな声を漏らした。マシューはぱっと目を覚ました。部屋は真っ暗だった。グレースを気遣いながらも、いつのまにかうとうとしてしまったらしい。

　シャツとズボンを身に着けたまま、上掛けの上に横たわっていた。いっぽう、グレースは上掛けと毛布に包まれていた。無意識のうちにグレースを抱きよせて痛い思いをさせないように、わざとそうしたのだった。

　ベッドをともにするようになってまだ数日しか経っていないのに、ひと晩じゅうグレースを抱いているのが早くも習慣になっていた。グレースがいなかったら、どれほど惨めで孤独かはわかっていた。地球が正しい方向にまわるとも思えなかった。

　どうすればいい？　グレースなしでどうして生きていけるのか……。ひと晩だって生きられない。それは永遠に変わらない。

　このさきに待ちうける地獄の予感を胸の奥に押しこめて、手を伸ばして蠟燭に火を灯した。

「グレース、大丈夫かい？」

　薬を塗ったにもかかわらず、蠟燭の揺れる炎がグレースの顔のますます濃くなる痣を照らしだした。恐怖の名残りと苦痛が、濃い青色の瞳と引き結ばれた腫れた唇に表われていた。

ファイリーだけでなく、そもそもの原因をつくった叔父に、残虐な行為のつけをかならず払わせてやる――マシューは決意を新たにした。ささやかな正義を神が許してくれればそれだけで、死んでも本望だった。

「ええ、大丈夫」薬のせいでグレースの声がくぐもっていた。「何時なの？」

ベッドサイドに置いた銀の懐中時計を確かめた。「三時二十分。水を飲むかい?」

グレースはにっこり微笑んだが、切れた唇が痛んで、顔をしかめた。「ええ、お願い」

マシューはベッドを出ると、棚の上のクリスタルの水差しからグラスに水を注いだ。「気分は?」

「四頭立ての馬車に轢《ひ》かれたみたいな気分」苦しげに言うと、ぎこちなく体を起こして、震える手でグラスを受けとった。「しかも二回も轢かれたみたい」

マシューはどうにか笑みを浮かべたが、実際には、軽口を楽しむ気分ではなかった。苦しむグレースの姿を目の当たりにして、怒りしか感じなかった。「ほかにほしいものは?」

「いいえ」グレースが苦しげに息を吸った。「あなたに抱いていてほしいだけ」

「でも、きみに痛い思いをさせてしまうかもしれない」といっても、内心はグレースの言うとおりにしたくてうずうずしていた。いま、愛を交わせるはずがないのはわかっていたが、それでも、静止した空気のなかに欲望がつのっていた。ふたりでいるといつもそうだ。だが、このときばかりは、欲望を優先させてはならなかった。いまは愛と思いやりと気遣いが何よりも大切だった。

「マシュー……あなたがほしいの」

そんなことを言われて、どうして拒める? グレースが望むなら、命を差しだしても惜しくないのに。

グレースが水を飲むまで待った。そうして、グラスを受けとって、わきに置くと、慎重に上掛けにもぐりこんだ。とたんにグレースのぬくもりに包まれた。

グレースがいない人生はどれほどひえびえとしたものか……。闇に閉ざされた冬。あるいは、墓場にも匹敵するだろう。

重ねた枕に頭を載せて、そっとグレースを抱きよせた。グレースが痛みを感じているのは、ことばにするまでもなかった。そろそろと肩に頭を載せる仕草がすべてを如実に物語っていた。グレースが丸めた体をぴたりと寄せてきて、胸の上に腕を置いた。

「これなら大丈夫」グレースがため息をついて、片手をシャツのなかにもぐりこませてきた。その手は苦悶する心の上に置かれていた。グレースの香りに包まれた。太陽、女、ジャスミンの石鹸の香りに。それに薬草の軟膏のかすかな香りが混じっていた。

グレースは震えていた。グレースにしてみれば、静かなこの部屋にもまだ恐怖が忍びよっているのだ。

グレースと結ばれてからというもの、マシューははかない楽園で生きていた。この幸福がいかに危ういものかはよくわかっていたが、愛する女にしがみついているのがいかに危険かを考えたくなかった。危険を冒しているせいで、今日、それが暴力へとつながったのだ。

「今日の出来事で何がいちばん辛かったかわかる?」低い声でグレースが尋ねた。

残念ながら、マシューにもそれはよくわかっていた。これまでに何度も縛られて、暴力をふるわれてきたのだから。「自分の無力を痛感したこと」苦々しげに答えた。

「そうよ」意見が合ってほっとしたのだろう、グレースが囁いた。薬がまだ効いているようで、口調が眠たげだった。

「眠るといい」とやさしく言った。「ぼくがきみを守るから」

それは心の底から湧いてきた約束だった。ファイリーやモンクス、叔父からもグレースを守ってみせる。どんなことをしてでも。

たとえ命までは失わないとしても、そのために自身の正気を賭けることになるだろう。グレースのために行動しなければならなかった。一人前の男だと胸を張って言えるようになりたいなら、グレースと自分自身のために行動しなければならなかった。

グレースが眠りにつくと、マシューは蠟燭の炎に照らされた部屋のなかを見つめた。束の間の楽園は塵のように消えてしまった。残酷な現実が目のまえに迫っていた。

グレースをこの屋敷に置いておくわけにはいかない。たとえ、ファイリーの手の届かないところにグレースを置いておけたとしても、ほかにも無数の危険がひそんでいるのだから。

ごく普通に生きたい——そんな望みはとっくのとうに捨てていた。だが、グレースはごく普通の世界に属するべきだ。まっとうな男に愛されて、気遣われ、子供を産む——そんな幸せを手にする権利がある。その相手がマシュー・ランズダウンであるはずがなかった。自分こそがその男だと言えるなら、魂を差しだしてもかまわないのに……。

グレースを逃がす方法をなんとしても考えなければならなかった。そして、グレースが自由になり、その身に危険がおよぶことはないとわかったら、そのときこそ、この自分も叔父の邪悪な支配から永遠に逃れるのだ。

20

落ち着かない十日間が過ぎていった。グレースが屋敷にいて、危険にさらされていると思うと、マシューは不安でたまらなかった。それでいて、まもなくグレースがいなくなると思うと、酸の海に落とされた気分だった。

番人の目を欺いてグレースを屋敷から逃がす——その決意が揺らぐことはなかった。ファイリーの巨体がグレースの白い太腿のあいだに割りこみ、グレースの肌に荒くれ者の拳があたる不快な音を思いだせば、決意はますます揺るぎないものになった。ジョン卿に囚われているかぎり、グレースはつねに危険にさらされていた。

ファイリーはこそこそと歩きまわっていた。痣だらけで、足を引きずり、鬱々とした顔で。ウルフラムが牙を立てた腕には、これ見よがしに薄汚い包帯が巻かれていた。見た目はいかにもびくついていたが、それに騙されて、危機は去ったと安心するわけにはいかなかった。

グレースの痣はほぼ消えて、どの傷も痕になるほど深くはなかった。傷の手当てをされながら怯えて涙を流していた女は、すでに遠い過去のものになっていた。あの出来事以降変わったことを強いて挙げるとすれば、グレースがそれまで以上に愛の営みを貪欲に求めて、つねにふたりでいたがることだけだった。

日ごとに、マシューはますますグレースを愛するようになっていた。そんなことになると は想像すらしていなかったが、それはまぎれもない事実だった。グレースのなかに自分自身を深く埋めると、血と息と魂が溶けあうように感じられた。〝愛している〟ということばを口にしそうになるのもしょっちゅうだった。それでもいまのところは、歓迎されない愛のことばをどうにか呑みこんでいた。以前そのことばを口にしたときに、グレースがどんなふうに否定したかは、あまりにも鮮明に記憶に刻まれていた。

あなたは勇敢だ――グレースはそう言ってくれた。けれど、もう一度グレースに拒まれるようなことをする勇気はなかった。

グレースから求められているのはわかっていた。信頼して、好意を持たれているのも。だが、愛されてはいない……。

何よりも辛いその事実が心を苛んだ。

いま、自分にとっての永遠の女神であるグレースが向かいの長椅子に座っていた。夕食のまえの夕暮れのひとときを、ふたりで過ごしていた。苦悩が頭から消えることはないにせよ、グレースの存在に心が癒された。火のはいっていない暖炉のわきに置かれた肘掛け椅子に腰かけて、ちらりと正面を見ると、これほど神々しい女性を手に入れたことに、あらためて感動した。

そう、少なくともいまこのときだけは、グレースはまちがいなく自分のもの。

グレースは無意識のうちに男を誘うポーズで長椅子の肘掛けにもたれていた。ワインが半分ほどはいったグラスを持つ華奢な手。娼婦も顔を赤らめるほど肌もあらわな深紅のドレス。ドレスの色とあいまって、搾りたてのミルクのような真っ白な肌が輝いていた。視線をやや下に向けると、卑猥なほど開いた襟ぐりがかろうじて乳首を隠していた。その甘さが思いだされて、思わず舌なめずりした。

だが、まもなくそれをほんとうに味わえる。

体のなかで欲望がゆったりと大きな渦を巻いた。夕食のあとで、一糸まとわぬグレースを腕に抱けば、欲望が一気に燃えあがるのはわかっていた。この静かな部屋のなかでは、欲望は血とともにひそやかに沸きたって、まもなく至福のときを迎えると魅惑的に囁いていた。

グレースは髪を高く結いあげていた。こぼれ落ちた絹のようになめらかなおくれ毛が、白い肩をくすぐっていた。華奢な首を華やかなルビーで飾りたかった。ルビー、ダイアモンド、真珠、エメラルド。だが、サファイアはだめだ。どれほど上等なサファイアだろうと、グレースの美しい目にはかなわないのだから。

けれど、贈れる宝石などひとつもなかった。あるのは切望し、愛する心だけ。胸が痛んだ。そんな取るに足りない贈り物をグレースがほしがるはずがなかった。

グレースがグラスを上げて、ドレスと同じ深紅の液体に口をつけた。たったそれだけのことに、マシューは息が止まりそうになった。

グレースがいれば、ほかには何もいらなかった。グレースがここからいなくなると思っただけで、サーベルを突きたてられたような痛みが走った。

屋敷からひとりで逃げなければならないことは、グレースにまだ話していなかった。確実な方法を思いつくまでは話すつもりはなかった。自由が得られるという希望をいたずらにかきたてても意味はない。もちろん、ここから出られるチャンスがあるなら、一も二もなくグレースはそれに飛びつくだろう。絶好の機会をみすみす逃すほど愚かではないのだから。

グレースが形のいい黒い眉をかすかにひそめた。「どうしたの、マシュー？」

マシューは無理やり微笑んだ。内心の不安を表に出さないようにしたが、グレースのまえでは隠しきれなかった。「そのドレスにはルビーが必要だ」

グレースが肩をすくめた。「宝石に興味ないわ」

それはわかっていたが、それでも、光り輝く宝石でグレースを飾れないのが悔しかった。裸身に輝く宝石だけをまとったグレースの神々しい姿を思い浮かべずにいられなかった。

「何かしら？」グレースがそう言いながら、やわらかな春の空気を入れるために開けてある窓を見た。

「いや、ぼくはただ……」淫らな場面を思い描いているのが、なぜグレースにわかったんだ？　そんなことを思ってから、ようやく馬車の音に気づいた。走ってきた馬車が家のまえで停まった。

屋敷に自由に出入りできる者といえば、ひとりしかいなかった。ジョン卿がやってきたのは不愉快きわまりないが、不思議ではなかった。先週の出来事をモンクスが報告したにちがいない。マシューはサイドテーブルにクリスタルのグラスを乱暴に置いた。本能的な警戒心に淫らな空想はかき消された。

「叔父だ」立ちあがると、宮殿に住まう美しく若い女王を守る衛兵のようにグレースの傍らに立った。

「叔父さま？」はっとして、グレースも立ちあがろうとした。

「胸を張るんだ、愛しい人」感情を抑えるまえに、愛のことばが口をついて出ていた。片手をグレースの肩に置くと、滑らかな肌の下の華奢な骨と筋が感じられた。「恐れを見せてはいけない」

「でも、怖いわ」グレースが小さな声で言った。それでもマシューが肩をそっと押すと、グレースは素直にまた椅子に腰を下ろした。マシューの手に、罠にはまった鳥のように暴れる脈の感触が伝わってきた。

大男の従僕が居間の扉を開くと、ランズダウン家の深緑色のお仕着せに身を包んだ三人の従者をしたがえて、ジョン卿がさっそうとはいってきた。そうして、マシューと身を固くして長椅子に座っているグレースからやや離れたところで立ち止まった。

「やあ、マシュー」ジョン卿は革の手袋をはずして、シルクハットを脱ぐと、従者のひとりに手渡した。その従者がお辞儀をして、部屋を出ていった。

「叔父上」マシューが冷ややかな声で言った。

ジョン卿は屋敷にやってきたときのお決まりの表情――さも傲慢な表情――で部屋をすば

やく見まわすと、残っていたふたりの従者に向かってステッキを振った。「暖炉に火を熾《おこ》せ。窓とカーテンを閉めて、外で待っていろ」

ふたりの従者がきびきびと動いて、部屋を息詰まる温室に変えた。そうして、扉を静かに閉めて部屋を出ていった。淀んで張りつめた静寂のなかで、その音がやけに大きく響いた。

「マシュー、おまえのせいで、私は不愉快きわまりない」用件を尋ねる者がいないとわかると、ジョン卿が言った。

主導権争いがいかに子供じみているか、マシューにはよくわかっていた。けれど、いまはそれしか手段がなかった。何年もかけて、叔父の心を乱す術を身に着けた。ゆえに、マシューはさも傲慢な態度でお辞儀をした。「それはお気の毒に、叔父上」

あんのじょう、叔父は皮肉を無視した。その代わりに、ここを支配しているのは自分だと言わんばかりに、空いている肘掛け椅子に腰を下ろすと、ステッキの先端についた大きな琥珀に両手を置いた。輝く琥珀のなかには大昔の昆虫が捕らえられていた。悪意に満ちたその象徴はいつでもマシューの心に突き刺さった。

ジョン卿の口もとが不愉快そうに引き締まった。「国王からの命でスコットランドにいたのだが、ここの番人のひとりをおまえが襲ったという不穏な知らせを受けた」

「ぼくを見張っている男のひとりがこのご婦人を襲ったんですよ」マシューは冷ややかに応じた。グレースの顔の薄れかけた痣が、それが真実であることをはっきり物語っていた。

無言のままグレースは気高く顎をつんと上げた。その白い顔は大理石の墓石に刻まれた彫像にも負けず完璧だった。ジョン卿をまえにして、立ちあがりもしなければ、お辞儀もしなかった。ジョン卿はグレースには目もくれなかったが、侮辱的な態度には気づいたはずだった。

わずかな間のあとに、ジョン卿が言った。「事実がどうであれ、私としては進展のほうが気になる。どうやらこの女は役立たずのようだ。そもそも目的にはそぐわないと、初めから気づくべきだった。女を取り替えよう」

闘いの火蓋《ひぶた》が切られた――マシューは攻撃的な満足感を抱きながら思った。前哨戦がこれほど短いとはめずらしい。ジョン卿は捕虜をもてあそぶのが好きなのだ。自身が仕掛けた邪悪な網から逃れようと、捕虜が死にものぐるいで駆けずりまわるのを眺めるのが趣味と言ってもいい。それなのに、これほどすぐにあからさまに攻撃をしかけてくるとは、見た目以上に動揺しているにちがいない。

いい気味だ。

マシューはグレースを安心させようと肩に置いた手に力をこめた。グレースの体のこわばりが、手に伝わってきた。ジョン卿の〝取り替える〟ということばが何を意味しているのか、グレースは明確にわかっているはずだった。

「とんでもない、パジェット夫人はぼくが望むものすべてを備えている」よどみなく言った。

ジョン卿は愛想のいい世事《せじ》に通じた男の口調で話そうとしたが、それは成功しなかった。

「何を言っている、マシュー？　その女はどこにでもいるめそめそした女で、おまえに必要なのは、男を悦ばせる術を心得ている女だ。とはいえ、おまえは男女の行為に関しては、比べる対象がないからな」

グレースが小さく息を呑んで、屈辱に頰を真っ赤にした。いつからふたりがベッドをともにしたのかということまでジョン卿に知られているのは、グレースにとって堪えがたい苦痛のはずだった。

「パジェット夫人はここに留まる」きっぱりと言った。

ジョン卿は人に歯向かわれたことなど、もう何年もないはずだった。冷たい目が怒りでぎらついたかと思うと、薄っぺらな手がステッキを握りしめた。年を追うごとに、ジョン卿はどんどん横柄になり、侯爵の権利をほぼ手にしたと思いこんでいるかのようだった。ただし、爵位を除いては。爵位にだけは永遠に手が届かないのが、ジョン卿にとって最大の癪の種なのだ。それをマシューは知っていた。

「もっと情熱的な女がおまえのベッドを暖めれば、そこにいるパジェット夫人のことなどすぐに忘れるさ。なにしろ私が前回ここに来たとき、パジェット夫人は私に泣きついて、ここから出してほしいと懇願したのだから。マシュー、おまえだってわかるだろう、貞淑なご婦人に娼婦の役目を強いるのがまちがっていることぐらいは」

「なるほど、叔父上は良心が痛んで夜も眠れずにいたわけだ」マシューはありったけの皮肉をこめて言った。

「ジョン卿、あなたはわたしを解放する気などないはずよ」濃密な敵意で重苦しくなった空気を、グレースのことばがガラスのナイフとなって切り裂いた。「わたしにはわかっているわ。あなたがわたしを殺すつもりでいることは」

ジョン卿の眉──マシューの眉をそっくりそのまま灰色にした眉──が尊大な弧を描いた。「マダム、自分を買いかぶりすぎているようだな」

「そんなことはないわ」グレースのひとことひとことに侮蔑がこもっていた。

「甥の情婦になったとたんに、ずいぶん生意気になったものだ」ジョン卿も負けず劣らず冷ややかな口調だった。「おまえは貞淑な未亡人ではなかったのか？」

情婦と呼ばれてグレースは顔をしかめたが、それでも威厳は崩さなかった。「暴漢より、ペテン師より、盗人より、情婦のほうがましだわ」

「口の減らない女だ！」ジョン卿が立ちあがって、片手を上げた。

その手がグレースを打ちつけるまえに、マシューは立ちふさがった。グレースが息を呑んで、座ったまま身を引いた。

「パジェット夫人を殴ったら、叔父上は一生後悔することになる」マシューは鋭く言い放って、長身を誇示するように身を乗りだした。

暑すぎる部屋のなかは、まさに一触即発だった。十一年のあいだ、叔父と甥のあいだで煮えたぎっていた憎悪が、肉体的な対決という形で爆発したことは一度もなかった。けれどいま、全身が怒りで沸きたち、マシューは何も見えなくなっていた。叔父の息の根を止めてやる──それしか頭になかった。卑劣な叔父の喉を両手で締めつけて、不快な息の最後の一滴まで絞りだしてやる——その感触が手のひらにはっきり感じられるほどだった。すべてを焦がす怒りの炎のえぐみが、口のなかに広がっていた。すぐにでも行動を起こせるように、身構えた。世界がぎゅっと縮まって脈打つ赤い点になり、そこに見えるのは叔父の忌まわしい顔だけだった。

グレースの手のひらを背中に感じた。心もとないそのつながりが、身を投じようとしていた危険な淵から、現実に引き戻してくれた。最優先させるべきことを思いだした。

くそっ、いったい自分は何を考えていたんだ？　ここで叔父を殺すわけにはいかない。もしそんなことをしたら、グレースはどうなる？

自制心を取り戻そうと、顎が痛むほど歯を食いしばった。すぐにでも殴りかかって、叔父の息の根を止めたかった。だが、それはできない。いまはまだ。本懐《ほんかい》を遂げるのは、グレースを真っ白な塀の外に出してからだ。

「おいおい、落ち着くんだ」ジョン卿が甥の手の届かないところによけた。「そんなあばずれにさわってこの手を穢すつもりはない」

「触れることなどできないと、わかっただろう」マシューは上がっていた息を必死に鎮めながら言った。息をするたびに動いているはずの背中にグレースが触れているおかげで、どうにか理性を保っていた。その手のぬくもりが、あらぶる血を鎮めてくれた。乗りだした体を引いて、ゆっくり背筋を伸ばした。

「御託はもうたくさんだ。その女は今夜ここから出す」ジョン卿が鋭く言った。「おまえにはほかの女を見繕《みつくろ》ってやろう。闇のなかなら、どんな雌馬だろうと見分けはつかないからな」

グレースが怯えて息を吐いたのが、マシューの耳にもはっきり聞こえた。「ほかの女はいらない。言ったはずだ、パジェット夫人はここに留まる」

ジョン卿が過度の自信を取り戻そうとしていた。「女を初めて知ったぐらいで、自分にも選ぶ権利があるなどととんでもない勘ちがいをするとはな、マシュー」

「選ぶ権利はいつだってある」冷ややかに応じた。これまでとは天と地ほどもちがう闘いが始まっていた。勝利するまで気力が続くのを心から祈った。激昂を抑えて、冷ややかに叔父を見据えた。「忘れているようだから言っておくが、ぼくは叔父上に対して決定的な力を持っている」

ジョン卿が嘲るように笑った。「おや、また狂気が顔を出したようだな。モンクスがおまえを最後に拘束してからどれぐらい経つ？　何もできない赤ん坊のようなおまえの口に食事を運び、泣き叫びながら意味不明なことを口走るおまえの尻から汚物を拭ってやってから」

恥辱に満ちたことを言われても、マシューは動揺しなかった。揺るぎない自信を胸に、あくまで冷静に話を続けた。叔父をまえにして、これほどの自信を抱いていられたのは初めてだった。グレースのおかげで、強く、自信に満ちた男になれたのだ。グレースの手はすでに背中から離れていたが、そのぬくもりは相変わらず残っていた。同じようにグレースの姿も、命が尽きる日まで心に残りつづけるはずだった。

「パジェット夫人に危害をくわえたら、叔父上はランズダウン家の財産を扱う権利を失う。ああ、かならずそうなると、ぼくは両親の墓に誓う」

息苦しい部屋がジョン卿の嘲笑で満たされた。「どうしたらおまえにそんなことができるんだ、坊主?」

坊主でも、若造でも、好きなように呼べばいい。どんなふうに呼んだところで、力関係が永遠に一変したのは事実なのだから。グレースが傍らにいれば無敵だった。叔父はふたりの乱暴な手下をブリストルに送りだして、グレースを捕まえさせた瞬間に致命的なまちがいを犯したのだ。

マシューの顔に優位に立った者だけに許される笑みがよぎった。「ああ、もちろん、この命を賭ければそれができる。叔父上の権力はいつ切れるとも知れない細い糸にかろうじてぶらさがっているようなものだ。ああ、ぼくがこの世にいるかぎりは、権力を握っていられる。だが、ぼくが死んだら、叔父上の貪欲な手はシーン侯爵家の財産には二度と触れられなくなる」声がさらに非情さを増した。「グレースに触れたら、ぼくと彼女を引き離したら、彼女を傷つけたら、そのときぼくの命も終わる」

「だめよ」背後でグレースの動揺した声が響いた。「そんなこと、いけないわ」

グレースを苦しませるのは辛かったが、グレースを見ようとはしなかった。気力、心、決意のすべてをかけて叔父を打ち負かさなければならなかった。

「まさに役立たずのオウムの戯言《たわごと》だな」ジョン卿は笑い飛ばそうとしたが、頬から血の気が引いて、いつも青白い顔がさらに蒼白になっていた。

マシューは心とは裏腹に、何を言われようがかまわないと言いたげに肩をすくめて見せた。「これがぼくの有する究極の力だ。この部屋のなかにいても、自分で命を絶つ方法は百通りはある。ぼくが死ねばシーン侯爵の称号はいとこのものになる。そうなったら、叔父上はランズダウン家の財産に手をつけられない。医者を買収して、そのいとこも精神に異常をきたしていると診断を下させないかぎりは。といっても、同じ手が二度も通用するはずがない」

「芝居がかったせりふはよせ！」ジョン卿がぴしゃりと言った。けれど、いつもの威厳は明らかにほころびはじめていた。

「マシュー、わたしにはそれほどの価値はないわ」グレースが苦しげに言った。「そんなことはやめて、お願いよ」

マシューは振りかえって、苦悩に満ちた藍色の目を見た。「いや、これしか方法はないんだよ、ダーリン」

「あばずれのために、命を絶つ気なのか？」その口調には、嫌悪感といっしょに戸惑いも表われていた。「その女は安っぽい娼婦だぞ。そんな女ならどの町でも二ペンスも出せば買える」

マシューは叔父に向き直ると、文字どおり歯を剝きだして威嚇した。「このご婦人にもう一度無礼なことを言ってみろ、二度と口がきけないようにしてやる」

「なるほど、おまえはその女を愛しているなどと幻覚を見ているようだ。ならば、どれほど分別を説いたところで時間の無駄だ」ジョン卿は嘲笑いながらも一歩あとずさった。マシューが目に殺意を浮かべて立ちふさがった瞬間を忘れていないようだった。「おまえがなけなしの理性を取り戻したら、また来るとしよう」

ジョン卿がステッキで床を叩いた。すぐさま従僕が扉を開けた。ひんやりした空気が部屋に流れこんでくると、マシューはほっとして大きく息を吸った。暑くて息苦しくてたまらなかったのだ。あるいは、息苦しかったのは、腐った魚のにおいのように叔父の毛穴から染みでる悪意のせいだったのかもしれない。

「さしあたり、そのあばずれをそばに置いておけばいい。せいぜい楽しむんだな」それだけ言うと、ジョン卿は部屋を出ていった。

マシューは体が汗ばんでいるのに気づいた。上着を脱いで、椅子に投げつけた。つかつかと歩いてグラスにブランデーを注いだ。

まさか、叔父に勝てるとは……。信じられなかった。

ブランデーをひと息で飲み干すと、もう一杯注いだ。振りかえって、グラスをグレースに差しだしたとたんに、驚いて体が凍りついた。

グレースの真っ白な頬を涙がとめどなく流れていた。グレースは立ちあがって、こちらを向き、体を激しく震わせていた。そのせいで、途切れ途切れにしか話せなかった。「あなたの……命を賭けるほどの価値は……わたしにはないわ」

「いや、充分にあるよ」グラスを叩きつけるように置いた。磨きあげられた上等な食器台にブランデーが飛び散った。「ぼくにとってきみは天であり地でもあるんだ」

グレースにはそれがわからないのか？　〝愛している〟という禁句が、いままた喉までこみあげてきた。歩みよって、強く抱きしめた。とたんに甘いジャスミンと太陽の香りに全身が満たされた。

「あなたには死んでほしくない」胸に顔を埋めて、グレースが涙にむせびながら言った。両手をマシューの背中にまわして、シャツをぎゅっと握りしめた。

「馬鹿だな」マシューはやわらかな髪に囁いた。腕に力をこめて、震えるグレースをさらに抱きしめた。その体は自分が抱きしめるためにできているかのようで、ふたりの体がぴたりと合わさった。「ほかのことはともかく、叔父は誰よりも貪欲だ、それだけはまちがいない」

グレースはわずかに身を引いて、涙を拭った。「ジョン卿なんて大嫌い」

痛々しいほど実感がこもったことばが、偽りの時間は過ぎたと告げていた。「グレース、叔父は屈辱を味わわされて、おとなしくしているような人じゃない。叔父が支配する場所にいるかぎり、きみはつねに危険にさらされている。ああ、そうだ、この屋敷は叔父に支配されている」

「でも、わたしには何もできないわ」グレースの声はくぐもっていた。

「いや、できるさ。きみはここから出られる」

涙と困惑が浮かぶ曇った目で見つめられた。「あなたもわたしも囚われの身なのよ」

グレースに話をする勇気が、この自分にあるのか？　マシューはむっとする空気を深く吸いこんだ。「ぼくがきみを逃がす」

グレースが冗談かと訝るような表情で、まじまじと顔を見つめてきた。「絶対に逃げられないと、あなたは何度も言ったわ。それがなぜ変わったの？　わたしたちはどうやってここから抜けだすの？」

一瞬、マシューは苦悩に目を閉じた。けれど、グレースの情熱的な顔に残る涙の跡を思いだすと、頭がかっと熱くなった。「ここを出ていくのはきみだけだ」どうにかことばを絞りだした。「きみは出ていき、ぼくは残る」

グレースがわずかに身を引いて、顔をしかめた。すぐにでもまた抱きよせたくなるのを必死にこらえた。いますぐにそうしなければ、グレースが手の届かない遠いところに行ってしまいそうな気がした。「わからないわ。わたしがここから出られるなら、あなただって出られるはずよ」

「それができるなら、何を引き換えにしてもそうするよ。だが、ぼくを助けた人はみな、犯罪者として罰せられる。前回の逃亡の結果がそれだった」

「わたしがあなたといっしょにいるわ。あなたの叔父さまがどんなことをしたか、わたしが証言するわ」

グレースの口調は熱意と希望に満ちていた。そんなグレースを拒むのは辛かった。「自由になって、きみといっしょにいられるなら、ぼくは魂だって売り飛ばす、きみにはそれがわからないのか？　だが、ぼくは精神に異常があると烙印を押された。ぼくが監禁されているのは世の中のためなんだ」

「あなたは誰よりも正常よ」そのことばにはグレースの必死の思いがこもっていた。「あなただって、自分の頭がおかしくないのはわかっているはず」

「ああ、この数年は。だが、医者はぼくのことを危険人物だと言うだろう」

「叔父さまに買収されている医者はね。あなたがそう言ったとき、叔父さまは否定しなかったわ」

「だからといって、医者の診断がまちがっているとは言えない」

「いいえ、まちがっているわ！」

「グレース、もうやめてくれ」マシューは身を屈めると、グレースの唇を荒々しく奪った。涙の味がした。絶望の味がした。

頭がかっと熱くなって、白い稲妻が走ったように目がくらんだ。グレースの唇はどれほど味わっても味わい尽くせなかった。歓喜の波に呑みこまれながらも、奇妙な感覚を抱いた。キスをとおしてグレースが反論しているかのようだった。グレースの両手が胸を這い、首のうしろでつながれた。上等なシャツ越しに触れる手のひらが肌を焦がした。グレースの背中に腕をまわして、ひしと抱きしめた。

どうしてグレースを手放せる……？

グレースが喘ぎながら、力ずくで体を離した。緊張感から全身が大きく震えて、顔からは血の気が失せていた。心から憎む相手が目のまえにいるかのように睨みつけてきた。それでいて、激しいキスのせいで唇が艶やかに濡れていた。「あなたが何をしようと、わたしは行かない。わたしはあなたといっしょにいたいの」

そんな馬鹿なことがあるか？　マシューはくらくらする頭をはっきりさせようと、首を振った。聞きまちがいに決まっている。グレースは騙され、乱暴されて、侮辱された。分別のある女なら誰だって、ここから逃げられるとなればそのチャンスにすぐさま飛びついて、この屋敷とこの場所にまつわる者から千マイル離れるまで走りつづけるに決まっている。だが、どうやらグレースに分別はないらしい。

驚きと絶望に胸が締めつけられた。きっとグレースはわかっていないのだ。「きみをここから逃がす方法を考えた。きみにとってまたとないチャンスだ。きみは自由になりたいに決まっている。自由にならなければいけないんだよ」

「あなたといっしょでないなら、自由になんてなりたくないわ」グレースは頑として譲らなかった。顎をぐいと上げて、反抗的な目で睨みつけてきた。それは初めてふたりが会ったときに、一瞬にしてマシューの心を虜にした目だった。けれど、マシューはその目に浮かぶ気持ちをあえて読まないようにした。涙が白い頬を伝ったが、グレースはもう泣いてはいなかった。「わたしたちのまえに何が立ちふさがろうと、ふたりでそれと闘うの」

はっとして、マシューの心臓が飛びはねた。

つまり、自分でも内心ではそのとおりだと思っているということか？

そうなのか？

頭と心に無理やり押しいってくる真実——人生を一変させる不可避の真実——を見誤るはずがなかった。苦悩し、崇拝する心に押しいってくる事実を。

深く息を吸って、避けられない質問をしようと、最後に残った勇気のかけらまでかき集めた。「グレース……」そう言っただけで、ことばが出てこなかった。

もう一度、胸いっぱいに息を吸う。滑稽だが、呼吸することさえ忘れそうだった。

きちんと話をしなければ。なんてことだ、いままで死や病や責め苦を真っ向から受けとめて、切り抜けてきたのに、ほんの短いことばを口にするのに勇気のかけらまで集めなければならないとは。

深遠な藍色の目を見つめて、勇気を振りしぼった。「グレース、ぼくを愛しているかい？」老人のようにかすれた声しか出なかった。体のわきに下ろした手をぎゅっと握りしめては緩めた。

そのことばに続く沈黙は永遠に続く苦悩だった。

それでもまだグレースは答えなかった。

嘘だろう？　だが、やはり勘ちがいしていたのだ。どういうわけか、とんでもない勘ちがいをしていたのだ。

眩いばかりのあの一瞬、はっきり感じたはずなのに。

じわじわと迫りくる死のような絶望が全身を満たした。自己嫌悪に胃が石のように硬くなった。グレース・パジェットともあろう女性が、こんな男を愛するはずがない。長い年月を経て心に刻みつけた残酷な教訓を忘れたのか？　自分は半人前の人生を生きるのを運命づけられた半人前の男……。これまでだって希望を抱くたびに、結局は、半人前の人生がふさわしいと思い知らされてきた。

グレースは不安げで、悲しげだった。当然だ。相手の気持ちを思いやっているのだろうか。グレースに同情されるのは堪えられなかったが、自らこれほど忌まわしい状況をつくってしまった以上、同情されるのもしかたなかった。この厄介な数分間の出来事のせいで、ふたりに残された数日は悲惨なものになるはずだった。

「わたしはジョサイアを愛していると思いこんでいたの」グレースがゆっくり言った。こちらを見る目をそらそうとはしなかった。

「当時のきみはまだ子供だった」

「いまは大人よ」

「ああ」マシューはグレースの体に視線を走らせずにいられなかった。魅惑的な曲線のすべてと、深紅のドレスからのぞく滑らかな肌のすべてを目でたどり、それからまた目を見つめた。

「自分の気持ちならわかっているわ、マシュー。その気持ちが変わらないこともわかっている」グレースはぎこちなく息を吸うと、震える手を差しだした。緊張して声まで震えていた。

「わたしがあなたを愛していると言ったら、それはあなたを永遠に愛するという意味よ」

求めてやまない夢が現実になろうとしていた。そんなとき、男はどうすればいいんだ？ 差しだされた手を見つめた。こんなときが来るとは想像もしていなかった。心の準備ができていなかった。グレースのことばが心に染みわたり、干上がった砂漠をゆっくりと緑の庭園に変えていった。

「きみはぼくを愛している」確かめるように言った。それから自信を持って言った。「ああ、きみはぼくを愛している」ふいに笑いがこみあげてきたが、グレースの手をつかんだとたんに息が詰まり、笑い声も喉に詰まった。

「心から」かすれた声でそう言うと、グレースが手を握りかえしてきた。「誰よりも、何よりも」

グレースの背に腕をまわして引きよせた。「信じられない」

「信じて」グレースの両手に頬を包まれると、ふたりの視線がぴたりと合った。藍色の瞳はどこまでも澄んで、勇敢な不動の魂まで見通せるようだった。「愛しているわ、マシュー。これからもずっと」

「愛しているよ、グレース」

そんな単純なことばが人生を一変させた。今夜、マシューは生まれ変わった。

キスをした。グレースが唇を開くと、興奮が鎮まって、あとには感謝と愛だけが残った。

すべてを凌駕する愛が。

「わたしをどこにもやらないで」グレースが途切れ途切れに言った。

「いまは何も言わないでくれ」それだけ言うのが精いっぱいだった。マシューはグレースの豊かな髪に顔を埋めた。グレースなしでどうして生きていけるのかわからなかった。

21

「あなたが何を言おうと、わたしは行かないわ」

ゆうべから幾度となく、グレースはひとりで屋敷から逃れるという話題を持ちだしては反論していた。今朝は、その話題をマシューが無視することも、キスでごまかすことも許さなかった。

キスしようと、それ以上の何をしようと——そんなことを思って、グレースは頬を赤らめた。

ふたりはいま、森のなかを散歩していた。ウルフラムが暢気《のんき》に下生えを嗅ぎまわっているのは、近くにモンクスやファイリーがいない証拠だった。新緑の葉越しに降りそそぐ金色の陽光がマシューを照らしていた。それが何かの象徴のように思えた。わたしにとってマシューは金。混じりけのない金。マシューと離れたくなかった。永遠に。たとえ一生を囚われ人として過ごすとしても。

マシューが大きなため息をついた。「叔父が言ったことを聞いただろう。ぼくたちにほかに方法はない」

「いいえ、あるわ」マシューのまえに歩みでて立ちふさがった。マシューも足を止めて、真剣に話を聞かないわけにはいかなくなった。

「グレース、わかるだろう」マシューがじれたように言って、いつになくやや乱暴に腕をつかんできた。ほんとうはわたしの体を揺すりたいのだ——グレースにはそれがわかった。けれど、マシューは腕をつかんでいるだけだった。サテンの袖越しに熱を帯びた手の感触が伝わってきた。「きみの命を何よりも優先しなければならない。危険にさらすわけにはいかない」

「だったら、あなたもいっしょにここを出ましょう」

「それができないのはわかっているだろう」語気は荒く、目が怒りでぎらついていた。「それについては話しあう余地などない」

「わたしをここから逃がす方法があるなら、ふたりで逃げる方法だってあるはずよ」負けじと語気を荒らげた。

「ぼくは塀に囲まれたこの屋敷で死ぬんだよ」そのことばを強調するように、腕をつかむマシューの手に力がはいった。「去年、叔父がメアリーとその夫を流刑にしたときに、ぼくはその事実を受けいれた」

これまでのマシューの人生につきまとってきた孤独がひしひしと伝わってきて、胸が張り裂けそうだった。「あなたなしでどうやって生きていけばいいの?」弱々しい声で尋ねた。

マシューが手を離した。その目が銅像のようにうつろになり、そこに愛と苦痛が浮かんだ。

そんな姿を見るのは悲しくて、小さなうめき声が口から漏れそうになったが、どうにか呑みこんだ。

「きみは強い。だから生きていけるよ」マシューがやさしく言った。

いいえ、それはちがう――とグレースは思った。わたしは強くなどない。まばたきして涙を押しもどす。信じられない、このところ泣いてばかりいるなんて。「わたしは強くないわ」

「いや、強いよ。それはきみだってわかっているはずだ」マシューの声にはいつも以上に深みがあった。グレースはその声を耳でなく、全身で感じていた。「きみは父親に果敢に立ちむかった。夫にも立ちむかった。ぼくの叔父にまで立ちむかった。きみをひとりでここから送りだしても大丈夫だとぼくが思えるのは、何があろうと折れない強さをきみが持っているからだ」

「わたしは行かないわ」

「いいや、行くんだよ。万が一、叔父がきみを傷つけたら、ぼくが何をするつもりでいるかはきみもわかっているんだから」

マシューを睨みつけた。「そんなことを言って脅すなんて卑怯だわ」

「ああ、そもそも正々堂々と闘う気などないからね。勝負に勝ちさえすればそれでかまわない」

なんとしても拒絶しなければとあらためて思った。マシューにそんなことをさせるわけにはいかなかった。「ふたりでいっしょにいても闘えるわ」

震える手でマシューの頬を包むと、引きよせて唇を重ねた。以前は誘惑しようとして失敗したけれど、いまは、誘惑にマシューがどれほど弱いかわかっていた。

マシューは抗いもしない代わりに、唇は閉じたままで、腕も体のわきに下ろしたままだった。

マシューの意見にしたがうわけにはいかなかった。

腕をマシューの背中にまわして、すらりとした体を強引に抱きしめた。胸にマシューの心臓の鼓動が伝わってきた。やはり、冷静な態度はうわべだけだったのだ。自制心を打ち破り、屈服させなければならなかった。わたしひとりを逃がすという悲痛な計画など、何がなんでもあきらめさせなければならなかった。

マシューの唇に舌を這わせて、歯で刺激した。下唇をそっと噛むと、マシューがやっと口を開いた。すかさず舌を差しいれて、しつこいほど絡ませる。マシューの喉から低く苦しげな声が漏れたかと思うと、ついにキスに応じた。舌を奥へと差しいれるたびに、それに反応した。ふいに抱きあげられて、あとはマシューにされるがままだった。攻撃をしかけたのがどちらなのか、もうわからなかった。マシューのキスには、ゆうべの睦みあいと同じだけの情熱がこもっていた。グレースは目を閉じて、炎と闇に身を任せた。

「くそっ」ふいにキスが終わった。「こんなことをしても何も変わらない」

目を開けると、堪えがたい絶望に苦悩するマシューと目が合った。身を引こうとするマシューの腕をつかんで引き止めた。

「これがなくても生きていけるの？」かすれた声で尋ねると、乱暴にマシューの手を自分の胸に押しつけた。そのときを待っていたかのように乳首がつんと立った。「これがなくても？」手をぐいと突きだして、マシューの股間を手のひらで包んだ。そこはすでに熱く、硬かった。撫でると、さらに大きくなるのがわかった。

以前ならこんな大胆なことなどできなかったはずだ。けれど、愛によって大胆になった。さらには、必死の思いによって。

マシューは束の間ためらったものの、次の瞬間には手で乳房を包んだ。グレースは安堵のため息をついて、いつもの甘い予感に身を任せた。

「だめだ！」マシューが苦しげに言って、体をわずかに離した。「きみの身に危険がおよぶとわかっていながら生きていくことなどできない」秀でた頰が紅潮し、口もとが小さく引きつっていた。

全身にじわじわと広がっていく寒気から身を守るように、グレースは自分の体を抱えた。「あなたは抗えないわ」声は叫びに近かった。「わたしには抗えない。あなたのことならよくわかっているもの」

「ああ、そうだ」胸に飛びこもうとすると、マシューが片手を上げてそれを拒んだ。「互いの気持ちを武器にするのか？　そんなことをしたら、最後にはどちらも破滅するしかないのに」

「わたしはあなたのそばを離れないわ」きっぱりと言いたかったのに、涙声になって、哀れに懇願するしかなかった。「わたしをどこにもやらないで」

マシューの顔が苦悩にゆがんだ。「頼む、きみを救わせてくれ。ぼくからのせめてもの贈り物として受けとってくれ」その声は震えていた。「頼む、ほかには何もできないが、それだけはさせてほしい。ぼくにできるのはそれだけなんだから」

マシューの切望することばが、やわらかなバターを切るナイフのようにグレースの抵抗心をすぱっと切り裂いた。あふれそうになる涙をこらえた。泣くわけにはいかない。そうよ、けっして。

激しい恥辱が全身にこみあげた。抵抗することでマシューを限界まで苦しめていたのだ。そうでなくても、マシューは無数の苦しみに堪えてきたというのに。息を吐くと、くぐもった涙声で言った。「あなたはわたしの心を切り裂いたのよ」

マシューにはわたしをここから追いだす権利がある——グレースはようやくそれを理解した。その思いをマシューも即座にくみとったのだろう、歩みよってきたかと思うと、抱きしめられた。「ダーリン、ほかに方法があればどれほどいいか」

「自由の身になったら、かならずあなたを助けるわ」グレースはきっぱり言いながら、首をかしげて、マシューの顔を見た。マシューのもとを離れるのは身を裂かれるのと同じだった。けれど、そうする以外に方法はなかった。

悲しげなマシューの顔がこわばっていた。「いいや、ぼくのことは忘れるんだ。万が一、叔父がきみを追うようなことがあれば、すべては水の泡だ」

「あなたを見捨てたりしないわ」

「そうしなければならないんだよ」苦しげな、けれど決然とした口調だった。「それしかきみが助かる道はない」

「いいえ」頑として譲らなかった。マシューに反論されるまえに――反論されるのはわかっていた――尋ねた。「いつ、わたしはここを出るの？」

「明日」

そんな……。

驚いて、グレースは体を離した。「そんなの無茶よ」

ここをひとりで出るしかないのはわかった。でも、明日だなんて……。そんなことに堪えられるはずがなかった。

「きみがここにいればいるほど、危険も大きくなる」マシューが厳しい口調で言った。「叔父はぼくからきみを引き離すか、あるいは、殺すための計画を練っている。いまごろは、ぼくの脅しなど恐れるに足りないと考えているかもしれない。ファイリーも日ごとにまた豪胆になっている。明日の朝、食料の配達があるから、モンクスとファイリーが門を開ける。前回、ぼくが逃げたのもそのときだった。明日、どうやってふたりの門番の注意をそらすかは考えてある。その間にきみは逃げるんだ」

グレースは泣くつもりなどなかった。ゆうべ、たっぷり泣いて、今朝も泣いたのだから。これからは何よりも勇気が必要なのだから。そうよ、プライドに賭けて泣いたりしない。

「でも、明日だなんて」必死に落ち着いた口調を保った。
「ああ、それが最善だ」マシューが無情なほど落ち着きはらって言うと、上着からハンカチを取りだして、差しだした。「そうだ、そうしなければならない」

居間でマシューとともに夕食の席につきながら、グレースはこれがふたりで過ごす最後の夜になるかもしれない――いいえ、まちがいなくそうなる――と気づいた。マシューの救出という雲をつかむような計画がたとえ実現したとしても、ふたりの親密な関係はこの屋敷から出た瞬間に終わってしまう。そう、わたしは愚かな幻想など抱いていない。この屋敷の外でなら幸福な結末が待っているなどという幻想は。

それでも、辛い現実が胸に突き刺さった。偉大な領主と赤貧の未亡人がともに歩める未来など存在するはずがなかった。この屋敷を出れば、マシューは権力と威信を取り戻す。いっぽうで、わたしはいとこのヴェレと毎年増える騒がしい子供たちがいる家に、貧しい親戚のおばさんとして厄介になるのだ。

でも、ふたりの愛は？　心が苦悶の叫びをあげた。

愛。そう、いまこのときだけは、この屋敷のなかでなら、マシューとわたしは愛しあっている。わたしは死ぬまでマシューを愛しつづける。けれど、マシューの愛は温室育ちの植物と同じ。この牢獄の外に出たとたんに枯れてしまう。外の世界を見たことのないマシューが、この屋敷の外でもわたしへの愛を育めるはずがない。

いっしょに逃げようと説得できたらどれほどいいだろう。けれど、悲しみに満ちた心には、そのための妙案はひとつも浮かんでこなかった。

いまにも崩れそうな心を支えているのは、たったひとつの思いだった。ひとつきりのはかない希望。マシューにとってわたしだけが、自由を得るための切り札なのだ。

もしふたりの番人をまんまと出しぬいて外に出られたら。もしジョン卿がわたしを追うのをあきらめたら。もしわたしの奇想天外な話を信じてくれる人を見つけられたなら。

もし……。

すべては仮定の話だけれど、それに望みをかけるしかなかった。

それに、もし今夜……。

「ワインをもっといかが?」ワインのボトルに手を伸ばした。

マシューが首を振った。「いや、もうやめておこう」

グレースは皿のすぐわきのテーブルに手をついた。手つかずの料理が残る皿のすぐわきに。今夜はふたりとも、ファイリーの女房が腕をふるったローストチキンをひと口も食べられなかった。

「きみを抱きたい」マシューが低く張りつめた声で言った。

テーブル越しに見つめてくる目には、欲望と分別が浮かんでいた。ひとりでここを出るという決断が、わたしにとってどれほど苦痛かはマシューもよくわかっているのだ。なぜなら、ここに留まると言いたくてたまらないのを、わたしが必死にこらえているのをマシューも知っているから。マシューがそばにいるなら、どれほど危険であろうとかまわなかった。奇妙なこの世界で、わたしは自分自身と、そして、愛するに値する男性を見つけたのだから。それなのに……マシューを独りじめできるのは、あとほんの数時間だけ。

でも、もしかしたら……。

いいえ、そんなことばかり考えていては気持ちがぐらつくだけ。わたしと同じように、マシューだって精いっぱい気丈でいようとしているのだから。この期におよんで弱気になって、ヒステリーを起こして、醜態を演じたりはしない。今朝、安っぽい手口に頼ったのを思いだすと、恥ずかしくてたまらなくなった。

「おいで、グレース」マシューが椅子を押してテーブルから少し離れると、片手を差しだした。

グレースはその手を取って、テーブル越しに身を乗りだして囁いた。「まだ早すぎるわ。乱暴なふたりの番人に疑われてしまう、そうでしょう?」

マシューはにっこり笑ったが、今夜その顔に浮かぶどの笑みも、ことばにできない悲しみに彩られていた。「あのふたりはぼくがきみに対して計り知れない欲望を抱いていると思うだろう。ああ、それは事実だからね」

「だったら、その欲望を証明してみて」低く囁いた。これはほんとうにわたしの声なの?

マシューの目が長いあいだ寝かせたブランデーの色を帯びて、つないだ手に力がこもった。

「喜んで」

グレースはマシューにエスコートされて居間を離れた。慎み深い態度を保っていられたのも、暗い階段にさしかかるまでだった。マシューの欲望に震える手で、階段の下の柱に背を押しつけられたかと思うと、唇を奪われた。激しい渇望にショックを受けて息を呑みながらも、舌を絡ませた。マシューのいきり立つものが下腹にあたった。どこまでも硬く太いものが、探るように。

今夜のマシューはいままで以上に激しい欲望を抱いていた。そのわけに胸が締めつけられながらも、嵐のような口づけに力が抜けて、溶けてしまいそうだった。

マシューの広げた手が髪に差しいれられた。その手に頭を押さえられて、キスがさらに熱を帯びた。長く、深く、艶かしいキスに魂まで魅了された。マシューの背中に両手を這わせて、ふたりの素肌を隔てる服を呪った。マシューの体は充分すぎるほどに準備が整っていたが、ぎりぎりのところで踏みとどまっていた。それを思うと、全身の血がどこまでも熱く沸きたった。

「きみがほしい」重ねた唇に低い声が響いた。

もう限界だと言わんばかりに、マシューが硬く高まったものを擦りつけてきた。凝った彫刻の柱が背中に食いこんでも、グレースは気にならなかった。マシューが体に触れてくれさえすれば、ほかのことはどうでもよかった。ちょっとした苦痛などなんでもない、そうでしょう？　まもなくやってくる死刑宣告のような別離の痛みとは、比べものにならなかった。

「ファイリーの奥さんに見られてしまうわ」そう言いながらも、マシューのわき腹に片手を言わせて、いきり立つものに触れようとした。それははちきれんばかりだった。マシューの首にそっと歯を立てた。今夜のマシューはクラバットを締めていなかった。グレースは夕食のあいだずっと、男らしいその首に魅了されていたのだ。

「グレース、きみといると自分を抑えられなくなる」マシューが歯を食いしばりながら言うと、苦しげに息を吸って、額を合わせ、腰を突きだした。グレースの手のひらが硬いもので満たされた。「そうしていてくれれば、ファイリーの女房は悪魔のもとへだって逃げこむさ」

「わたしにとってはあなたが悪魔よ」グレースは囁いた。手にしている男の能力はすべて、まもなく自分のものになる。同時に、マシューのものになりたかった。激しい欲望で悲しみと恐れを追い払ってほしかった。

「永遠に、グレース。永遠に」

抱きあげられて、階段を上った。マシューの心臓の大きな鼓動が頬に伝わってきた。マシューの腕は温かく、揺るぎなかった。たくましい胸に顔を埋めて、深く息を吸う。レモンと麝香と爽やかな男のにおいがした。香りをもう一度胸いっぱいに吸いこんだ。その香りが永遠に消えないように、全身にたっぷり染みこませておきたかった。まもなくわたしには、いまこのときの思い出しかなくなるはずだから。

涙がこみあげてきて、目がつんとした。マシューの首にまわした腕に力をこめた。何をしたところで、このさきいっしょにいられるはずがないのはわかっていたけれど。

寝室にはいると、マシューが肩で扉を閉めた。グレースはその場に下ろされて、扉に背を押しつけられた。無言で自分を差しだすように、両手を体のわきにぴたりとつけた。鍛冶屋《かじ》が溶かした鉄を叩くように荒々しく奪ってほしかった。そうして、マシューが形づくった何かになりたかった。

マシューが身を寄せてきたかと思うと、激しくキスされた。歯と舌を巧みに使って口づけながら、マシューの手がスカートをたくしあげる。やさしさは微塵もなかった。けれど、やさしさなど望んでいなかった。布が引き裂かれる甲高い音が響き、破れた下着が足もとに落ちた。

これまでにない欲望が黒い潮流となってマシューに押しよせているかのようだった。それはもう堪えられないほど刺激的だった。興奮して下腹にぎゅっと力がはいり、小刻みに震える脚のつけ根が熱く滴るほどに潤った。

ぞんざいに、けれど優雅に、マシューが上着を放った。片手をズボンに伸ばして、自分自身を取りだした。自由を得たそれは熱く硬かった。新たな欲望が全身を焦がしていく。冷たい扉に背をつけて、もじもじと体を動かさずにいられなかった。

次の瞬間には、マシューが何をするつもりなのか気づいて驚いた。「ここで?」

「ああ、ここで」冷ややかな口調にぞくっとした。さらに扉に押しつけられた。さきほどから荒々しく体をまさぐられて、全身がわなないていた。マシューがふたりを待つベッドのほうに頭をかしげた。「それに、あそこでも。ああ、二度目は。さあ、片脚を上げて、ぼくの腰にかけるんだ」

ためらうことなくそのことばにしたがった。片脚を上げて、マシューの腰のうしろにまわした。バランスを崩しそうになって、片足で跳びはねた。言われたとおりにするには、マシューは背が高すぎる。おまけに、スカートがウエストまでめくれていた。「無理よ」

「ぼくを信じるんだ」いつになく低い声が、大波となって全身を舐めたかのようだった。

ふたりの愛の駆け引きで、マシューのそのことばを何度耳にしたことだろう。いきり立つものに体を添わせようとつま先立った。それでもまだ高さがちがった。マシューを早く迎えいれたかった。いますぐに。

「扉に寄りかかって」マシューの片手が腰に触れたかと思うと、持ちあげられた。ふいに太腿から力が抜けた。

滑らかに潤った脚のつけ根をマシューの手が愛撫する。指が一本するりとなかにはいると、身を震わせて、小さく叫んだ。続けてもう一本、指が滑りこんできた。あまりの快感にめまいがした。こんなふうに立って、マシューに体を預けているなんて……。けれど、マシューに触れられて身を震わせながらも、絶頂に達することはなかった。この夜だけは、ふたりいっしょに頂を越えたかった。

序章が長引くことはなかった。マシューを心から欲していたグレースも、それを不満に思ったりしなかった。マシューがどれほどわたしを求めているかはよくわかっている。荒々しい息遣いのひとつひとつに欲望がこもっているのだから。

さらに体を引きあげられた。

「マシュー！」つま先が床から離れると、驚いて叫んだ。両脚をマシューの腰に絡ませる。いきり立つものが下腹をつついた。

「このままでいてくれ」耳もとでマシューの囁く声がした。さらに背中を扉に押しつけられると同時に、いきり立つものが一気にはいってきた。

なす術もなくマシューに貫かれた。腰にまわした脚に力をこめる。とたんに根元まで深々と差しこまれて、息を吞んだ。マシューの手で腰を支えられ、体を上下に動かされると、果てしない快感の波が押しよせて、また息を吞んだ。マシューの肩をつかんだ。手のひらに触れる筋肉がぎゅと縮まるのが愛おしかった。

グレースはマシューの体と滑らかな木の扉にはさまれていた。どちらも硬く、たわまない。体のなかに感じるものも硬く、たわまなかった。

マシューが肩に唇を押しあてててうめくと、さらに深々と自身を突きたてた。その瞬間、悲しみと落胆、切望、そして、愛がたったひとつの輝ける玉となった。必死の思いがこもった荒々しいこの愛の行為で、グレースはマシューのものであると烙印を押された。永遠にマシューのものであると。

とたんに、荒れくるう欲望にさらなる高みへと押しあげられた。マシューの名を叫んで、ぎゅっと抱きつく。目もくらむ嵐のなかで、世界が閃光を発して破裂した。

究極の高みにしがみついた。恍惚感が夏の荒々しい稲妻となって炸裂するのを感じながらも、喪失と悲嘆の涙が頰を伝うのを止められなかった。至福の悦びに身を震わせながらも、マシューがさらに自身を押しこめてくるのがなんとなくわかった。熱く、無限に、それはわたしだけのもの……。

でも、すべては夜が明けると同時に終わる。

マシューのそばを離れられるわけがない。愛を交わすたびに、マシューはわたしの一部になっていくのだから。マシューをひとり残して出ていくのは、片脚をもがれるようなものだった。

疲れ果て、ふたりいっしょにしゃがみこんだ。手のひらに触れるマシューのシャツが、汗ばんだ背中に張りついていた。愛の行為の残り香がその場を包んでいた。マシューが苦しげに体を動かして、肩に額を押しつけて、胸いっぱいに息を吸いこんだ。マシューの乱れた髪を撫でた。欲望を解き放った直後の、それは胸が痛くなるほどやさしい仕草だった。胸の鼓動が徐々に鎮まって、脚や腕に力が戻るのを感じながら、グレースは無言でマシューに身を預けた。

ぼんやりした頭のなかに、まもなく離れ離れになるという悲惨な現実がじわじわと広がっていった。

ふたりの愛の営みがなくて、どうして生きていけるの？　マシューのような人はこの世にひとりだけ。マシューを誰にも渡すまいとするかのように、肩をつかむ手に力がはいった。けれどまもなく、こわばった手をゆっくり緩めた。

定められた運命に抗ってどうなるの？　マシューとわたしは別れなければならない。初めてキスを交わしたときから、それは決まっていたのだから。

乱暴に奪われて全身が痛んでいた。頬が涙で濡れていた。体をずらして、膝にかかる重みを和らげると、マシューの頬に触れた。夕食のまえにひげを剃ったはずなのに、早くも伸びはじめたひげが手のひらを刺した。砂のようにざらつくひげが、わたしの肌を擦るのだろう。それでもかまわなかった。夜明けには、マシューの証しが体に刻まれるのだから。いつにも増して、今夜はそれを願わずにいられなかった。

「愛してるよ、グレース」マシューが顔を上げて見つめてきた。造作をすべて記憶に刻みつけるかのように。

「わたしも愛しているわ」与えられたら返すという昔からの決まりごとをいまこそ守らずにいられなかった。ほんとうは愛のことばを口にしてはならないのに、それでも、いま、言わずにいられなかった。「あなたといると何もかも忘れてしまう。あなたのことしか考えられなくなる」

身を乗りだして、キスをした。マシューがたったいま示した一途な情熱を今度は自分が示して、マシューを魅了したかった。けれど、胸を満たす苦悩と愛はあまりにも強すぎた。ふっくらとやわらかな唇では、貪って奪うようなキスはできず、無限の切なさをこめるしかなかった。唇を重ねたままマシューがため息をついて、胸が痛くなるほど悲しくやさしいキスを返してきた。

マシューの恋人として過ごしたときが永遠に続く――そんな不可思議な感覚を抱きながら、

グレースはゆっくり膝をついた。震える唇でマシューの額にキスをした。目に、頬に、くっきりした輪郭を描く顎に、脈打つ首に。すべてを自分のものにしたかった。

これまで、愛を交わすときにはかならずマシューが導いたが、いまだけはちがった。マシューは身を任せる至福に酔っているかのようだった。ウエストに手を添えていたが、それだけで、ほかはどこにも触れようとしなかった。

グレースはたっぷり時間をかけた。マシューのレモンのにおいで胸を満たし、ぬくもりを味わって、肌に舌を滑らすたびにマシューがかすかに息を呑む音に耳を傾けた。ふたりで過ごす最後の夜を手放したくなかった。今夜の記憶を新品の刃のように研ぎ澄ませて、このさき一生その輝きとともに生きていこうと心に誓った。

そっと触れるたびに心が囁いた。〝わたしはこれを忘れない。これも、そしてこれも〟

マシューのシャツをたくしあげて、頭から脱がせると、床に落とした。細いけれどたくましい胸と肩を愛でた。黒い胸毛を。筋肉が浮きでた長い腕を。骨を包む艶やかな素肌を。

ふたりに残された時間がまもなく尽きると知りながら、マシューの男らしい美を愛でていると、心が引き裂かれた。割れたガラスの上を歩く足に、無数の破片が突き刺さるかのようだった。ぎこちなく息を吸って、くっきりした鎖骨に口づける。腕から胴へとあらゆる窪みや曲線に唇を這わせた。

たっぷり時間をかけるのよ。そう、ゆっくりと。この一秒一秒をダイアモンドのように輝かせるの。

唇が触れるたびに、マシューの息が荒くなっていった。欲望のつんとするにおいがますます強くなっていく。

やさしく、けれど容赦なく体の隅々にまで唇を這わすと、マシューの体が熱を帯びた。それでも、マシューはじっとひざまずいて、甘い拷問に堪えていた。わたしに好きなようにされたいのだ。そう思うと、いままで以上に愛おしくなった。いままで以上に大胆にならずにいられなかった。

心地いいにおいを胸いっぱいに吸いこむと、今度は背後にまわった。その拍子にマシューの手がウエストから離れた。

マシューの背中の無数の傷跡を目にするたびに、それが現実だとは思えずに胃がぎゅっと縮まった。これほど残酷な仕打ちを受けながら、それでもマシューが愛すべきすばらしい人でいられたことが信じられなかった。まさに奇跡だった。

少し間を置いて気を鎮めてから、無残な傷跡にそっと口づけた。左の肩甲骨から右の腰にかけて盛りあがっている傷跡に。

傷がふさがってからもうずいぶん経っているのに、痛みが走ったようにマシューがびくりと震えた。「グレース、やめてくれ」絞りだすように、けれどきっぱり言った。

グレースはマシューの背中に頰をつけた。「こうしていたいの」

「傷だらけの背中を見たって、気分が悪くなるだけだ」声がかすれていた。緊張感と恥辱に、大きな背中が鉄のように硬くなっていた。

「そんなことないわ」あふれる愛情をこめて、そっと言った。「これはあなたの勇気の証しよ、マシュー。この傷を誇るべきよ。この傷を受けてあなたはいまのあなたになった、わたしが心から愛せる人になったのよ」

それ以上のことばは出てこなかった。愛を伝えるのにことばはあまりにも無力だった。痛々しい傷跡にまた口づけた。長い傷跡をたどって腰へと唇を這わせる。慎重に、気遣いながら、すべての傷跡にキスをした。鞭打たれてできた傷、原因がわからない傷、火傷とおぼしき傷のすべてに。残された白く艶やかな肌にも口づけた。マシューの受けた苦しみを知れば、過去の痛みもいまの痛みも浄化できると信じたかった。

傷跡に唇を押しあてるたびに、マシューをここから救いだすという決意が強固なものになった。どんな手段を使ってでも、これほど邪悪なことをした悪魔を打ち負かすと。

傷跡に敬意をこめて唇を這わせはじめたときには、マシューは体をこわばらせて、抗おうとした。けれど、徐々にキスを受けいれていくのが、手に取るようにわかった。かつての苦痛を愛が癒してくれる、そう信じているかのようだった。

マシューの荒くなった息遣いや、全身から発せられる魅惑的な熱、素肌の味わいが、下腹の奥を激しく刺激した。歯を立て、舌を這わせながら、片方の肩から裸の胸へと唇を移した。差しだした手が硬い胸の乳首をかすめると、マシューがうめき声をこらえた。荒々しい鼓動が手のひらに伝わってくる。じらすような愛撫のせいで、マシューばかりか自分まで官能の魔法にかかっていた。

唇を這わせるたびに、禁じられた好奇心に胸が締めつけられた。すでにたっぷりキスしていた。そしていま、マシューのすべてにキスしたかった。

だめよ！　何をふしだらなことを考えているの！　そんなことをするなんて聞いたこともない。そんなことができるはずがなかった。

けれど、マシューの体に唇を這わせながら、引き締まった下腹へじわじわと向かうと、雄々しい香りが五感を満たして、淫らな妄想で頭がいっぱいになり、激しい衝動に抗えなくなった。

今夜はふたりの最後の夜。罪の境界線にかぎりなく近づく覚悟はできていた。「仰向けになって」低い声で囁いた。

意外にも、マシューは素直に仰向けになると、両肘をついて、脚を伸ばした。テーブルに並ぶ料理のように自分を差しだした。その料理をわたしはこれから心ゆくまで味わうことになる。ふいに顔が熱くなった。

床を這い、マシューの脚にまたがった。開いたズボンから堂々とした男の証しが顔を出していた。それこそが果てしない欲望をはっきり物語っていた。揺るぎない目で見つめられた。マシューの口もとにかすかに笑みが浮かんだ。長く重たげな睫に縁取られた目は、深い金色の光をたたえていた。

まもなくマシューと離れなければならない。そう思うと、あまりにも辛くて、鋭い痛みが胸を貫いた。こんなことをするのもこれが最後。そんな思いに胸が潰れそうになったが、ならば、いまこそそうしなければならないと勇気が湧いてきた。身を屈めて、マシューを存分に味わう勇気が。

熱く濡れた唇で硬く張りつめたものを包むと、マシューがびくんと震えて、身をよじらせた。「くそっ！」

「気に入らないの？」

それはふたりが愛を交わすようになってから、幾度となくマシューの口に上った質問だった。マシューの脚にまたがったまま身を乗りだして、愛する人の顔を見つめた。なぜかはわからないけれど、もうためらいはなかった。

「グレース、それは……」マシューが気持ちをどうにかことばにしようとした。喉仏が大きく動いて、唾を呑んだのがグレースにもわかった。

当惑しているマシューを尻目に、大胆にもまた頭を下げると、いきり立つものをたっぷり味わった。麝香の香りが漂い、しっとりと滑らかだった。まさにマシューの雄々しさそのものだ。マシューもこんなふうにわたしを味わったの？　そう思うと、全身に戦慄が走り、抗いがたい欲望が下腹を刺した。

もう一度舌を這わせる。マシューが背をそらせて、うめいたが、舌から逃れようとはしなかった。グレースは沸きたつ本能にしたがって、口いっぱいにほおばった。

大きかった。舌に触れると、熱くなめらかだった。

マシューはいままで幾度となく、恍惚としたわたしの体にこれと同じこのうえない親密な行為をしてくれた。だから今度はマシューの番。唇を巧みに使うと、マシューが小刻みに震えながら叫んだ。女だけが持つ力が大波となって全身に押しよせる。たくましく比類ないマシューは、いま、わたしだけのもの。

ためらいながらも吸ってみる。マシューが口汚いことばを吐きそうになるのをこらえて、さらなるものを求めるように、髪に両手を差しいれてきた。口に力をこめた。絶え間ないリズムで、いきり立つものの根元をぎゅっと締めつけながら、その下のふたつの丸いふくらみを手でもてあそんだ。

「グレース、愛してる」苦しげに言うマシューの手に頭が包まれた。「愛してる、ああ、愛してるんだ」

やさしく丁寧に口で愛撫した。マシューの喘ぎ声と、苦しげな息遣いに耳をくすぐられた。マシューの震えが伝わってくる。マシューの自制心が壊れおちるときが待ちきれなかった。

これほど淫らなことをしたのは初めてだった。それでいて、自分が無垢に思えた。真実の愛に包まれて、すべての罪は浄化され、世界は輝いていた。

わたしはマシューを愛している。誰よりも、何よりも愛している。

マシューの腕が伸びてきて、引きあげられた。いきり立つものは激しく脈打ち、絶頂が目のまえに迫っていた。いまにもその頂を越えようとしていた。唇を舐めた。マシューの味は一生記憶に刻まれるはずだった。

欲望に震えるマシューの手で腰を持ちあげられた。快感のため息が聞こえたかと思うと、浮いていた腰が下ろされた。目を閉じて、体がマシューに満たされる贅沢を味わった。

体ばかりか、心も満たされた。

マシューの上で、いまやすっかり身についたたしかなリズムを刻みはじめる。いきり立つものを呑みこむたびに、マシューの顔に表われる衝撃的なほどの恍惚感に包まれていった。

マシューが渾身の力をこめて腕を振ると、緑色の絹のドレスが引き裂かれた。ふいにあらわになった乳房がひやりとする空気に触れて、思わず息を呑んだ。乳首がぎゅっと硬くなったのは、冷たい空気のせいばかりではなく、沸きたつ血のせいでもあった。

「きれいだ」マシューが満足げに言った。

愛撫された。マシューの両手が乳房を包み、感じやすい先端を撫でて、指でつまんだ。さらに強くつまんで、指のあいだで転がされると、快感が稲妻となって全身を駆け抜けた。触れかたが繊細に変化するたびに、脚のつけ根に燃える矢が刺さったような衝撃が走り、いきり立つものをぎゅっと締めつけた。マシューが上体を起こして、乳房に口づけた。その間も、手は休むことなく感じやすい場所を攻めたてていた。

こんなふうに甘くもてあそばれるのが、うれしくてたまらないなんて……。マシューと出会うまでは、体は心を包みかくすためのもので、一日をどうにかやり過ごすためのものでしかなかった。けれどいまは、体のあらゆる部分にマシューが与えてくれた悦びが刻まれていた。わたしがマシューに与えた悦びも。

「いまだ」マシューが唸るように言って、腰を突きあげた。

ふたりのリズムがぴたりと合って、同時に絶頂を迎えた。

光り輝く稲妻に体を貫かれて、マシューの名を叫んだ。幾度となく押しよせる恍惚の波にさらわれた。黒い波にもまれながら、見えるのは小さな針穴ほどの光だった。

それこそが愛の光だった。

ひとつの絶頂を越えると、二度目が待っていた。さらに、三度目も。そのたびに高みへと放り投げられた。そのたびにすべてを与えたという確信が強固なものになった。さらに、次の頂が訪れると、ただ体を震わせているしかなかった。

すべてが終わると、マシューの胸に力なく倒れこんだ。マシューこそ運命の人。わたしの心を奪った人。それでも、ふたりで過ごしたわずかな日々を後悔することなどけっしてないのはわかっていた。どれほど遠く離れても、愛の光は永遠に輝きつづけるのだから。

脚のつけ根がべたついて、痛んでいた。けれど、それは心地いい痛み。これまで感じた何よりも心地いい痛みだった。ため息をついて、たくましい胸に顔を埋めると、あふれる涙を必死にこらえた。

明日、どうしてマシューと別れられるというの……。

夜明けまえに、マシューはうつらうつらしているグレースを起こした。グレースはほとんど眠れなかったようで、燃えつきそうな蠟燭の光しかなくても、その愛らしい顔には疲労がはっきりと見て取れた。

非情な獣、それが自分だ――マシューはそう思った。容赦なく、無情にグレースを扱って、束の間の休息しか与えなかった。痛い思いもさせてしまったのだろう。恥ずべきことに、これっぽっちも気遣えなかったのだから。

どちらも別れを口にしなかった。けれど、すべての愛撫、ため息、絶頂のすぐ向こうに、まもなく訪れる別れがちらついていた。それでも、最後の夜を悲しみに満ちた別れの儀式にするつもりはなかった。ふたりの愛の祝典にして、このさきずっと、グレースがその一夜を思いだしては、微笑むようなものにしたかった。グレースの傍らに自分のいない長い月日に。

こんなふうにふたりでベッドに横たわるのもこれが最後だった。哀歌が響く心を抱えながら、グレースの乳房に触れた。手のひらにしっくりおさまった。グレースは何も着けていなかった。最後には、互いの服はすべて乱暴に引きはがされたのだ。いつそんなことがあったのかよく憶えていなかった。たしかまだ真夜中になっていないころ、そう、たぶん。絨毯からベッドへと移動するあいだのどこかで……。あれほど激しく床に押しつけたからには、グレースの体は痣だらけのはずだった。

グレースがため息をついて、こちらを向いた。はっきり目覚めてもいなければ、ぐっすり眠ってもいなかった。乳首は色を増して、硬くなっている。これから起きることをその体は知っていた。

マシューは身を屈めて、薔薇色の乳首にそっとキスをした。次に、反対の乳房を見つめて、唇を近づけると、すすった。悲しみとやさしさをこめて口づけた。

ファイリーに噛まれた痕はかすかに残っているだけだった。薄れて、ほとんど消えかけていた。けれど、その出来事は薄れることも消えることもなかった。

「愛してる」そうつぶやくグレースに髪を撫でられた。

その一夜で、グレースは幾度となくそのことばを口にしていた。それでも、マシューはもう一度聞きたかった。何度聞けば気がすむのだろう……？　これから待ちうける氷のような孤独を、そのことばの余韻が温めてくれるまで……。

乳房の下のやわらかな肌に顔を埋めて、唇を這わせた。グレースがため息をついて、身を寄せてきた。視線を感じて、マシューは顔を上げた。グレースの目は悲しみに曇っていた。まもなく訪れる別れがふたりに重くのしかかっていた。体を上にずらして、胸に抱く愛のすべてを注ぎこむように唇を重ねた。グレースの唇はふっくらと滑らかだった。

グレースがすぐさま口を開いて、舌を絡ませてきた。長い夜のあいだに、ふたりは情熱の炎をたっぷり燃えあがらせた。けれど、このキスはちがった。より甘く、より切なく、より深かった。これまでに交わした愛によって、体はもちろん心もしっかり結ばれていた。

グレースが脚を開いた。マシューは熱い秘所に自身を置いた。嵐の一夜を過ごしたばかりなのに、早くも硬く高まっていた。激しく求めながらもどれほど慈しんでいるかを、グレースの記憶に刻みつけたくて、いきり立つもので愛しいその場所をあくまでもやさしく愛撫した。

グレースは乾いていた。それでも、なんとしても歓喜の極みに押しあげるつもりだった。

それが、いまや素直に体を開くグレースへの愛の贈り物だった。

もう一度キスをした。まもなく訪れる孤独に備えて、その味と感触を鮮明に留めておくつもりだった。グレースはキスだけで死んだ男をよみがえらせる。そう、それによって、この自分はよみがえったのだ。束の間の夢だったとしても、グレースの腕のなかで生きる喜びを感じたのだから。

首に舌を這わせて、すすると、秘所を探る指が滴るほどに濡れた。やさしく歯を立てながら下へと向かう。自身を押しこめるまえに、口でグレースを恍惚とさせるつもりだった。

「だめよ」腹に唇を這わせると、グレースが囁いた。「あなたといっしょがいいの」

そのとおりだった。これが最後なのだから。そのときにはグレースとつながっていなければならない。ふたりはひとつになっていなければならなかった。今夜、愉悦のときを分かちあった。そしていま、自身のすべてをグレースに与えるつもりだった。

「ぼくの心はきみのものだ」苦しげに言いながら、肘をついて、顔をのぞきこんだ。

グレースは月のように青白い顔をしていた。真っ白な肌と対照的に、唇だけが赤くふっくらしていた。その顔は死ぬまで記憶に刻まれるはずだった。

グレースの手が顎に触れた。やさしくじらすような手に顔をたっぷり愛撫された。「抱いて、マシュー。今日で世界が終わっても悔いはないほど」

今日で世界が終わる……。

グレースが何を望んでいるかは痛いほどわかった。剝きだしの欲望ではない。いままでにない新たな興奮でもない。永遠にふたりで同じリズムを刻みたがっているのだ。何があろうとふたりの絆が切れることがないように。

外で鳥の鳴き声がした。夜明けが近づいていた。

どこまでもゆっくりとグレースのなかにはいった。ため息のすべてを、疲れ果てた体の震えのすべてを慈しんだ。グレースのなかに深く身を埋める。魂にまで届くほど深く。そこで動きを止めた。ふたりの息遣いが重なった。鼓動も重なった。

グレースの手がことばにしようもないほどそっと肩に触れた。それから胸に、背中に。グレースはさまよう手で愛する男の体に生涯の愛を描いていた。

マシューは息を深く吸った。体の隅々までグレースの香りで満たされた。そしてようやく動きはじめた。グレースの心にまで届くほど、ゆっくりと確かめるように幾度となく身を埋めながらも、天国が垣間見える場所に自身を押し留めた。

グレースもそれに応じた。グレースこそが生涯の伴侶《はんりょ》で、最愛の人だった。この交わりが永遠に続くのを願わずにいられなかった。

真夜中に激しい欲望をすべて吐きだした。いまはもう、勝利や服従や所有といった欲望に駆りたてられてはいなかった。波のように寄せては引くという動きを、ただひたすらくり返しているだけで満たされた。昇っては沈む太陽のように。

超人的とも言えるほど長いあいだ、ゆったりと穏やかなリズムを刻みつづけた。腕のなかにいるグレースと果てしない愛で頭のなかが満たされていく。話などできるはずもない。気持ちはことばにならなかった。闇と幸福なため息と、グレースのなかに滑らかにはいりこむ自身の体のひそやかな音だけに包まれた。

神秘的な絆を何よりも強く感じるこのひとときが永遠に続くのを願った。けれど、ついに男としての欲望を満たせと全身が叫びはじめた。それはもう止めようがなかった。

グレースも快感の頂へとゆっくり向かっていた。それが徐々に加速していった。初めての感覚だった。押しよせる波がどんどん大きくなり、波にもまれながらグレースのなかへ流れこんでいくかのようだ。歓喜と愛が炸裂するのを実感しながら、グレースのなかにすべてを注ぎこむ。そして、宇宙の果てからゆっくり戻ってくるグレースをしっかり受けとめた。

数時間後には別れのことばを口にしなければならないのはわかっていた。けれど、いまこのときに、マシューは心のなかで、口にすべき別れのことばを言い尽くしていた。

22

グレースは忍び足で居間にはいると、部屋の一角を占めている立派な机にすばやく向かった。早朝のことで、台所にいるファイリーの女房は食事の支度に忙しく、屋敷のなかを歩きまわっても気づかれる恐れはなかった。マシューは薔薇のようすを見にいったのか、家にいなかった。

今日は普段と何ひとつ変わらない態度で過ごさなければならない。情熱的な一夜を過ごしたせいで、身支度を整えながら静かに話をしていても、愉悦の名残りが肌をぴりぴりと刺激した。ひげを剃るマシューを眺めるのが毎朝の楽しみだったけれど、今朝は少しちがった。こんなふうに些細だけれどかけがえのない親密な時間を分かちあえるのも最後だと思うと、悲しくて、胸が潰れそうだった。

寝室では何かにつけて体に触れていた。いつでもさりげなく触れあっていた。そんなふうに体にそっとマシューの手が触れることなく、これからさきどうやって生きていけばいいの……？

いまもまだ、ことばにならない悲哀が心を離れず、部屋の空気が重く感じられた。体の芯にまでマシューが染みわたっていた。鼓動のひとつひとつがマシューの名を呼んでいた。息を吸うたびにマシューの香りを感じた。

あれほどの一夜を過ごしながら、どうしてマシューひとりを孤独な牢獄に置き去りにできるの？

いいえ、ひとりで残していくだけではない。わたしはこれからマシューを欺くのだ。

肩越しにすばやく背後を確かめた。扉はぴたりと閉まっていた。以前と同じように、マシューの机をあさった。人の持ち物を勝手に探っているところを見つかったらなんと言い訳すればいいのかわからなかった。たぶん、ほんとうのことを話すしかないのだろう。

机の上の整理箱には筆記用具などの細々したものがはいっているだけだった。マシューのそばに戻らなければという思いと罪悪感にじりじりしながらも、引き出しに目を向けた。

探していたものはそこにあった。少なくともそれとおぼしきものが。いずれにしても、中身を確かめている暇はなかった。心に秘めた計画をマシューに知られるわけにはいかないのだから。もし知られたら、それこそマシューの一生分の怒りを買うはずだった。

握りしめた論文や書類の束を大いそぎでポケットに押しこむと、ドレスの前身頃を下ろしてふくらみを隠した。さらにもうひと束の書類を見もせずにつかんで、部屋を飛びだした。

罪悪感が顔に出ていませんように――そう祈りながら、グレースは中庭にはいった。気づいたマシューが顔を上げて微笑んだ。その朝のマシューもいつもどおり落ち着いていた。といっても、残酷な男たちのなかで生きてきたのだから、真の感情を隠す術ならとうの昔に身に着けているのも不思議ではなかった。グレースは唇を噛んで、あふれそうになる涙を押し戻した。気丈でいなければならない。マシューのためにも、自分のためにも。

「散歩がしたいわ」かすれた声で言った。

マシューが訝しげに形のいい眉をしかめた。散歩は計画になかった。「グレース?」

闘いに備えるように、肩に力をこめた。反論されるのは最初からわかっていた。「お願い」自分の顔に浮かぶ表情からマシューが何を読み取ったのかはわからなかったけれど、マシューは剪定《せんてい》ばさみをわきに置くと、歩みよって、腕を取った。「ああ、きみがそう言うなら」

ウルフラムも立ちあがって、あとをついてきた。

無言のまま、陽光あふれる森のなかを歩いた。行き先が決まっていたかのように、初めてキスした空き地で足を止めた。奇跡のようなあの瞬間が遠い昔のことに思えた。あれ以来、一生をマシューの傍らで生きている気分だった。ほんの二週間ちょっとの一生を。

「不安なんだね?」マシューが気遣うように尋ねながら、グレースの顔にかかる髪をうしろに撫でつけた。今日のグレースは未亡人のパジェット夫人の装いで、編んだ髪をきっちり結いあげていた。

「ええ、不安でたまらない」そう言ってから、すぐにつけくわえた。「でも、それよりあなたのことが心配でたまらない」

マシューが驚いて眉を上げた。「ぼくのことが?　いままで以上の仕打ちなど、あの連中にできるわけがない。ああ、ぼくは大丈夫だ。言っただろう、万が一ぼくが死んだら、叔父はランズダウン家の財産を手放すことになるんだ」

数日前までなら、そのことばを信じられたはずだった。けれどいまは、より深い事情を知ってしまった。自分ひとりをここから逃がすというマシューの計画について、じっくり考えたのだから。頰に触れているマシューの手を唐突に払った。

「あなたが何をするつもりかはわかっているわ」きっぱりと言った。その口調にウルフラムが悲しげにひと声鳴いて、主人の足もとにやってきた。

「ああ、ほんものの世界へきみを帰すつもりだよ」マシューが冷ややかな口調で言いながら、片手で愛犬の頭を撫でた。

「ええ。そのあとで、あなたはファイリーを殺して、自分の命を絶つつもりでいるんでしょう。わたしは馬鹿じゃないわ、マシュー。もちろん、あなたはすぐに死ぬわけじゃなく、わたしの身に危険がおよぶことはないとわかるまでは、虐待に堪えるつもりでいるんだわ」声が震えていた。冷静に事実だけを話すつもりでいたのに、その決意はあっけなく崩れていた。

「あなたとふたりきりで話ができるのは、たぶんこれが最後。嘘をついたまま別れるわけにはいかないわ」

「グレース……」マシューのことばが途切れた。すべてを見透かされて驚いているようだった。「ぼくがどうなろうとそんなのは問題じゃない」

「どうしてそんなことが言えるの？」鋭く言い返した。「大問題に決まっているわ」

「見世物小屋の動物のように、何もせずに年老いて死ぬのを待つなんてまっぴらだ。侯爵家の財産を叔父に奪われるのはもう堪えられない。ぼくがこの屋敷から逃げたら、罪のない人に害がおよぶことになる。ぼくに残された道はこの牢獄のなかで生きるか、あるいは死ぬかのどちらかなんだ。だから、死を選ぶ。それだけがぼくに許された唯一の自由なんだ」

「約束して、半年は待つと」きっぱりと言ったものの、ほんとうはマシューの冷ややかな意見を否定したかった。マシューを死なせるわけにはいかない、死なせてはならない——その思いが悲鳴となって心のなかで響いていた。

「どうして？」ふいに怒りを覚えたのか、マシューが鋭く尋ねた。「そんなことをしてもどうにもならない」

「辛いでしょうけど……」弱々しい口調になった。マシューひとりが残ることになる孤独な地獄を思うと、胃がぎゅっと縮んで、吐き気がした。

マシューの怒りが引いていき、口もとにうっすらと笑みが浮かんだ。けれど、目だけは絶望に曇っていた。「そんなことはないよ、ダーリン。きみの顔を思い浮かべて、愛しているというきみの声を思いだしながら死んでいくんだから。それよりもっと悲惨な死にかたはいくらでもある」

グレースの束の間の弱気が一瞬で消えていった。マシューは悲惨な運命を受けいれると言っているけれど、わたしはそんな運命にマシューをゆだねるわけにはいかない。そうよ、絶対に運命に身をゆだねたりしない。たとえ、マシューの悲劇にどれほど胸が張り裂けそうになっていても。「あなたを死なせたりしない」

マシューの顔から笑みが消えた。「やめてくれ、グレース。見た目だけは立派な去勢鶏のように、この鳥籠のなかでじっとしていて、ほんとうに頭がおかしくなる日を待っていたほうがいいとでも言うのか？　愛しているなら、自分の運命を決める自由をぼくに与えてくれ」

マシューの計画にうすうす気づいてからというもの、グレースはこの瞬間が来るのを恐れていた。それでも、背筋をぴんと伸ばして、マシューを見つめた。マシューの苦悩が伝わってきた。自分にできる唯一の方法でこの囚われの身の人生を終わらせるという固い決意が伝わってきた。

唇を噛んで、勇気を奮いおこした。幸いにも、マシューは体に触れてこなかった。触れられたら、抗う気持ちはチョークのようにあっけなく崩れてしまうところだった。顎をぐいと上げて、非情なほどきっぱりと言わなければと心を固めた。

「半年は待つと約束してくれなければ、わたしはこの屋敷を出ません」

マシューの顔から血の気が引いて、これまでになく尊大な表情が苦悩を包み隠した。「そんなことを言うとはきみの品位にかかわるよ。ぼくは脅しには屈しない」

「半年、わたしが頼んでいるのはそれだけよ」神さま、半年間でマシューを助ける方法が見つかりますように……。半年のあいだに、わたしはジョン卿に捕まったりしませんように。

「だめだ、ぼくを助けるために危険な橋を渡るなんて」さらに、どこか皮肉めいた口調で言った。「いったいどうやって叔父に歯向かうつもりなんだ？　叔父は蠅を叩きつぶすように、きみのことを殺すはずだ。それぐらいは、きみだってもうわかっているだろう？」

それはグレースが何よりも恐れていることだった。少なくとも、救出方法を見つけるまえにマシューが死ぬことの次に、何よりも恐れていることだった。

グレースは深く息を吸った。恐怖には堪えられる。なにしろずっとびくびくしてきて、つねに恐怖を感じているのがあたりまえになっているのだから。

「馬鹿な真似はしないわ。でも、助けてくれそうな人を見つけるわ」自身の立てた計画がいかに頼りないかはよくわかっていた。いま、声に出して言ってみると、それは雲をつかむような話でしかなかった。

「ぼくは自由の身になどなれない。きみはぼくの苦しみをいたずらに引き伸ばそうとしているだけだ」憎しみさえ感じられる口調だった。マシューはいま、その口調どおりの感情を抱いているはずだった。苦しみを終わらせる決断をするのに、マシューがどれほど悩んだかは痛いほどわかった。それなのにわたしは、マシューが名誉を回復させて、叔父の略奪を阻む機会を取りあげようとしているなんて……。

「半年だけよ」手を差しのべたが、マシューはあとずさるだけだった。

「ぼくが不可能な選択をすれば、きみの願いがかなうと言うんだね」あくまで冷ややかな口調だった。そんな口調を耳にしたのは、屋敷に連れてこられてマシューに初めて会ったとき以来だった。背筋に寒気が走った。その口調がどれほど辛辣かをいまのいままで忘れていた。

「約束してちょうだい。半年のあいだ命を絶つようなことはけっしてしないと」

そもそもの計画では、一年待ってほしいと頼むつもりだった。やはり、そうしたほうがいいの？　半年で、わたしはマシューを助けだせるの？

マシューは森を見つめた。もうわたしを見たくないのだ——グレースはそう感じた。マシューの悲しみと怒りを理解するのに、その表情を見るまでもなかった。

長い沈黙のあとで、意外なほどそっけなくマシューが肩をすくめて、こちらを向いた。金色の目には初めて会ったときと同じ警戒心が浮かんでいた。ウルフラムの視線にまで非難が表われているかのようだった。

マシューの唇がゆがんで、いかにも皮肉めいた笑みが浮かんだ。「なるほど、半年ぐらいどうってことはない、そういうことか？　わかった、約束しよう」

グレースは止めていた息を吐きだした。マシューは何よりも名誉を重んじる。いったん約束をしたら破るはずがなかった。

「ありがとう」

「さあ、これでこの屋敷を離れる準備は整ったかな？　それとも、まだ条件がある？」上品な仕草でマシューは腕を差しだした。いかにも貴族らしい深みのある声は明快で歯切れがよかった。情熱的でやさしい恋人の面影は微塵も残っていなかった。

マシューはいまの話を裏切りと感じて、怒り、傷ついているのだ——それはグレースにもわかった。わたしは不当な手段でマシューを説き伏せた。わたしが示した条件を呑まないかぎりこの屋敷を出ないと言えば、マシューが屈するのはわかっていた。そしていま、太陽が天高く昇っていた。ふたりで過ごした最後の記憶を憎しみで穢したままでいいの？

差しだされたマシューの腕を無視した。見ず知らずの他人同士のようによそよそしくエスコートされて家に戻りたくなかった。「マシュー、これがあなたの望んでいた別れかたなの？」小さな声で尋ねた。

「グレース、きみはぼくに限界ぎりぎりの約束をさせた。きみはこれからぼくたちがしようとしていることを知っている。なぜそうするのかも知っている」声音から怒りが抜けていた。それどころか、あまりにも悲しげで、聞いていられないほどだった。

マシューの論文を盗んでからというもの心を苛んでいた罪悪感が、胃のなかでとぐろを巻いた。でも、これはマシューのため、と無理やり自分に言い聞かせた。計画をすべて打ち明けるわけにはいかなかった。そんなことをしたら、止められるに決まっている。それはわたしがマシューを愛しているのと同じぐらい明白なこと。

「ここを離れるのは辛いわ」まばたきして涙を押し戻した。

マシューの笑みが自然なものに近づいて、手をそっと握られた。といっても、笑みの奥にある疲労と悲しみは消えなかった。

「約束は守るよ。半年間はおとなしくしている。さあ、仲直り《メイク・ピース》だ」

マシューはどれほど心が広いの？　わたしを敵と見なしているときでさえそうだった。そんなマシューを助けられなければ、わたしは一生後悔することになる。

助けられないかもしれない……そう思っただけで、勇気が萎えそうになった。この屋敷から逃れるには、ありったけの勇気をかき集めなければならないのに。けれど、ここに留まるマシューのほうがもっと勇気がいるはずだった。

「あなたが自由になるまでは、わたしにとって平穏《ピース》な日々などやってこないわ」囁くように言った。悲しくて胸が張り裂けそうだった。

マシューが辛そうに顔をしかめた。「だめだよ、グレース。できるだけ遠くへ逃げて、ぼくのことは忘れるんだ」

反論はしなかった。反論してなんになるの？　何を言われたところで、あきらめるつもりはないのだから。「キスして」涙声で言った。

マシューの手にそっと両頬を包まれた。マシューの唇は冷たかったけれど、あっというまに抑制のたがはずれて熱く燃えあがった。たっぷりと時間をかけて慈しみながらキスをした。まるでこれが人生最後の食事であるように。

震えながら口を開いた。こんな別れに堪えられるはずがなかった。そう、堪えられるわけがない。このままこの屋敷で暮らしたいと懇願せずにいられたのは、マシューを助けるというはかない希望があるから、ただそれだけだった。

舌がはいってきたかと思うと、抱きあげられた。マシューの背中に腕をまわして、同じ渇望でキスに応じた。

そこには情熱と悲しみがあった。

そして何よりも愛が。炎のように熱く燃える愛が。

永遠に抱かれていたかった。

でも、それは夢のまた夢。

これから命がけの逃走が待っている。マシューにはことばでは言い尽くせない苦しみが待っている。わたしを逃がしたら自身の身にどんなことが降りかかるのか、マシューはほとんど口にしなかったけれど、それは聞くまでもなくわかっていた。マシューがそれにひとりきりで立ちむかわなければならないことも。これからマシューを戦場に置き去りにして、無敗の敵にひとりで立ちむかわせる――グレースはそんな気分だった。

情熱が徐々におさまっていった。キスは始まったときと同じように、やさしさと悲しみをたたえて終わった。マシューが身を引くと、その目に涙が光るのが見えた。けれど、マシューのプライドが涙を流すのを許さなかった。

「愛してるよ、グレース」それは誓いのことばだった。

「愛してるわ、マシュー」

「時間だ」マシューの顔はいままでになく真剣だった。

「そうね」背伸びして、もう一度キスをした。ほんの一瞬だけ。長いキスをしたら、離れられなくなってしまうのはわかっていた。「神さまがあなたを守ってくださるわ、ダーリン」

そう言うと、踵を返して家へと走った。一度も振りかえらなかった。

マシューは門の近くの木立に身をひそめていた。傍らでは、ウルフラムが吠えることもなく、静かに周囲を警戒していた。グレースと別れてから三十分が経っていた。

モンクスは番小屋の陰で何かを槌で打ちつけていた。ファイリーの姿はなかった。とはいえ、午前中に運ばれてくる荷物をふたりの番人が下ろすのは毎度のことで、ファイリーもそう遠くないところにいるはずだった。

不快な予感に胃がずしりと重くなった。半年待つようにとグレースは頑なに言い張った。だが、それが何を意味するのか、グレースはわかっていないのだ。その意味を話して聞かせるわけにはいかなかった。いや、ほんとうは、自分の心のなかでさえそれをことばにできなかった。

グレースが逃げたあとにわが身に降りかかることに対して、覚悟を決めた。かろうじて覚悟を決めたと言ったほうが正確だったけれど。前回、ここから逃げだして、あえなく連れ戻されたときには、叔父は拘束を命じた。それが甥のためだとか、正気を失った危険人物を野放しにしないためだなどという口実は消え失せた。庭に面した部屋で、ふたりの番人に力ずくで忌まわしい台に縛りつけられて、したたか殴られたのだ。この屋敷から逃げだした罰として。それ以外の理由はなかった。

時間にすればほんの数時間だった。それでも、鎖につながれた哀れな狂人として生きるより、死んだほうがましだと考えるには充分だった。

これからふたりの番人にわが身を引き渡すことになる。縛られて、愚弄され、痛めつけられることになる。今回はほんとうに正気を失ったと思われるだろう。それはつまり、拷問がさらに長く辛く苦しいものになるのを意味していた。

神さま、どうか力をお与えください。これまでも、ふたりの残酷な番人に狂人として扱われるたびに、ほんとうにまた狂気が戻ってきそうで恐ろしかった……。

背後で小枝の折れる音がして、振りむくとグレースがいた。黒い喪服に身を包み、髪をひっつめた姿は、か弱い清教徒のようだった。そんな姿のグレースをまた目にするとは妙な気分だった。そこには、ふたりの夜を炎に変えた女の面影はなかった。目を見張るほど美しいことに変わりはなくても、すでに手の届かない存在だった。

「準備はいいかい？」最後にもう一度だけ抱きしめたかった。けれど、いまグレースに触れてしまったら、二度と離せなくなるはずだった。

「ええ」グレースがうなずいて、言いようのない悲しみに満ちた目で見つめてきた。片手に絹のショールに包んだ荷物を抱えていた。グレースが何を持っていくか、ふたりで長いこと話しあい、食べ物と交換できて、運よく荷馬車にでも乗せてもらえたときに駄賃代わりになりそうなものを選んだ。何枚かのハンカチ、いくつかのけばけばしい装身具と靴の留め金。それに、わずかな食料と水。

実際、現金はほとんどなかった。グレースが屋敷に連れてこられたときに持っていた数枚の硬貨だけだった。ファイリーやモンクスがわざわざ盗む価値もないと考えるほどわずかな金。同様に、あのふたりはグレースの着古した服も一文にもならないと考えたようだった。

「荷馬車はまだ来ないの？」となりにしゃがみこみながら、グレースがひそめた声で尋ねてきた。

「まだだ。でも、もうすぐ来る」

グレースの腕が背中にそっと触れるのを感じた。よく晴れた暖かい日なのにその手は冷たかった。

「きっとうまくいくわ」とグレースがつぶやいた。いかにもグレースらしかった。自分のほうこそ励ましが必要なのに、人を励ますとは。

「そうだね」

口ほどには確信がないのをグレースに見破られているのだろうか？　それはわからなかった。怒りはすでに鎮まっていた。待ちかまえている苦しみは、グレースを腕に抱いた至福の代償だと思うことにした。

そのためなら何を犠牲にしてもかまわなかった。

ほんの束の間とはいえ、人間らしく生きられたのだから。いや、それだけではない。グレースから愛していると言われるたびに、神になったような気がした。といっても、その神はいつ奈落の底に落とされてもおかしくなかったけれど。いや、ほんものの神ならば、こんなふうに恐れと悲しみで胸が潰れそうになったりはしないはずだった。

くそっ、忌々しい荷馬車はまだ来ないのか？

ベルの音が鳴りひびいた。あんのじょう、ファイリーは近くにいた。家の裏手から姿を現わすと、門の門をはずそうとするモンクスを手伝った。重厚な門が軋みながら開いて、荷馬車が鈍い音を響かせてはいってきた。このところ、叔父はふたりの男に荷馬車を操らせるようにしていた。それはつまり、これから四人の男とファイリーの女房を騙さなければならないのを意味していた。

「行くんだ、グレース。いまだ」小声で言うと、悲しみが鋭い杭となって腹に突き刺さった。

「かならず逃げきるんだぞ」

唇を重ねて、束の間の情熱的なキスをした。抱きよせたくなるのを必死にこらえた。一生グレースを求めてやまないのに、この期におよんでたった一度その体に触れただけでどうにかなるものでもなかった。

「さようなら、マシュー」悲しみに声が震えていた。苦悩と愛に燃える藍色の目で最後に一度だけ愛する男を見ると、グレースは立ち去った。

無意識のうちに、そのうしろ姿に手を差しのべていた。グレースを無理やり振りむかせようとするかのように。けれど、手は空《くう》をつかんだだけだった。

あらかじめ決めておいた隠れ場所——門のすぐそばの下生えのなか——に、グレースが向かうのを見つめた。木の陰でいったん足を止めて、振りかえり、微笑みかけてきた。不思議なことに、その笑みに悲しみはなかった。絶頂へと導いたときに見せた笑みと同じだった。

気丈さに胸を打たれた。勇気づけられた。

グレースの姿が木立のなかに消えた。黒いドレスは下生えにすっかり溶けこんだ。

「グレースのあとを追え」背筋を伸ばしながら、大きなウルフハウンドに命じた。ウルフラムを護衛代わりにいっしょに行かせるのは、すでにふたりで決めてあった。

計画が成功するか否かは、これからの数秒が鍵だった。すべきことをきちんとできるのか？　自分の心に問いかけた。

グレースのためなら、なんだってできる。

肩に力をこめて、大海の波のように襲ってくる恐怖をはねつけた。自ら薬草を調合してつくった薬をポケットから取りだすと、口に入れた。とたんに、刺すような味が頭にまで響いた。


最後にひと目見た愛する人の姿が脳裏に焼きついて離れない――グレースはそう思った。初めてマシューを見たときは、真鍮を槌で叩く澄んだ音が頭のなかに響きわたったかのようだった。そう、それほど孤独な美は衝撃的だったのだ。たったいま最後に見た印象もそれと変わらなかった。この腕のなかにマシューが見いだした悦びはほんの束の間のものだったけれど。

ウルフラムがやってきて、心乱れる思いをまぎらせてくれた。ウルフラムの頭を撫でて、誉めてやる。主人と愛犬を引き離すことになるのだと、いまさらながら痛感した。マシューも同じ思いでいるはずだった。

ドレスのウエストのあたりを探って、持ってきた短い紐を取りだすと、ウルフラムの首輪に縛りつけた。ウルフラムを連れていくようにとマシューに言われたときには断わった。けれど、いまは心強かった。もし計画が失敗しても、ウルフラムがいればモンクスとファイリーはそう簡単には近寄ってこないだろう。それに、門の外ではウルフラムだけがマシューとの絆だった。

紐を結ぶあいだ、ウルフラムはおとなしく待っていた。マシューが愛犬をきちんとしつけてくれたことに感謝した。ときどき、ウルフラムが人間であるかのような気さえした。

「勇気を出すのよ、ウルフラム」と囁いた。勇気を必要としているのは立派な猟犬ではなく、自分のほうだとわかっていたけれど。不安で息が詰まりそうだった。わが身だけでなく、マシューのことも心配でならなかった。

薬の量がまちがっていたらどうなるの？　多すぎたら、マシューは死んでしまうかもしれない。

お願い、この逃亡を悲劇にしないで。

いまこそマシューを信じなくてどうするの？　そうよ、植物に関するマシューの知識なら実際にこの目で見たのだから。意識を失う分だけの薬を摂取すると言っていたのだから。

失敗したらとそればかり考えているなんてどうかしている。それより、誰にも見つからずに門を出る機会を窺うことに気持ちを集中しなければ。

ウルフラムの首のあたりのふさふさした毛を握った。ふたりの男を見据えたまま、注意深くゆっくり立ちあがった。

初夏とも言えそうな暑い日のことで、喪服がちくちくと肌を刺した。薄い絹やサテンの淫らなドレスを着慣れてしまったせいで、厚い黒の布が繊細な肌に擦れて、高い襟と長い袖がわずらわしかった。

荷馬車を見つめていると、男たちが荷を降ろしはじめた。男たちがせわしなく動きまわっても、輓馬《ばんば》具につながれた二頭の引き馬はおとなしくしていた。男たちのだみ声が飛びかっていた。用心深さにかけてはふたりの御者もモンクスに負けていないようだった。口調にそれなりの知性が表われていた。

マシューの苦しげなうめき声が聞こえると、はっとして、声のしたほうを見た。マシューが痛みに堪えるように胸をつかんで、よろよろと木立から現われた。その姿にぞっとした。思わず悲鳴をあげそうになったが、必死でこらえた。マシューはほんとうに苦しそうだった。数種の薬草を的確に調合すれば、体に激しい反応が出ると聞かされていたが、その意味をいまようやく真に理解した。マシューが体を屈めた。下生えに隠れていても、マシューが苦しげに嘔吐《えず》くのがわかった。

これほど苦しむと知っていたら、計画に賛成などしなかったのに……。爪が手のひらに食いこむほど拳を握りしめて、すぐにでも駆けよって助けたくなるのをこらえた。

これは芝居よ。わたしをここから逃がすために、マシューはこんなことをしているの。

どれほど自分にそう言い聞かせようとしても、そんなことばは空疎でしかなかった。愛する人が悶え苦しむのを、悲嘆に暮れながらなす術もなく遠くからじっと見つめて、自分にそう言い聞かせようとしても。

ウルフラムが小さく悲しげな声をあげた。「静かに」ひそめた声で命じた。

こわばった手に触れるウルフラムの大きな体は、緊張して小刻みに震えていた。どうにか体を起こそうとしているマシューを、ウルフラムは食いいるように見つめていた。わたしにはウルフラムを叱れない。わたしだって、あんな状態のマシューを放っておくのは胃がねじれるほど辛いのだから。

「だ、誰か……」マシューが苦しげに叫んで、倒れた。発作を起こしたように体が激しく震えていた。「助けてくれ、頼む」

「なんてこった！」モンクスがマシューのほうを見た。「ファイリー！　腰抜け侯爵が死にそうだ」

四人の男がすぐさま、倒れてのたうちまわっているマシューのもとへ向かった。

すらりと痩せた侯爵ががたがた震えて身悶えしているのを見つめながら、グレースは剣で骨まで貫かれた気分になった。かつて精神が錯乱すると、マシューはこんなふうになったの？　もし病が再発したらと、マシューがつねに不安を抱えているのも無理はなかった。

そしていま、マシューはわたしのためにこれほどの苦痛に堪えている。そうよ、この苦しみを無駄にしてはならない。なんとしてもこの屋敷から逃れて、なんとしてもマシューを自由の身にしなくては。この真っ白な塀の内側では、マシューと苦しみを分かちあう以外にわたしにできることはないのだから。

「ウルフラム、行くわよ」

ウルフラムが悲しげな声で小さく鳴いて、主人のほうを見た。綱を引っぱっても動こうとしなかった。

「ウルフラム！」精いっぱいマシューの口調を真似た。

もう一度綱を引っぱった。けれど、頭のなかはマシューのことでいっぱいだった。悶え苦しむ声が聞こえた。押し殺したうめき声を耳にするたびに、全身の血が凍りついた。

ウルフラムがひと声吠えて、隠れていた下生えから飛びだした。

呼び戻そうと喉まで出かかったことばを呑みこんだ。ここにいることを荒くれた男たちに知られてしまったら、計画は実行に移すまえに終わってしまう。不吉な予感に胸が大きく脈打った。慎重に練ったはずの逃亡計画が、早くもほころびはじめていた。

ウルフラムが主人のもとに駆けつけて、顔を舐めた。モンクスとファイリーは毛むくじゃらの犬をマシューから引き離そうとしたが、うまくいかなかった。マシューが倒れている芝地はいまや大混乱だった。

グレースは間に合わせの鞄――ショールの包み――をぎゅっと抱きしめて、太鼓のように乱れ打つ胸に押しあてた。混乱した頭のなかでマシューの無事を祈ることばをつぶやくと、深く息を吸った。

いまよ、グレース。さあ、行くのよ。

恐怖にこわばる手でスカートをつまむと、下生えから飛びでて、開けた場所を走った。生きた心地もせず、見えるのは前方にある大きな荷馬車だけだった。息もつかずに、そのうしろに飛びこんだ。

不安に心臓が激しい動悸を刻むのを感じながら、その場にしゃがみこんだ。ここまで走るのを誰かに見られたの？　そうは思えなかった。誰も荷馬車のほうを見ようともしなかった。モンクスは大声で悪態をつきつづけ、ファイリーはウルフラムを追いはらうのに必死だった。病人を助けようとしているのはふたりの御者だけだった。

御者のひとりがマシューを抱きかかえて、もうひとりが自分の首からはずした色あせたスカーフでマシューの顔を拭っていた。病人の手当てのしかたなど知りもしない荒くれ者たちに、苦しむマシューの世話を任せてここを出ていくなんて……。またもや湧いてくる罪悪感を止められなかった。

さようなら、愛する人――心のなかでつぶやいた。わたしが助けにくるまで、神さまがあなたを守ってくれますように。

目の錯覚だとはわかっていたけれど、マシューがこちらを向いた気がした。ほんの一瞬だけ。遠すぎて、金色に光る目は見えなかった。それでも、心の目で見えた気がした。次の瞬間にはマシューは苦しげにうめいて、気を失い、ぶるぶる震えながら若い御者の肩にぐったりともたれかかった。

いまここでマシューのためにできることは何もない。これから、この屋敷の外の世界でマシューのためにできることを探さなければ。

ゆっくり頭をめぐらせて、門を見た。
目のまえにファイリーの女房の顔があった。

23

グレースはあとずさった。荒削りの木製の荷馬車に背中がぶつかった。叫びそうになるのをこらえた。震える手で、ショールの包みを楯のように胸のまえに抱えた。

わたしはなんて愚図《ぐず》なの？　ファイリーの女房の居場所を確かめておかなかったなんて。

「お願い……」か細い声で懇願しようとして、ファイリーの女房は耳が聞こえないのを思いだした。

氷水に投げこまれたようなその一瞬――やけに長く感じられる一瞬――ファイリーの女房のくすんだ茶色の目を見つめた。疲れ果てた女のしわだらけの顔には、どんな表情も浮かんでいなかった。洗濯に出すシーツやテーブルかけを抱えたファイリーの女房との距離は一フィートもなかった。

息もろくに吸えず、めまいがした。耳のなかで脈が大きく鳴るのを感じながら、どうにか息を吸った。恐怖に押しつぶされそうになりながらも、ここでモンクスとファイリーに見つかったらどんなことになるのか必死に考えた。

けれど、ファイリーの女房は黙ったままだった。

もしかして、いま目のまえにいるのは、予想もしていなかった味方なの？　これまでファイリーの女房は、無理やり屋敷に連れてこられた女の苦境など気にするそぶりもなかった。それなのに、この期におよんで夫の怒りを買うようなことをするの？　グレースは顔をしかめた。わけがわからなかった。

もう一度ファイリーの女房が首をかしげた。きちんと見ていなければ見逃してしまうほどわずかな動きだった。

グレースは荷馬車の荷台を見た。壊れ物を運ぶためにわずかな干草が敷かれているだけで、ほかには何も積まれていなかった。

ファイリーの女房がどうしようもないと言いたげに肩をすくめた。そうして、手にした汚れ物を荷台に放りこむと、また洗濯物を取りに足を引きずりながら家にはいっていった。ファイリーの女房はいつだって、人生に微塵も希望が持てないかのように重い足取りで歩く。グレースがそう思ったのは初めてではなかった。

同時に、たったいま起きたことの意味を理解した。

ファイリーの女房は、わたしとマシューの計画に気づいたのだ。それでいて、夫に知らせようとはしなかった。

荷台に放りこまれた洗濯物を見つめた。そのなかに隠れれば、村まで行けるかもしれない。ショールの包みをすぐさま荷台に投げこむと、自分も荷台によじ登り、シーツの下にもぐりこんだ。それはマシューのベッドに敷かれていたモノグラム入りの上等なシーツだった。一瞬にして、ふたりの愛の交わりの香りに包まれた。ややすえた感じがしたけれど、まちがいようのない香りだった。

シーツの下に隠れても、恐怖に胃がねじれそうだった。それでもどうにか身を縮めていると、ファイリーの女房が投げこんだ洗濯物が頭の上に降ってきた。歩くより馬車のほうがはるかに速く遠くまで行けるのはまちがいない。ただし、モンクスとファイリーに気づかれずにこの屋敷を出られたら。ただし、荷馬車が門を出るまえに、誰も荷台を調べず、ファイリーの女房が夫に告げ口するつもりでなければ……。

不安で心臓が破裂しそうなほど脈打っていたが、必死に息をひそめた。ファイリーの女房の足音が近づいてきたかと思うと、洗濯物がまたどさりと降ってきて身を縮めた。

マシューはどうなったの？　お願い、無事でありますように。荷台を囲う板は隙間だらけで空気ははいってくるものの、外の音はくぐもっていた。それでも、モンクスが相変わらず怒鳴っているのはわかった。さすがにいまは怒鳴り声に困惑が混じっていた。いつもは冷静で自信満々のモンクスだが、思いがけずマシューが発作を起こして、ずいぶんあわてているにちがいない。ファイリーはこうしよう、ああしようと、ますますわけのわからないことを口走っているだけだった。

「家のなかに運びこんだほうがいいだろう」ゆったりしたサマセット訛りのその声には聞き覚えがなかった。

「ああ」とモンクスが言った。「そうだ、家に運ぼう」さらに大きな声で言った。「おい、女！　鶏がらみたいなケツを上げて、とっととこっちに来い。ファイリー、足を持て」

「こりゃひでえ」ファイリーの声がした。「こんなにひでえ発作はガキのころ以来だ」

「黙ってろ」モンクスがぴしゃりと言った。「うすのろ女は何してる？　おい、女！」

「知ってるだろ？　あいつは耳が聞こえねえんだよ」

「そうだった、役立たずののろまウシが。行って、うすのろ女を連れてこい」

ファイリーが女房を呼びにくる気配を感じて、グレースは息を止めた。またもや洗濯物が降ってきて、恐怖に喘ぎそうになるのをこらえた。

洗濯物が多すぎると、ファイリーが不審に思ったらどうなるの？　荷台を確かめることにしたら……。

「マギー、モンクスが呼んでるぞ」唇の動きを女房が読めるように、ファイリーがゆっくり言った。

これほどファイリーが近くにいるのは、強姦されそうになったとき以来だった。悪臭を放つファイリーにのしかかられて、地面に押さえつけられたときの記憶が瘴気のように湧いてきて、喉が詰まり、吐き気がこみあげた。ファイリーが大きな手を荷台の端にかければ、それだけで、その手が体に触れてもおかしくなかった。そんなことになれば、今度こそマシューの助けは得られない。

「ああ、いま行くよ」ファイリーの女房が不気味なほど抑揚のない口調で言った。ファイリーの女房の声を聞いたのはそれが初めてだった。「さきに積んじまわなけりゃならない洗濯物がまだ山ほどあるんだよ」

「そんなのはうっちゃっておけ。哀れな侯爵さまが発作を起こしたんだからな。洗濯物はこの次持っていかせりゃいい」

グレースは体の震えを押さえるのが精いっぱいだった。痛むほど身を固くして、ファイリーと女房が荷馬車から離れるのをひたすら待った。

さもなければ、ファイリーが荷台に手を突っこんで、シーツの山を放りなげるのを。

永遠とも思えるときが過ぎてようやく、ファイリーと女房が立ち去った。ふたりが充分に離れたと確信できると、グレースはようやく浅く息をして、からっぽの肺に空気を満たした。不快なめまいがおさまった。全身の力をゆっくり抜いていった。

マシューのようすを最後に一度だけ見てみる？　だめ、それは危険すぎる。心臓が鼓動を刻むたびに、〝生きていて、マシュー〟と祈らずにいられなかった。生きてさえいてくれたら、この地獄から救いだせるのだから。

「おれたちもここにいて、手伝ったほうがいいか？」御者のひとりだろう、荷馬車のまえのほうで聞き覚えのない声がした。「老いぼれ馬を長いこと日向《ひなた》に立たせておくわけにはいかないが」

「いや、もう助けは必要ない」モンクスが答えた。「ああ、また来週」

「そうか、じゃあ行くとするか。荷物はこれで全部だな？」

「洗濯物はそれだけでいい。侯爵さまにゃあ、しばらく汚れたシーツで眠ってもらう。頭がいかれちまってりゃ、汚れてようがわかりゃしない」

「おれにゃあ、頭がいかれてるようには見えないがな」と御者が言った。「といっても、すこぶる調子がいいとも思えない」

「ああ、調子がいいわきゃねえ」もうひとりのサマセット訛りの男がわざとゆっくりと言った。

「と言ったって、おまえは医者じゃないからな、バンクス」モンクスがぴしゃりと言った。

「どう考えたって、おれはおまえの意見よりいんちき医者のほうを信じるさ。さあ、さっさと行ってくれ。ここでくっちゃべってたって、ジョン卿から駄賃は出ないぞ」

ふたりの御者が荷馬車のほうへやってくるのがわかると、グレースは緊張して身を縮めた。御者は洗濯物を確かめるの？　いまさらながら、計画どおりにすればよかったと後悔した。屋敷からこっそり抜けだして、身を隠せそうな場所を探せばよかったと。けれど、無謀な決断を翻すには手遅れだった。

荷台が揺れると、心臓が跳びはねた。一瞬の間のあとで、その揺れはふたりの男が御者台に座ったせいだと気づいた。ひとりが舌を鳴らして馬に合図すると、荷馬車はさも重そうに動きだした。

これで屋敷を出られる。祈らずにいられなかった――今度この呪われた屋敷を目にするときには、愛する人を自由の身にできますように。

「おい、我慢できねえ、もう漏れそうだ。おまえはどうだ？」年嵩《としかさ》のよくしゃべるほうの御者が早口で言った。

むっとする洗濯物の下で半ば心神喪失しているような不思議な状態でいたグレースははっとして、頭のなかの靄が一気に消し飛んだ。ふたりの男が満杯の膀胱《ぼうこう》を空にしたくなっても、驚きはしなかった。数時間前に屋敷を出て以来、御者はどちらも酒を飲みつづけていたのだ。荷台の洗濯物のなかにいても、暑い午後の空気に漂うリンゴ酒の濃厚なにおいが感じられた。馬は道を知っているようで、それにはほっとした。荷馬車を走らせれば走らせるほど、ふたりの御者はますます酔っ払っていくのだから。

「ああ」若いほうの御者が無口なことにも、グレースはもう気づいていた。

荷馬車が軋みながら停まり、大きく横に揺れて、ふたりの御者が降りたのがわかった。年嵩の男が馬車から離れるにつれて、その声が遠ざかっていった。

荷台から抜けだす絶好のチャンスかもしれない。そろそろとシーツの端を上げて、外のようすを窺った。御者の背中が見えた。ふたりとも道沿いに生える木のほうを向いている。ありがたいことに、馬の鼻面のさきのほうにいた。

震える手で荷物をつかむと、御者からできるだけ離れた位置で静かに荷台を抜けだした。深く息を吸ってから、地面に伏せると、頭を低くして荷馬車の陰に隠れた。

狭い道の両側で生い茂る木が手招きしているようだった。とはいえ、そこは道と言うのもおこがましいほどだ。考えてみれば、それも当然だった。ジョン卿はわざと人里離れた屋敷を選んだに決まっている。門のまえを主要な街道が通っているような場所を好むわけがなかった。

地面に水が跳ねる音がして、つんとするにおいがあたりに漂った。御者が自然の欲求を満たすことに夢中になっているうちに、逃げなければならなかった。

足音を忍ばせてすばやく森にはいると、道から充分に離れた苔《こけ》むした岩のうしろに隠れた。すっかりこわばった脚が急激な動きに異を唱えたが、その痛みは無視した。

年嵩の男が振りかえって、若い御者の肩を叩いた。「まったく、モンクスは哀れな男だ」

「ああ」若い男はやはり口数が少なく、ひとこと答えただけだった。そうして荷馬車のほうを向くと、ざらつくズボンのまえを閉じた。そこで初めて、グレースにも御者がはっきり見えた。どう見てもふたりは親子だった。

「おや、噂をすればなんとやらだ」

耳のなかで脈の音が大きく響いていたが、それでも、近づいてくる馬の蹄《ひづめ》の音が聞こえた。屋敷から逃げたのがもうばれたなんて……。そうでなければ、モンクスが馬を駆って、荷馬車を追ってくるわけがなかった。御者が馬車を停めて、その間に荷台から抜けだせたのはほんとうについていた。さもなければ運は尽きていた。そう思っただけ、血も凍りそうなほどぞっとした。

初夏が近づいて、木々の若枝が伸びていた。それが自分の姿を隠してくれるのを祈った。

目のまえの岩にぴたりと身を寄せて、落ち葉の積もる地面にうずくまった。

「女を見なかったか？」荷馬車のそばまで来るよりさきに、モンクスは大声で尋ねた。

年嵩の御者が無精ひげの生えた顎を掻いた。「女？　いいや、モンクス。屋敷からここまで誰にも会わなかった。ひとっこひとりいなかったよ。そりゃそうだろう？　この道は一本道で、道のさきにあるのは侯爵さまのお屋敷だけだ。ああ、そんなところへ行く女がいるわけがねえ」

「馬鹿もんが」モンクスが吐き捨てるように言って、馬に拍車をかけた。馬は荷台ぎりぎりのところで止まった。モンクスが洗濯物に手を伸ばして、地面に放り投げはじめた。

「おい、何をする！」御者が怒鳴った。「また馬車を進めるのに、全部積みなおさなけりゃならないじゃねえか」

「黙ってろ」モンクスは馬をまわすと、踏みつぶさんばかりに御者に近づいた。驚いた馬がいななくいて跳ねても、力まかせに手綱を引いて、馬を御者に向かわせた。「もし女を見たら、捕まえて、おれに知らせろ。黒い髪で、おっぱいのでかいなかなかいい女だ。しゃべりかたは気取ってるが、歩きかたは娼婦そのものだ。その女を見つければ、褒美がたんまり出るぞ」

「ああ」息子のほうが答えながら、前髪を引っぱった。その間にモンクスは馬を手荒にまわして、土埃を上げて屋敷のほうへ戻っていった。

恐怖と安堵が胸のなかで入り混じり、グレースは全身が大きく脈打っているように感じた。

その間も馬の蹄の音はどんどん遠ざかっていった。危なかった、もう少しで見つかるところだった。御者がリンゴ酒をたらふく飲んでいなければどうなっていたことか……。

モンクスはマシューのことは何も言っていなかった。わたしの愛する人は生きているの？ 死んでしまったの？

死んでなんかいない。絶対に。心がそう叫んだ。

「あいつはいかれてるな。この道に女がいるだって？」年嵩の男は御者席に乗りこみながら、さも馬鹿にした口調で言った。洗濯物はもう荷台に放りこまれていた。

「ああ」父親のとなりに座りながら、若い御者が言った。

「こんな道で人に会うわけがねえ。ましてや女とは。褒美などもらえるわけがねえ。ああ、モンクスは雌馬のねぐらにでも行きゃあいいんだよ」そう言うと、手綱を振った。「出発だ」

軋む車輪が地面を踏む鈍い音が響いて、荷馬車が遠ざかっていった。ふらふらする頭をはっきりさせようと、グレースは息を吸った。モンクスが森を捜したらどうなっていたことか……。

いずれにしても、わたしが荷馬車の荷台に隠れて屋敷から抜けだしたのをモンクスは知らない。わたしがどの方向へ向かったのかモンクスにはわからない。

知らず知らずのうちに、唇に勝利の笑みが浮かんでいた。いまごろ、モンクスはわたし以上にびくびくしているはず。わたしがモンクスだとしても、囚人のひとりが逃げだしたとは、口が裂けてもジョン卿に言いたくないはずだった。

モンクスがあれほど必死になっているのも無理はない。

それとも、あれほど必死だったのは、もうひとりの囚人が死んでしまったせい？　それは考えるだけでもおぞましかった。直感を信じる理由などどこにもないけれど、マシューはもうこの世にいないのではないか、なぜかそんなふうに思えてならなかった。

しばらくして、モンクスはもう戻ってこないと確信できると、縮めていた体を伸ばして立ちあがった。不快なほど暑く、汗をかいた腕の内側とうなじがちくちくした。森は鳥の鳴き声で満ちていた。轍《わだち》のついた細い道を走る荷馬車はとっくに見えなくなっていた。

包みから瓶を取りだして、ぬるい水をごくりと飲んだ。夜になるまえに人がいる場所にたどり着きたかった。そうして、人混みにまぎれるのだ。こんな場所にひとりでいては目立ってしまう。それに、モンクスがいつ戻ってきてもおかしくなかった。

グレースは人けのない道をすばやく歩きだした。

24

マシューは確かめるようにゆっくり目を開けた。鉛の錘《おもり》が載っているのではないかと思うほど瞼が重かった。とたんに光が目に突き刺さって、頭に激痛が走った。長いうめき声をあげながら、また目を閉じた。

いまいるのがどこなのかはわかっていた。予想どおり、庭に面した部屋で台に縛りつけられていた。いくつもある窓から陽光が射していることから、昼過ぎだとわかった。

気を失う寸前に、ファイリーの靴に胃の中身をぶちまけたのは憶えていた。あとは、全身に走る激痛と、荒々しい怒鳴り声と、ざらつく手の感触といった断片的でおぼろげな記憶しかなかった。

ヒレハリソウを摂取するとどれほど強烈な症状が出るかを忘れていた。体のなかを鉄の熊手で掃除されたようだ。しかも錆びついた熊手で。肌は病的なほど敏感になっていた。おまけに、脚と手首と胸を拘束している革紐が肌に食いこんでいる。胸を締めつける革紐が許すかぎり深く息を吸うと、痛みが全身を貫いて、息を吸ったことを後悔した。

これほどの痛みを感じながらも、無数の苦痛は心のほんの一部を占めているだけだった。

肉体的な苦痛より、たったひとつの痛烈な疑問で頭がいっぱいだった。グレースは逃げられたのか？　意識を失い何も見えなくなる寸前に、足早に荷馬車へ向かうグレースの姿は見たけれど……。

グレースはいま安全な場所にいるのか？　グレースがさらなる窮地に陥ったのではないか……？　自分の立てた向こう見ずな計画のせいで、グレースがさらなる窮地に陥ったのではないか……？

計画を立てたときには、グレースの運命を知ることはないと覚悟していた。けれど、それを知らずにいることが、死ぬまで心を苛むことになろうとは、いまのいままで気づいていなかった。

死ぬまでと言っても、あと半年だ。

いいや、これほど体の調子が悪ければ、まもなく死んでも不思議はない。頭痛がした。真っ赤に熱した鉄線を頭に巻かれているかのようだ。胃はぎゅっと固まったままで、きりきりと痛んでいる。口のなかに酸っぱい味が広がって、唇は乾いてひび割れていた。水が飲みたくてたまらなかった。

知識とこれまでの経験から、体の不調がいずれおさまるのはわかっていた。けれど、生物としての本能はそれを信じようとしなかった。生物としての本能は、誰もいない暗がりに隠れて横たわり、命が尽きるまでひたすらじっとしているのを望んでいた。

くそっ、自分の体が放つ悪臭に堪えられない。べたつく汗と、すえた吐瀉物《としゃ》のにおいが色濃く漂い、あまりにも不快で鼻がひくついた。着ている服にも、その朝もどしたものがこびりついたままだった。

いや、ほんとうに今朝の出来事なのか？　もしかしたら、ここに運ばれてから何日も経っているのかもしれない。それを知る術はなかった。

唯一の慰めは、グレースは無事に逃げられたにちがいないという希望だけ。いまやグレースはこの屋敷との関係を完全に断ち切った。哀れな狂人とのつながりも。

「目を覚ましているのはわかっているぞ、マシュー」ジョン卿の声がした。その声が胆汁《たんじゅう》のように体に染みた。

目を開けた。今回はどうにか瞼を開けていられた。あまりの眩しさに頭が割れるように痛んだけれど。

いつのまに眠っていたんだ？　その間ずっと叔父に見られていたのか？　そう思っただけで、背筋に寒気が走った。

「叔父上」かすれてはいても声が出るとは思ってもいなかった。体のなかで大暴れした熊手は、ことさら喉のあたりを念入りに掃除したのだから。「何か飲み物を……」

「ああ、すぐに飲ませてやろう」台の足もとに立っている叔父の姿は見えなかった。「そのまえに話がある」

話だけなのか？　最低でも鞭で打たれると思っていたのに。叔父はきっと、捕虜の体調が心配なのだろう。飼いならした立派な去勢鶏の健康を何よりも気遣っているのだから。

そんな自虐的な思いが、靄のかかる意識をややはっきりさせた。少なくとも、周囲のようすだけはわかった。時刻は夕暮れどき。陽光は部屋に射しこんでいなかった。だが、最初に意識を取り戻した日の夕方なのか？

頭をはっきりさせようと、手首を縛りつけている革紐を握りしめた。自分がいかに哀れな姿をしているかと思うと、プライドが疼いた。悪臭を放つ染みだらけの服は、かつてほんとうに発作が起きて、精神が錯乱したときのことを否が応でも思いださせた。叔父と話をするなら、せめて清潔な服に着替えて、ゾウの群れに踏みつぶされたような気分でないときにしたかった。

けれど、それがかなわない夢ならば、現状に堪えるしかない。あらゆる思いは顔に出さないようにした。「話をする気分じゃない」

子供じみた返事だが、そういうことが叔父を苛立たせるのはわかっていた。それだけでも気分がよかった。そう、すこぶる気分がよかった。

ステッキが床につく音がして、叔父が台をまわって歩いてくるのがわかった。叔父が横に立つと、光が遮られた。それはありがたかった。眩しくて目が焼けそうだったのだから。

「悪いが、私は話をしたい気分なんだよ」ジョン卿はわざとらしくレースのハンカチを取りだして、鼻を押さえた。

屈辱が胸を刺したが、それはおくびにも出さなかった。一ラウンド目は敵が優勢だった。叔父のいる部屋がいつでも締めきられているように、いまいる部屋も扉や窓はぴたりと閉じられて、空気が淀んでいた。それなのに、叔父は毛皮の裏地がついた外套を着ていた。風通しの悪い部屋に立ちこめる自身の吐瀉物のにおいに、マシューは頭がくらくらした。「じつのところ、光栄にもこれほど早く叔父上と会えるとは思ってもいなかった」さらりと言ったが、それにはかなりの努力を要した。「これほどすばやくロンドンからここまで来られた人はいないでしょうね」

「モンクスが知らせてきたとき、私はバスにいた。たいした距離ではなかったが、苛立たしい旅だった。マシュー、おまえはまたもや私を苛立たせた」そこでそれまでの滑らかな口調が一変した。「女はどこだ?」

「パジェット夫人のことかな?」

全身を駆けめぐる歓喜をどうにか表に出さないようにした。グレースは逃げられたのだ。自由の身になったのだ。

戸惑い――それが自然な反応のはずだった。なんと言っても、体の具合が悪くなったのと、グレースの逃亡は無関係でなければならないのだから。強いて平静な口調で言った。「二階じゃないかな? それとも、森を散歩しているか。見つけて、呼んできてほしいな。彼女に会いたいから」

「ああ、同感だ。だが、大勢の男たちに敷地内をくまなく捜させたが、これまでのところ、あのあばずれがいる気配すらない」

「ぼくも彼女を捜したい。といっても、ご覧のとおり、どういうわけか身動きが取れなくてね」それもまた子供じみた皮肉だった。内心では、小躍りしたいほどうれしかった。グレースが逃亡に成功したという知らせは、どんな薬より全身の痛みを鎮めてくれた。「もしかしたらぼくの発作に驚いて、どこかに隠れているのかもしれない」

「もしかしたらその発作は見張りの目を欺いて、女を逃がすために、おまえが仕組んだことかもしれない」

「冗談じゃない、発作の芝居などできるわけがない。仮病だと疑っているなら、モンクスやファイリーに訊いてみるといい。もしパジェット夫人があの機に乗じて逃げたとしても、彼女のことは責められないな」あくまで白を切って、最後につけくわえた。「ああ、残念でならない。会いたくてたまらないのに」

「おまえとあの女のろくでもない策略を正直に話せば、許してやらないこともない。女を連れ戻して、どれほど愚かなことをしたかきちんとわからせてから、おまえのベッドを暖めさせてやる」

「叔父上、思いこみもいいかげんにしたほうがいい。そもそも策略などないんだから。ご存じのとおり、ぼくはこれまでにもしょっちゅう発作を起こしている。それに、ぼくが彼女をそばに置いておきたいと思っていたのは、叔父上だって知っているはずだ」

　少なくともそれは事実だった。別れのことばを口にしたときのグレースの、千々に乱れる心が表われた表情を思いだして、胸が焼けるように痛くなった。あのときは、自分の決意も揺らいで、いっしょにいてほしいと懇願しそうになった。だが、幸いにも、ことばをかける間もなく、グレースは背を向けたのだった。

叔父の口調は相変わらず冷ややかだったが、内心では、グレースを捕まえて、口を封じなければとあせっているはずだった。「なるほど。だが、すでにボウ街逮捕員を呼びよせた。あの小生意気な女を追わせるために。連中がどれほど有能かは、おまえもよく知ってるだろう」

無駄な皮肉を口にしたがるのはマシューだけではなかった。二度目の逃亡を企てたとき、マシューは屈辱的なほどあっさりとボウ街逮捕員に捕まったのだった。

あの連中が出てきたとなると、グレースが人混みにまぎれるのはかなりむずかしくなる。いやな予感が全身に広がった。グレースほどの美人が人目を引かずに逃げられるのか？グレースに初めて会ったとき——古ぼけた喪服に身を包んで、青白い顔で怯えていたときでさえ、その美しさに胸を打たれたのだ。

ジョン卿が連中にグレースの特徴を伝えるのはいとも簡単だ。心臓が止まるほど美しいと言いさえすればいい。貧民のような服を着て、公爵夫人のように話す未亡人と言えばいいのだ。ボウ街逮捕員ならほんの数日で見つけだすだろう。

ああ、なんてことをしてしまったんだ。グレース、きみを死に追いやってしまった。少なくとも、この屋敷にいれば、ぼくがきみを守れたはずなのに。

「よかった、ぜひとも彼女を見つけてほしいな」口ではそう言いながらも、心は叫んでいた。ジョン・チャールズ・メリット・ランズダウン、地獄に落ちて朽ち果てろ！

「そのとおり、すぐに見つかるさ。あのあばずれ女は目立つからな、そうだろう？　そんじょそこらの娼婦とはまるでちがう。おまえがそこまで入れこんでいるのも無理はない。実際、私も興味をそそられたからな。おまえのお古でもかまわないと思えるなら、あの女をおまえのベッドに戻すまえに、私が味見するところだ」

マシューはどんな感情も顔に出さなかったが、肌のすぐ下では激しい怒りが、噴火寸前の溶岩のように沸きたっていた。叔父の白く冷たい手がグレースに触れると考えただけで、胃が縮まるほどの吐き気と怒りを覚えた。

叔父がステッキを持ちあげて、握りについた大きな琥珀が蠟燭の光に輝くのを見つめた。幼いころは、そのステッキでよく叩かれたものだった。些細なことで、いや、ときには何もしてないのに叩かれた。当時の痛みならよく憶えていた。これからまた叩かれるのか？けれど、叔父はステッキをくるくるとまわして、黄金の琥珀に閉じこめられた蠅を見つめているだけだった。

重苦しい沈黙を、叔父がついに破った。「何かを守りたいという本能が頭をもたげるたびに、おまえはどうしようもなく愚かになる。ああ、役立たずだったおまえの父親もそうだった。町医者にでもなればよかったのだ。王国の偉大なる権力者のひとりとして生まれるのではなく。おまえにとってもおまえの父親にとっても、侯爵の称号などブタに真珠というものだ」

長兄に対するジョン卿の嫉妬はいつものことで、それを聞かされても退屈するだけだった。

「パジェット夫人がどこにいるのか、ぼくはほんとうに知らない。発作はおさまった。叔父上もそれとなく指摘してくれたが、そろそろ体を洗って、服を着替えたい」

「ああ、そのとおり」叔父の口もとに傲慢な笑みが浮かんだ。「だが、話はまだ終わっていない。あのあばずれはどこにいる？」

「言ったはずだ。ぼくは知らない」拳を握りしめた。

「嘘をつくな」叔父が振りあげたステッキがわき腹に叩きこまれた。

真っ暗なトンネルに飛びこんだような錯覚を覚えて、次の瞬間には激しい痛みに目のまえに稲妻が走った。息が詰まって、痛む喉が張り裂けそうになる。目も見えなくなるほどの苦痛に全身がこわばったが、逃れることはできなかった。なす術もなく縛られて、横たわっているしかなかった。

束の間、気を失ったのかもしれない。といっても、それさえはっきりしなかった。目を開けると、叔父に見つめられていた。琥珀のなかで永遠に宙に浮いている死んだ蠅を見つめていたときとまったく同じ、冷ややかな視線だった。

「ぼくを殺したら、叔父上の望みは永遠にかなわない」ことばを発するたびに全身が痛んだが、どうにか言った。

叔父の口もとにうっすらと冷笑が浮かんだ。「おまえだってよくわかっているだろう。私が最小の傷跡しか残さずに、最大の苦痛を与えられるのは。おまえの体にわずかな痣ができたとしても、そんなものはすぐに消える。さあ、言え、女はどこにいる？」

「知らない」

今度は殴られるのを覚悟していた。少なくとも、目もくらむ痛みが全身を貫くまでは、覚悟はできていると思っていた。腹の底からこみあげてきた悲鳴が閉じた唇をこじあけようとするのを、身を固くしてこらえた。このまま殴られつづけたら、いつまで口を閉じておけるかわからなかった。かつてこの台に縛りつけられて悲鳴をあげ、いままた同じように叫びそうになっていた。それでも、叔父を満足させるのはできるだけ遅らせるつもりだった。

「わかっているはずだ……」ことばを切って、話しつづけられるだけの息を吸った。発作の直後の体調では、これ以上の拷問には堪えられそうになかった。叔父もそれを承知しているはずだった。それでも、必死に抵抗した。「わかっているはずだ、ぼくが暴力に屈しないのは。以前、叔父上はその方法でぼくを服従させようとして失敗した。たとえ、パジェット夫人の居場所を知っていたとしても、殴られれば殴られるほど教える気が失せていく」

「ああ、どんなに叩いたところで動かない愚鈍なウシ、それがおまえだからな」叔父のステッキがそれまでにない鋭さで飛んできた。

「女の行き先など知らないと言ってるんだ！」マシューは叫んだ。動けないのを承知で、縛られた体をくねらせた。十一年のあいだ何度も拘束されて、どれほどもがいたところで忌まわしい革紐が切れないのはよくわかっていた。

「ああ、だが、それは嘘だ」叔父が冷ややかな声で言った。

「知らないと言ってるんだ、聞こえないのか？」

「まあ、落ち着け」叔父の唇がゆがんで、冷笑が浮かんだ。

無力感が腹のなかで肉体的な苦痛に変わっていた。いつ切れてもおかしくないほど全身の筋肉が張りつめていた。拘束から逃れようと無意味にもがくのをやめた。真っ赤に燃えるロープで胴体を締めつけられているかのようだ。どうにか浅い息をくり返すのがやっとで、意識が遠のいていった。

頭のなかが深紅の靄に包まれて、しゃべりつづける叔父の声が遠くに聞こえた。「マシュー、おまえは弱虫だ。ああ、女々しいやつだ。おまえは苦しんでいるものを見ていられない。とくに愛するものが苦しむのを」

「どういう意味だ?」歯を食いしばって、ことばを絞りだした。

「おまえはあとどれだけ英雄気取りでいられるだろう? おまえの犬が傷ついて悲鳴をあげても、黙って苦しみに堪えていられるかな?」

ぼんやりした頭で叔父のことばの意味を必死に考えると、口のなかに苦味が広がった。恐怖が肉体的な苦痛を凌駕した。

十一年間、自分の後見人である叔父が悪の境界線を塗り替えるのを幾度となく見てきた。それでも、これは……想像を絶していた。いくら叔父でもウルフラムを傷つけられるはずがない。叔父には人間らしさが微塵も残っていないのか?

ありったけの侮蔑をこめて言った。「いくら叔父上だろうと、口がきけない動物を痛めつけるのは良心が痛むはずだ」

「おまえにとってはそうでも、私にとってはどうということもない」さらに口調が鋭くなった。「あばずれ女の居場所を言え、さもないと、いま言ったとおりのことをする。私は一マイルさきの策略だって嗅ぎつけられる。この策略はおまえの体よりにおうぞ」

「いいや、叔父上だってまさか動物を傷つけるなんてできるわけがない」そう言いながらも、叔父がどんなことでもしかねないのはわかっていた。「あの犬は叔父上に何もしていないのだから」

「戦争では何もしていないものがつねに傷つく、そうだろう?」

「やめてくれ。頼むから、そんなことはしないでくれ」もう何年も叔父に何かを頼んだことなどなかった。叔父に何かを頼むのは、病を抱える少年で、保護者がいかに邪悪かをまだ知らなかったころ以来だった。

「女の居場所を言えば、犬に手出しはしないと約束する」そこでいったんことばを切った。「私の意に反することをしたらどうなるか、おまえは前回思い知ったはずだ、そうだろう? おまえのせいで、乳母とその亭主が流刑になったときに」

たしかに思い知った。こんな人生など生きるに値しないのはよくわかっている。滑稽な人生を終わらせて、ランズダウン家の財産を管理する権利を叔父から取りあげられるなら、どんなことでもすると心に決めていた。

半年……。

グレース、きみはぼくに強いた約束の意味をわかっていない……。

ウルフラムは忠実で従順な相棒だ。七年前にぬいぐるみのように丸々とした子犬としてここに来たときから、献身と信頼だけを示してくれた。

そしていま、自分はその信頼を裏切ろうとしている。

なぜなら、愛する女を裏切れないから。

冷ややかな声を保った。「パジェット夫人の居場所など知らない」

「ファイリーとモンクスがおまえの犬にどんなことをするか見れば、記憶も刺激されるだろう。おまえだって思いだすだろう……あのふたりがどれほどしっかりと仕事をするか」

ジョン卿がステッキで石敷きの床を強く叩いた。扉が開いて、ファイリーが静かに部屋にはいってきた。新しい包帯が巻かれた手を胸にあてていた。どうやら、扉のすぐ外で呼ばれるのを待っていたらしい。

「はい、旦那さま」

マシューは部屋に流れこんできた新鮮な空気を深々と吸った。わき腹は相変わらず火がついたように痛んでいたが、新鮮な空気が頭のなかの靄を吹き飛ばしてくれた。なんとかしてウルフラムを助けなければ。でも、どうやって？

くそっ、叔父を一生呪ってやる。

「犬を連れてこい」扉から忍びこんだ微風に、ジョン卿が外套の襟を立てた。

「はい、旦那さま。いますぐに。あの犬は森をこそこそ歩きまわってるんですよ。シーン侯爵さまの手当てをするのに、まずは犬を捕まえようとしたら……嚙みつきやがって」でっぷりとした顔にさもしい自尊心がよぎった。「でも、逃げようとしたあの犬のちんけな尻尾に、弾をぶちこんでやりましたから」

「人でなしが、ウルフラムを撃ったのか？」マシューは叫ぶと、自由になろうともがいたが、やはり無駄な抵抗だった。

圧倒的な憎しみに、ことばも出なかった。痛みが走るほど体に力がはいった。激しい怒りで革紐を引きちぎれるなら、いますぐ完膚《かんぷ》なきまでにファイリーを殴りつけているところだった。手首に巻かれた革紐を力まかせに引っぱると、肌が切れて、熱い血が手に滴った。

「ああ、撃ちましたよ、といっても、もっと早くにそうしておきゃあよかった」ファイリーの口調は得意げで、マシューはかならずファイリーの息の根を止めてやると心に決めた。だが、復讐を誓っても、湧きあがる憎悪は止まらなかった。ウルフラムは怪我をしながらも生きていて、さらに痛めつけられるのか？　ならばむしろ死んでいてほしい、そんな思いが頭をよぎった。けれど、そう思っただけで、果てしない悲しみがこみあげてきて胸が潰れそうになった。

もしかしたらウルフラムは下生えにもぐりこんで、孤独な死の苦しみに堪えているのかもしれない――そう考えると胃をつかまれたような気分になった。それでも、叔父の忌まわしい計画を考えれば、ファイリーに見つかるまえにウルフラムが息を引き取っているように願わずにいられなかった。罪のない愛犬もまた、邪悪なジョン卿の標的にされたのだ。胸が苦い悲しみで埋め尽くされた。

ジョン卿の顔に冷ややかな怒りがよぎった。それはマシューが目を開けてから、叔父が見せたいちばん強い感情だった。「犬が死ぬようなことがあれば、私はきわめて不愉快だ、ファイリー。ああ、最高に不愉快だ」

ファイリーの青白い顔が病的なほど真っ青になった。「わかってます、旦那さま」口ごもりながら言った。「犬をちょっとからかっただけですよ」

「ファイリー、地獄に落ちろ」マシューは低く吐きだすように言うと、次に叔父を見た。「拘束を解いてください。ウルフラムを探しにいかなくては。怪我をした犬を放ってはおけない」

「いや、そんなものは放っておけるさ」そっけない口調だった。「だが、もちろん犬を探してきて、おまえにたっぷり傷の手当てをさせてやろう。ただし、おまえが女の居所を白状したらだ」

マシューは拳を握りしめた。汗と血で手のひらがぬめっていた。グレースがまずはウェルズに向かい、それからロンドンへ行くという計画をそのまま実行に移したことを心から願いながら、感情のこもらない声で言った。「彼女の親戚がブリストルにいる。たぶんそこへ行ったんだろう。逃げるつもりだなんて、ぼくには言わなかった。門がちょうど開いているときに、ぼくが発作を起こしたのを千載一遇のチャンスだと考えたんだろう」

ジョン卿が顔をしかめた。耳にしたことをじっくり考えているようだった。叔父はいまの話を信じたのか？

「ファイリーとモンクスは彼女をブリストルで見つけた。ああ、ファイリーに尋ねてみるといい」マシューはやけになってつけくわえた。

「ブリストル?」ジョン卿がゆっくり言った。「そうかもしれない。人混みにまぎれようと考えたなら合点がいく。ああいう女はいつだって、客を取ってわずかな金を稼げるからな」

「彼女は娼婦じゃない」

「ここに来たときはちがったとしても、おまえがそのとおりの女にしたはずだ」叔父がさらりと言った。

「いや、ブリストルはどうですかね、旦那さま」ファイリーが怪我をしていないほうの手で頭を掻いた。「たしか、おれたちがあの女を見つけたとき、道に迷ったと言ってましたから」

「その町に親戚がいるんだよ」とマシューは言った。「ぼくが聞いたのはそれだけだ。さあ、紐を解いてくれ。ウルフラムを探しにいく」

「おまえはまた精神が錯乱した。ゆえに、監視が必要だ」叔父はちらりと歯を見せて微笑むほどの残虐さを持ちあわせていた。「以前発作を起こしたときのことを考えれば、それぐらいはわかるだろう」

「頭のなかははっきりしてる。わずかなあいだ体が言うことを聞かなくなっただけで、もうすっかり治った」マシューはぴしゃりと言った。「それぐらいはわかる。叔父上だってわかっているはずだ」

「なぜ、そうと言い切れる?」叔父の声は油のように滑らかだった。「グレンジャー医師を呼びにやった。到着したら、診察して、判断を下す」

マシューは口汚いことばを吐きそうになるのをこらえた。グレンジャーは精神異常と診断を下したふたりの医者のひとりで、しかも、より非情なほうの医者だった。三年ものあいだ、その医者は残虐な治療を施した。体を清めるという名目で、血が流れるのもかまわずに鞭打ったのだ。そんな過酷な治療に堪えていまも生きているのは、奇跡としか言いようがなかった。

叔父は満足げににやりと笑ってから、ファイリーのほうを向いた。「男たちを集めて、犬を探させろ。犬が死んでいたら、ただじゃすまんぞ、覚悟しておけ。シーン侯爵の言うことが嘘だとわかったら、あの犬が必要になる。侯爵にほんとうのことを言わせなければならないからな」

ファイリーが頭を下げた。「はい、旦那さま」

「おまえとモンクスは男をふたり連れて、ブリストルへ行け。女がその町に向かったなら、見かけた者がいるはずだ。ブリストルに着いたら、パジェットという名の者を捜せ。最初にあの女に会ったあたりをしらみつぶしに捜すんだ。明日までに足取りがつかめなければ、町にふたりの男を残して、おまえとモンクスは帰ってこい」ジョン卿がマシューを見た。「あの女の旧姓はなんと言う？」

嘘をつくまでもなかった。「さあ」

叔父がうなずいた。それだけは即座に信じたらしい。「旧姓はどうでもいい。さしあたりすべきことはたっぷりあるからな。では、マシュー、またあとで」

マシューの喉はからからだった。サハラ砂漠を呑みこんだ気分だった。口に広がるすえた吐瀉物の味をすすぎたかった。「ぼくをこのまま放っておくのか？」

「ああ、しばらくは」どうでもいいと言いたげな口調だった。「ファイリー、私の言ったことがわかったな」

ジョン卿とファイリーが出ていって扉が閉まると、マシューは淀んだ空気の部屋にひとり残された。罪悪感とぶつけようのない怒りで胸が張り裂けそうだった。ウルフラムのためにできることは何もない。グレースのためにできることも何もない。自分のためにも何ひとつできなかった。

これほど無力だとは。こんなことなら、いっそ死んでしまいたかった。


夕暮れが近づくころ、グレースはようやく細い一本道から十字路に出た。それまでのところ、ひとっこひとり会っていなかった。十字路に立つ道しるべを見あげて、そこに書かれた文字を読もうと目をすがめた。

まもなく、薄れた文字がどうにか判読できた。とたんに、うれしくて叫びそうになった。

屋敷の場所に関してはマシューはいつもあやふやなことしか言わなかった。グレースもさらわれてきたときには気を失っていた。けれど、いまようやく自分がどこにいるのかわかった。いや、少なくとも、どこに向かっているのかわかった。

道しるべのいっぽうに記されていたのは、数マイルさきにある村の名で、その名ならよく知っていた。

〝パーディー・セント・マーガレッツ村〟

いとこのヴェレ・マーローはその村の司祭だった。

この数カ月――ジョサイアが病に臥すよりまえ――で初めて、真の希望が胸に湧いてきた。疲れきっていることも、水ぶくれのできた足も、汗ばんだ肌を刺す厚ぼったいドレスのことももう頭になかった。

ヴェレのところまで行けば安全だ。ヴェレのところまで行けば、マシューを助ける方法がきっと見つかる。

うしろのほうでうれしそうな犬の鳴き声が響いて、驚いて振りかえった。夕陽に目を細めた。目の上に片手をかざして眩しい陽光を遮った。

斑模様の大きな生き物が細い一本道を駆けてくるのが見えた。

ウルフラム？

こんなところで何をしているの？　どうやって屋敷を逃げだしたの？

そうだ、荷馬車の出発に備えて門は開いていた。モンクスとファイリーはマシューの発作に気を取られて、動転していて閉め忘れたのだろう。さもなければ、モンクスがわたしを追って馬で屋敷を出たときに、ウルフラムもこっそり逃げだしたか。そして、荷馬車のにおいか、モンクスが乗った馬のにおいをたどり、わたしが荷馬車を下りたところからは、わたしのにおいを追ってここまでやってきたのだ。

荷馬車から這いでて隠れているときに、ウルフラムが来たらどうなっていたの？　森のなかに身を隠しているときにウルフラムが駆けよってきたら……。そう思うと、ぞっとして胃がよじれた。自由を得るためにたいへんな思いをしたのに、すべては一瞬で水の泡になっていたはずだ。

「ウルフラム！　なんていい子なの」しゃがんで、ふさふさの毛を撫でた。ウルフラムが顔を舐めてきた。ごつごつした頭を擦りつけてきて、うれしそうにクーンと鳴いた。泥だらけで、息があがっていたが、涙を流さんばかりに再会を喜んでいた。首輪に縛りつけた縄もそのままだった。

「よしよし……でも、これは？」うしろ肢のあたりの湿った毛に触れると、ウルフラムがびくんと身震いした。手を見ると、乾いた血がついていた。

「ウルフラム……」どういうこと？　わたしが逃げたあとで、何があったの？　乱闘騒ぎがあったとか？　マシューも怪我をしたの？　まさか、殺されたなんてことは……。いいえ、マシューは言っていた、ジョン卿は甥を生かしておくためならなんでもすると。でも、騒動のさなかになら何が起きてもおかしくない。

いいえ、信じるのよ。マシューはいまも生きている。そうでなければ、わたしはさきに進めない。

ウルフラムの怪我をそっと確かめた。たいした怪我ではなさそうだった。血もほとんど止まっていた。ウルフラムが悲しげに鳴いて、震える体を押しつけてきた。抱きしめずにいられなかった。

「かわいそうに。すぐに手当てをしてあげるからね。大丈夫よ」そのことばで励まされたのは、ウルフラムではなく、むしろ自分のほうだった。

ふいにマシューに会いたくてたまらなくなって、胸がずきんと痛んだ。もう一度マシューに抱かれて、〝グレース〟と囁く低い声を聞けるなら、何を引き換えにしてもかまわなかった。別れのことばを口にした瞬間から、マシューが恋しくて、心はずっと疼いていた。けれど、こうして人けのない道にしゃがみこんでいると、マシューがいないというまぎれもない事実がナイフのように胸を突いた。

頭を垂れて、ウルフラムのざらつく毛に顔を埋めた。泣きはしなかった。すでにいやというほど泣いて、涙を流してもどうにもならないとわかっていたから。長いあいだその場にうずくまったまま、愛する人の無事を祈った。力をくださいと祈った。このさきに待ちうける不可能な計画を成功させるまで、わたしを生かしておいてくださいと。

深く息を吸って、ようやく立ちあがった。歩きつかれた脚が震えていた。背筋をぴんと伸ばすと、ウルフラムの首輪につながった縄を握って、自分を拒む人生に挑むように顎をぐいと上げて東を見た。

かならずマシューを助けだしてみせる。さもなければ、わたしは苦しみながら死ぬだけ。

玄関の扉が開く音がして、うとうとしていたマシューは目を覚ました。あたりは真っ暗だった。もう真夜中にちがいない。

「ウルフラムは見つかったのか？　生きているんだろうね？」部屋にはいってきた叔父に、弱々しく尋ねた。

起きあがろうとすると、殴られて腫れたわき腹に革紐が食いこんだ。激痛に唸って、おとなしく横たわるしかなかった。一瞬、縛られているのを忘れていたのだ。体がこわばり、痛んで、喉も渇いていた。夕暮れどきに、叔父に命じられたのかファイリーの女房が水を持ってきた。ひび割れて切れた唇と喉を潤す冷たい水は、果汁より甘く感じられた。だが、それからすでに何時間も経っているはずだった。

叔父は答えなかった。ランプに明かりを灯しながら、したがえてきた召使に命じた。「革紐を解け。だが、いつでも押さえつけられるようにしておくんだぞ」

拘束を解かれているあいだも、立ちあがるときにも、マシューは疲れ果ててぼんやりしているふりをした。けれど、腕をつかむ手が緩んだとたんに、反撃に出た。拳を突きだして、男を振り払った。

怒りは頂点に達し、叔父に手が届けば殺していたはずだった。それができれば、あとはどうなろうと喜んで受けいれる。グレースとの約束がどうなろうとかまわなかった。斧が振りおろされるのを何もせずにじっと待っている哀れな雄牛でいるのは、男としてのプライドが許さなかった。

発作のせいで体力を消耗し、さらにステッキで叩かれて、おまけに息苦しい部屋で長いこと拘束されていたせいで体がこわばっていた。ひとりの男の顔を思いきり殴りはしたものの、あっけなく腕を押さえられて、背中にねじあげられた。叩かれたわき腹が引きつって、うめかずにいられなかった。

肩で息をして、痛む体を引きつらせながら、押さえつける男たちにぶらさがっているようなありさまだった。口のなかに敗北の苦味が広がった。

「何を無駄なことをしている」ふいに甥が抵抗したのを気にかけるそぶりもなく、ジョン卿が平然と言った。

「あんたを殺したら、無駄じゃなくなる」マシューは苦しげに言った。呼吸するたびに肺をやすりで擦られているようだった。

「協力的なおまえに褒美をやろうとやってきたのに？　だが、そんなことをする必要はなさそうだ。おまえがわずかなあいだでも正気を保っていられるなら、風呂にはいって、着替えるのを許してやろう。それに、ファイリーの女房がおまえの食事を用意している」

マシューは驚きも疑念も顔に出さないようにした。殴られて、失望して、疲れ果てていようと、叔父に屈するわけにはいかなかった。

「なぜだか知りたくないのか？」

マシューは黙っていた。

一瞬の間のあとで、叔父が落胆したように唇をすぼめた。「ブリストルに向かう途中の村で女を見かけた者がいた。ファイリーが知らせてきて、ほかの男たちはいまも女を捜している。ああ、町に着くまえに、まちがいなく女は捕まるだろう」

だめだ。頼む、やめてくれ！

苦悶する心の叫びが漏れたと思った。けれど、そうではなかったらしい。叔父は相変わらず静かな期待をこめてこちらを見ていた。いまの話は嘘ではないという表情で。

叔父はほんとうのことを言っているのか？　それとも、グレースの居場所を吐かせるための罠なのか？　ブリストルとウェルズでは真逆だ。グレースは最後の最後に、大きな町のほうが安全だと考えたのか？

グレース、きみが捕まったら、夢も希望もなくなってしまう。

25

ファロン邸の図書室にカーモンド公爵フランシス・ラザフォードが現われると、グレースは膝を折って深々とお辞儀した。美しい鏡板張りのその部屋にはいったのは十一歳のとき以来だった。公爵に会うのも十五のとき以来だ。それは公爵の五十歳の誕生日に家族とともにこの屋敷を訪れたときのことだった。

公爵はわたしを憶えているの？　憶えているとしても、わたしと話をしてくださるの？無二の親友の愛娘としてここに来たときは、いつでもやさしく接してくれたものだった。けれど、いまのわたしは貧しく、八方ふさがりで、公爵の助けを真に必要としている。着古した喪服以外に着るものがあればよかったのに……。ひと目で貧しいとわかるこんな喪服では、あまりにも惨めだった。

何を考えているの！　マシューの命がかかっているのに、外見など気にしてどうするの！頑なな自尊心のせいで、これまで両親の知り合いにはけっして助けを求めなかったけれど、いまは恥も外聞もなかった。

となりでヴェレもお辞儀した。痩せた胸に論文のはいった鞄をしっかり抱えていた。公爵との面会を手配してくれたのはヴェレだった。とはいえ、昨日、親友の娘が司祭館にたどり着いたことは、公爵にはまだ話していなかった。

この国でも有数の偉大な貴族を驚かせて話がうまく進むのかどうか、グレースは半信半疑だった。けれど、昨日は疲れ果て、怯えて、おまけに、マシューのことが心配でたまらず、ヴェレに反論する気力もなかった。それに、パーディー・セント・マーガレッツ村にたどり着くころには、ウルフラムは痛々しいほど足を引きずっていて、すぐに手当てしなければならなかった。

幸いにも、ウルフラムは軽傷だったけれど、歩きつかれて、ご主人さまを恋しがっていた。公爵の屋敷を訪問するにあたっては、馬小屋に閉じこめて鍵をかけた。グレースがヴェレの家を出るときには、窓も壊しそうな勢いでいつまでも吠えつづけていた。

「マーロー司祭」目のまえで公爵が立ち止まった。グレースは下げた頭のてっぺんに公爵の視線を感じた。「どういうことだね？」グレースは立ちあがった。同時に、公爵がはっと息を呑んだ。

「おはようございます、フランシスおじさま」落ち着いた声音で言った。公爵に蔑《さげす》むように見られるのを覚悟しながらも、顔をしっかり上げた。わたしはマーロー家の娘だ。たとえ一文無しでも、わたしには純粋なマーロー家の血が流れている。

「これは……信じられない、かわいいグレースじゃないか！　何があろうと、その目を忘れるはずがない」公爵はほんとうに驚いていた。「なんと、十年ぶりだ。これほど美しくなったとは」

公爵は心からうれしそうに笑った。グレースの訪問が最高の幸せであるかのように、両腕を大きく広げた。「さあ、こっちに来て、きちんと挨拶しておくれ」

顔を合わせたら、公爵がどんな反応を示すのか、ここに来るまでにグレースはあれこれと思い描いていた。胡散臭《うさんくさ》そうにじろりと見られても、すぐさま追い払われてもしかたがないと思っていた。けれど、これほど歓待されるとは想像もしていなかった。

涙をこらえながら、公爵の胸に飛びこんだ。名付け親である公爵のことはずっと大好きだった。幼いころには、公爵は豪華なプレゼントを携えてときどきふと訪ねてきては、笑いが堪えないひとときを過ごしたものだった。まるでじつの娘であるかのように接してくれた。公爵は妻を早く亡くし、子供はなく、その後も再婚しなかったのだ。

「フランシスおじさま！　会いたくてたまらなかった……」いまにも泣きそうな声で途切れ途切れにそれだけ言うと、少しだけ体を離した。

とたんに公爵から質問攻めにされた。その質問に、グレースは真摯に、精いっぱい端的に答えた。できるだけすばやくことを進めなければ、マシューの苦しみが長引くことになるのだから。マシューはいまも生きているの？　屋敷を出たときの悶え苦しんでいた悲惨な姿が頭に浮かんで、胸が痛んだ。腹をすかせたネズミに心が食いちぎられているかのようだった。いまこうして公爵と会っているのは、再会を喜ぶためだけではなかった。それでも、ずっと胸にわだかまっていたたったひとつのことだけは訊かずにいられなかった。「フランシスおじさま、わたしの両親は元気ですか？」

　両親に関しては、すでにヴェレが知っていることを話してくれた。といっても、それは馬車の事故でブリストルに行けなかったことをひとしきり詫びたあとのことだった。その日にグレースの身に降りかかった災難を思えば、馬車の事故とはあまりにも陳腐な理由だった。いずれにしても、ヴェレはもう何年も両親に会っていなかった。いっぽう、公爵はイートン校時代からの父の親友だ。

　いま、グレースと公爵は革の長椅子に腰かけていた。傍らの大きなガラスの扉の向こうには荘厳な庭が広がっていた。

「グレース、兄上のことは知っているね」カーモンド公爵のほっそりした顔が翳った。公爵の高い鼻、黄褐色の髪、鋭い薄青の目はどことなくキツネを髣髴とさせた。

「ええ、新聞で読みましたから」そう言って、ぎこちなく息を吸った。フィリップの話題になると、恥辱と悲嘆で胸が苦しくなる。わたしの罪深く無責任な行動が家族を深く傷つけた。その上、両親はただひとりの息子を失って、しかもその死にかたは立派な家名に泥を塗ったのだった。

「何もかも……うまくいっていない。母上は社交界から完全に身を引いて、病に臥して部屋にこもっている。父上は私が心配になるほど議会の仕事にのめりこんでいる。ああ、まちがいない、ふたりとも娘に会いたがっているよ」

　父が言い放った明白な絶縁のことばは、いまも脳裏にはっきり刻まれていた。「いいえ、そんなはずがありません。それでも、わたしは両親のことを考えずにいられない」

「フィリップが亡くなってから、父上はさまざまなことを考え直した。とりわけ、ひとり娘に対する自身の言動を」

その場の空気を重苦しいものに変えた沈黙を、ヴェレが破った。「公爵さま、グレースは急を要する用件があって私に協力を求めてきたのです。その件を解決できるのは公爵さまだけです」

「グレース、私の助けが必要なのか?」カーモンド公爵が問うように見つめてきた。「金に困っているならいくらでも用立てるぞ」

グレースは首を振った。お金で解決できたらどれほどいいか……。これからカーモンド公爵に金貨以上のものを要求しなければならない。マシューのために、カーモンド公爵の栄誉ある家名と影響力と、さらには、名誉を賭《と》してほしいと頼むのだから。「わたしではなく、ある男性を助けていただきたいのです。この世で最悪の不正に苦しめられてる男性を」

「どういうことだね?」名付け親の口調がふいに変わった。やさしいフランシスおじさまではなく、偉大なるカーモンド公爵の口調になっていた。ジョン卿はそれなりの地位を有している。同時に、その罪は絞首刑に値する。愛する人を救うには、何年も絶縁状態でいるとはいえ生家の縁故に頼るしかなかった。

とはいえ、それはわたしのためではない。けっして私欲のためではない。

「公爵さま、ここにお見せしたいものがあります」ヴェレは鞄を叩いた。「すべては信じがたいことばかりで、ゆえにグレースを連れてきたのです。グレースの身に降りかかった災難を考えれば、しばらく休養が必要なはずですが」

「休養などいりません、わたしが欲しているのは正義です」グレースはきっぱり言った。ヴェレからは煩わしいほど気遣われていた。七つ年上なだけなのに、いまやヴェレは口うるさい老人のようだった。わたしはこのさき、ヴェレやおせっかいな妻のサラ、うるさい子供たちとうまく暮らしていけるの？　そんな思いが頭をよぎるのも初めてではなかった。それに、ウルフラムをどうすればいいの？　ヴェレの妻は大きな猟犬が家のなかをうろつくのをいやがって、声高に文句を言っていた。

といっても、ほかに行くところなどない。

そんな悩みを頭から追い払った。いまは自分の身の振りかたを考えている場合ではない。マシューのことを考えなければ。

「聞かせてもらおう」とカーモンド公爵が言った。「興味深い話のようだ」

カーモンド公爵はほとんど口をさしはさむことなくグレースの話に耳を傾けた。それから、マシューの知性を裏づけるもの――グレースがこっそり持ちだしてきたもの――に目を向けた。マシューが科学雑誌に投稿するつもりで書いた論文。ヨーロッパじゅうの植物学者に宛てた数カ国語で書かれた手紙。さらにはジョン卿からの書簡。ジョン卿は注意深く、自身の悪事が露呈するようなことはひとことも書いていなかった。それでも、書簡にはジョン卿の強欲さや残忍さがはっきり表われていた。そこには医者の名も記されていた。マシューに対する非人道的な治療や、ほかにもグレースの話を証明するような事柄が詳細に。

すべてに目を通すと、公爵は机から目を上げた。その表情は呆然としていた。昼が夕刻へと変わろうとしていた。グレースは長椅子の隅に腰かけて、不安な気持ちで待った。

お願い、マシューがまだ生きていますように。

ヴェレは昼食後に司祭の務めを果たすべくいったん屋敷を離れたが、少しまえに戻っていた。いまは扉の傍らに立ち、薄闇に包まれていく立派な庭を見つめていた。

「まさかこんなことが……」公爵が眼鏡をはずして、瞼を揉んだ。公爵がポケットから老眼鏡を取りだすのを見たときには、はっとした。記憶のなかの公爵はいつでも強健で凛々《りり》しかった。視力の衰えを知って、すでに六十歳を過ぎていることを痛感させられた。

「すべて事実です」短くきっぱりと言った。

公爵が微笑みかけてきた。「疑っているわけではない。議会の仕事でジョン卿の筆跡はよく目にしている。甥の後見人になってからというもの、あの男は注目を集めることにとりわけ熱心だった。なんともしたたかな男だと思っていたよ。だが、どうやらあの男は鞭打ちののちに絞首刑にするのが妥当なようだ」

グレースは公爵を訪ねるにあたって、話しあい、説得し、懇願することになると覚悟していた。「では、わたしの話を信じてくださるんですね?」

「もちろんだよ、グレース」

「それでは……」息が詰まってことばが出なかった。狂おしいほどの希望が湧いてきて、胸が高鳴った。「シーン侯爵を助けてくださるんですね？」

「ああ、神に誓って。こんな悪事は終わらせなければならない。だが、グレース、願っているほどには簡単にはいかないだろう。まずはきちんとした証拠を集めてから、当局に届けでなければならないからな」

「ここにあるものだけではだめなんですか？」グレースは必死だった。

「ああ、充分ではない。だが、これを持ってきたのは賢かったぞ」

「そのためにどれぐらいかかりますか？　時間はあまりないんです」羊のことで近所の農夫を問い詰めているような口調だった。偉大な公爵に向かって、そんな口調でせっついていることさえ頭になかった。

単刀直入な物言いに、カーモンド公爵が意外そうな顔をした。「おそらく数カ月」

「数カ月……」きらびやかな希望の光がやや翳った。マシューとの約束の期限は半年。そのときが来たら、マシューは復讐を果たす。自分に残された唯一の方法で囚われの身から逃れるのだ。自ら命を絶つことで。

公爵の顔に真の同情が浮かんだ。「辛抱するんだ、グレース。ジョン卿には高位の友人がいる。といっても、その数は本人が考えているほど多くはないはずだが。正式な手順を踏まなければ、この件は処理できない。シーン侯爵が自由を得るチャンスはこの一度きりだ。万が一、私たちが失敗したら、侯爵は一生狂人として幽閉されることになる」

「そんなことがあってはならないわ」そうつぶやいてからグレースははっとした。そのことばの裏にある意味に公爵が気づかなかったことを祈った。侯爵との友情が社会の秩序を越えた不適切なものだという印象を持たれてはならなかった。

「ジョン卿がいかに強欲かは想像がつく。その強欲さが誉められたものではないのもわかっている。ジョン卿はいつでもポケットを金でふくらませているのだからな。だが、この件でまちがいは許されない。そうでなければ、そもそも行動する意味がない。現時点では侯爵の居所も、ジョン卿がどんなことをしているのかもわかっている。もし私たちがこれからしようとしていることが少しでも人に漏れ伝わるようなことがあれば、ジョン卿はシーン侯爵を内密で屋敷から連れだして、偽名で病院に閉じこめるだろう。そうなれば、私たちには侯爵の居場所は突き止められない」

「シーン侯爵は何年も苦しめられてきたんです」グレースは脚の震えを感じながら長椅子を離れると、請願者のように公爵の机のまえに立った。それも奇妙なことではなかった。いままさに、公爵に頼みごとをしているのだから。必要ならば、ひざまずいてもかまわなかった。マーロー家の一員としてのプライドなど、愛に比べれば塵に等しかった。

公爵がキツネを髣髴とさせる知的な顔に思案する表情を浮かべながら、まじまじと見つめてきた。もしかしたら、熱心に頼みすぎたのかもしれない。けれど、マシューの救出が少しでも遅れると思うと、針で突かれたように心が痛んだ。

お願い、マシュー、わたしのために生きていて。重苦しい沈黙が続き、苦悩に満ちた心が叫んだ。

公爵の顔にうっすらと笑みが浮かんだ。「現シーン侯爵のお父上ならよく憶えている。立派な人物だった。誰にも引けを取らぬほど聡明だった。その知性が息子に受け継がれたとしても不思議はない。侯爵と夫人がこの世を去った日は、とりわけ悲しい日としていまでもはっきり記憶に刻まれている。私も葬儀に参列したからな。両親の葬儀で、幼い息子が気丈に挨拶のことばを述べた。たしか、当時、十歳ぐらいだったはずだ。端整な顔立ちの少年だった。いまはたぶん、二十五歳ぐらいだろうか」

公爵は口をつぐむと、また何かを考える顔つきで見つめてきた。グレースは思った――個人的な感情を隠しきれなかったのかもしれない。隠せるはずがなかった。恐怖とマシューへの愛で燃えるように熱くなっているのだから。自身の名誉が危機にさらされているのはわかっていた。マシューの件が醜聞の種になるようなことがあってはならなかった。グレース・マーローが自らすすんで狂人の情婦になったのを人に知られてはならなかった。

「フランシスおじさま、わたしがこんなことをしているのは、誰であれ虐待されて、監禁されているのを黙って見ていられないからです」きっぱり言った。「わたしは数週間前に夫を亡くして、未亡人になったばかりです」

「とはいえ、夫はかなり年上だったと聞いているぞ」公爵の口角がかすかに上がった。公爵にはジョサイアのことは話していなかったが、伝えなかった事柄まで公爵は推察がついているらしい。「シーン侯爵がこれほど悲惨な目にあっているとは気の毒でならない。私ももっと注意を払うべきだったが、ジョン卿がそこまであくどい男だとは知りもしなかった。じつのところ、侯爵家の子息が精神に異常をきたしたという噂が流れてからは、哀れなその少年について考えたこともなかった。私は前シーン侯爵の友人だったことを誇っている。子息をさらなる苦しみから救えるなら、私は何をおいてもそうする」

「それで、公爵はどんな方法をお考えですか?」背後からヴェレが尋ねた。グレースはいとこの存在を忘れかけていた。

「ロンドンに行き、この件を適任者に任せるつもりだ。ジョン卿に気づかれることなく、情報を集められる口の堅い男たちに」

「わたしたちはいつロンドンへ発つんですか?」グレースはすぐさま尋ねた。

カーモンド公爵の眉間にしわが寄った。「グレース、いっしょに連れてはいけないよ」

「でも、わたしが行かなければ……」

公爵が片手を上げた。その指には公爵家の印章入りの太い指輪がはまっていた。「聞かされた話がすべて真実なら……ああ、もちろん真実だとわかっているが、グレース嬢はひじょうに危険な立場にある。ジョン卿に命を奪うと脅されているのだから。ロンドンに行って、ジョン卿の目と鼻のさきを歩きまわるわけにはいかない。万が一私といっしょにいるところを見られたら、ジョン卿はことが露呈したと気づくだろう。私たちがつながっていることはジョン卿に知られてはならないんだよ」

グレースは悲しげな笑みを浮かべたが、心のなかでは叫んでいた。わたしが……わたしだけがマシューを助けられると。「わたしはジョン卿から、ブリストルの波止場の娼婦だと思われています」

公爵は心底驚いた顔をした。女性がこれほどはっきりものを言うとは思いもしなかったのだろう。少なくとも、淑女と見なしている女性の口からそんなことばが出るとは。公爵の記憶のなかでは、わたしは世間を知らない箱入り娘のままなのだ。その後、わたしがどんな人生をたどったか知るはずがなかった。

公爵が咳払いした。「いずれにしても、グレース、ジョン卿に居場所を知られてはならない。このことを誰に話したかということも。状況は逐一知らせる。だが、ロンドンには行かず、ここに残ってもらう」

「このファロン邸にですか?」

ヴェレが間髪を入れずに言った。「公爵さまにそこまでご迷惑をおかけするわけにはいきません。グレースはこの災難に巻きこまれる直前まで、私が司祭を務める村に来て、いっしょに暮らすことになっていたのです」

「いいや、ここにいたほうが安全だ。この屋敷の上階の部屋で、私のふたりの伯母が暮らしている。ゆえに、夫に先立たれた親友の愛娘がしばらく滞在しても、あらぬ噂をたてられることはない。さすがに、ジョン・ランズダウンにも公爵の屋敷から人をさらうほどの度胸はないだろう。万が一にもこの屋敷に目を向けたとしても。それに、あの男が捜しているのは貧しい未亡人グレース・パジェットで、ウィンドハースト伯爵のひとり娘レディ・グレース・エリザベス・マーローではないのだからな」

正式な旧姓で呼ばれたのは何年ぶりだろう、とグレースは思った。それはまるで自分ではない赤の他人の名のように耳に響いた。何年ものあいだ羊の世話をして、死の病に侵された夫の看病をし、身を粉にして働いたグレース・パジェットとはちがって、レディ・グレース・マーローははるかに優雅な女性に思えた。

ヴェレがお辞儀した。「公爵さまの寛大なお心に、グレースも心から感謝しているはずです」

公爵は見解を述べ、これからそのとおりのことがおこなわれる。そのことばは神のことばに匹敵する。少なくとも、カーモンド公爵邸ではそこの主が神だった。

公爵はヴェレのことばには応じず、顔をしかめてグレースをまじまじと見た。「まずは服をなんとかしなければならん」

恥ずかしくて、グレースは顔が真っ赤になった。「いいえ、そんなお気遣いは無用です。どうせ誰にも会わないのですから、このままでいます」

「そうはいかない。ああ、絶対に。そんなぼろでは布巾にもならん。うちの食器洗いのメイドのほうがよほどいい身なりをしているぞ。それでは召使の住まいで物笑いの種になる」

「わたしは喪に服しているんです」そう言うと、この世でいちばんの偽善者になった気分だった。ほんの二日前には、裸でマシューに抱かれて、至福の悦びに打ち震えていたのだから。

「ならば、喪服を何着かつくらせなさい。ただし、華やかなドレスも何枚か注文するんだぞ。

たとえ愚かな行ないをしたとしても、九年間でその報いは充分に受けた。そろそろかつての地位を取り戻してもばちはあたらないだろう」

これほど親切にされて、反論できるはずがなかった。公爵が味方してくれれば、マシューを救えるかもしれないのだから。

黙っていると、公爵が満足げに息を吐いた。「荷物を司祭の家からここに運ばせよう。夕食は七時だ。マーロー、妻も連れてくるんだぞ」

「ありがとうございます、公爵さま」ヴェレがまた頭を下げた。「妻も感謝するでしょう」

公爵が目を戻して、見つめてきた。「明日、私はロンドンへ向かう。おとなしくしているんだぞ、いいな。夫を亡くしてまだまもないとなれば、ひとり静かに過ごすのを望むのも当然だ。ふたりの伯母には、そっとしておくようにと言っておく。あのふたりは調子に乗ると、いくらでもしゃべるからな」

公爵のふたりの伯母とは前回ここを訪ねたときに顔を合わせ、うっすらと憶えていた。当時でも、そのふたりは午後のあいだずっと口喧嘩ばかりしていて、甘いものが並ぶテーブルと相手の揚げ足を取ることだけに熱心だった。

グレースは膝を折って深々とお辞儀した。「ありがとうございます、フランシスおじさま。これほどのご恩には何をしたところで報えそうにありませんが、このことは一生忘れません」

世知に長けた公爵が困った顔をした。「そんなことはどうでもいいんだよ。私はほんとうに心配していたんだぞ。父上があれほど頑固でなければ、愛娘をもっと思いやって、その地位にふさわしい相手と結婚させていたはずなのに。そうであればいまごろは、私もおまえの赤ん坊を膝に載せてあやしていただろう。これほどの悲劇に見舞われたおまえの恋人を救うのではなく」

「いいえ、シーン侯爵は……」公爵が訝るように眉を上げると、グレースは口ごもった。どうやら公爵はわたしのことばを何ひとつ——そう、どんな些細なことも——聞き漏らさなかったらしい。そこでふと思いだした。カーモンド公爵は貴族院の鬼神と呼ばれているのだった。

「では、公爵さま、おことばに甘えさせていただきます」グレースはどぎまぎしながらそう言うと、ヴェレに連れられて部屋を出た。

26

二週間が経つころには、グレースはマシューのことが心配でいても立ってもいられなかった。マシューから決定事項として計画を聞かされたときには、情報がひとつも得られないことにこれほど焦燥するとは思いもしなかった。

マシューは薬が誘発した発作から回復したの？　いまも生きているの？　ジョン卿は巧妙に練られた計画にすぐさま気づいて、甥を罰したの？　ジョン卿はこれまでにも捕虜を殴り、拷問にかけた。マシューの美しい体に残る無数の傷跡がその証拠だった。

それに、わたしを捜しているの？　ジョン卿は執念深い。わが身と社会的な地位を守るためならなおさらだ。わたしを捕まえないかぎり、そのどちらもが危ういのだから。

マシューはわたしに会いたがっているの？　わたしがマシューに会いたくてたまらないように……。それとも、肉体的な苦痛でそれどころではないの？　もしかしたら、発作を起こす薬が引鉄《ひきがね》になって、また精神が錯乱したのでは……？

何よりもそれが心配だった。あんな場所では意志の力だけで正気を保っていると言っても過言ではない。マシューが精神に異常をきたすかもしれないと思うだけで堪えられなかった。

しかも、それが一生治らないかもしれないのだ。

絹がふんだんに使われた贅沢な寝室で、毎夜、涙で枕を濡らしていた。マシューがいないのが寂しくてたまらず、いっそ死んでしまいたかった。

二度とマシューに会えなかったら？　わたしの行動が何ひとつ実を結ばなかったら？

昼間はどうにか希望を抱けた。ウルフラムは物言わぬ話し相手で、愛する人との絆でもあった。けれど、夜になってベッドに横たわり、夜空を渡る月と、やがて白みはじめる東の空を見つめていると、希望は木っ端微塵に砕かれた。ジョン卿は狡猾で非情だ。そんな相手と闘って勝てるとは思えなかった。

疲れ果てて、うとうとと不安な眠りに落ちるのはさらに辛かった。マシューの夢を見るのは苦痛でしかなかった。マシューが殴られて、飢えている夢を見るのは。夢のなかのマシューは、あの屋敷で初めて会ったときと同じ冷ややかな目で見つめてくる。自分を見捨てていったとわたしを罵るのだ。

でも、それ以上に辛いのは愛を交わしている夢。マシューの手の感触はあまりにも鮮明だった。夢のなかで、たくましい体に激しく攻めたてられ、あるいは、たっぷり時間をかけて、やさしく奪われた。そんなときには、全身に恍惚感が湧きあがり、頂点へと誘《いざな》われる……。

けれど、そのさきには何もない。

目覚めると、頬は涙で濡れて、愛する人は腕のなかにいない。

マシュー、お願い、いますぐにここに来て。

そう願っても、返ってくるのは沈黙だけだった。

呪われた屋敷から逃れて七日後に、子供ができていないことがはっきりした。子供ができない体だとずいぶんまえにあきらめたはずなのに、その日は一日じゅう部屋にこもって泣いた。月のものが遅れていたことから、小さな希望が芽を出しかけていたのだ。それゆえに、落胆は大きかった。

もし赤ん坊ができていたら、それでなくても危うい状況がますます複雑になっただけ――自分にそう言い聞かせた。けれど、悲嘆に暮れる心はそんなふうには思えなかった。一日ごとに、愛する人との絆が薄れていく気がしてならなかった。

カーモンド公爵はロンドンに行ったきりだった。公爵がマシューのために力を尽くしているとわかっていても、待つのはナイフで皮を剝がれるような苦しみだった。秘書に書かせたものとはいえ、公爵は定期的に手紙をくれた。そしていま、最新の手紙が届いたところだった。そこには公爵自ら手紙をしたためずにいられないほど胸躍る知らせがつづられていた。

ファロン邸にやってきてからというもの、これほどの感情が胸にこみあげてきたのは初めてだった。びっしりと文字が記された手紙を膝に下ろしながら、自然に笑みが浮かんできた。顔を上げると、晴れ渡った空が見えた。この二週間は灰色の雲に包まれた世界で生きていた気分だった。現実の世界がどうなっているのかなど、気づきもしなかった。

いまようやく、座っているベンチが林のなかの心地いい空き地にあり、すぐそばを川が滑らかに流れているのに気づいた。永遠に続く冬のような身も凍る不安と失望に心を閉ざしているあいだに、いつのまにか季節が夏に変わっていた。生い茂る緑の葉を通して陽光が降りそそぎ、勢いよく流れる川の水が光を反射して輝いていた。頭上の弧を描く枝のあいだでは、鳥がさえずりながら飛びかっていた。

世界がこれほど美しかったなんて……。

マシューを診察した医師のひとりが不正を働いていたことが明らかになった。報じられたところによると、グレンジャーは正真正銘のいんちき医者で、公爵の命を受けた男たちがその医者を捕まえようと国じゅうに散っていた。医者が捕まれば、ジョン卿に買収されてマシューに邪悪な診断を下したと白状させられるはずだった。

そう、かならず。

夜の闇を追い払ってくれる蠟燭を握りしめるようにそのことばにすがりついた。

心躍る知らせで埋め尽くされた手紙に目を向けた。それは畝織《うねおり》の生地でつくられた美しいドレスの膝の上に載っていた。村の仕立て屋がつくった衣装箱一杯分のドレスは、生家を出て以来手にしたどんなドレスよりもすばらしかった。ただし、ランズダウンの屋敷での娼婦のドレスを除けば。

淫らなドレスをこれ見よがしに身に着けたわたしを見て、マシューの金色の目に炎が宿った。あれはゲームのようだった。あの屋敷では男女のざれあいが闇に対抗する精いっぱいの手段だったのだ。

マシューが闇に呑みこまれていないことを祈った。目を閉じて、無事を祈ることばをつぶやいた。

道で小枝が折れる音がした。目を開けると、メイドがやってくるのがわかった。「失礼いたします、奥さま」若いメイドはうしろを気にしながら、お辞儀した。

「どうしたの、アイリス?」大切な手紙をたたんだ。使用人たちは呼ばないかぎり、ひとりにしておいてくれた。そうするように公爵に命じられているはずだった。

「お客さまです」

「お客さま?」あまりにも意外で、思わず立ちあがった。ヴェレが来たの? といっても、来てほしいと声をかけないかぎり、ヴェレがやってくることはめったになかった。「いとこが来たの?」

何かまずいことが起きたのでなければいいけれど……。ヴェレにはすでに四人の子供がいて、さらに妻のサラは出産間近だった。妊娠しているせいで、サラは苛立つことが多かった。それがいとこの司祭館——美しい中世の教会セント・マーガレッツのとなりに立つ瀟洒《しょうしゃ》な石造りの司祭館——に行く気になれない理由のひとつでもあった。

「いいや、おまえの父だよ」九年ぶりに耳にする声が響いた。黒いスーツ姿の背の高い紳士が、メイドの背後からゆっくり現われた。

グレースは震える手を胸にあてた。胸から飛びだしそうなほど心臓が激しく脈打った。伯爵である父がわざわざやってくるなんて……。親友の屋敷から即刻出ていくように言いにきたの? 娘を叱り飛ばすためにやってきたの?

父が来るとは思ってもいなかった。心の準備などまるでできていなかった。

「ウィンドハースト伯爵がいらっしゃいました」メイドが言って、またお辞儀をすると、うしろに下がった。

気詰まりな沈黙ができた。

最後に顔を合わせたとき、父は怒りくるっていた。そのときの父は威風堂々として、目のまえにいる者を萎縮させるほどの威厳に満ちていた。父の図書室でのおぞましい午後の記憶はあまりにも鮮烈で、この九年間というもの、愛情あふれ、やさしく、寛容な父の姿をすっかり忘れていた。あのときのわたしは世間知らずのお嬢さまだった。あとさき考えず破滅への道を突き進むとは、いかに世間知らずかを証明したようなものだった。そうして、ことの重大さに気づいたときにはもう、取り返しがつかなかった。

けれど、いま目のまえに立っているのは、無数の悪夢で見た激昂した非情な父ではなかった。杖をつき、顔には深いしわが刻まれている。黒かった豊かな髪はすっかり白くなっていた。

父にまちがいないはずなのに、それが信じられなかった。けれど、昔と変わらぬほのかな笑みがちらりとその顔をかすめたとたんに、まぎれもなく父だと実感した。

肩に力をこめて、父の目をまっすぐ見た。わたしはここにいる権利がある。たとえ、父がわたしを一介の貧しい未亡人として追い払うつもりだとしても。けれど、どれほど虚勢を張ったところで、胸のなかに靄のように立ちこめる不安や悲しみ、罪悪感や恨みは消えなかった。それに、愛も。どんなことがあろうと、胸に秘めた愛は消えなかった。

緊張感漂うその一瞬、見つめあった。父と娘として。ほんの数ヤードしか離れていないのに、一マイルもの隔たりがあるかのようだった。

「父に挨拶はしてくれないのか？」怒っている口調ではなかった。非難の視線ではなく、問うように父が見つめてきた。

考えるよりさきに、膝を折ってお辞儀をした。「こんにちは、伯爵さま」声が震えていた。顔を上げると、ややくすんではいるけれど、自分と同じ藍色の目が潤んでいるのに気づいて驚いた。幼いころから父の姿が誇りだった。黒髪に白い肌、藍色の目をした父が。

「伯爵さま？　そんなふうに呼ぶのか、グレース？　これほどの年月が経ったのに」父の声はかすれて、杖を持つ手は震えていた。記憶のなかの父はいつでも機敏に動き、はつらつとしていた。ファッションとしてではなく、支えとして杖を使っている姿を見るのはショックだった。

「これは……いえ、わたしはどうしたらいいの？」

父がぎこちなく息を吸った。「まずは、いまよりいくらか温かみのある挨拶をしてくれ」

「そうおっしゃるなら」ためらいがちに父に近づいた。父が頬にキスを受けようと、体を屈めた。一瞬のキスだった。かつては父に抱きついて、たっぷりと頬にキスしたものだった。けれど、そんな日々はもう戻らない。

「会えてうれしいわ、お父さま」本心から出たことばだったが、父の変わりようが胸を刺した。再会したばかりなのに、目のまえにいる父が記憶のなかの父とちがうことにはっきりと気づいていた。第一に、道を誤った娘に話しかけるほど、父は寛容になっていた。グレースは一歩あとずさった。「わたしがここにいることを、フランシスおじさまから知らされたの？」

頬にキスを受けるとき、父は穏やかな挨拶に感動したかのように目を閉じていた。けれど、いまはまっすぐ見つめてきた。その目は何を見ているの？　少なくともわたしは淑女にふさわしいドレスを着ている。ファロン邸にやってきたときのような、見るからに貧しい服装ではない。けれど、それこそが父を欺いているように思えた。ほんとうは貧しい未亡人なのだから。

「いいや、ヴェレがマーロー邸に手紙をよこした。ああ、ヴェレには感謝している。手紙を受けとると、私はこうして取るものもとりあえず駆けつけてきたのだから。この五年間、私はおまえを捜していたんだよ」

わたしを捜していた？　にわかには信じられなかった。勘当を言い渡したときの父の決意は大理石のように固かったのだから。

それなのに、いま、父はわたしを捜していたと言っている。

どういうことなのかわからなかった。何が父を変えたの？　いつ変わったの？　フィリップがこの世を去ったときに？　兄の名は父もわたしも口にしていないが、心をかき乱す愛しい兄の幻影が、手を伸ばせば触れられそうなほどはっきりと感じられた。

いいえ、兄の死がきっかけであるはずがない。父は五年のあいだわたしを捜していたと言った。五年前と言えば、兄はまだ生きていて、ロンドンで遊び暮らしながら破滅へと疾走していたのだから。

ということは、伯爵である父はひとり息子を失って切羽詰まって、あとに残った唯一の子供に目を向けたわけではなかった。そのせいで、娘への気持ちが和らいだわけではないのだ。「お父さまはわたしの顔など二度と見たくないとおっしゃったわ」どうしても恨みがましい口調になった。たしかに、わたしの結婚は無責任で、非難されて当然だ。もちろんそれは自覚していたし、後悔もしていた。それでも、愛する父に無情にも勘当されて心にできた傷は何年経っても癒えなかった。

そのことばに父の顔が青ざめるのがわかった。「あの午後、私はさまざまなことを言った。思ったことをそのまま口にした。だが、すぐに厳しすぎたと後悔した。一年もせずに私はヨークに出向き、おまえたちを助けるつもりで、パジェットと話しあおうとした。私の領地のどこかでおまえの夫にそれなりの仕事を与えれば、おまえたちの暮らしがいくらかでも楽になると思ったのだ。だが、あの男は私の申し出をはねつけた」

父はプライドを捨ててまで、ジョサイアに手を差し伸べようとしたの？　この世でたったひとり頼りにしていた夫との絆がそもそも存在しなかったように思えて、果てしない孤独を感じた。

深い悲しみに喉がぎゅっと締めつけられた。それでも、スカートの襞を握りしめて手の震えを隠すと、どうにか言った。「そのとき夫に、わたしに会わせてほしいと言わなかったの?」

「おまえの夫の返事はこうだった。グレースは家族に永遠に背を向けて、よりすばらしい新たな人生を夫婦で歩むことしか頭にない。マーロー家とそれを象徴するすべてを、グレースは憎んでいると」

いかにもジョサイアの言いそうなことだった。父に向かって、得意げにそんな嘘を並べる姿も口調も、容易に想像できた。「それで、お父さまはジョサイアのことばを信じたのね?」

父の口角が下がった。「信じるしかなかった。結婚してからおまえは一度も手紙を寄こさず、私たちに会いにこようともしなかったのだから」

会いにいったらどうなるだろうと、何度も考えたものだった。そのたびに、ジョサイアと駆け落ちしたときのように、父は怒りくるうに決まっていると思った。けれど、いま目のまえにいる父はあまりにも悲しげだった。その姿に戸惑った。父の悲嘆が心に重くのしかかり、胸のなかで岩になってしまったかのようだった。

「お父さまは二度と会いにくるなと言ったわ」父に触れて、いたわりたくなるのを必死にこらえた。

一瞬、父の顔にかすかな笑みが浮かんだが、それでも深い悲しみは消えなかった。幼いころに好きだった、父のちょっとひねくれたユーモアの片鱗が見えると、重く沈んでいた胸が張り裂けそうになった。「つまりは、ようやく素直になったというわけか、グレース。おまえは小さいころからとりわけ従順な娘とは言えなかった。とはいえ、私のことばを無視したほうがいいときにかぎって、素直にしたがったとは残念でならない」

「あのとき、わたしはお父さまに心から憎まれていると感じたの」グレースは弱々しい声で言った。

「たしかに、私は腹を立てて、失望していた」父が一歩近づいてきた。「だが、おまえと絶縁した悲しみは何をしても消えなかった。おまえがいままでも、これからも私の最愛の娘であることに変わりはない」

それは痛いほどわかっていた。かつてのわたしは傲慢にも、娘に甘い父なら、ふさわしくない相手との結婚も許してくれるにちがいないと考えていたのだ。もちろん、それは大きなまちがいだった。

けれど、その後、父は娘を許していたらしい。

ジョサイアは伯爵である父が和解を申しでたことを、わたしに話さなかった。話したら、わたしが結婚生活に見切りをつけて、昔の暮らしに戻ってしまうのではと心配だったのかもしれない。ジョサイアとの結婚生活で、真に幸福なときは一瞬たりともなかったのだから。マシューを愛したせいで、ジョサイアとの人生が精神的にも肉体的にもいかに不毛であったかを思い知った。

そんな思いが頭のなかで渦巻いているあいだも、父はこれまでにないほど必死に話を続けていた。「そして五年前、もう一度おまえとの仲を修復しようとした。ときが経って、おまえの怒りもおさまっているだろうと思ったのだ。だが、そのときにはおまえは消えていた。ヨークの店は閉まり、近隣の者に尋ねても、おまえたちの行方はわからなかった。ありとあらゆる場所を捜したよ。男たちに国じゅうの書店をあたらせた。つてを頼りに、アメリカでもおまえを捜した」

「わたしはリポンにいたわ。数週間前まで」

「リポン……」父の顔が蒼白になり、頬を叩かれたかのようによろよろとあとずさった。

「お父さま、大丈夫？」グレースは父に駆けよって、手を差し伸べようとしたが、最後の最後にためらった。父はわたしに助けられて喜ぶの？

父はすぐにしっかりと立ったものの、手の関節が白くなるほど杖を握りしめていた。「マーロー邸から三十マイルほどのところにいたのか？　しかも何年も……」

「ええ、農場に。牧羊をしていたの」グレースは口もとをゆがめて、父にも見えるように胸のまえで両手を広げた。「おかげでこんな手になってしまったわ」

「なんということだ」父の顔は相変わらず真っ青で、こみあげてきた感情に声がかすれて震えていた。「私のかわいい娘が農夫の手をしているとは。公爵夫人にふさわしい娘に育てたはずなのに。私はなんてことをしてしまったんだ！　なんということを……。どうしたらおまえに許してもらえるのか……」

父の苦しむ姿を見たくなかった。それに、すべてはわたしの責任なのだから。体のまえで手を組みあわせて、心を決めた。

「いいえ……」勇気をかき集めて言った。「いいえ、許しを請わなければならないのはわたしのほうよ、お父さま」今度は〝お父さま〟ということばがすんなり口をついて出た。

いまにも泣きそうなほど父の顔がゆがんだ。「グレース、かわいい娘、もちろん私はおまえを許す。いずれおまえが父を許してくれることも願っている。以前の私はどうしようもなく愚かだった。だが、長い月日のあいだに私も変わったはずだ。長い月日が私に分別を授けてくれたと思いたい」いったん口をつぐんで、手を差しだした。「さあ、いっしょに行こう。家に帰ろう」

痛々しいほど無防備な表情が父の顔に浮かんだ。この期におよんでも、差しだした手を娘が取ってくれるのかと、父は不安でたまらないのだ。そう思うと、驚かずにいられなかった。記憶のなかの父、ウィンドハースト伯爵はつねに自信満々だったのに。

これからの人生がいまこのときにかかっている——それに気づいて、深く息を吸った。微笑むだけで父を安心させられるはずなのに、どれほど努力しても笑みは浮かんでこなかった。父は過ちを犯した。そして、わたしも。その過ちのせいで、どちらも大きな代償を払った。いまようやくそのことに気づかされた。

次に口を開くと、声は落ち着いて揺るぎなかった。「ええ、お父さま、喜んで」

グレースは静かに寝室にはいった。そこは闇に包まれていた。昼下がりなのに、母は眠っているようだった。馬車でサマセットからここにやってくるまでの長い道中に、母が閉ざされた部屋で一日の大半をうつらうつらしながら過ごしているのは、父から聞かされていた。そんなことになっているとはあまりにも悲惨で、記憶のなかの元気で明るい母の姿からは想像もつかなかった。

うしろ手にそっと扉を閉めた。とたんに、むっとする空気が押しよせてきて、ジョン卿のことを思いだした。心臓が早鐘を打ち、息が喉で詰まった。満足に息も吸えないまま、閉塞感と闘った。

けれど、次の瞬間には薔薇と蜜蠟の懐かしい香りに包まれて、息詰まる恐怖が消えていった。懐かしい香りに幼い日々がよみがえり、目に涙があふれてきた。両親にかわいがられていた無邪気な少女はもういない。いまのわたしは、そのころとは宇宙ほどもかけ離れたところにいるのだ。

それでも、その香りを感じると、過去が鮮やかによみがえった。手を伸ばせば触れられそうなほどに。深く息を吸って、扉に寄りかかった。暗い部屋のなかでは、扉に施された寄木細工の美しい楽器の模様は見えなかったけれど、頭の片隅に残る幼いころの記憶どおり、そこにバイオリンやフルートの模様が散りばめられているのはわかっていた。同じように、床には淡い青と薄紅色を基調にした花柄の絨毯が敷かれていることも、豪華な彫刻が施された高いベッドに青い絹の帳がかかっていることも、はっきりと憶えていた。

「誰なの？」

母の声は記憶にあるものとはちがっていた。甲高く、苛立たしげだった。まだ五十歳なのに、怯えた老女のような声だった。

悲しくて喉が詰まり、ことばが出なかった。いまのはほんとうにお母さまの声なの？ ちがうと言って……。

寝具が擦れる音がして、ベッドの上で母がそわそわと体を動かしたのがわかった。「誰なの？ エリースなの？ 夕食の身支度のために来たの？ だとしたら、今夜は無理よ。ベッドを出て、階下の食堂に行くなんてとても無理」

母はもう長いこと食堂で食事をしていなかった。フィリップを亡くしてからの母のようすを話す父の声は、当惑と悲哀に満ちていた。母が外の世界に背を向けて寝室にこもっていると聞かされたときには、グレースは良心の呵責《かしゃく》と深い悲しみで全身が痺れていくようだった。いま、実際に母の寝室にはいり、そのようすを目の当たりにすると、さらにその感覚が強くなった。

「エリース？」

「いいえ……」グレースはいったん口ごもったが、気を取り直して言った。「いいえ、メイドではないわ、お母さま」

ベッドの上の人影がぴたりと動きを止めた。部屋を満たす沈黙が形を持っているかのようにずっしりと感じられた。やがて、耳を澄ましていなければ聞き逃してしまいそうなほどか細い声がした。「グレース？」

いまにも倒れそうなほど脚が震えていたけれど、それでも、ベッドに一歩近づいた。「そうよ、お母さま、グレースよ」

「わたしのかわいいグレースなのね……」また寝具が擦れる音がして、さきほどより力強い声で母が言った。「これは夢なの？」

胸がいっぱいで、ことばがうまく出てこなかった。「いいえ。わたしはほんとうにここにいるのよ」と同時に、麻痺したような奇妙な感覚が消えて、ベッドに駆けよると、傍らにひざまずいた。「わたしはほんとうにここにいるわ、お母さま」

「まさか、こんなことが」ベッドに横たわっている母がこちらを向いた。差しだされた母の手が頬に触れた。触れなければ、娘がすぐそばにいるのが信じられないのだろう。母の慈しむような指を頬に感じながら、グレースは目を閉じた。

わたしはほんとうに故郷に帰ってきたのね……。

震えながら息を吸った。闇のなかでも、母の顔がいかにやつれて青白いかがわかった。ナイトキャップから飛びだした長い髪は白く、ぱさぱさだった。この九年は母にとって過酷なものだったにちがいない。伯爵の妻となり、その領地の女王であるかのようにマーロー邸に君臨していたころに評判だった美貌は跡形もなかった。

「もう会えないと思っていたわ」途切れがちに母が言った。

「わたしもよ」かすれて不明瞭なことばになった。

「なぜ、来てくれなかったの？　フィリップが亡くなったときに」母のことばにかすかな怒りが感じられた。「わたしにはあなたが必要だったよ、グレース。それなのに、あなたはいなかった」

そうよ、わたしはなぜ来なかったの？　行くと言ったらジョサイアに反対されただろうが、夫にそむくことだってできたはず。当時はすでに、心のなかでは夫に反発していたのだから。実際にそむいたところで、あれ以上夫婦仲が悪くなりようがなかった。たしかに、父に疎まれていると思いこんでいた。それでも、勇気を出して、父の怒りに立ちむかうべきだったのだ。せめて、母に会う努力をするべきだった……。

わたしはまちがっていた。それに臆病だった。薄情だった。

「ごめんなさい」ひび割れた声で言った。「ほんとうにごめんなさい」

「フィリップに会いたい」母のうつろな目から涙がこぼれた。「あなたに会いたくてたまらなかった」

「ええ、お母さま、わかっているわ」つぶやきながら立ちあがって、ベッドの端に座った。上掛けの下で、繊細な白いネグリジェ姿で身を縮めている母は、まるで小鳥のようで、いまにも折れてしまいそうだった。気遣いながら細い体に腕をまわして、そっと抱きしめた。触れられて驚いたかのように、一瞬、母の瘦せた体がこわばった。けれどすぐに、娘の肩に頭をつけて、かすれた声をあげて泣きだした。

グレースはしっかりと母を抱いて、レースのナイトキャップに頬をすり寄せた。言いたいことは山ほどあった。知りたいことも無数にあったけれど、何も言わなかった。

母のことはいつでも愛していた。家族のことも愛していた。でも、それは自分本位のわがままな愛だった。けれど、マシューのおかげで人を真に愛することを学んで、少し賢くなった。いまの母に必要なのは無言の慰めだとわかるぐらいには。

しばらくすると母が泣きやんで、顔を上げた。そのころには目も闇にすっかり慣れて、母の顔に浮かぶ表情が見て取れた。母は疲れて悲しげな顔をしていたが、そこにはそれまでなかったはずの安堵感が表われていた。

「カーテンをあけて、グレース。娘をきちんと見たいわ」

「ええ、お母さま」グレースは立ちあがると、厚いカーテンを開けた。明るい陽光が部屋に射しこんで、あっというまに闇を消し去った。

27

グレースが四カ月前に逃れた屋敷へ通じる道を、カーモンド公爵の馬車が進んでいた。モロッコ革の内装の馬車のなかは、張りつめた沈黙に支配されていた。グレースは仮面をつけて、公爵の向かいに座っていた。となりでは、父が考える顔つきで、夕闇の迫る窓の外を見つめていた。

落ち着かず、手袋をつけた手でそわそわとスカート——深緑色の上等な羊毛の旅行用のドレス——を揉みしだいた。耳のなかで脈の音がやけに大きく響いて、馬車の軋む音をかき消していた。どんよりした空と、道に迫るほどの勢いで生い茂る木々が、夕刻を闇の夜に変えようとしていた。その闇は不吉な出来事の前触れなの？——そんな思いを身震いして振り払った。

マシューと別れたあの日以降、屋敷ではどんなことが起きたのだろう？　マシューは元気でいるの？　暴力はふるわれていない？　生きているのよね？　お願い、手遅れではありませんように……。四カ月は長かった。たとえ、苛立たしい一分が一時間にも思えるような日々を送っていなくても。

公爵の命を受けた男たちがついにグレンジャー医師を見つけると、その悪徳医者はつい最近マシューに会ったのを認めた。けれど、グレースが安心できるようなことはひとことも言わなかった。公爵の手紙にしたためられた医者の証言を読みながら、グレースは落胆し、息苦しくなるほどのやり場のない怒りを覚えた。グレンジャーはさも得意げに、幼い侯爵の狂気を追い払うために治療をおこなったと語ったのだ。鞭打って、下剤を使い、血を流させ、火傷を負わせるという治療を……。グレースはマシューの傷だらけの背中を思いだして、胸が痛くなった。それからというもの、幼いマシューが拷問されている夢ばかり見て、そもそも浅かった眠りがさらに途切れがちになっていた。

グレンジャーは最近屋敷を訪問して患者を診《み》たのは一度きりだと言った。けれど、ジョン卿の命で、残虐な治療法をモンクスとファイリーが引き継いでいるかもしれない。

誰かに命じて屋敷を偵察してほしいと、グレースは公爵に頼んだが、その願いは聞きいれられなかった。万が一にもジョン卿が不穏な気配を感じとったら、救出できない場所にマシューは移されてしまうというのがその理由だった。

「落ち着きなさい、グレース。まもなくすべてがうまくいく」さきほどからそわそわと動いている手が、父の大きな手に包まれた。父はきっと、長いことわたしを見つめていたのだろう。わたしの胸のなかで不安と疑念が激しく渦巻いているのがわかるほど。

暗い馬車のなかで、父のほうを向くと、その目を見た。「ええ、そうなるのを心から願っているわ」

以前なら、この計画に協力するという父の申し出をにわかには信じられなかったはずだ。けれどいまは、何もかもが変わった。わたしはもう友人もいない無一文《むいちもん》の未亡人ではない。いまや、裕福な女相続人レディ・グレース・マーローであることは周知の事実だった。哀れなジョサイアの名前は誰の記憶からも消え去ろうとしている。それはさすがに悲しかった。夫は生きていたころ同様、死んでも敗者なのだと思うと。

それでいて、ジョサイアの存在はすでにごくごく薄い影のようなものになっていた。亡き夫の陰鬱な囁きは、マシューを案じる心の叫びにかき消された。

「グレース、身に危険がおよばないように、馬車のなかで待っていたほうがいい」馬車が道にあいた深い穴を通ると、カーモンド公爵がつり革を握りしめた。

それに関しては数週間前から話しあってきたが、グレースは頑として公爵の意見にしたがわなかった。また聞きの情報だけで、あるいは、どんな情報も得られないまま数カ月を過ごしたのだから、マシューの姿をこの目で確かめないわけにはいかなかった。唯一譲歩したのは、淑女の慎みとして、仮面をつけて口を閉じていることだけだった。レディ・グレース・マーローが場末の娼婦とまちがわれたなどと噂をたてられるわけにはいかないのだから。

「フランシス、グレースの望むようにしてやってくれ」父が握った手に力をこめてから、手を離した。「なにしろ、私たちはヴィットリア会戦でのウェリントン将軍より多くの男たちを引き連れているんだ。それに、わかっているだろう？　グレースは何があっても自分の意志を貫くつもりでいる」

カーモンド公爵の立派な馬車は、馬に乗った十人以上の男と、武器を手にした大勢の従者を乗せた二台の大型馬車をしたがえていた。さらに、最後尾の馬車には、王室担当のふたりの医者が乗っていた。ジョージ王はマシューの窮状を知ると、烈火のごとく怒ったのだった。前シーン侯爵は王家の美術品に関するアドバイザーを務めるほど、王と親しい間柄だったのだ。とはいえ、国王がこの件にこれほど協力的なのは、植物学の秀逸な論文に感動したせいだった。マシューに内緒で論文を持ちだしたのはやはり正しかった。

　これほどはっきりわたしの味方をしてくれるほど、父が変わったなんて……。仮面の下で、涙があふれてきて目がちりちりした。けれど、目頭《めがしら》が熱くなったのもほんの一瞬だった。両親との再会を果たしてからは、それまで以上にマシューのことが頭から離れなくなった。マシューの目を見たかった。皮肉の効いた冗談を口にする深みのある声を聞きたかった。マシューの香りを感じて、体に触れたかった。実際に触れてその存在を確かめないかぎり、心のなかで叫びつづける悪鬼を黙らせることはできなかった。わたしにはマシューを救えないと叫ぶ悪鬼を。

　ほんとうは疲れ果て、高揚し、不安で、怯えていた。恐怖が喉までせりあがってきて、唇を噛んだ。これほど勝利に近づいているのに、それでも最後に敗北を味わうことなどあるの？

　背筋をぴんと伸ばして、スカートを握りしめていた手を開いた。強くならなくては。マシューのためにも、自分のためにも。

馬車が角を曲がって門へ向かった。これから起こることに備えて、グレースは覚悟を決めた。

「あの女はどこに行った?」

マシューは叔父の質問に答えようともしなければ、顔を上げようともしなかった。〝知らない〟ということばをもう何度くり返したことか。いまは手枷《かせ》と足枷をつけられて、壁に張りつけになっていた。痛む脚をかばって、腕で体を支えた。疲れていた。疲れ果てていた。庭に面した部屋の壁に据えつけられた鎖からはまもなく解放される。といっても、次は、ごく短い眠りを貪るために、台に縛りつけられるのだ。グレースが逃げてからは、それがおぞましい日課となっていた。

そう、グレースは逃げおおせた。叔父はまだ捜索を続けているが、これほど時間が経ってしまっては、グレースがはるかかなたまで逃げたことは叔父もわかっているはずだった。

その事実だけが支えだった。どういう方法にしろ、グレースは追っ手を巧みにかわした。伝説のボウ街逮捕員でさえ音《ね》を上げた。よかった、グレースだって命からがら逃げた以上、この屋敷からぼくを助けだすのは不可能だと気づいたはずだ。グレースが無謀な救出を試みて、叔父の手の届くところに自ら飛びこんでくるのではないか——それだけが心配でたまらなかったのだ。

「おまえがこれほど馬鹿だとはな」鎖でつながれたマシューのまえに置いた肘掛け椅子に座

っている叔父が、冷ややかに言った。この部屋のなかで冷たいのはその声だけだった。マシューが身に着けているのはシャツと薄手のズボンだけなのに、それでも温室のような部屋のなかでは汗だくだった。

四カ月も経ったのだから、そろそろ息苦しい暑さに慣れてもいいはずだった。とはいえ、戸外で体を動かすのを許される午前と午後のそれぞれ一時間のためだけにマシューは生きているようなものだった。体が自由になるのは、その時間と三度の食事のときだけで、気力と体力を極力蓄えておくように心がけた。あと八週間と二日でグレースとの約束の期限が切れる。そうしたら叔父を殺すのだから。あとはどうなろうとかまわなかった。

「あのあばずれはおまえのことなど忘れて、新しい愛人を見つけているぞ」ジョン卿がステッキの握りに両手を置いた。

グレースがやさしい男に出会えたことを祈っている――マシューは自分にそう言い聞かせた。けれど、ほんとうはそんなことを露《つゆ》ほども望んでいないのはわかっていた。グレースがほかの男の腕のなかにいると思うと、それだけで嫉妬の炎が燃えあがった。自分以外の男が滑らかな肌に触れて、息もつけない快感の高みにグレースを押しあげていると思うと。

その男は幸運な悪魔だ。自由の身で、さらに、グレースといっしょにいるのだから。

そんな思いが顔に出てしまったらしい。叔父が低く下卑た笑い声をあげて、ステッキについた小さく滑らかな黄金の琥珀を握る手に力をこめた。「あれはなかなかいい女だった、そうだろう？　蜜のように甘くて、すぐに股を広げるからな」

マシューは答えなかった。愚弄にはもう慣れっこだった。

「あの女を見つけたら、まずは私が試してから、モンクスとファイリーにまわそう。それから、ほかの男たちにも」

マシューは顔を上げて、叔父を睨みつけた。憎しみだけで人を殺せるなら、叔父はすでに墓のなかで冷たくなっているはずだった。いまここで、茶色の分厚いベルベットの外套の袖からありもしない埃を払っているのではなく。

さらに、叔父はグレースにどんなことをするか空想しながら言った。「それをおまえに見せるのもいいかもしれない。甘い思い出がよみがえるように。あの女を始末するまえに、少しだけおまえに楽しい思いをさせてやろう」

激しい嫌悪感が吐き気となってこみあげてきたが、歯を食いしばって堪えた。もしかしたら打ち負かされて、観念したふりをするべきなのかもしれない。そうでなければ、拘束は永遠に解かれないだろう。叔父を殺すには、まず体が自由になる必要があった。

それまでの経験から、この尋問が何時間も続くのはわかっていた。叔父はときおり思いついたように屋敷にやってきては、尋問をくり返していた。といっても、叔父ももう気づいているはずだった――マシュー、疲労も痛みも怒りも、甥の口を割らせることはできないと。

「もちろん、マシュー、それ以外の結末もある」叔父は自分の爪を眺めた。まるで天気の話でもしているかのようだった。「あの女の居場所を言えば、指を鳴らすぐらい簡単に、女はおまえのベッドに戻ってくる」

「彼女の居場所は知らない」たまにしか使わない声はかすれていた。いずれにしても、いくら知らないとくり返しても無駄なのはわかっていた。

腕にかかる重みを和らげようと、体を動かした。ぼさぼさの長い髪が顔に落ちてきた。四カ月というもの、ひげを剃ることと、すばやく顔を洗うことしか許されていなかった。叔父がまずは心を打ち砕くつもりでいるのはわかっていたが、自分が最低のごろつきのような姿をしていると思うと、やはり落胆せずにいられなかった。病気が治ってからは、とくに身だしなみに気を遣ってきたのだ。紳士として装うのは、甲高い声で叫ぶ狂気や囚われの身、絶望といったことに対抗する手段でもあった。

「あの野良犬が見つからないのは残念だ」ジョン卿が物憂げに言った。「あの犬がいれば、おまえはまちがいなく協力的になるのに」

ウルフラムの話が出ると、あのおぞましい午後以来、胸のなかで渦巻いている怒りがかきたてられた。ウルフラムは誰にも見つからない穴のなかにもぐりこんで、銃弾で受けた傷から大量の血を流して、死んでしまったにちがいない。ジョン卿に拷問されて死ぬよりはましだが、それでも悲しいことに変わりはなかった。激しい怒りをどうにか抑えて、肩の焼けるような痛みに意識を集中した。

怒りで自制のたがはずれそうだった。自制できなければ叔父には勝てない。すでにグレースの身に危険はない。となれば、唯一の目標は叔父の命を奪うことだった。

廊下で物音がしたが、とくに興味を引かれはしなかった。番人が日課の敷地内の巡回を終えたのだろう。これから叔父は、モンクスとファイリーに捕虜である甥を殴れと命じるのか？　そんなことをぼんやりと思った。最近は叔父が暴力に訴えるのはまれだったが、今夜は叔父の苛立ちがはっきりと伝わってきて、それが暴力という形を取ってもおかしくなかった。

扉が開いても、体を動かす気にもなれなかった。それでも、熱を持ってべとつく肌をかすめる微風は、ハッカのように爽やかだった。

「その若者をいますぐ解放しろ！」

マシューは驚いて顔を上げた。これはいったい……。

何が起きたんだ？　視界をはっきりさせようと頭を振った。この数カ月、静まりかえった部屋で拘束され、朦朧として過ごしてきたせいで、突然の音と色と動きは何かが破裂したように感じられた。

眉をしかめて、にわかに起こった騒動の意味を知ろうとした。

この見知らぬ男たちは何者だ？　ここで何をしている？　大声で解放を命じ、いまは部屋の中央に堂々と立っている男性に見覚えはなかった。

けれど、深緑色のドレスに身を包み、男たちをかきわけて扉からはいってきたかと思うと、駆けよってきた華奢な人物は、胸が締めつけられるほど懐かしかった。気づいたときには、太陽と繊細な花の香水が香るやわらかな体に支えられていた。

グレース……。

だめだ。こんなことがあってはならない。

ぞっとしながらも、信じられない思いで、体を支えてくれている仮面をつけた淑女を見つめた。その人の震える唇に明るい笑みが浮かんだ。仮面の下の藍色の目に涙が光っていた。

「生きていたのね。ほんとうに生きていたのね」祈りのようにグレースがつぶやいた。その声には天にものぼりそうなほどの幸福感が表われていた。

同じ思いを抱けたらどれほどいいか……。

「ここで何をしてるんだ?」押しよせる絶望に唸るように言った。なぜ、グレースは自ら危険に飛びこむような真似をしたんだ? この四カ月間の苦しみは、泡と消えるのか?

グレースにさらにしっかり抱きしめられた。苦悩と怒りを感じているはずなのに、その感触はどこまでも心地よかった。目を閉じて、自制心を取り戻そうとしたが、グレースがこれほどそばにいてはどうにもならなかった。それでも必死に努力した。精いっぱい頭を働かせて、この騒動にグレースが巻きこまれないようにしなければならなかった。

なぜ戻ってきた? すべてが台無しになってしまうのに。なぜ? どうしてだ?

グレースの体をわき腹に感じると、怒っているにもかかわらず、ふたりが離れ離れになって以来初めて、全身に生命力が満ちていった。「あなたを助けにきたの」グレースが囁いた。

「ほら、見て」

頭がくらくらしていたが、マシューは目を開けた。見えたのはグレースの愛しい顔だけだった。仮面をつけていても、その顔が蒼白なのがわかった。グレースの顔からどうにか目を離して、部屋のなかを見た。さきほどまでひっそりとしていた部屋が、ふいに大勢の人であふれていた。

モンクスとファイリーは壁際に並ばされて、筋骨たくましい四人の男に馬上短銃を突きつけられていた。モンクスは髪も服も乱れ、手枷をはめられて、唇には乾いた血がこびりついていた。ファイリーはいつものように強い者には逆らわなかったのだろう、モンクスとちがって鎖につながれていなかった。ほかにもお仕着せに身を包んだ四人の従僕が壁際に立たされていた。

周囲のようすを冷静に眺められるようになると、自分を解放するように命じた白髪の厳しい顔つきの紳士にはなんとなく見覚えがあるのがわかった。そのとなりにいる、やはり威厳に満ちた顔の紳士はグレースによく似ていた。その傍らに、見るからに自信たっぷりのふたりの年配の紳士が立っていた。その種の紳士と十一年間たびたび顔を合わせてきたことから、そのふたりが医者であるのはひと目でわかった。

「公爵さま」ジョン卿が立ちあがった。驚きのあまり、普段の冷静さを失っていた。「これはいったい、どういうことですか?」

「シーン侯爵の拘束を解け」最初にことばを発した紳士——どうやら公爵らしい——が言った。

ジョン卿がいくらか冷静さを取り戻して言った。「いくらあなたでも、ここではどんな権限もありません。公爵、それにウィンドハースト伯爵、不当なこの侵入に私は断固として抗議します」

マシューはまた当惑した。なぜ、ここにウィンドハースト伯爵がいるんだ？　グレースの親戚なのか？　それに公爵とは……？　たしかにグレースは裕福な家の出だと言っていたが、ふたりの紳士はこの国でもとくに高貴な人物だ。

「ああ、抗議でもなんでもするといい」公爵は威厳に満ちた仕草で、ファイリーとモンクスを捕らえている男たちを指ししめした。「私はそこにいる若者を解放しろと命じているんだぞ」

ファイリーが鍵を取りだして、足を引きずりながらマシューとグレースに歩みよった。その乱暴者が背伸びしてマシューの手枷をはずそうとすると、酸っぱい息とすえた汗のにおいが漂って、束の間、マシューは息が詰まりそうになった。グレースがさらに身を寄せてきた。怒りのせいか、あるいは嫌悪感、さもなければ恐れているのか、グレースの体が震えていた。いや、たぶん、その三つを感じているのだろう。忌々しい仮面のせいで、グレースの表情はわからなかった。

いずれにしても、これはいったいどういうことなのか……？　なぜこれほど大勢の人が救出にやってきたんだ？　痺れた腕に血が戻り、無数の針で刺されるような感覚を抱くと、唸り声が漏れそうになった。あまりにも苦痛で、頭がくらくらして、グレースにもたれかかるしかなかった。

長いあいだ立たされていたせいで、こわばった体が言うことをきかなかった。壁に据えつけられた手枷をはずされると、情けないことに脚が体を支えきれなかった。グレースが重みに堪えきれずによろけると、すかさずウィンドハースト伯爵の手が伸びてきて、体のいっぽうを支えられた。

「心配するな」と伯爵が小さな声で言った。「ここから出してやるからな」

伯爵とはまったくの初対面だった。そんな相手がなぜこれほどやさしく励ましてくれるのか見当もつかなかった。それでもうなずいて、どうにか自分の脚で立っていようと努力した。

「ああ、マシュー」グレースが苦しげに言った。「あの人たちに何をされたの?」

「レディ、黙っていると約束したはずだ」公爵がぴしゃりと言った。

マシューはグレースの頬に赤みが射すのに気づいた。四カ月のあいだ夢見てきたふっくらした唇が引き締まった。息を吸うより、その唇に口づけたかったが、これほど大勢の人に囲まれていてはキスなどできるはずがなかった。

なぜ、グレースは黙っていなければならないんだ? なぜ、仮面をつけている? この男たちはグレースのなんなんだ?

グレースが公爵の愛人であるはずはなかった。愚かだと言われようが、いまもグレースに愛されていると信じていた。声を聞いただけでそれがわかった。やさしく、けれど力強く体を支えている手の感触にも愛があふれていた。

「患者を診察させてください、公爵さま、伯爵さま」医者が有無を言わせぬ口調で言った。

伯爵の助けを借りて、マシューはまっすぐ立った。少なくとも今回は膝ががくりと折れることはなかった。痛みをこらえて、こわばった肩をまわして、ちりちりする腕を伸ばすと、ようやく感覚が戻って、なんとか体を動かせた。

「侯爵は支離滅裂なことを口走る狂人だ」とジョン卿が鋭く言った。

伯爵はジョン卿に向けて侮蔑をこめた一瞥を投げると、マシューを支えている手を離した。「何をくだらないことを。侯爵が私と同じぐらい正気なのは明白だ」

「ウィンドハースト伯爵、残念ながら、あなたは判断を下せる立場にはない」ジョン卿が言い返して、挑むように顎を突きだした。「断言するが、私の甥は危険な狂人で、拘束しておかなければならない」

「何かを断言する立場にないのは、ジョン卿、おまえのほうだ」そう言ったのは公爵だった。公爵はさも不快そうに黄褐色の眉を寄せていた。「私は王の命でここに来た。その命にはおまえの逮捕も含まれている」

ジョン卿の反応は尊大だった。「何をわけのわからないことを。いったいなんの罪で私を逮捕するんです？」

「誘拐、個人の自由の奪取、詐欺、窃盗、暴行。まだまだあるぞ」

「その女の証言で？」仮面をつけていてもジョン卿はグレースに気づいたようだった。「その女がこれほど高貴な面々にどうやって嘘を信じこませたのかは知らないが、私は自身の潔白をいくらでも証明できる。荒唐無稽《こうとうむけい》な告発で裁判に持ちこむおつもりなら、やめておいたほうがいい」

「この淑女の証言は必要ない」公爵が冷ややかに言った。「グレンジャー医師とボイド医師の身柄を拘束した。おまえの不正行為に関して動かぬ証拠がある。それにシーン侯爵もいる」

「シーン侯爵は誰もが認める精神異常者だ」ジョン卿は吐き捨てるように言ったが、自分が窮地に陥っていることにようやく気づいたようだった。顔は蒼白で、関節が白くなるほどステッキを握りしめていた。叔父の鼻の下に汗が噴きでているのを見るのは、マシューにとって初めてのことだった。

公爵は動じなかった。「侯爵は幼いころに熱病を患い、以来、不正に拘禁されてきた。ここにいるのは王室担当の医師だ。このふたりが侯爵の精神状態を診断する。だが、ウィンドハースト伯爵同様、私も侯爵が精神に異常をきたしているとは思えない。いっぽうで、ジョン卿、おまえの犯罪の証拠は山ほど手に入れた」

「これは犯罪ではない、ああ、そうだ！　私はこれまでずっと、錯乱した哀れな甥を気遣い、注意深く保護してきたのだから」

マシューはすでに脚に力が戻り、ひとりで立っていられたが、グレースを抱く腕は緩めなかった。いつなんどき、グレースと引き離されるかわからないのだから。信じられないことに、ふたりの紳士は自由を約束してくれてはいるが、それでも叔父を説き伏せられるかどうかはわからない。

背筋を伸ばして、胸を張った。もう傍観者でいるわけにはいかなかった。「ぼくは狂ってなどいない、それはあなたもわかっているはずだ、叔父上」吐き捨てるように言った。「あなたは貪欲で、ぼくの後見人という立場を利用して、ランズダウン家の財産を意のままにして、私腹ばかりを肥やしてきた、ああ、まちがいない」

「これは勝算のない闘いだ、あきらめるんだ、ジョン卿」公爵が説き伏せるように言った。「家族のためにもおとなしく逮捕されたほうがいい。勝負はもうついている。約束する、素直に収監されれば、おまえの妻とふたりの娘にはできるだけのことをしよう」

「ふざけたことを。卑しい重罪人のように裁判にかけられたりするものか」ジョン卿の顔は蒼白で、手は震えていた。琥珀の握りのステッキが大きな音をたてて床に倒れた。

公爵は石敷きの床を転がっていくステッキを見つめ、それから、哀れむ笑みを浮かべてジョン卿を見た。「そうだ、おまえはそのとおりになる。なぜなら卑しい重罪人そのものだからだ」

「地獄で会おう」公爵を見つめたまま、ジョン卿はマシューのほうへとあとずさった。ポケットを探り、美しい螺鈿《らでん》細工の握りの小さな銃を取りだした。

マシューはグレースをぐいと引っぱって、自分の背後に隠した。といっても、叔父はグレースに狙いをつけてはいなかった。ジョン卿の肩越しに、武装した男たちが即座に動くのが見えた。男たちは厳しい訓練を積んだ兵士で、この種の事態には明らかに慣れていた。とはいえ、これほど狭い部屋のなかでは、ちょっとしたこぜりあいもあっというまに大騒動になって、いつなんどきグレースが巻きこまれて怪我をしてもおかしくなかった。

「ランズダウン、おまえに勝ち目はない。それはわかっているはずだ」公爵が揺るぎない声で冷ややかに言った。

「いいや、私は勝つ。ああ、つねに勝利はこの手にあったのだから」そう言うと、ふいにマシューに突進した。「私がシーン侯爵になるべきだったのだ。おまえではなく。おまえのような役立たずの無能な狂人などではなく」

体を震わせながらわめいているジョン卿には、それまでの自信に満ちた暴君の面影は微塵もなかった。洗練された外見の下に長いことひそんでいた邪悪な獣が、ついに姿を現わしたのだ。口角に泡を溜め、唾を飛び散らせてマシューに向かってわめいていた。マシューは銃に目を向けたまま、片手で顔を拭った。

いままさに流血の惨事が起ころうとしていた。部屋のなかの空気が張りつめた。グレースが苦しげな声を漏らした。マシューはグレースを押さえている手に力をこめた。

「銃を下ろせ」公爵が怒鳴った。

「やめるんだ、ランズダウン」ウィンドハースト伯爵が銃から目を離さずに、ジョン卿ににじりよった。「やりすぎだ」

「気をつけて！」グレースが叫んで、まえに飛びだした。「危ない！」

マシューはすぐさまグレースをわきに押しやった。「叔父上、もう終わりです」惨劇を食い止めようと、静かに言った。「これ以上の苦悩はもういらない、そうでしょう？　娘たちのことを考えてください。あなたの妻のことを」

ジョン卿が銃の撃鉄を起こした。静かな部屋にその音が不気味に響き、空気が波打った。

「説教も無駄口もたくさんだ、マシュー。おまえはまるで忌々しい司祭のようだ。ああ、いつだってそうだった。おまえごときに、真の男の望みがわかるものか」

マシューは愚弄を聞き流した。これまで叔父の口から出た無数の愚弄を聞き流してきたように。そして、やはり落ち着いた穏やかな口調で言った。傷ついた動物に話しかけるように。

「叔父上、真の男が自身のプライドのために家族を犠牲にするはずがない。真の男は自分の行動が招いた結果を受けいれる。叔父上は富と名声を求めるあまり、自身の破滅を招いた。その責任はほかでもない自分にあるんですよ」

ジョン卿は震える手で銃を甥に向けると、せせら笑った。「調子に乗るのもいいかげんにしろ、おまえの説教など聞きたくもない。どうやらおまえは私に勝ったと思っているようだな。とんだ勘ちがいだ。このジョン・ランズダウンに勝てる者などこの世にいない。ただひとつ悔やまれるのは、こんなことになるまえに、その女を陵辱して、殺しておかなかったことだ」

ジョン卿がふいに銃を持ちあげたかと思うと、銃口をこめかみに押しあてて引鉄を引いた。静止する間もないほど一瞬の出来事だった。閉ざされた部屋のなかに銃声がこだまして、ジョン卿が床に倒れる鈍い音がした。

背後でグレースが息を呑むのが、マシューにもわかった。背中にグレースの顔が押しつけられた。誰もが微動だにしなかった。息苦しい部屋のなかに、つんとする火薬と金臭《かなくさ》い血のにおいが広がっていった。ジョン卿の最期の怒声が、調子はずれの鐘の音のように淀んだ空気を波打たせていた。

十一年間マシューを苦しめつづけた叔父は死んだ。それをマシューは喜んでもいいはずだった。けれど、何も感じなかった。全身が麻痺したような感覚を抱きながら、ぴくりとも動かない叔父の体を見つめているだけだった。みるみるうちに広がっていく血溜まりのなかに横たわる体を。

「こんなことになるとは」沈黙を破ったのはウィンドハースト伯爵だった。

医者が無言でジョン卿の傍らにひざまずいた。が、すぐに顔を上げて言った。「事切れています」

「最期まで卑怯者だわ」グレースは震えながら言うと、マシューの手を振り払って、ウィンドハースト伯爵に歩みよった。「怪我は？」

マシューはとたんにグレースのぬくもりが恋しくなった。グレースに触れていないと、離れ離れで過ごした永遠とも思えるほどのこの数カ月の孤独が鮮明に思いだされた。切望をこめて、グレースを目で追った。

注意を怠ったのはほんの一瞬だったが、致命的な出来事が起きるには充分な時間だった。モンクスが兵士から逃れて、まえに飛びだした。

「マシュー！」グレースが叫びながら、すぐさまマシューのほうを見た。マシューはグレースの身を守ろうと、飛びついた。

遅かった。

モンクスの太い腕がグレースの頭をとらえ、次の瞬間には、細い首に手枷の鎖がしっかり巻きついていた。

28

「この女の首を折るのは、鶏を絞めるのと大差ない」モンクスが唸るように言って、グレースの首にまわした鎖をぐいと引いた。グレースの怯えた目がマシューを捜し、無言で助けを求めた。

マシューは腹にパンチを喰らった気分だった。冷たい恐怖が全身にじわりと広がって、血が凍りついた。こんなことになるなんて……。凶暴な番人どもが司法の手を逃れるためなら、どんなチャンスも逃さないのはわかっていたはずなのに。いったいどうして、グレースは今夜ここにやってきたんだ？　グレースの勇気が恨めしかった。いっぽうで、心は果てしない愛で満ちていた。そして、恐れで。

「そいつは言ったとおりのことをするぞ」部屋のなかにいる男たちを押し留めようと手を上げながら、きっぱり言った。少しでも怪しい動きをすれば、グレースは殺されてしまう。

モンクスにどこかしら弱気なところがないかとようすを窺ったが、いつものとおり、そんなところは微塵もなかった。体のわきに下ろした手を握りしめた。すぐにでもその悪漢に飛びかかり、この手で首を締めあげたかったが、その衝動を必死にこらえた。

「動くんじゃないぞ」公爵が壁際に並ぶ兵士に言った。

「ああ、それが賢いってもんだ」モンクスがグレースを乱暴に引きよせた。モンクスは両開きの扉を背にして、グレースは人間の楯と化して部屋のほうを向いていた。「追ってくるなよ」

「そのレディをどうするつもりだ?」と公爵が訊いた。

モンクスが下卑た笑い声をあげた。その声にグレースが震えあがるのが、マシューにはわかった。あまりの恐怖に、グレースの顔から血の気が引いていた。

モンクスがせせら笑った。「こいつはレディじゃない。役立たずの娼婦だ」

「ちがうわ!」グレースが喘ぎながら言った。

「黙れ、あばずれが!」モンクスが低い声で言って、鎖を締めつけると、グレースが苦しげに咳きこんだ。モンクスは公爵を睨みつけた。「おれは逃げる。邪魔するなよ。この女はいずれ解放する」

そんなことばを信じられるわけがない、とマシューは思った。モンクスは怒りくるっている。逃げおおせたら、グレースを怒りの捌け口にするに決まっている。なにしろ捕まれば吊るし首が待っているのだ。ならば、人を殺したところで大差ないと考えるはずだった。

さまざまな思いを頭の隅に押しやって、マシューは心を鬼にして言うべきことを口にした。

「彼女を離せ。そうしたら、おまえのことは見逃してやる。ああ、シーン侯爵として約束する」

反論しようとする公爵を、マシューは無視した。復讐や刑罰より、グレースの命のほうがはるかに大切だった。

モンクスがじわじわと扉に向かい、グレースもうしろ向きのまま引きずられるように歩かされた。「ほう、ブタも空を飛ぶって話だな。だが、おれは馬鹿じゃない。人質としてこの女を連れていったほうがいいのはわかってる。三十分後に門に来い。女はそこにいる」

グレースの亡骸《なきがら》がそこにあるという意味だ。マシューにはわかっていた。

愛する人が死んでしまったら、自由の身になってどんな意味があるのか……。

時間切れだ。くるりとうしろを向いて、すぐそばにいた兵士から銃を奪った。

「モンクス、彼女を離せ」静かな部屋にマシューの声が響いた。鎖で喉を締められているグレースの不規則で苦しげな息遣いを除けば、部屋のなかは静まりかえっていた。

「ちょっとでも手もとが狂えば、弾が女にあたるぞ」モンクスがにやりとして言った。

「いいや、そんなことはない」自分でも信じられないほど落ち着いた手さばきで、マシューは銃の撃鉄を起こすと、モンクスの眉間に狙いをつけた。

「侯爵、馬鹿な真似はやめるんだ」ウィンドハースト伯爵の視線を感じた。「グレースを撃ってしまったらどうする！」

冷たくずっしりした銃が手にすっかりなじんでいた。もう何年も銃に触れていないのに。子供のころには射撃でたぐいまれな才能を発揮して、いずれ銃の名手になると言われたものだった。森の木を標的に何時間も石を投げて過ごしたのだから、射撃の勘は鈍っていないはずだ。それを心から祈った。確信を得るにはなんとも心もとない根拠だが、銃を構えながら、かならずモンクスを仕留めると信じて疑わなかった。

これほどグレースを愛しているのだから、失敗するわけがない。

「マシュー、やめて」グレースが途切れがちに言ったが、モンクスに鎖で締めあげられて黙らされた。冷たい金属の環がほっそりした首のやわらかな肌を擦るのを見て、マシューの胸は激しい怒りに満たされた。その報いはモンクスに受けてもらう。ほかにも山ほどの報いを。

「大丈夫だから、じっとしているんだ」グレースにやさしく声をかけた。万が一にもグレースがふいに動いたり、モンクスから逃れようともがいたりしたら、弾が何にあたるかわからなかった。

荒くれ者はグレースよりはるかに背が高く、思った以上に仕留めやすい的だった。不思議なことに、部屋のなかのあらゆるものが眩い明かりに照らされているように鮮明に見えた。深く息を吸って、祈りのことばをつぶやいた。

「大法螺《おおぼら》を吹いてどうする、なまっちろい侯爵さま」モンクスが愚弄した。「おれを撃つ度胸などあるわけがない。ああ、アメリカに泳いで渡る度胸がない以上にな」

マシューはさらに狙いを定めた。「いや、モンクス、水泳は得意だよ」

ためらわず、引鉄を引いた。モンクスの二本の太い眉の中央を銃弾が穿《うが》った。土色の目が驚きで見開かれ、次の瞬間には、死者のどんよりした目に変わっていた。

モンクスがひとことも発せずに、グレースを押さえつけたまま床に倒れていった。グレースが怯えた甲高い悲鳴をあげた。その声で、麻痺したように立ち尽くしていた男たちがわれに返った。

ウィンドハースト伯爵がグレースに駆けより、首から鎖をはずした。「怪我はないか？」

「ええ、大丈夫」グレースが震えながら答えた。それを聞いて、マシューの肩から痛みが走るほどの緊張感がわずかに抜けていった。

「なんてこった」ファイリーが喘ぎながら言って、口をぽかんとあけてマシューを見た。

「こんなのは見たこともねえ」

グレースの身を案じる気持ち――息詰まるほどの不安感――が徐々に消えていき、胸の鼓動も鎮まった。息子を立派な狙撃手に育てあげるかのように、熱心に射撃を教えてくれた父に心から感謝した。この牢獄で手にはいるもので的を狙う練習を続けていた自分も誉めたいほどだった。

ゆっくりと腕を下げて、銃を体のわきに下ろした。

人を殺したのは初めてだった。いままでは、そういった行動は何よりも苦渋に満ちて、どうしようもない激情に駆られてするものだと思っていた。けれど、モンクスの動かない体を見つめても、胸に湧いてくるのは漠然とした満足感だけだった。

視線を移して、ジョン卿の亡骸を見た。それから、いつものように目を上げてグレースを捜した。グレースは体を震わせながら、ぐったりとウィンドハースト伯爵に抱かれていた。

グレースと伯爵がそっくりなことに、あらためて驚かされた。

なぜ、グレースはこの自分ではない者の腕に抱かれて、安心しているんだ？　ほんの少しでもいいから触れていたい——そんなぼくの願いにグレースは気づいていないのか？　どれほど抱きしめたくてたまらないか、気づいてもいいはずなのに。

「これは驚いた、シーン侯爵、これほどみごとな射撃の腕前を目の当たりにしたのは初めてだ」そう言ったのは公爵だった。「脱帽だ」

「モンクスにグレースを渡すわけにはいかなかったので」マシューは冷ややかに言った。信じられないことに、心のなかも冷ややかだった。

慎重に銃を台の上に置いた。それは幾度となく縛りつけられた台だった。もう二度とそこに縛りつけられることはない——その事実がゆっくりと胸のなかに広がっていく。けれど、それはなぜか、他人事のようで、自分にとって大きな意味があるとは思えなかった。

ジョン卿は死んだ。モンクスも死んだ。ファイリーは裁判にかけられる。ならば、天に向かって勝利の雄叫びをあげてもいいはずなのに……。

自由の身になったらと、かつて幾度となく夢想したものだった。そして、そのときにはきっと、喜びに打ち震えるのだろうと思っていた。けれど、いま、心は凍っていた。

「そのならず者を連れていけ。そいつのことは法が裁く」ファイリーを押さえている男に、公爵が命じた。

「おれはジョン卿に仕えてただけだ、公爵さま。言われたとおりのことをしてただけですよ」ファイリーがへつらう口調で言った。主人や長年の相棒の死を嘆くそぶりもなかった。

マシューは呆れて冷たい笑みを浮かべるしかなかった。

「それはちがう。おまえは罪を犯した。おまえが罰せられるのを、この目でしっかり見届けるからな」とマシューは言った。以前、その乱暴者を殺してやると心に誓った。けれど、いまとなっては、ファイリーを血祭りに上げたいという思いは薄れていた。ファイリーの運命は裁判に任せよう。公爵が言うように、ジョン卿を有罪とする確固たる証拠があるなら、ファイリーも絞首刑になるにちがいない。

とはいえ、そんなことはもうどうでもよかった。グレースのことしか頭になかった。すぐにでも伯爵の抱擁からグレースを奪いたくてたまらなかった。

兵士がファイリーを引ったてて部屋を出ていくと、公爵はさも不快そうにあたりを見まわした。「ろくに息もできない。ニュービー、窓を開けろ。フェニック、シーン侯爵のために服を探してこい。シャツ姿でウィンザーに行くわけにはいかないからな。馬車の馬を変えているあいだに、体を洗って、ひげを剃ってもらう」

ウィンザーだって？ どういうことだ？「公爵さま、これからどうするおつもりですか？」

公爵はちらりとマシューを見て、次にウィンドハースト伯爵に抱かれているグレースのほうを見た。「それについては道すがら説明しよう。いまはいそがなければならない。国王陛下がお待ちだからな。ジョーンズ、ペレット、死体を片づけろ。この部屋はまるで散らかった死体置き場だ。それから、私とシーン侯爵とウィンドハースト伯爵、そして、そのレディだけにしてもらおう」

従者がすばやく部屋を片づけた。窓から爽やかな風が吹きこみ、奇妙な離脱感にざわめいていたマシューの心は少し和らいだ。解放されたという驚くべき事実を必死に受けいれた。敵は一掃された。悪夢は終わったのだ。

従者が部屋を出ていくと、マシューは公爵に手を差しだした。「サー、ご仲裁ありがとうございます。これほどの恩義をどなたに感謝すればいいのかお教えください」

「もちろんだ」公爵は応じながら、マシューの手を心をこめて握りしめた。

「シーン侯爵」グレースが伯爵の腕を離れて、歩みよってきた。といっても、触れられるほどそばまでやってきたわけではなく、マシューはがっかりした。

堅苦しい呼びかたに違和感を覚えたが、それでもグレースのかすれた声は、傷を癒す香油のように切望する心を落ち着かせた。顔を仮面で隠しているのも、わざと称号で呼んだのも、グレースの名誉を守るためかもしれない。

いや、そんなはずはない。ここにいる者はみな、グレースが何者なのか知っているはずなのだから。

またもや、わけがわからなくなった。グレースはいったい何をしているんだ？　グレースがこれまで口にしたことばをじっくり考えようとしたが、胸の奥に湧きあがる衝動――抱きあげて、キスして、グレースの他人行儀なふるまいをやめさせたい――が消えることはなかった。

グレースが公爵を指ししめしながら、かすかな笑みを浮かべた。「わたしの名付け親を紹介いたします。こちらはカーモンド公爵」

名付け親だって？　ということは、グレースの父とカーモンド公爵は旧友なのか？　まさかグレースがこれほど高貴な貴族と知り合いだとは夢にも思わなかった。

グレースがもうひとりの紳士のほうを見た。「あれはわたしの父、ウィンドハースト伯爵」

マシューは驚いて口もきけなかった。驚きの連続の一夜だったが、おそらくこれが最大だ。貧しい未亡人だったはずのグレースが、この国でも有数の華麗なる一族の出だったとは……。

敬意を表してぎこちなくお辞儀しながらも、現状を必死で理解しようとした。長いこと拘束されていたせいで、相変わらず体がこわばり、ちょっと動くだけで節々が悲鳴をあげたが、不快な痛みは無視した。「公爵さま、伯爵さま」

「シーン侯爵、怪我は？」カーモンド公爵に背中を叩かれて、唸りそうになった。「精神状態を診察する必要はなさそうだ。あれほど正確に的を射ぬける男の頭のなかで、無数の蜂が唸りをあげて飛びかかっているわけがない。だが、医者が必要なら、連れてきているぞ。馬車のなかで、ふたりの医者にいやというほど手当てしてもらえるだろう」

医者？　医者など必要なかった。必要なのはグレースだ。すでに音もなく傍らを離れて、父の腕を取っているグレース。そこでようやく、グレースの見るからに高貴な淑女らしい装いに気づいた。鎖につながれているときに、束の間体に触れはしたものの、いまやグレースは遠くへ行ってしまったかのようだった。

どういうことなのか理解できなかった。いまや自分は自由の身。グレースはここにいる。それなのに、なぜグレースはこの腕のなかにいない？「グレース？」呆然と名を呼んだ。

けれど、応じたのはカーモンド公爵だった。「レディ・グレースはここにいてはならない、そういうことだ。グレースがこの件にかかわっていたことが公になれば、悪い噂が立つにちがいないのだから」

グレースが父の傍らに立って、マシューのほうに首をかしげた。その表情は相変わらず忌々しい仮面に隠れていた。首の傷からにじみでた血を見て、マシューはあらためて思った。そうだ、危うくグレースを失うところだったのだ。

それで？　なぜいま、ほんとうにグレースを失ったように感じているんだ？

「さようなら、シーン侯爵」グレースが低い声で言った。

〝さようなら〟だって？　いったいどういうことだ？「何を言っている？　行かないでくれ。だめだ、こんなふうに別れるなんて」

グレースが顔をそむけた。「行かなければならないの。わたしはあなたを自由の身にするためにここに来た。正義がおこなわれるのを見るために。そしていま、あなたとわたしに関することはすべて決着がついた。あなたの幸せを心から祈っているわ」

「グレース！」マシューは力なく足を踏みだして、父親とともに扉へ向かうグレースに向かって手を差しのべた。「待ってくれ！　きみはいったいどういうつもりなんだ？」

グレースが振りむいて、幾度となくキスをしたやわらかな唇に悲しげな笑みを浮かべた。

「侯爵さま、わたしはあなたに普通の世界で生きてほしいの。でも、その世界はわたしとはけっして分かちあえない」

「そんな馬鹿なことがあるか。きみと分かちあえないなら、自由になる意味がどこにある?」グレースにナイフで胸を突かれたかのようだった。心臓をえぐりだされたも同然だった。

グレースが無言で首を振り、否定した。その体は震えていた。グレースが苦しんでいるのがはっきりわかった。でも、なぜ、こんなことをする?

グレースの声がひび割れていた。「やめて、お願い。マシュー、すでに悲惨な状況をさらにひどいものにしないで。初めて会ったときからわかっていたわ、わたしたちはこれ以上親しくなりようがないと。お願い……黙ってわたしを行かせて」グレースは頭を下げると、父に連れられて部屋を出ていった。

「グレース! 待て、待ってくれ!」どれほど叫んでも、グレースは立ち止まらなかった。

こんな馬鹿なことがあるか? こんなことがあってはならない。鉛のような脚でぎこちなく追おうとした。

けれど、足を踏みだすまえに、カーモンド公爵につかまれた。「行かせてやれ。いまは追うんじゃない」

いまはそのときではないのかもしれない。けれど、マシューにとっていましかチャンスはなかった。カーモンド公爵の力強い手を振り払って、マシューはグレースのあとを追った。

グレースは父が腕を組んでいてくれることに心から感謝しながら、屋敷を出て夜の闇に足を踏みだした。モンクスに捕らえられたときの恐怖はいまでも稲妻のように全身を駆けめぐり、脚がくずおれてしまいそうだった。モンクスの分厚い胸板にぐいと引きよせられて、首に鎖がまわされたおぞましい瞬間が、くり返し頭に浮かんできた。

マシューの驚くべき射撃の腕前はいまだに信じられなかった。そして、それに続く、モンクスの体に引きずられて倒れたときの、悪夢のような一瞬。

死神の冷たい手が、今夜、幾度、この身をかすめたことか。モンクスはわたしを殺すつもりだった。殺人もいとわない激しい怒りがひしひしと伝わってきたのだから。

けれど、モンクスに襲われたことよりはるかに辛かったのは、マシューに別れを告げたこと。

マシューに会うのはこれが最後と決めていた。四カ月前に心に誓ったように、ジョン卿からマシューを解放した。そしていま、わたしからもマシューを解放した。

そんなことに堪えられるはずがなかった。

抑えきれない涙が忌々しい仮面を濡らした。何も見えないままふらふらと歩いた。どこへ向かっているのかもわからないまま。でも、そんなことはどうでもよかった。マシューがいないのに、行きたい場所などあるはずがなかった。

「おまえには荷が重すぎたようだな」おぼつかない足取りの娘を気遣って、父が言った。

「カーモンド公爵の言うとおりだった。おまえを連れてくるべきではなかった」

「いいえ、わたしはここに来なければならなかったの」くぐもった声で答えた。喉に詰まる悲しみの塊を呑みこむと、傷ついた首が痛んで顔をしかめた。

「グレース、待ってくれ！」家のなかからマシューの叫ぶ声がした。

ますます辛くなって、胃がぎゅっと縮むのがわかった。マシューは闘士だ。十一年ものあいだ、不屈の精神で正気と心の自由と誇りを持ちつづけたのだから。たとえ人生を棒に振ることになっても、わたしとともに生きるために闘うにちがいない。

そう、わたしが別れを口にしたところで、マシューが豊かな黒い髪を揺らして黙ってうなずくはずがない。といっても、黙って別れることが、ふたりにとって最善の選択なのはまちがいなかった。

「お父さま、わたしを家に連れて帰って」震える声で言った。

わたしはなんて弱虫なの、きちんと話し合いもせずに、逃げだそうとしているなんて。これ以上ここに留まって、マシューの苦悩を目にする勇気がなかった。ふたりで生きるのを拒んだのはマシューのため。けれど、マシューがそれを理解するのは、これまで知らずにいた世界に飛びだしてから……。

「ひとことだけ言わせてくれ」背後でマシューの力強い声が響いた。マシューがどれほど静かに、すばやく歩くかを、グレースはいまのいままで忘れていた。荒々しく腕をつかまれ、振りむかされた。「そのぐらいの時間なら、ぼくのために割《さ》いてくれるだろう」

ええ、そのくらいなら……。唇を噛んで、どうにか顔を上げると、マシューの目を見た。父が腕を離して、一歩下がった。

玄関の扉が開いたままで、馬車のランプも灯っていたことから、マシューの顔に浮かぶ怒りと戸惑いがはっきり見て取れた。四カ月間で変わってしまったところはないかと。愛しいマシューの顔……。貪るように顔を見ずにはいられなかった。乱れた髪は肩に触れるほど長くなり、ひげも伸びていた。頬骨がやけに目立っていた。頬は窪んで、顎の線がくっきり浮きあがっていた。

「シーン侯爵……」言いかけて口をつぐむと、目をそらした。怒りの下に埋もれた悲しみを見ていられなかった。

「そんなふうに呼ばないでくれ！　ぼくの名前を知っているだろう」マシューは苦しげに言うと、グレースを引っぱって父親から離した。

「馬車で待っている」と伯爵が言った。

「お父さま！」グレースは必死に父を呼んだ。いまこそお父さまが必要なのに、なぜ行ってしまうの？　このときばかりは横暴な父親に戻って、この屋敷からすぐに出なければならないと言ってほしかった。死と苦しみが刻まれた監獄のようなこの場所から。

愛が刻まれたこの場所から。そう、愛はいつでもここにあった。

「話が終わったら来なさい」そう言うと、父は重い足取りでずらりと並ぶ馬車のほうへ向かった。手枷をはめられてびくついているファイリーと、武装した男たちがいるほうへ。

「話をしても何も変わらないわ」とグレースはあきらめたように言った。

「だが、ぼくたちには同意していない事柄がある」マシューは真剣に言うと、抵抗するグレースを無視して、人に話を聞かれないように屋敷の陰へ連れていった。そこは庭に面した部屋のすぐ外だった。部屋から明かりが漏れて、グレースにもマシューの苛立たしげな顔が見えた。といっても、マシューが苛立っているのは顔を見なくてもわかった。マシューの声にも、腕をつかんでいる手にも苛立ちが表われていた。

「いったいどういうことなんだ？」険しい口調だった。

グレースは腕を引っこめて、マシューの手を振り払った。「あなたはこんなことをしている場合ではないのよ。カーモンド公爵とともに行かなければならないの。国王陛下が待っているのだから」

「国王などどうでもいい。このぼくと臨席するのを光栄にも十一年も待っていてくれたんだから。あと三十分ぐらい待たせたところで、どうってことはない。それなのに、きみはどうしてぼくから逃げるんだ？」

「お父さまが……」

「きみの父上だって待ってくれる」グレースを抱くとおぞましい夜がさらに悲惨なものになった。傷ついて、困惑して、力ない口調になった。「きみはぼくに会えてうれしくないのか？」

「うれしいに決まっているわ」グレースは感情を制するよりさきにそう言っていた。至福に満ちた一瞬、マシューの胸に頭をもたせかけた。汚れたシャツ越しに、早鐘を打つマシューの心臓の鼓動が伝わってきた。どれほどこのぬくもりが恋しかったことか。マシューの豊かな香りが痛烈な記憶とともに全身を満たした。

だめよ、すでに心を決めたのだから。

「離して、マシュー」固い決意を胸に決然と言おうとしたが、喉が詰まって、囁くような声しか出なかった。

「永遠とも思えるほど長いことこのときを待っていた。きみを抱きたかった。グレース、抱いていさせてくれ」マシューの口調はあまりにやわらかで、切なかった。魅惑的な声が肌をかすめると、全身に戦慄が走った。このままでは抗えなくなりそうだった。

「そんな……だめよ」乾いた唇から声を絞りだした。皮を剝がれるように辛かった。これ以上は堪えられない。すすり泣くようなくぐもった声を漏らしながら抱擁から逃れようとした。

マシューがかすかに抵抗したが、すぐに皮肉めかした仕草で両手を上げた。永遠にも思える四カ月のあいだ、頭からかたときも離れなかったマシューの目は、いま、金色の曇りガラスのようにうつろだった。心に秘めた思いを見透かすように、マシューが見つめてきた。そう、すべて見透かしているにちがいない。ともに過ごした時間は短くても、マシューは誰よりもわたしのことを理解したのだから。

次に口を開くと、マシューの口調は落ち着いていた。「仮面をはずしてくれるかな？　いままで夢のなかでしか見られなかったきみの顔がもう一度見たい」

「従者に見られてしまうわ」かすれた声で言った。もし仮面をはずしたら、泣いているのを知られてしまう。

「きみがそう言うなら」マシューが微笑みかけてきた。甘く、穏やかな笑みは、求めてやまない神の恵みに等しかった。穏やかな口調で話しかけるマシューに、手袋に包まれた手を取られた。やわらかな子山羊革を通して伝わってくる手のぬくもりに、背を向けると決めたもののすべてが思いだされて、胸が締めつけられた。

手を引っこめなければならないとわかっていても、最後となるはずのこの触れあいを断ち切ることはできなかった。「カーモンド公爵はあなたをただちにウィンザーに連れてくるように命じられているわ」

「わかっているよ」マシューが意を決したように口もとを引き締めた。マシューの顔に浮かんでいる表情は、四カ月前にこの屋敷からグレースひとりを逃がすと言ったときと同じだった。「ぼくがいまこのときをどれほど望んでいたかは口では言い表わせない。といっても、こんな機会が訪れるとは思ってもいなかった」

「こんな機会？」

驚いたことに、手を握ったままマシューがひざまずいた。「グレース・パジェット、ぼくの妻になることを承諾して、この世のすべてを超越した幸福をぼくに与えてほしい」

それこそがグレースが心から欲していることだった。同時に、承諾してはならないと道義心が叫んでいた。

お願い、こんなことはやめて！

力まかせに手を引いて、マシューから離れた。けれど、ほんの少し離れただけで足を止めた。「あなたとは結婚できないわ」苦しくて手を揉みあわせながら、やっとのことで言った。「それは正しいことではないから」

拒絶のことばにマシューが顔をしかめた。「ぼくがまた錯乱するのではと心配なのかい？」「ちがう、そんなことは考えたこともないわ！」思わず声を荒らげていた。そんな理由で結婚を断わるはずがないのに、マシューはそれがわからないの？「あなたは錯乱なんてしていない。ええ、以前は病気だったかもしれない。でも、もう完治しているわ」

かすかにふらつきながら、マシューが立ちあがった。グレースはそこでようやく、マシューが初めて会ったときよりさらに痩せているのに気づいた。そう、あの叔父のことだ、この四カ月というもの、マシューを鎖につないでいたにちがいない。マシューは体を休めて、きちんとした食事をして、そして、幸せにならなければならない。以前の恋人との悲しい再会に費やしている時間などないのだ。

考えるよりさきに体が動いて、マシューを支えようと手を出した。けれど、マシューはどことなく尊大な仕草であとずさった。「きみはぼくを愛していると言った。あれは嘘だったのか？」束の間の冷静さが煙のように消えて、マシューの声がひび割れた。「それとも、気持ちが変わったのか？　だが、神に誓って言う、ぼくの気持ちは変わっていない。きみを愛している。これからも永遠に愛しつづける」

「やめて！　お願いだから、そんなことを言わないで」グレースは叫ぶと、マシューを押し留めるように片手を上げた。マシューは触れようともしていないのに。ふたりがともに歩める未来などないのはよくわかっていた。マシューにはそれがわからないの？

マシューはさらに当惑しているようだった。罪悪感に胸が締めつけられた。今日はマシューの人生で何よりも喜ばしい日なのに、わたしはそれを台無しにしてしまった。父の言うとおりだ。わたしはここに来るべきではなかった。のこのことここへやってきたわたしは、なんて残酷で、身勝手だったのだろう……。

「ぼくを愛しているのか、グレース？」マシューに真剣に尋ねられた。その真摯さが、いつでも骨の髄まで染みわたった。

グレースは体の震えを止めようと、自分を抱きしめるように胸のまえで腕を交差させた。マシューに初めてキスをした瞬間に、いずれこのときが来るとわかった。けれど、実際にこうなってみると、苦悩に満ちた空想よりはるかに重い苦悩が待っていた。

「グレース？」

マシューはプライドを捨てて、真の気持ちを伝えてきた。ならば、わたしも誠実に答えなければならない。「ええ、わたしはあなたを愛しているわ」真実を口にするのは愚かだとわかっていたが、嘘はつけなかった。

「だったら、なぜ？」

カーモンド公爵が家の陰から現われて、足を止めた。「シーン侯爵、これ以上出発を遅らせるわけにはいかない。国王陛下がお待ちだぞ」

マシューはグレースの顔を見つめたまま、答えた。「あと一分お待ちください、公爵さま」

こんな状況でなければ、カーモンド公爵の顔に上品な驚きが浮かぶのを見て、グレースは声をあげて笑うはずだった。公爵であるからには、人から黙っているように言われるのに慣れているはずがなかった。

「ならば、一分だけ」そのことばはきっかり六十秒を意味していた。公爵がその場を離れた。といっても、ふたりの話がかろうじて聞こえず、それでいて、一分以上は待つつもりはないとはっきりわかる場所に留まった。

マシューの視線は揺るがなかった。「さあ、なぜなんだ、グレース?」

グレースはぎこちなく息を吸った。わたしは正しいことをしている。正しいと確信している。誰よりも知的なマシューであれば、話せばわかってくれるはず。

「あなたはまだ世の中を知らないわ。あなたはわたしを愛していると思っている、でも……」公爵に聞こえないように、声をひそめた。「あなたにとってわたしは初めてベッドをともにした相手。この十一年間であなたが目にした女性はわたしだけと言ってもいい。そうであれば、自分の感情を意味深いものと勘ちがいするのも無理ないわ。あなたはいま、約束をしようとしている。誠実な人だから。でも、地位にふさわしい人生をあなたが歩むようになれば、どんな約束も後悔するに決まっている。人生をともに生きるにふさわしい女性に出会い、愛するようになったら、それこそわたしとの約束を後悔するわ」

そのことばがマシューの怒りに火をつけた。「ウィンドハースト伯爵の娘はぼくにはふさわしくないとでも?」

皮肉な物言いにグレースは顔をしかめたが、すぐに顔を上げて、マシューをまっすぐ見据えた。「あなたの情婦だった貧しい未亡人のグレース・パジェットはふさわしくないわ」

マシューが背筋をぴんと伸ばして、唸るような低い声で言った。「つまりきみはぼくのことを、自分の気持ちもわからない愚か者で、どんな約束も守れない優柔不断な男だと思っているんだな」

「ちがう、そんなわけがない。でも、わたしたちが分かちあったのは、囚われの身だったあなたの人生の一部だけ。いま、あなたは自由の身になって、新たな人生を歩みだす。その人生にわたしの居場所はないわ」

「きみこそがその人生そのものなんだ」マシューの口調は断固としていた。

「シーン侯爵」カーモンド公爵が呼ばわった。「もう行かなければならん」

「きみもいっしょに行こう」マシューが手を差しだした。それはともに苦難に堪えた監禁生活で、グレースが幾度となく目にした仕草だった。

グレースは首を振った。「悪い噂が立つようなことはけっしてしないと父に約束したの。父のためにも、あなたとわたしが恋人だったことは人に知られてはならないわ。あなたはカーモンド公爵といっしょに国王陛下に会いにいき、わたしはヨークシャーのマーロー邸に帰るのよ」

「では、国王陛下との面会がすんだら、ぼくはそこへ行く」

「いいえ。あなたはロンドンに留まって、いかに頭脳明晰かを世間に知らせるの。そして、シーン侯爵としての役目を果たさなければならない。精神にこれっぽちも異常がないのを証明しなければならない」何よりも辛いことばを口にしなければならないときが来た。それがまぎれもない事実であることが、さらに辛かった。「終わったのよ、マシュー。わたしたちのあいだにはもう何もない。わたしたちはいまここから別々の道を歩みだすの」

それでもマシューは屈しなかった。そう、マシューはまさしく闘士だった。「そんな馬鹿なことがあるか」

「シーン侯爵！」カーモンド公爵の口調は険しかった。

「いま、行きます」そう言いながらもマシューはその場を動かなかった。腕を伸ばして、もう一度グレースの手を取った。グレースは振り払わなければならないと知りながらも、できなかった。もしキスをされたら、身も心も粉々に砕けてしまうはずだった。けれど、マシューはいつものようにあくまでも真剣な表情で見つめてきただけだった。そうしてゆっくりと言った。「一年のあいだ、きみへの愛を貫いてみせる。そうしたら、ぼくの気持ちを信じてくれるね？」

「一年……」そんな条件を突きつけられるとは思ってもいなかった。どうなると思っていたのかさえよくわからなかった。このままではマシューはけっして納得せず、おとなしく立ち去るはずもなかった。

「ああ、一年だ」マシューが冷ややかに言った。「それでいいね？」

「あなたはもう充分すぎるほど人生を無為に過ごすことを強いられてきたのよ」グレースはぎこちなく言った。「無意味な約束のために、また一年無駄にするなんていけないわ」

「そうせざるを得なくしたのはきみだよ、グレース。ぼくは明日にでもきみと結婚して、ほかのことは全部悪魔にくれてやったってかまわない。そのことばに二言はない、ああ、きみがぼくを愛してくれるかぎり」

マシューは一見落ち着いているように見えても、実際には、心のなかでさまざまな感情が嵐のように吹き荒れているはずだった。それも当然だ。なにしろこのひと晩でいろいろなことがあったのだから。唐突に自由の身となった。叔父が死んだ。モンクスを撃った。そしていま、わたしと口論している。いくつものことがその身に降りかかったのだ。対処しきれないほどのことが。

「シーン侯爵！」カーモンド公爵の声が鋭く響いた。公爵の忍耐も限界のようだった。

マシューはまばたきさえしなかった。「グレース？」

マシューを行かせなければならない。マシューのために地位も権力もある高貴な人々が力になってくれたのだから。わたしのせいで、マシューがその人たちを怒らせるようなことがあってはならなかった。小さくうなずいた。「一年後、気持ちが変わらなければ、わたしに会いにきて。でも、そのことに縛られないで。さっきも言ったように、マシュー、あなたはもう自由なの。叔父さまから解放された。誰からも拘束されないわ。わたしからも解放されたのよ。わたしのことはときどき思いだして、感謝してくれたら、それだけで充分よ」

下手な嘘だった。マシューがそのことばを信じていないのは誰が見ても明らかだった。

「では、一年後」商談を締めくくるようにマシューが言った。

「それまではいっさいの接触を断つわ」一年のあいだに、わたしは孤独の海にゆっくり呑みこまれて、いっぽうマシューは自分がグレース・パジェットとは無縁の世界を望んでいることに気づく。避けようのないその事実を思うと、胃がねじれるほど苦しかった。

「いいだろう」マシューの声は冷ややかだった。「手紙も書かず、会いにもいかない。きみは一年のあいだ、亡き夫の喪に服しながら、自身の心を見つめて、真の望みを探るんだ。それがきみがしなければならないことだ。いいかい、これですべて終わったとは、一瞬たりとも思わないでくれよ。グレース、きみとぼくには解決しなければならない問題が残っているんだから」

冷ややかに、けれど真剣に、マシューに手を握られて、あっというまに手袋を取られた。ほんとうなら抗わなければならなかった。いまこの瞬間も苦い思い出となって、永遠に心を苛むのだから。

マシューが手に顔を近づけると、長い髪にその顔が隠れた。手の甲にマシューの唇が触れると、喜びのため息をこらえられなかった。マシューの唇に体の隅々まで探られた夜のことが頭に浮かんだ。わたしのすべてはマシューのもの——それを全身の肌が記憶していた。もう一度マシューのものにしてほしいと、全身の肌が切望していた。けれど、それはかなわない夢……。

マシューが顔を上げて、礼儀正しくお辞儀をしてあとずさった。これが見納めになるはずのその姿は涙に霞んでいた。わたしはこれほどマシューを愛している。ほかの人など愛せるはずがない。

マシューが背を向けて、ついにカーモンド公爵のほうへ向かった。背筋をぴんと伸ばして、いままで見たことがないほど自信に満ちた足取りだった。それはどれほどの困難にも立ちむかう気概のある男性だった。立ちむかい、克服する男の姿だった。

蹄の音と鋭い鞭の音を残してカーモンド公爵の馬車が走り去った。そこで初めて、グレースは気づいた。マシューが手袋を持ち去ったことに。

29

その午後、グレースはマーロー邸の広大な敷地の一画に立つ中国風のガーデンハウスにいた。窓際の陽だまりのなかで、ふかふかの長椅子に横たわっていた。

途切れがちなまどろみから目覚めようとしていた。夢を見たのはわかっていた。マシューと別れて一年になろうとしているのに、身を切られるほど切ない夢からいまだに逃れられずにいた。マシューの細くたくましい体を感じ、しなやかな腕に抱きしめられて、深みのある声で愛を囁かれる、そんな夢からは。

悲しげな声が唇から漏れた。涙で頬が濡れていた。目が覚めて、新しい人生の根底をなす悲しい現実と孤独を痛感するのが辛かった。この悲しみがあせることは一生ない。そんな思いを胸にゆっくり目を開けた。

数段の階段を上りつめたところにあるガーデンハウスの唯一の入口は、赤い漆塗《うるしぬ》りの両開きの扉で、いまその開いた戸口の中央にマシューが立っていた。マホガニーの細長い箱を小わきに抱えていた。

グレースは驚いて小さく息を吐いた。夢で見たマシューの艶かしい姿がはっきりと目に浮かんで、顔が真っ赤になった。

マシューの目は揺るぎなく、まばたきひとつせずにこちらに向けられていた。マシューはいつからわたしを見ていたの……？

実際に見るその姿は衝撃的だった。離れて過ごしたこの一年で、マシューがどれほどハンサムだったかを忘れていた。流行のスタイルにカットされた黒く豊かな髪をそよ風が揺らしていた。一年前の別れ際に手にキスされたときには、乱れた黒い髪が温かな絹のように手首に触れた。それを思いだすと、胸がずきんと痛んだ。これほど立派で品のある紳士に、けっして離さないと言わんばかりに手を握られたとは信じられなかった。どんな状況であれ、いまのマシューに手を握られるとは思えなかった。

一年のあいだマシューのことを思い、夢に見て、会いたくてたまらなかったのに、こうして目の当たりにすると、なぜか、そこにいるのが見ず知らずの人のような気がした。

ぎこちなく体を起こして座った。どうすればいいのかわからなかった。目覚めたばかりで頭がぼうっとしているのが悔しかった。震える手で頬をさすり、屈辱的な涙の跡を隠した。歓迎の気持ちをこめて、どうにか不安げな笑みを浮かべた。

「マシュー……」

よりによってなぜこんなときにマシューはやってきたの？　わたしがいつになく無防備で、悲しくて、切望で胸が張り裂けそうになっているときに。

開いた二枚の扉には鉤爪を持つドラゴンが彫られていて、それはまるでマシューの背後に控える伝令官のようだった。といっても、いまにも火を噴きそうなのはマシューのほうだ。顔に浮かぶ表情は真剣そのもので、焦げたタフィーのように目が黒光りしていた。頰に赤みが差して、緊張から体が震えていた。

マシューは笑みを返してこなかった。いやな予感がグレースの全身を駆けめぐった。これはいったいどういうことなの？　マシューは怒っているらしい。いかにも好戦的だ。すべてを思いどおりにするつもりでいるようだった。

「マシュー？」ますますためらいがちに声をかけた。口もとの笑みは揺らいで、消えていった。「ここで何をしているの？」

マシューにはこれから結婚を申しこむようなそぶりはまったくなかった。そうよ、そんなことをするはずがない。いまでもマシューがわたしとの結婚を望んでいるのではないかと夢見ていたなんて、わたしはどこまで愚かなの。あれから一年が経って、わたしにあれほど魅了されたのはけばけばしいドレスのせいだと、マシューは気づいたに決まっている。

真に愛する人とめぐりあえたと、わざわざ言いにきたの？　だとしたら、それを冷静に受けとめて、マシューの新たな人生の船出を温かく見送らなければ……。たとえ無数のガラスの破片となって心が砕け散るとしても。

そうにちがいないと覚悟した。けれど、血がじわじわと凍りついて、体の内側から壊死《えし》していくような感覚は止められなかった。

この一年間、マシューの近況を報じる新聞を貪り読んで、母が文通を再開したロンドンの友人たちから送られてくる手紙を見せてもらっていた。マシューが華々しく社交界に登場してからというもの、あまたいる良家の美貌の子女との婚約の噂が飛びかっていた。

そして、マシューはついにそのひとりを選んだのだ。そうでなければ、見るからに険しい表情でいまそこに立っているはずがなかった。

そのお嬢さまはなんて幸せなの！　マシューが侯爵夫人と決めた見知らぬ令嬢のことを考えるだけで、嫉妬に胸が焦げそうだった。

顔を上げて、まっすぐマシューを見た。さあ、早く話を終わらせて、悲しみの淵に突き落としてちょうだい。

張りつめた一瞬、ふたりは仇同士のように睨みあった。

「グレース」

マシューの声は苦しげで、しわがれた長く低い唸り声のようだった。つがう相手を求める雄ライオンの咆哮《ほうこう》にも似ていた。その声に本能を刺激されて鳥肌が立った。喉で息が詰まった。口のなかがからからになる。否が応でも期待感が高まって、下腹で血がゆっくりと、けれど激しく渦巻いた。

そんな体の変化が顔に表われたのかもしれない。さもなければ、マシューもふいに張りつめた空気――稲妻が走る直前の一瞬の静寂――を感じたのかもしれない。

鋭い視線はそのままに、マシューは小わきに抱えていた箱を床に置くと、手を伸ばして扉を閉めて、鍵をかけた。

グレースはもう、マシューがここに来た目的を推測する気になれなかった。甘い戦慄が体を駆けめぐった。ガーデンハウスは小高い場所に立っていて、外を人が通っても、窓からなかをのぞくのは不可能だった。扉に鍵をかけてしまえば、そこは罪深い忍び逢いに最適の場所だった。

これからマシューがその罪深い行為をしようとしているのはまちがいなかった。マシューの顔をじっくり見ると、その顔が引き締まっているのは怒りのせいではないとわかった。いまにも燃えあがりそうな欲望のせいだった。

抗わなくてはならない。尋ねなければ……。なぜここへやってきたのか、きちんと答えてもらうのだ。けれど、圧倒的な欲望に口もきけなかった。窓際の長椅子に身じろぎもせずに座っているしかなかった。

マシューの手が上がり、クラバットがほどかれると、脈が不規則な早足を刻んだ。麻のクラバットがぞんざいに放り投げられた。白く細長い布が優雅な弧を描きながら寄木張りの床に落ちると、絹のクッションの上で体をもじもじと動かさずにいられなかった。マシューを受けいれる準備はすっかり整っていた。淫らな夢のせいで、体はしっとり濡れていた。一年のあいだ積もり積もった欲望が、脈のなかでうごめいていた。

マシューの顔の輪郭がさらに引き締まった。その視線が、水色のモスリンのスカートの下でぴたりと閉じている太腿に向けられた。焦燥だけがつのる眠りのあとで、身悶えながらぴたりと合わせた太腿に。黒く長い睫に縁取られたマシューの目が金色に輝いた。

そう、その目なら知っている。それが何を意味するのかも。

歓喜。降伏。そして、愛……。

沸きたつ五感をさらに刺激する滑らかな動きで、マシューは美しい紺色の上着を脱いで放り投げた。床の上でくったりしているクラバットのわきに上着が落ちた。その間も、マシューの熱い視線が身を焦がした。マシューの欲望の炎が肌を舐めるのを感じるほどだった。またもや押しよせてきた邪な興奮の波に体が震えた。

マシューが身に着けているのは、クリーム色の綾織のチョッキと上等なシャツと、淡黄褐色のズボンだけ。その裾は黒く長いブーツにたくしこまれていた。上着を脱ぐと、この一年でマシューがどれほどたくましくなったかがわかった。いまやその身長に見合う体重があるはずだった。といっても、すらりと痩せていることに変わりなかったけれど。

広い肩から厚い胸へ、引き締まった腰へと目を這わせた。視線がズボンのふくらみに達すると、それでなくてもほてっていた頬がかっと熱くなった。

マシューはわたしを求めている！

マシューのくぐもった声がして、グレースはぱっと顔を上げた。欲望に導かれて、いきり立つものを見つめた。それがズボンのなかではちきれそうなほどふくれて、マシューの心の障壁の一部を打ち砕いたのがわかった。獲物に飛びつくライオンよりすばやく、マシューが磨かれた床を歩きながら、チョッキを投げ捨てた。

マシューが片脚を上げて、きらびやかな金色のクッション――ヤナギと深紅のシャクヤクの模様のクッション——に膝をついた。これほどそばにいると、その体が発する熱に抗えなかった。マシューのかすれた息遣いが耳を刺激した。その顔は欲望でこわばっていた。我慢の限界に達しているのがはっきり見て取れた。

どちらがさきに手を伸ばしたのかわからなかった。けれど、気づいたときにはもう、マシューの腕のなかにいた。大胆にも膝で立って、体を預けていた。張りつめたその一瞬、マシューがすべての疑問の答えを求めるように、顔をのぞきこんできた。そして、唇を奪われた。情熱と欲望、力強さを感じるキス。互いの体に腕をまわして、激しく深く口づけると、押しよせる快感の波にめまいがした。

何にも代えがたい口づけに心が満たされた。この一年、どれほどこれを待ち望んでいたことだろう。夢中で背をそらせた。生きていると思えるのは、マシューといっしょにいるときだけ。マシューがいなければ、冷たく灰色の忘却の世界に閉じこめられてしまう。

夢中になって舌を絡ませた。唇をマシューの歯がかすめる。胸をマシューの息が満たした。熱い欲望に呑みこまれていく。男女の睦みあいというより闘いに近かったが、それでもかまわなかった。マシューに触れられている。ほかには何もいらなかった。

「会いたかった」マシューが苦しげに言うと、顔を上げて、切望をこめて見つめてきた。

「わたしもよ。あなたに会いたかった。胸が苦しくなるほど」

また唇を奪われた。貪るように容赦なく。自制心を失ったマシューの体が震えていた。そのわき腹に手を這わせると、シャツがまくれて丸まった。薄い布越しに触れる背中が一瞬たわんだかと思うと、情熱的なキスの雨が降ってきた。頬に目に首に。ほどなく、いいえ、もうすぐマシューがスカートを持ちあげて、脚を開かされるはず。そして、なかにはいってくる……。それが待ちきれなかった。

首にそっと歯を立てられると、快感に打ち震えた。低くうめいて、いきり立つものに体をすりつける。それはさらに大きく、熱く、力強くなっていた。

マシューの手が丸い乳房をかすめた。思うようにさきに進まず、じりじりした。じらされるとますます欲望がふくらんで、官能の予感に体がわななかいた。マシューの手がもてあそぶように襟ぐりの刺繍に触れたかと思うと、大きく開いた襟もとからなかに滑りこんできて、手のひらが乳首に触れた。とたんに、乳首がつんと立った。

硬くなった乳首を指で転がされ、引っぱられて、つままれた。快感に喘いだ。触れられるたびに、下腹の奥が熱く疼く。手が反対の乳房に移るころには、捕らわれた動物のように絹のクッションの上で悶えていた。

マシューがおおいかぶさってくると同時に、膝が脚のあいだに割りこんできた。長椅子の上で、マシューの二本の腕がつくるわずかな空間に捕らわれて、身動きできなかった。マシューの瞳が金色の万華鏡《まんげきょう》のように変幻するのがわかるほど、ふたりの距離は近かった。

爽やかなレモンを思わせる香りに包まれると、めまいがするほど欲望がかきたてられた。そのつぎの瞬間には視界がぐるりとまわって、滑らかなクッションに背を押しつけられた。そのときにはもう脚のあいだにマシューがいた。

スカートが腰までまくられて、脚のつけ根にマシューの手が押しつけられた。快感に身をのけぞらせると、敏感な場所が熱く潤った。気づいたときには、下着は床に落ちていた。マシューが切迫感に震えながら、ズボンのまえを開いて、いきり立つものを解放した。

数秒後にはマシューとひとつになれる。それも、父の屋敷のガーデンハウスで。欲望に満ちた頭の片隅で、くぐもった小さな声がかろうじて響いていた——自分が誰なのか、ここがどこなのか思いだしなさい、と。

「だめよ」どうにか言ったものの、望む場所にマシューを誘うように膝を立てていた。

「大丈夫だ」マシューの声はかすれていた。その腕はグレースを捕らえて離さなかった。「鍵は閉めた。ここにいるぼくたちのことは誰にも見えない」

いきり立つものがどこよりも敏感な場所に触れると、わずかなことばなどなんの意味も持たなくなった。歓喜に満ちた一瞬、押しいろうとするマシューに秘めた場所が抵抗した。たっぷり湿っているはずなのに、男性を受けいれるのは一年ぶりで、体がこわばって、すぐには受けいれられなかった。ためらいもなくマシューがもう一度突いた。息が詰まった。マシューが腰を突きあげて、すべてを深々と埋めてきた。

マシューとひとつになって、グレースは息を呑んだ。鮮やかな、けれど孤独な夢とは比べものにならないほど、はるかに奥深く、強烈だった。マシューが〝グレース〟と名を囁いて、肩に顔を埋めてきた。

一年以上マシューのいない日々を過ごしたせいで、その大きさと重みに慣れるのに少し時間がかかった。そしていま、とグレースは思った――マシューはわたしの内側を押し開き、わたしはマシューをしっかり受けとめている……。

感動の涙がこみあげてきた。いままたマシューはわたしのものになった。たとえいまだけでも。

ためらいがちに手を伸ばして、マシューの湿った髪を撫でて、顔をさらに近くに引きよせた。口にしないように我慢している愛のすべてを、マシューに触れる手に注ぎこんだ。お願い、二度と離れないで。愛しているの。

つい口から漏れそうになる悲しい叫びを懸命に呑みこんだ。

止まったままの甘いひとときは長くは続かなかった。マシューの背中に力がはいり、ゆっくりと、けれど確実に腰が動きはじめた。すべては自分のものだと主張するかのように。グレースは苦しげな声をあげると、さらに深く受け止めようと腰を浮かせて、愉悦のリズムに身を任せた。

たっぷりじらされたせいで、あっというまに高みへ押しあげられた。ふいに訪れた眩い頂点で身を震わせた。束の間とも永遠とも思えるその瞬間、愉悦が全身を貫いて、肌に触れる空気がきらめく恍惚の風に変わった。

唇は涙の味がした。恍惚の余波に体がまだ震えていた。マシューの細い腰の上でそっと手を滑らせて、引き締まった尻を撫でた。体の一部はまだ絶頂感にしがみつきながらも、燃えさかる炎は穏やかな灯火へ変わろうとしていた。

それでも肉体的な喜悦は薄れなかった。それどころかさらに鋭く、深く、熟成されたものになっていた。苦しみと喪失と欠乏を経て完成されたものになっていた。てっきりふたりで上りつめたとばかり思っていた。けれど、マシューは満足していなかったらしい。容赦なく腰を持ちあげられて、さらに攻めたてられた。驚いた。自分は絶頂感に身を震わせていたのに、その間にマシューは果てなかったのだ。恍惚の波にすっかり呑みこまれて、マシューのことを考える余裕などなかった。

恍惚感が消えるまえに、さらなる緊迫感が襲ってきて体がばらばらになりそうだった。叫ばずにいられず、手で口を押さえて必死にこらえた。炎の爪と化した荒れくるうエクスタシーにすっかり捕らえられていた。まるで、二枚の扉に彫られたドラゴンがマシューの体のなかに炎を吹きこんだかのようだった。

それでも、マシューは上りつめなかった。マシューが手をぐいと下に伸ばして、脚のつけ根のふっくらした襞を撫でた。叫ばずにいられなかった。体を起こして、歯と舌を使ってマシューを愛撫した。マシューの体を荒々しくまさぐる。それでいて、胸のなかは、不滅の水をたたえる湖のように真に愛する男性への愛で満ちていた。

新たな波に呑まれて、体が震えた。快感の荒波が打ち寄せてもう何も見えなくなった。愉悦の頂の上ですべてを忘れて、時間さえ止まってしまったかのようだった。

マシューが低いうめき声をあげて、ついに果てた。体のなかに熱いしぶきが注がれるのを感じながら、マシューの震える体を抱きしめた。

ゆっくりと逃れようもなく、恍惚の天界から浮遊しながら下りていくようだった。目を閉じた。滑らかで、それでいて電気を帯びた闇のなかへと恍惚感が遠ざかっていくのを感じた。体にマシューの重みを感じた。その重さが愛しくて、心地よかった。

息を切らせながら、マシューとひとつになったまま、遠ざかる波を感じていた。やがて動けないほどの疲労感に襲われた。それでも、マシューが体をずらして、身を引くのがわかった。

マシューが上体を起こして座り、壁にぐったりと寄りかかった。背後の中国風の庭園の絵に、男らしく端整な顔が映えていた。抱きよせられた。頰に心臓の激しい鼓動が伝わってくる。マシューが苦しげに息をするたびに、胸が大きく上下した。

まるで今日でこの世が終わるかのように奪われたのだ。そのすべてがうれしくてたまらなかった。顔を上げて、マシューを見た。マシューの感情豊かな口もとに笑みが浮かんだ。充分に満たされて、落ち着いた男の顔だった。切羽詰まった欲望は満たされても、その残り火は目から消えていなかった。

仰向けになって、早鐘を打つ心臓の鼓動がおさまるのを待った。欲望を一滴残らずマシューに搾りとられたかのよう。激しく奪われて、下腹の疼きが消えなかった。広げられ、隅々まで探られて、たっぷりと満たされた。

もしかしたら少しうとうとしたのかもしれない。少なくとも、マシューはそんなようすだった。長椅子の上で脚を投げだして、壁に寄りかかってまどろんでいるようだった。

徐々に外の世界が意識のなかに戻ってきた。凝った彫刻が施された鎧戸が、そよ風に揺れて、かすかに軋んでいた。遠くの湖でハイイロガンが鳴いていた。恍惚感にぼんやりしていた頭がだんだんはっきりしてきた。

でも、マシューはここで何をしているの？　なぜロンドンからヨークシャーの片田舎へやってきたの？

喜んで求めに応じるふしだらな女を相手に、すばやく欲望を満たそうとわざわざここまでやってくるはずがなかった。ロンドンという大きな街には、偉大なるシーン侯爵とねんごろになるのを望んでいる女性が山ほどいるはずなのだから。なにしろシーン侯爵の登場は一大センセーションを巻きおこし、マシューはいまや社交界の寵児《ちょうじ》だった。

そう、マシューはそんな一年を過ごした。最初はジョン卿の死とその犯罪が露呈して醜聞が流れた。マシューがすこぶる健康で精神もまちがいなく健全であることは、誰もが認めるところとなった。まもなく裁判が開かれて、ファイリーと買収された医師は絞首刑に処された。屈辱を味わい、貧窮した叔母といとこをマシューが惜しみなく援助したことは誰もが知っている。さらには、主人のためにわが身を危険にさらした使用人夫婦が、ニュー・サウス・ウエールズから輝かしい帰国を果たしたことも。

それなのに、これはどういうことなの？　マシューはわざわざ過酷な長旅をして、妻にする令嬢が見つかったと伝えにきたの？

いいえ、たったいま情熱的に体に触れられて、マシューの切望する心を感じた。わたしがマシューを求めていたのと同じぐらい、マシューもわたしを求めていたのだと。

でも、たぶんそれはわたしの勘ちがい——どれほど自分にそう言い聞かせようとしても無駄だった。いまだけは、それがまぎれもない真実だとしか思えなかった。マシューはいまもわたしのもの……。

そうよ、いきなりのしかかってきて、わたしを奪ったのだから。まるで一秒でも待っていたら、燃えあがって灰になってしまうかのように。それ以上の欲望の証しがどこにあるというの？

マシューがうとうとしながらため息をついて、腰に腕をまわしてくると、抱きよせられた。グレースは微笑んだ。信じられないけれど、マシューはここにいる。それ以上の何を望むというの？


「きみはぼくに会いたかったんだね。それがわかってうれしいよ」頭の上のほうで、マシューのかすれた声がした。

グレースは幸せなうたた寝から目覚めた。マシューの胸を背もたれ代わりにして、かしげた頭を広くたくましい肩に預けていた。いつのまにかまた眠っていたらしい。

完璧な愛を交わしたあとで話をするのはなんとなく不思議な気分だった。陽だまりのような幸福に浸りながら、どのぐらい眠っていたの？　ガーデンハウスの背後の丘に陽が沈んでいるのだから、ずいぶん長いこと眠っていたはずだった。

「ええ、心から喜んでちょうだい」グレースは心地いい疲労感が漂う笑みを浮かべると、腰にまわされた力強い腕を撫でた。やわらかなバターをナイフですくうようにすんなりと、わたしはマシューにすべてを差しだした。ふたりともそれに気づいていた。「あなたにこれほど簡単に屈してしまうなんて、わたしはこの世でいちばん節操のない淫らな女ね」「きみはぼくだけの淫らな女だよ。さあ、おいで」切望をこめてそう言うマシューに体を引きあげられて、長いキスをされた。

互いにそのときを待っていたように唇が重なると、けっして離れなかった。マシューは愛の行為と欲望の味がした。まるでまだわたしを愛しているかのように……。

お願い、そうでありますように。張り裂けそうな思いが胸のなかで響いた。

少しだけ体を離して、スカートの裾を引っぱって直した。はしたないことに、スカートは太腿にまとわりついていた。マシューに抱かれて自分がしたことと同じぐらいはしたない……そんなことを思ったとたんに、頬がかっと熱くなった。つねに慎ましく上品なレディ・グレース・マーローのこんな姿を見た人は、いったいどんなふうに思うの?

「きみにあげたいものがあるんだ」低い声でマシューが言い、抱擁を解くと、立ちあがって、戸口に置いた箱を取りにいった。ズボンのまえはすでに閉じられていたけれど、脱ぎ捨てられた服は床に転がったままだった。

マシューが箱を取りあげて、戻ってきた。その姿に目を奪われた。マシューがとなりに腰を下ろした。ズボンにたくしこまれていないシャツの裾が細い腰をふわりと包んでいた。薄い平織のシャツの襟もとが大きく開いて、硬い胸板が見えていた。そこに舌を這わせたのを思いだすと、唇を舐めずにいられなかった。

その唇からマシューが無理やり視線を引きはがしながら、苦しげにうめいた。「やめてくれ、グレース。それはまたあとで。いまは話があるからね」

「またあとで……？」グレースは小さな声でつぶやいた。それは、マシューがここに来た理由――一度きりの午後の情事のためだけではない――の初めての手がかりだった。

「ああ、あとでだ」マシューがそっけなく言った。たったいま自分が口にしたひとことが、グレースの世界を大きく変えたことに気づいていなかった。そうして、冷静に話そうとぎこちなく息を吸ってから、グレースの膝の上に箱を置いた。「これはきみのものだ」

プレゼントなどほしくない、とグレースは思った。ほしいのはマシューだけだった。それよりも、これからもここにいるつもりなのか、その答えを本人の口から聞きたくてたまらなかった。

けれど、箱の中身がなんであれ、それはマシューにとって大切なものにちがいなかった。グレースは箱に手を伸ばして、顔を上げた。マシューの額に黒い髪がはらりと落ちて、口もとにかすかな笑みが浮かんだ。止めようのない愛の波が押しよせて、胸が大きく高鳴った。

「何かしら？」囁くように尋ねた。

「開けて、見てごらん。横に留め金がある。箱のデザインもなかなかだろう？　ぼくが考えたんだ」いつになくゆったりして、自信に満ちた口調だった。以前は、叔父の邪悪な行為がつねに重くまとわりついていたのだ。影のようにマシューにつきまとっていた重い空気がすっかり消えているのに、グレースはそのとき初めてはっきりと気づいた。

少してまどいながらも、箱の蓋を開けた。蓋の下に曇りガラスがはまっていた。ガラスを横に滑らせて開くと、中身が見えた。

「マシュー……」つぶやきながら、感動の涙がこみあげた。

「名前もつけたんだ。〝グレース〟という名を。かまわないかな？」マシューが照れくさそうな顔をした。ためらいも遠慮もなくたったいま激しい愛を交わしたにしては、ずいぶん自信がなさそうだった。

グレースは箱にそっと手を差しいれて、中身を取りだすと、光にかざした。「これはあなたの薔薇ね」

「いいや、きみの薔薇だよ」

濃厚な香りが部屋を満たした。震える人差し指で、グレースは傷ひとつない薄紅色の花びらに触れた。それは一度目にしたら忘れられない色だった。これほど美しい薔薇を見たことがなかった。あの屋敷の温室でどうしても根づかなかった接木の薔薇が、これほど美しい花をつけたとは信じられなかった。

「完璧よ」とグレースはつぶやいた。「奇跡だわ」

そう、マシューは奇跡の人。その手と想像力でこれほど美しいものを生みだした人を、どうして愛さずにいられるの……？

マシューの顔に浮かぶかすかな笑みが、太陽の笑みに変わった。これほどすばらしい贈り物をわたしが断わるかもしれないと心配していたの？　お馬鹿さんね、かわいいマシュー。でも、この薔薇はふたりの未来を約束するものなの？　それとも、別れの贈り物なの？

「暇を見つけては、薔薇の研究を続けていたんだ。この一年は忙しかったけれど」

それがいかに控えめな物言いかは、グレースにもわかっていた。自由の身になったシーン侯爵は、ロンドンの催しには欠かせない人物になったのだから。マシューは行くところすべてで英雄として歓待された。いくつもの勲章や名誉を与えられたと新聞に書いてあった。国王陛下と親しくして、社交界はもちろん、いまやさまざまな研究機関の一員だった。

グレースの仕草を真似るように、マシューの指が花びらに触れた。その繊細な触れかたに、グレースは自分の肌に触れるマシューの手を思いだした。

「監禁されているときに、基本的な方法はすべて試みたのに、どうしてもうまくいかなかった」マシューがちらりと目を上げた。誇りとためらいが表われた表情は、息が止まるほど魅惑的だった。「これは初めて咲いた花だよ、グレース。きみを待つと約束してから、ほぼ一年が経って、薔薇はようやく蕾をつけた。まるで何かを暗示するように」

「あなたはそれをわたしに持ってきてくれた」グレースは薔薇を見つめながら囁いた。一年前にマシューが自由になった日まであと二日。その日付けはグレースの切望する胸に深く刻まれていた。

慈しみながら、薔薇をそっと箱に戻した。ガラスの蓋が箱のなかの湿気と温度を一定に保っていた。マシューが箱を自慢したがるのも無理はなかった。

　そのとき、もうひとつのものに気づいた。

「わたしの手袋」驚いた。震える手を箱に伸ばして、湿気《しけ》ないように仕切られた箱の一角から子山羊革の薄緑色の手袋を取りだした。しょっちゅう手に取って眺めていたのか、しっとりした革がひび割れて、少し擦れていた。「ずっと持っていたの?」

「もちろんだ」マシューの顔にもう笑みは浮かんでいなかった。この世にふたつとない金色の目が深みを増していた。美しく、揺るぎなく、真剣な眼差しだった。

「わたしを泣かせるつもりね」自分の声だとは思えないほど低い声だった。

　長椅子の上に箱を下ろすと、やわらかな革の手袋を指の関節が白くなるほど握りしめた。マシューはわたしに何を伝えようとしているの?　この薔薇は何を意味しているの?　この手袋は?

　マシューは新たな人生を送りながらも、闘いに向かう騎士が愛する人からの贈り物を携えるように、わたしの手袋を持っていたの?　そう思うと、胸がいっぱいになって、ことばが出なかった。

「泣いているんだね、ぼくの愛しい人」マシューが囁きながら、手を伸ばして、頬の涙を拭ってくれた。マシューの眼差しはただひとつのことだけを雄弁に語っているはずなのに、心乱れて、その気持ちを読み取れなかった。はっきりと声に出して言われなければわからず、いまこそそのときだというのに、夢が無残にも打ち砕かれるのが怖くて、マシューのことばを聞く勇気がなかった。

そこで、頭に浮かんだ最初の疑問を口にした。といっても、その答えがどうしても知りたいわけではなかったけれど。「今日の午後、わたしがここにいるとどうしてわかったの？」

「お父上が教えてくれた」マシューが静かに答えた。そうしながらも、こちらを見つめる眼差しは揺るがなかった。

ぎょっとした。汗が吹きでるほど驚いた。「父に？」さきほどの親密な行為が鮮明に頭に浮かんできて、顔が真っ赤になった。「なんてこと、父はあなたのあとを追ってきたかもしれないわ」

「いや、そんなことはないだろう。お父上はもののわかるお方だ。ぼくがきみとふたりきりで話をしなければならないのをわかってくれた。お嬢さまを口説き落とすのを、きみのお父上は許可してくれた」

「それで、あなたはそれを実行に移したのね」マシューにどれほど大胆に口説き落とされたか思いだすと、甲高い声で笑わずにいられなかった。それから、いままで口にする勇気がなかった決定的なことを尋ねた。「マシュー、あなたはわたしに結婚を申しこんでいるの？」

「もちろんだ。それ以外に、ぼくがここにいる理由を思いつくかい？」マシューの口もとが引き締まった。その表情を見れば、反論したところで勝ち目がないのはわかった。といっても、口もきけないほどうれしくては、反論などできるはずがなかった。マシューに手を握られた。手がマシューの口もとに運ばれて、上りつめたときに自分で嚙んで残った歯型にキスされた。いつのまにか手袋がはらりと床に落ちた。

「グレース、約束の一年は過ぎた。ぼくがきみに対して誠実だったのはもうわかっているはずだ。ぼくの心にはいつでもきみがいて、どんな女性もその地位を奪えなかった。きみを愛しているんだ」マシューがいったん口をつぐんで、手を痛いほど握りしめてきた。「問題は、きみもぼくを愛しているかだ」


グレースを目のまえにして返事を待ちながら、マシューは緊張のあまり体がこわばった。うなじに冷たい汗が吹きでていた。一年前に結婚を申しこんだときには断わられた。もう一度断わられたら、生きていけるはずがなかった。

グレースは困っているようだった。愛する男性と輝かしい未来を歩みはじめるつもりでいるようには見えなかった。かつてない恐怖に襲われて、鼓動が不規則なギャロップを刻みはじめた。ああ、どうか、さきほどまでのグレースでいてほしい……。あれほど情熱的に迎えいれられたときには、グレースからも求められていると確信したのだから。

だが、情熱的だから、愛されているとはかぎらない。一年間の社交界でのつきあいでそれを学んでいた。不当な監禁と劇的な解放によって、社交界の淑女たちからはおとぎ話の王子のように扱われた。正当な関係であれ、不倫の関係であれ、どれだけの淑女から言い寄られたか、数えきれないほどだった。

「グレース、ぼくの心に響いたのはきみだけだった」マシューは抱いている確信のすべてをこめて言った。

「ほんとうに？　後悔はしない？」グレースの声は小さく、やっと聞こえる程度だった。

「ひと目見た瞬間に、きみこそ運命の人だとわかった。病と苦しみと孤独な日々を過ごして、ぼくはものごとを正しく見抜く術を身につけたんだよ」

グレースは首を振って、視線を避けた。「わたしは潔癖ではないもの、あなたにはふさわしくないわ。わたしはいくつものまちがいを犯して、多くの人を傷つけて、わたし自身も傷つけた。マシュー、わたしは穢れているの。純潔ではないわ。それに、たぶん子供もできない」

「これまでの経験がいまのきみをつくったんだ。過去がきれいさっぱりなくなればいいなんて、ぼくはけっして思わないよ。それに、ぼくたちに子供ができるかどうかは、神さまが決めることだ」それから、さらに切羽詰まった口調で言った。「何よりも大切な質問の答えをまだもらっていなかった。「グレース、ぼくを愛しているのかい？」

グレースがぎこちなく息を吸った。「それはあなたもよくわかっているはず」

そうであってほしいと望んではいたが、わかっているとは言えなかった。なにしろグレースとは一年前に別れたきりだったのだ。一年であらゆることが変わってしまったかもしれない。互いの体を激しく求めあいながら、グレースは一度も〝愛〟ということばを口にしなかった。とはいえ、それはマシューも同じだった。わざとそうしたのだ。グレースを驚かせたくなかったから。

「それは〝イエス〟という意味だね？」手を握りしめた。それだけで、グレースを説得できると信じているかのように。

ついにグレースが笑みを浮かべた。といっても、不安げな笑みだったけれど。澄んだ目に涙が光っていた。「そうよ、〝イエス〟よ」

胸のなかで神を賛美し、感謝することばが高らかに響いた。それでいて、実際にはかすれた声でたったひとこと、この世でいちばん美しいことばを口にするのが精いっぱいだった。

「グレース……」

荒々しく引きよせて、抱きしめた。激しく情熱的な終わりのないキスをした。

どれほどグレースを奪っても、奪いつくせなかった。マシューにとってグレースは骨であり、血であり、頭であり、そしてもちろん心だった。外の世界でどれほど成功をおさめても、グレースなしの一年は終わりのない地獄の日々だった。グレースがいるからこそ、何かをすることに意味がある。グレースがいなければ、自分は何者でもなかった。囲いのなかで、行くあてもなくうろうろとさまよっているだけ。囚われの身だったころと何も変わらなかった。

まさに同じことを感じているようにグレースがキスを返してきた。驚きながらも、ふたりが同じ気持ちを抱いているという感覚が、心にじわじわと広がっていった。

抱擁を解くと、グレースの頰が涙で濡れていた。その涙がグレースのものだけではないと気づいても、恥ずかしくはなかった。

グレースが涙で潤んだ目に笑みを浮かべて、震える手で頰を拭った。「これほどの幸せはないわ」

「ぼくもだよ」喉を詰まらせて言った。

心まで見通すような藍色の目に見つめられた。ほんとうに心が見えているなら、そこにたったひとつのことばが刻まれているのがわかるはずだ。〝グレース〟と。

命が尽きる日まで、そのことばはそこに刻まれたままでいる。

グレースもそれを読み取ったようだった。顔に輝くばかりの美しい笑みが浮かんだ。あふれる感情で声がかすれていた。「わたしたちの物語にはハッピーエンドがふさわしい。そうよ、ふたりでそうなるように努力しましょう」

「おいで、愛しのグレース」マシューは立ちあがって、手を差しだした。「結婚式の準備をしよう」

グレースがためらうことなく手を取って、傍らに立った。マシューは息を吸った。田舎の爽やかな空気に全身が満たされた。心を縛っていた鎖がするりと解けたかのようだった。

マシューはようやく自由になった。そう、愛ゆえに。

訳者あとがき

著者アナ・キャンベルの第一作『罪深き愛のゆくえ』はひとりの女性を愛するがゆえに、主人公自らその女性をハイランドの険しい山に囲まれた屋敷にさらっていくというダークで激しいロマンスでした。ともすればストーカーまがいとも言えそうなヒーロー、そんな衝撃的な作品でもありました。

第二作となる本書『囚われの愛ゆえに』は〝ストーカー〟ほどの衝撃はないかもしれませんが、ヒーローが置かれている状況の奇抜さでは引けを取りません。

幼くして両親を亡くしたシーン侯爵マシューは、十四歳のときに熱病にかかって発作を起こしたせいで、精神に異常をきたしたと診断を下されました。以降十一年ものあいだ、後見人である叔父のジョン卿によって田舎の屋敷に閉じこめられて、外の世界に出るのをいっさい許されずに生きてきました。貴族の広いお屋敷とはいえ幽閉生活に堪えられなくなり、何度か逃亡を試みましたが、そのたびにあっけなく叔父の手下に捕まって、拷問まがいのおぞましい折檻《せっかん》が待っている屋敷に連れもどされました。とはいえ、もう二度と逃亡しないと決めたのは、過酷な折檻のせいではなく、逃亡を助けてくれた人たちに叔父が容赦ない制裁をすると知ったからでした。それゆえに、マシューは中庭での薔薇の栽培と新種開発のための研究、そして、その研究成果を科学雑誌に匿名で発表することを生きがいとして、孤独な人生を受けいれたのでした。

数週間前に夫を亡くして、住む家も失った貧しい未亡人グレース・パジェットは、いとこを頼ってブリストルの町にやってきました。ところが、迎えにきているはずのいとこと会えずに町をさまよい歩き、ふたりの無法者に捕まって、薬を嗅がされて意識を失います。目を覚ますと、そこはシーン侯爵マシューの暮らす屋敷で、寝台に体を縛りつけられ、さらには自らを狂人と言うマシューに見つめられていました。

グレースがその屋敷に連れていかれたのは、マシューの叔父であるジョン卿の差し金でした。甥の後見人として侯爵家の財産や権利をわがものにしているジョン卿にとっては、シーン侯爵であるマシューが生きていて、なおかつ、幽閉状態に甘んじていてもらう必要があったのです。そのために、甥の病気が完治しているのを知りながらも、毎年、医者に袖の下を渡して〝シーン侯爵は精神に異常あり。ゆえに、財産管理能力なし〟という診断を下させていたのでした。さらに、マシューが二度と逃亡を企てないように、女をあてがうことに決め、娼婦とおぼしき美しい女を手下にさらってこさせたのでした。

マシューはそんな叔父の策略にはまる気などさらさらありませんでした。どんな女性が来ようと絶対にベッドをともにしない、そう固く決意していました。それなのに、グレースに会うと、その美しさに魅了され、心ならずも惹かれてしまいます。

いっぽう、グレースも端整ですらりとしたマシューに内心では魅了されながらも、ジョン卿に「自分は娼婦ではない。この屋敷から出してほしい」と訴えます。けれど、ジョン卿は聞く耳を持たず、それどころか、期限を定めてそれまでにマシューとベッドをともにしなければ手下に強姦させてから殺すと脅します。

じつは高貴な家の生まれであるグレースは、かつて父の反対を押しきって、若気のいたりともいえる結婚をして、不幸な結婚生活を送りながらも、貞淑な妻として生きてきました。そんなグレースにとって、夫を亡くしてわずか数週間でほかの男性とベッドをともにすることはもちろん、自分から男性を誘惑してベッドに誘いこむことも道徳心が許しません。けれど、それをしなければ死が待っています。さらに、マシューの自己犠牲の精神、思いやり、気高さ、そして孤独な人生を知れば知るほど、マシューを欺くことはできないと思い悩むようになります。また、マシューのほうも、グレースの悲惨な過去や、気高い心を知るほどに惹かれながらも、自分に関わった人はみな不幸になると、感情を必死に抑えます。

辛い過去があるからこそ、気丈で、人一倍相手を思いやれるようになったグレース。自身の正気を疑いつつも、学者を唸らせるほどのすぐれた論文を書く知的なマシュー。過酷な運命を背負わされていながら、互いを気遣うふたりの内心の葛藤はじつに読み応えがあります。ふたりが美男美女であるのは、ロマンスの定石《じょうせき》と言ってもいいでしょうが、それをべつにしても魅力あふれる主人公なのはまちがいありません。

酷暑の夏にも負けない、熱く濃厚なラブシーンとともに、豪華な牢獄に閉じこめられたマシューとグレースが愛を育んで、相手のために命を賭して悲惨な運命を乗りこえて、幸福をつかむまでの物語をどうぞご堪能ください。


ダークでユニークな大人のヒストリカルロマンス二作品を生みだした著者ですから、新シリーズにも期待が高まります。

その注目作〝*Captive of Sin*〟は、過去にインドでスパイ活動を行なっているときに、人に触れることさえできなくなるほど心に深い傷を負った領主ギデオンと、財産を狙って暴力をふるう義兄に苦しめられる伯爵令嬢カリスの物語です。ギデオンの悲惨な過去というのが、これまたすさまじい！

独特な設定で読者の心を鷲づかみにする著者ならではの発想が、その作品にもふんだんに盛りこまれています。こちらも二見書房から刊行予定ですので、どうぞお楽しみにお待ちください。

二〇一〇年九月

ザ・ミステリ・コレクション

囚《とら》われの愛《あい》ゆえに

著者　アナ・キャンベル
訳者　森嶋《もりしま》マリ

発行所　株式会社 二見書房
東京都千代田区三崎町2-18-11
電話　03(3515)2311［営業］
03(3515)2313［編集］
振替　00170-4-2639

印刷　株式会社 堀内印刷所
製本　合資会社 村上製本所

ISBN978-4-576-10147-7
http://www.futami.co.jp/